HOPFENBITTER

AF203867

Alexander Bálly, Jahrgang 1964, wohnt mit seiner Familie in der Holledau zwischen Ingolstadt und München. Als echter Papiertiger arbeitete er seit seiner Schulzeit in Buchhandlungen und Verlagen. Nun schreibt er selbst, vor allem Krimis, Weihnachts- und Kurzgeschichten. Der erste Band seiner Holledau-Krimireihe mit Metzgermeisterdetektiv Wimmer und seiner pfiffigen Enkelin Anna erschien 2014.

ALEXANDER BÁLLY

HOPFENBITTER

Oberbayern Krimi

emons:

Lust auf mehr? Laden Sie sich die »LChoice«-App runter, scannen Sie den QR-Code und bestellen Sie weitere Bücher direkt in Ihrer Buchhandlung.

Bibliografische Information der Deutschen Nationalbibliothek
Die Deutsche Nationalbibliothek verzeichnet diese Publikation in der Deutschen Nationalbibliografie; detaillierte bibliografische Daten sind im Internet über http://dnb.d-nb.de abrufbar.

© Emons Verlag GmbH
Alle Rechte vorbehalten
Umschlagmotiv: mauritius images/Westend61/Tom Chance
Umschlaggestaltung: Nina Schäfer, nach einem Konzept
von Leonardo Magrelli und Nina Schäfer
Umsetzung: Tobias Doetsch
Gestaltung Innenteil: César Satz & Grafik GmbH, Köln
Lektorat: Christiane Geldmacher, Textsyndikat.de,
Bremberg/Lahn
Druck und Bindung: CPI – Clausen & Bosse, Leck
Printed in Germany 2020
ISBN 978-3-7408-0769-6
Oberbayern Krimi
Originalausgabe

Unser Newsletter informiert Sie
regelmäßig über Neues von emons:
Kostenlos bestellen unter
www.emons-verlag.de

Für meinen Großvater aus Fellbach.
Ich habe viel von ihm gelernt. Wie man beobachtet,
wie man schreibt, wie man geduldig ist. Auch wenn damals
nicht absehbar war, dass die Saat doch noch aufgeht.
Er war zwar ganz anders als mein Held Ludwig Wimmer,
und doch leiht er ihm viele seiner Eigenarten.

26.8.1954

Franziska Wollner stand auf, streckte sich und holte ihren prallen Rucksack aus dem Gepäcknetz über ihrem Sitz.

»Ich bin ja schon so gespannt, Nelli! Sommerfrische und a gutes Geld verdienen. Mei, Nelli, des klingt ja wie im Märchen.«

Eleonore Harting lachte. »Jaja, es is aber aa a g'scheide Schinderei. So viel zur Sommerfrische. Aber a Gaudi is aa, wenn s' alle a gute Laune ham. Und wenn du dich ned allawei verratschst, sondern fleißige Händ hast, dann schaut am End aa no a schöner Batzen raus.«

Dass Franziska überhaupt im Zug saß, war Eleonores Verdienst. Sie hatte ihre Freundin überredet, mitzukommen in die Holledau, wo, wie jedes Jahr, auch dieses Mal zur Hopfenernte wieder jede Menge Saisonarbeiter gebraucht wurden. Nicht nur Wanderarbeiter aus dem Bayerischen Wald nahmen diese Arbeit gern an, auch Männer und Frauen aus dem nahe gelegenen München, da ihre Arbeitsstellen in den Fabriken in dieser Zeit – Ende August – oft wegen Betriebsferien geschlossen blieben.

»Wohin geht's noch amal genau?«, wollte Franziska wissen.

»Nach Jebertshausen. Des is a Dorf bei Wolnzach. Da sind wir bei den Bichlers am Hof. Es wird dir g'fallen. Die san nett.« Eleonore war dieses Jahr das vierte Mal zur Hopfenernte.

Auch von anderen Sitzbänken des Nahverkehrszugs erhoben sich inzwischen die Leute, nahmen kleine Koffer, große Reisetaschen, Rucksäcke und sogar einen Seesack aus den Netzen. Allmählich wurden die beiden Freundinnen von der Menge in den Vorraum zwischen den Abteilen geschoben. Bald drängten sich Männer und Frauen, junge und nicht mehr ganz so junge, in bunter Mischung gut gelaunt und erwartungsfroh zusammen. Der Zug würde wohl beinahe leer nach Ingolstadt weiterfahren. Endlich ratterten die eisernen Räder über Weichen, und sie liefen in einen Bahnhof ein.

»Das ist also Wolnzach.« Franziska sah sich auf dem Bahnsteig um, als der Zug abgefahren war. Die Station lag in einem weiten Flusstal, und hinter ein paar Bäumen, jenseits der Gleise, ragten Ziegeldächer auf.

»Träum ned, Franzi, mir müssen unsern Bauern finden, sonst fährt der ohne uns. Außerdem ist das da hinten ned Wolnzach, sondern Rohrbach.«

»Ja, ham die den Bahnhof denn ned beim Dorf gebaut?«, fragte Franziska und hastete ihrer Freundin nach.

»Naa. Die ham ihn lieber an die Bahnstrecke g'stellt. Aber weil Wolnzach a bisserl größer is und weil koa Sau sich für Rohrbach interessiert, heißt der Bahnhof halt trotzdem so. Schau! Da drüben, da müssen wir hin.«

Sie stiegen um in einen Schienenbus, der die Nebenstrecke bediente und als »Holledauer Bockerl« bekannt war. Mit dieser Bahn fuhren sie weiter, bis sie etwa eine Viertelstunde später an der Haltestelle Wolnzach Markt ausstiegen.

Auf dem Platz vor dem Bahnhof stand ein Dutzend Traktoren mit leeren Anhängern und groß beschriebenen Pappschildern, die die Höfe bezeichneten. Ziemlich am Ende der Reihe las Franziska »Bichler-Hof Jebertshausen«. Auf dem Traktor saß eine Frau um die sechzig mit roten Apfelbäckchen und einem Klemmbrett.

»Grüß Sie Gott, Frau Bichler«, sagte Eleonore.

»Ja, Grüß Gott, schön, dass du wieder da bist. Unsere fleißige Nelli ham wir immer gern auf dem Hof. Und wen hast du da dabei?«

»Ich bin die Franziska.«

»Servus. Hast so was scho amal g'macht?«

»Nein, gnädige Frau.«

»Des mit der gnädigen Frau, des kannst dir gleich schenken. So vornehm samma ned hier am Land. Ich bin die Frau

Bichler, oder du sagst einfach Bäu'rin zu mir. Zeig amal deine Händ her.«

Gehorsam streckte Franziska der Alten ihre Hände hin. Die nahm sie in ihre eigenen.

»Na ja, da hab ich schon Schlimmeres g'sehn bei solchen Madamchen aus der Stadt. Kann s' denn schaffen, Nelli?«

»Freilich. Sie hat die Werkbank gleich neben der meinen beim Siemens. Mir bau'n da Telefonanlagen, und sie ist genauso schnell und geschickt wie nur eine! Die Franzi lötet sauber, und keine wickelt so schnell und sauber einen Trafo wie sie.«

»Gut, gut. Flinke Händ san wichtig. Na dann, woll'n wir's mitnander probiern. Ah, der Anton is aa wieder da!« Damit begrüßte sie den Nächsten, und die Freundinnen kletterten auf den Anhänger.

Als etwa dreißig Leute auf dem Hänger saßen und alle Namen auf dem Klemmbrett abgehakt waren, warf Frau Bichler das grüne Fendt-Dieselross an, und gemütlich tuckerten sie los, ihrem Arbeitsplatz entgegen.

»Schau amal! Und vor allem: Riech amal, der Hopfen, Franzi!« Eleonores Augen bekamen einen träumerischen Glanz.

Sie fuhren nun auf einer schmalen Straße durch Stangengärten, in denen bis zu neun Meter hoch üppige sattgrüne Hopfenreben mit hellgrünen Dolden nach oben gerankt waren. Die Luft war hier im Schatten schwer und beinahe betäubend aromatisch. Es roch intensiv, würzig und leicht bitter. Es erinnerte Franziska stark an kühles, frisch gezapftes Bier.

»Ah, is des schön! Dafür allein hat sich die Fahrt schon g'lohnt. Für mich is des der beste Duft der Welt«, erklärte Franziska und strahlte. Dies sorgte für allgemeine Heiterkeit.

»Des is gut, Dirndl«, erklärte ein beleibter Mann in Latzhose mit Pappkoffer. »Weil des Parfeng, des werst jetzt a paar Wochen lang nimmer los.«

»Wenn's weiter nix is, das soll mich ned stören.«

»Schau, da drüb'n, da san s' scho am Obarupfen.« Die Latzhose hatte sich als »da Willi aus der Au« vorgestellt und zeigte nun auf einen Hopfengarten, in dem schon geerntet wurde.

Vorn an einem schmalen Traktor war eine Kanzel angebracht, ähnlich wie der Korb an einer modernen Feuerwehrdrehleiter. Die Kanzel ragte hoch hinauf. Zwei Männer standen darin, um ganz oben die Drähte durchzuzwicken, die man im frühen Frühjahr an die Stahlseile gebunden hatte. Seit März rankte sich der zum Himmel strebende Hopfen an diesen Kletterhilfen hinauf und war schon vor mehr als einem Monat oben angelangt.

Wenn die Drähte, und an ein paar Stellen auch die Ranken, ganz oben durchgezwickt waren, wurden diese von kräftigen jungen Männern, die hinter dem Traktor gingen, heruntergerupft. Die störrischen Pflanzen hatten längst auch Halt an den dicken Stahlseilen gefunden. Doch wenn zwei Mann mit aller Macht ziehen, gibt auch der widerspenstigste Hopfen am Ende nach, und die grüne Säule fällt anmutig zu Boden. Ein weiterer Trupp Arbeiter schleppte sie dann zu einem Anhänger, wo etwa zwei Dutzend Leute mit dem Zupfen, dem »Hopfenbrocken«, beschäftigt waren.

»So wird Hopfen geerntet«, erklärte Willi.

»Muss ich da auch mit an den Ranken zerren?«

»Schmarrn!« Eleonore lachte. »Mir Weiberleut dürfen den Hopfen brocken. Mir sammeln die Hopfendolden von den Reben ab. Nur die braucht man. Der Rest der Pflanze ist eigentlich nur mehr Kompost.«

Endlich waren sie am Hof angekommen. Inzwischen war es fast fünf Uhr nachmittags.

»Ihr kennt euch ja aus. In a Stund gibt's Abendessen, dann kommen auch die Männer wieder heim. Und morgen geht's los … Langweilig wird's schon keinem werden. Des zumindest ist sicher.«

Dass Franziska nun hinter Eleonore die Leiter auf den Heuboden hinaufstieg, empfand sie immer noch als kleines Wunder. Fast wäre sie nicht gekommen. Sie hatte in der Familie gegen große Widerstände kämpfen müssen und war ein weiteres Mal als ihr schwarzes Schaf bezeichnet worden. So war es auch schon gewesen, als sie bei Siemens zu arbeiten angefangen hatte. »Industriearbeiterin«, das klang in den Ohren ihrer Tante und der Großmutter nicht besonders standesgemäß. »Wir sind eine Postfamilie, Beamte. Wir gehören doch nicht zum Proletariat!«

Nur dumm, dass es keine Postbeamten mehr in der Familie gab. Großvater war schon seit Jahrzehnten tot, ihr Vater vermisst, und Onkel Erwin war als Feldpoststellenbediensteter der 9. Armee in Stalingrad gefallen.

Während Tante und Großmutter wenigstens die Pensionen ihrer Männer zum Leben hatten, hatten Mutter und sie beinahe gar nichts, außer Franziskas Einkommen aus der verachteten Industriearbeit.

Tante und Großmutter führten seither einen langen Kleinkrieg und versuchten, Franziska zu einem standesgemäßeren Broterwerb zu bewegen. Mehrmals in der Woche musste sie sich Vorwürfe in Frageform anhören. Ob es denn nicht bessere und geeignetere Arbeiten für Franziska gebe? In einem Laden vielleicht? Oder als Sekretärin? Doch kein Laden, den sie kannte, wollte sie nehmen, und bei ihren Künsten auf der Schreibmaschine wäre jede Bewerbung als Schreibkraft aussichtslos gewesen. Kaum anders war es um ihr Geschick an der Nähmaschine bestellt.

Das größte Hindernis war aber ein anderes. Die Arbeit an der Werkbank gefiel ihr. Genau so wollte sie arbeiten, mit den Händen etwas schaffen. Doch das war in der Familie verpönt.

»Aber Tante Iris hat doch auch in der Fabrik gearbeitet!«

»Im Krieg! Weil alle Männer fort waren, da hat sie es müssen! Doch nun ist Frieden. Wir sind anständige Leute, kein G'schwerl. Arbeiter und Linke, die bringen nur Unfrieden!

Kind, besinn dich doch!«, wiederholten die Verwandten fortwährend. Dem Argument der guten Entlohnung konnten sie am Ende aber doch nicht viel entgegensetzen.

Aufgeregt wie ein Kind vor Weihnachten war Franziska ihrer Freundin in die Scheune gefolgt und kletterte nun hinter ihr eine Leiter hinauf.

»Hier werden wir schlafen!«, erklärte Eleonore. »Im Heu! Ganz romantisch!«

Tatsächlich fanden sie hier zwei ordentliche Reihen von Schlaflagern auf Heuballen mit Militärwolldecken als Unterlage vorbereitet, auf denen jeweils eine weitere Decke als Bettzeug lag.

»Darum also sollte ich den Jugendherbergsschlafsack mitbringen«, begriff Franziska. Plötzlich wurde sie rot. »Wo schlafen denn die Männer?«

Eleonore lachte. »Die Burschen und Mannsbilder schlafen drüben überm Stall. Ach ja, wenn wir schon dabei sind: Es gibt nur drei Regeln, aber die sind wichtig. Erstens: Hier oben wird ned g'raucht. Wenn dir a Zigarettn runterfällt, brennt ruck, zuck der ganze Hof ab. Aber du rauchst ja eh ned. Zweitens: Die Rucksäcke sind heilig. Wir ham keinen Spind und keine Schlösser. Wir müssen uns vertrauen können. Du magst ned, dass irgendwer in deinen Sachen kruschtet. Genauso geht es allen anderen. Drum: Anschaun ja, anfassen nein!«

»Und das Dritte?«

»Keine Männerg'schichten! Die Leut hier san sehr fromm. Ohne Schmarrn! Die Frau Bichler is a Seele von Mensch, aber wenn du ihr die Sünd unters Dach bringst, da wird s' fuchsteufelswild. Ich hab schon Leut hier abfahren sehn, die hat die Bäurin förmlich rausg'staubt. Auch bei den Burschen gilt: Anschaun ja, anfassen nein! Na ja, a bisserl kokettieren is ja ganz normal, a Bussi is aa noch in Ordnung, aber was mehr is, is scho z'viel! Schmusen, zum Beispiel, des is scho nimmer gut. Und jetzt nimm deine Schüssel.«

»Ich wollt mich erst heut Abend richtig waschen!«

Eleonore lachte herzlich. »Franzi, des is doch ned nur dei Waschschüssel, des is aa dei Essgeschirr. Also nimm s' mit und schick dich! Am ersten Tag gibt es immer Regensburger mit Kartoffelsalat!«

1

18. September – Mittwoch

In Wolnzach, nur einen kräftigen Steinwurf von der Mariensäule entfernt, lag die Metzgerei Wimmer. Hinter den gut sortierten Fleisch- und Wursttheken des Verkaufsraums führte eine Tür nach hinten. Links war eine Treppe zu der Wohnung hinauf, rechts ging es in die Wurstküche, und geradeaus war das Brotzeitstüberl. Die Nachmittagssonne war inzwischen so weit auf ihrer Bahn nach Westen geglitten, dass sie die Fotografien von Alois Wimmer, dem Firmengründer, und seinem Sohn Benedikt, beide schon lange verschieden, in ein warmes Licht tauchte.

Der Firmenleiter der dritten Generation, Ludwig Wimmer, saß entspannt mit einem Büchereibuch auf der Eckbank, während Sebastian Kirner, sein Schwiegersohn und aktueller Chef, Rechnungen ablegte und Lieferscheine sortierte. Seine Frau Karola saß gegenüber, schrieb das Kassenbuch und arbeitete den Stapel Post in ihrem Eingangskörbchen ab.

Eine Weile war die Luft erfüllt von Konzentration und Papierrascheln. Plötzlich stutzte Karola.

»Is des von dir, Papa?«

Sie fischte eine Seite aus einem Motorradkatalog mit Lederkombis aus dem Eingangskorb.

Wimmer kehrte aus der Normandie zurück, wo er bis vor ein paar Momenten zusammen mit Commander Horatio Hornblower, dem legendären Seehelden aus der Feder Cecil Scott Foresters, mit einer französischen Fregatte um die Wette gesegelt war und grandios gesiegt hatte. Er warf einen Blick auf den Zettel, schüttelte den Kopf und stellte fest, dass er nichts mit dem Angebot von Lederkombis zu tun hatte. Er hatte allerdings eine gewisse Ahnung, wer dahintersteckte. Was ihn anging – für seine »Maschin«, wie er seinen

Motorrad-Oldtimer nannte – hatte er alle Ausrüstung, die er brauchte.

Seit er die Metzgerei an seinen Schwiegersohn übergeben hatte, war ihm ein paar Jahre lang recht langweilig gewesen. Weiter mitzuarbeiten wäre schon schön gewesen, doch er war vernünftig genug, es sich von Anfang an zu versagen. Er würde Sebastian nur ins Handwerk pfuschen. Lieferfahrten, die übernahm er, aber die eigentliche Arbeit an Fleisch und Wurst und die Leitung des Betriebes, die oblagen nun Sebastian. Er hielt sich da völlig heraus.

Eine Weile hatte er versucht, seine innere Leere mit allerlei Hobbys auszufüllen, doch er war regelmäßig daran gescheitert. Weder Musik noch Kunst oder Sport konnten ihn ausreichend fesseln. Auch Modellbau, schöne Dinge sammeln und was es an klassischen Steckenpferden noch geben mochte, fand er öde.

Zwei Sachen aber gab es, die ihn doch begeisterten: Das eine war sein Motorrad. Anfang des Jahres hatte er eine alte BMW gekauft, das gleiche Modell, das er schon als junger Bursche gefahren hatte. Es zu warten, zu pflegen und die Ausflüge, die er damit unternahm, das alles machte ihn tatsächlich froh, denn es war stets auch eine Zeitreise in seine Jugend, als er und seine Frau Anna-Maria noch jung, verliebt und ein wenig verrückt gewesen waren. Doch seit einigen Jahren lag Anna-Maria auf dem Friedhof. Mit ihr hatte er viele Vorhaben und Pläne für den Lebensabend beerdigt, denn allein wollte er keine Nilkreuzfahrt machen, und auch die wilden Tiere Afrikas hatten ohne seine Frau keinen Reiz mehr für ihn. Mit dem Motorrad aber kam er ihr wieder nahe.

Der andere Zeitvertreib, den er für sich entdeckt hatte, war das Ermitteln als Detektiv. Zusammen mit seiner Enkelin Anna hatte er schon mehrere Male erfolgreich der Polizei geholfen, was den Beamten aber meist gar nicht so recht war.

Karola mochte das Motorrad nicht, doch in ihren Augen wäre selbst ein Chopper von Harley Davidson mit hundert Spiegeln und Totenköpfen weitaus besser gewesen als jede

Detektivspielerei. Zum Glück gab es in Wolnzach nicht allzu viel Mord und Totschlag, sodass Wimmer diesem Hobby nur gelegentlich nachging.

»Anna? Anna!«

Nachdem auch Sebastian beteuert hatte, ihr dieses Papier nicht untergeschoben zu haben, rief Karola nach ihrer Tochter. Es dauerte ungewöhnlich kurze Zeit, bis die Fünfzehnjährige in der Tür stand.

»Hast du mir des neig'legt?« Karola gab ihr den Zettel.

»Ja. Ich wollt wissen, ob so was was wär. Für mich, mein ich.«

»A Motorradkombi? Aus Leder?« Karola war mehr erstaunt als entsetzt.

»Mei, ich hab g'meint, dann könnt ich aa amal beim Opa mitfahr'n, als Sozia. Und du hast g'sagt, ohne Schutzkleidung geht da nix.«

»Aha … und da hast von der Mama wissen wollen, ob des vielleicht was wär, womit sie dich auf a Motorradl lassen tät?«, mischte sich Sebastian ein.

»Genau«, bestätigte Anna.

»Sebastian, du bist staad«, kommandierte seine Frau.

Sebastian war zu anfällig für den »weichen Blick« seiner Tochter, mit dem sie ihn immer wieder umgarnte. Karola dagegen ahnte Unrat. Das Mitfahren beim Opa würde ihre Tochter nicht zu solch einer teuren Anschaffung verleiten. Nicht allein zumindest. Im Augenblick gab es zwar keinen amtierenden »Freund«, doch zwei solche Bürscherl hatten schon Annas Herz gewinnen können. Es waren eigentlich nette junge Männer aus ordentlichem Hause gewesen, doch das war unerheblich. Niemand konnte vor Karolas Augen Gnade finden. Sie hielt Anna grundsätzlich für zu jung für solche »G'schichten«.

Karola gab ihr den Zettel zurück. »Die Kombis san scho recht«, sagte sie. »Wenn du so was anhast, dann kannst beim Opa mitfahrn. Willst du dir jetzt so was kaufen?« Karola wusste genau, dass diese Schutzkleidung ein gutes Stück jenseits der finanziellen Reichweite ihrer Tochter lag. Selbst die Hälfte würde sie sich kaum leisten können. Zu teuer war der neue Laptop gewesen.

»Mei, ich hab halt gedacht, das ist ja für meine Sicherheit, und da könnt ich von euch einen Zu- oder Vorschuss …« Anna versuchte noch, gewinnend zu lächeln, doch sehr schnell stellte Karola klar, dass sie keineswegs bereit sei, dieses gefährliche Ansinnen zu unterstützen, und dass sowohl ihr Mann als auch ihr Vater schweren Ärger mit ihr bekämen, wenn sie hinterrücks diesen Wunsch unterstützen würden.

Demonstrative Enttäuschung vor sich hertragend, verabschiedete sich Anna, um zu einer Schulfreundin zu gehen.

»Dass du mir aber um sechse wieder da bist! Mir ham heut Besuch und grillen.«

Um halb sieben erschienen bei den Wimmers verabredungsgemäß Thomas mit Katharina und der kleinen Sophia. Katharina war eine Cousine von Karola. Vor etwa drei Jahren hatte sie ihren Thomas geheiratet, und Karola hatte die kleine Sophia ein Jahr darauf über das Taufbecken gehalten.

Als Hausherrin bekam Karola einen großen Strauß Blumen. »Alle aus unserem Garten!«, erklärte Katharina stolz. Karola ging, um eine Vase zu holen, und ihre Cousine folgte ihr.

»Und was hast du da noch?«, wollte Karola wissen und deutete auf einen Karton, den Katharina unter dem Arm trug. »Ach, des is was, was i nimmer trag, und zum Wegwerfen war's ewig zu schad! Da hab i an die Anna gedacht.«

»Ui, was ist es denn? A Dirndl? A Mantel? A Kleid?«

»Fast. Aber lass sie doch erst amal neischlupfen, ob's passt und ihr aa g'fällt. Was meinst, Anna? Gehn mir zwei mal g'schwind hoch und probiern's?«

Als Anna mit Katharina zehn Minuten später herunterkam, waren die Reaktionen sehr unterschiedlich. Katharina war offensichtlich sehr stolz auf ihren gelungenen Streich. Thomas und Sebastian grinsten von einem Ohr zum anderen, Ludwig Wimmer, der sofort erkannte, was da gespielt wurde, schmunzelte vergnügt. Karola hingegen stand der Mund offen. Sie rang nach Worten, um ihren Ärger auszudrücken. Anna aber drehte sich glückselig in einer Motorradkombi aus weinrotem dickem Rindsleder, an den richtigen Stellen wattiert, in der sie einfach scharf aussah.

»Des is … des is ja …« Karola kam ins Stottern.

»Genau, des is deine eigene Kombi! Als die Anna unterwegs war, hast du g'sagt, jetzt wär Schluss mit dem Motorradfahren. Und dann hast du sie mir g'schenkt. Inzwischen fahr i aa nimmer mit dem Motorradl, und neipassen tu i nach der Geburt eh nimmer. Es ist also Zeit, dass i s' weitergeb.«

»Du, i find des aber überhaupt ned gut, wenn die Anna auf am Motorradl mitfährt. Sie ist erst fuchzehn. Beim Opa mag's ja noch angehn. Aber so junge Burschen …«

Nun mischte sich ihr Vater ein. »Und wie alt bist du damals g'wesen? Aa ned älter. Meinst du, uns war des damals recht g'wesen? Ich weiß noch genau, wie der junge Mann g'heißen hat, zweng dem du die Kombi hast ham müssen. Das war der …«

»Papa, jetzt bist aber sofort still. Des san uralte G'schichten. Die Vergangenheit geht keinen was an. Außerdem hab i mir die Kombi damals selber g'kauft.«

»Die Hälfte davon«, verbesserte sie Wimmer. »Die andere Hälfte hat dir die Gärtnerkattel zug'schossen. Meinst du, wir san so blöd und glauben, dass du nur aus Spaß an der Freud a ganzes Jahr lang mit ihr am Marktstand gearbeitet hast, nur weil du deine Patentante so gern hast?«

Karola schwieg betroffen. Katharina nutzte dies, um nachzulegen.

»Wie du mir damals die Montur g'schenkt hast, da waren meine Eltern genauso dagegen g'wesen wie du heut. Du hast mir die Kombi damals extra geschenkt, weil du g'sagt hast, a junger Mensch, der braucht a bisserl a Freiheit, des taat am jedem gut.«

»Des is ja a Verschwörung!«, rief Karola, konnte sich aber ein schiefes Lächeln nicht verkneifen.

»Außerdem«, meldete sich Thomas zu Wort, »schaut die Anna da drin aus, als wär's für sie g'macht.«

»Dann zeig's halt amal her«, lenkte Karola endlich ein und griff ihrer Tochter ins Leder, um hier und da zu ziehen. Die Kombi passte wunderbar. Sie hatte verloren.

In diesem Moment klingelte das Telefon im Haus. Wimmer ging hinein. Es dauerte eine Weile, bis er wieder in den Garten kam. Die Charleroi-Steaks waren gerade servierfertig.

»Für wen war's denn, Papa?«, fragte Karola.

»Für mich. Und bitte, reg dich ned auf. Da hat mich einer um kollegiale Hilfe gebeten.«

»Dich? Wieso dich? Der Chef von der Metzgerei ist der Sebastian.«

»Der wollt ja auch nicht mich als Metzger.«

»Als was denn sonst?«

»Als Detektiv! Er kommt morgen Vormittag vorbei und erklärt mir alles.«

Man mag es auf den Vollmond schieben, doch es hatte wohl auch andere Gründe, dass Karola, Wimmer und auch Anna in dieser Nacht unruhig schliefen.

Wimmer war aufgeregt und fieberte einem neuen Fall entgegen. Bisher war er in seine Fälle fast immer mehr oder weniger hineingerutscht. Dass ihn nun ein Privatdetektiv als Kollege ansah und um Hilfe bat, war neu, und selbst im Traum fand er es sensationell. Mit seiner Detektivspielerei war Wimmer in der Vergangenheit recht erfolgreich gewesen, und doch meinte er, gar nichts Besonderes dabei zu leisten. Er fischte doch nur im Dorftratsch nach Informationen. Immerhin wusste er, wo er sich umhören konnte, wo die guten Quellen waren, und konnte bei Bedarf auch die wichtigen Informationsbrocken aus den Leuten herauskitzeln. Der Rest war nur ein wenig Menschenkenntnis, Kombinationsgabe und Glück.

Er wäre verwundert gewesen, wenn er geahnt hätte, dass sein Bekannter Karl Konrad von der Kriminalpolizei es auch nicht viel anders machte und auf Wimmers Fähigkeiten trotz gewisser professioneller Vorbehalte große Stücke hielt.

Bisher war Wimmer nie groß nach außen hin als Detektiv aufgetreten. Zumindest in den letzten Jahren nicht mehr. Vor einer kleinen Ewigkeit war es anders gewesen: Er war zehn, als er mit zwei inzwischen längst verstorbenen Kameraden eine Lausbubendetektei gegründet hatte. »Scherlock Pinkerton & Co – Wolnzach« hatten sie sich genannt, und einen kurzen Sommer lang hatten sie Detektiv gespielt. Sogar einen richtigen Kunden hatten sie gehabt. Ein Nachbar hatte sie schmunzelnd beauftragt, im Garten einen Silberschatz zu suchen, der da im Krieg vergraben worden sein sollte. Den hatte es aber nie gegeben. So hatten sie ihm das Gemüsebeet umgegraben und danach die Geschäfte unter beißendem Spott ihrer Schulkameraden eingestellt.

Jahrzehntelang hatten die materiellen Reste des Detektivspielens in einer Blechdose auf dem Speicher geruht. Erst als vor ein paar Jahren unversehens ein Toter am Maibaum gebaumelt und dieser Mord die Marktgemeinde erschüttert hatte, hatte Wimmer wieder Lust auf das Detektivspielen bekommen. Eigentlich hatte er sich nur ein wenig umhören und der Polizei helfen wollen. Dieses Umhören hatte jedoch bald eine gewisse Eigendynamik entwickelt, und ehe er sich versehen hatte, hatte er zusammen mit Anna »Scherlock Pinkerton & Co – Wolnzach« wieder zum Leben erweckt. Am Ende hatten sie sogar noch vor der Polizei den Mörder ermittelt.

Anna hatte sich für ihn bei inzwischen vier Mordermittlungen als sehr nützliche Assistentin erwiesen. Wimmer war bauernschlau, geduldig und einfallsreich, doch auf einem Gebiet war der alte Metzger beinahe unbeleckt – Computer. Anna dagegen war ein Kind des digitalen Zeitalters. Inzwischen betreute die Fünfzehnjährige für ihre Mutter die Website der Metzgerei und hatte ihr vor ein paar Wochen den kleinen feinen Webshop »Oma Wimmers Wurstspezialitäten im Glas« eingerichtet.

Für ihren Opa recherchierte sie als Assistenzdetektivin im Netz und fand dort Informationen, von denen Wimmer nie geahnt hatte, dass man sie überhaupt suchen konnte. Doch auch Anna konnte erfolgreich den lokalen Klatsch ablauschen, besonders natürlich bei Schülern und jungen Leuten. Da sie ähnlich scharfsinnig war wie ihr Opa, bildeten sie ein glänzendes Team.

Doch das wusste so gut wie niemand. Sie erwähnten nie ihr Detektiv-Dasein nach außen. Anna und ihr Opa waren einfach nur Leute wie andere auch: ortsbekannt, vertrauenswürdig und a bisserl neugierig. Dass sie dabei sehr zielgerichtet neugierig waren und im kriminalistischen Sinne auch höchst erfolgreich, behielten sie für sich.

Doch nun hatte ein Herr Dirk Biss angerufen und nach dem Privatdetektiv Wimmer gefragt. Der alte Metzger fand das sehr merkwürdig. Diese nebulöse Bitte um kollegiale Hilfe hielt ihn lange wach.

Auch Karola trieb der Anruf lange um. Sie fand ihn sehr beunruhigend. Wenn es nur um Wimmer gegangen wäre, hätte sie es noch hingenommen. Er war erwachsen und für sich selbst verantwortlich. Doch dass er Anna mit der Detektivspielerei angesteckt hatte, das machte ihr große Sorgen. Einmal war sie schon mit einer Pistole bedroht worden, und auch beim letzten Mal wäre sie beinahe in Lebensgefahr geraten. Natürlich hatte Wimmer alles getan, dies zu vermeiden. Es war nicht so, dass er unsinnige Risiken eingegangen wäre, doch das Jagen von Mördern war nun mal etwas, was schnell aus dem Ruder laufen konnte.

Und dann noch diese alte rote Motorradkombi. Da hatte sie sich sauber ausmanövrieren lassen. Die rote Kombi! Sie lächelte, als sie an die Touren dachte, die sie darin gemacht hatte. Und an die paar handverlesenen Burschen, die sie damals aus dem Leder pellen durften. Die Kombi war ihr Tor zur Freiheit gewesen. Aber Anna? Das waren doch seinerzeit ganz andere Zeiten gewesen. Das konnte man doch nicht vergleichen. Detektive und Motorräder! Ach, wieso konnte ihre kleine Familie nicht sein wie andere auch und normalen Hobbys nachgehen?

Anna schlief zwar, aber auch sie wälzte sich von einer Seite auf die andere. Im Traum hatte sich die rote Lederkombi verdreifacht. Als drei rote Lederschwestern standen sie da: Karola, Katharina und sie in der Mitte. Sie ließen sich von jungen Männern auf bulligen Motorrädern bewundern. Und dann kam einer, reichte ihr die Hand und bot ihr den Platz auf dem Soziussitz an. Er war unglaublich männlich, stark und kühn und trug die Züge von Sammi aus der zwölften Klasse. Seltsamerweise roch er aber wie das Rasierwasser von Opa.

2

19. September – Donnerstag

»Jetzt, Herr Biss, müssen S' mir bitte erst mal erzählen, wie Sie auf mich gekommen sind. Dass i ab und zu als Detektiv arbeit – oder sagen wir lieber: a bisserl an Kriminalfällen herumstöber, des weiß eigentlich keiner. Es war immer inoffiziell. Es ist ja ned so, dass i Visitenkarterl verteilen daat.«

Wimmer saß auf seinem blauen Kanapee in seinem Zimmer unter dem Dach der Metzgerei. Seinen Gast hatte er in einen der beiden bequemen Lehnstühle gesetzt und musterte ihn nun. Sein Gegenüber war Ende vierzig, hatte einen deutlichen Bauchansatz, eine Halbglatze und dicke Tränensäcke. Er war unauffällig gekleidet – beige Bundfaltenhose, ein einst weißes, nun aber sehr, sehr hellgraues Polohemd und ein beiges Sakko. Alles in allem hätte er ein Beamter sein können oder ein Lehrer. Wenn man genauer hinsah, wirkte er ein wenig angeschmuddelt. Das an den Ellbogen ausgebeulte Jackett mit der vom Sitzen zerknautschten Rückseite hatte schon bessere Zeiten gesehen, die Schuhe waren abgeschabt, und auch das Polohemd hatte fadenscheinige Stellen am Kragen.

»Herr Wimmer, Sie unterschätzen wohl Ihre Mitbürger und deren Neugier. Ihre Heldentaten schweigen sich sozusagen herum. Man weiß, dass Sie an Verbrechen nicht nur interessiert sind, sondern schon mehrfach an der Lösung derselben beteiligt waren. Da gab es doch den toten Apotheker, den Sie entdeckt haben. Haben Sie da nicht auch den Täter identifiziert? Und die beiden Leichen in Eichstätt, auch das hat man nicht übersehen und ebenso wenig, wie Sie da der Polizei geholfen haben.«

»Und wer hat Ihnen den Tipp gegeben?«, wollte Wimmer wissen. »Wer genau?«

»Sagen wir so ... Ich hab einen Freund aus früheren Tagen in der Polizeiinspektion Geisenfeld.«

Die Polizei ... ja, die wusste natürlich von Wimmers privaten Ermittlungen oder von seinem »penetranten Herumgeschnüffel«, wie man es auch schon genannt hatte.

»Und Sie san also a Detektiv. A echter Privatdetektiv?« Wimmer lenkte das Gespräch zurück auf den Anlass.

»Genau! Eingetragenes Mitglied im Berufsverband der bayerischen Detektive.«

»Aha.« Wimmer zeigte sich weniger beeindruckt, als er es war. »Und Sie wünschen sich jetzt von mir ›kollegialen Beistand‹? Um was geht es denn überhaupt, und wie stellen Sie sich das vor?«

»Sie werden verstehen, dass ich nicht zu sehr ins Detail gehen kann. Diskretion gegenüber meinem Mandanten, ja? Aber so viel kann ich Ihnen sagen: Ich soll ein Haus finden. Er hat aber nur eine Fotografie und die Information ›Wolnzach‹.«

»A Haus sollen S' finden? Warum? Ich mein, wieso will er denn dieses Haus finden? Wenn ich da am End an Einbruch vorzubereiten helf, dann ...«

»Nein, es ist sicherlich nichts Illegales. Warum genau mein Mandant dieses Haus finden will, weiß ich nicht, aber es scheint ihm sehr wichtig zu sein. Aber schauen Sie, das Bild ist schon älter. Soweit ich weiß, ist es über fünfzig Jahre alt. Wolnzach hat sich verändert. Ich vermute, dass dieses Gebäude heute anders aussieht. Ich habe es nicht finden können. Aber mit Ihrer Hilfe ... Ich meine, Sie kennen Wolnzach auch, wie es früher war und wie es sich entwickelt hat. Oder Sie kennen die richtigen Leut, die man fragen muss. Mit Ihnen habe ich eine echte Chance, das Haus zu finden. Ich biete Ihnen dreihundert Euro pro Tag.«

Wimmer zögerte.

»Das Geld gibt es erfolgsunabhängig! Ich bezahl Sie in jedem Fall, ob wir das Haus finden oder nicht.«

Wimmer seufzte und wollte gerade antworten.

»Und fünfhundert Euro extra, wenn wir es finden.«

»Herr Biss. Ich muss mir das erst noch überlegen. Ob ich Ihnen zusag oder nicht, hat dann aa nix mit der Bezahlung zu tun. Die ist schon in Ordnung. Kann ich Sie heut am Abend anrufen?«

Der Detektiv gab Wimmer seine Visitenkarte. Wimmer legte sie auf seinen Schreibtisch, dann brachte er den Besucher zur Tür.

»Bitte lassen Sie mich nicht im Stich. Ich zähle auf Ihre Hilfe«, meinte Biss beim Abschied, dann schloss Wimmer hinter ihm die Haustür. Nachdenklich kehrte er in sein Zimmer unter dem Dach zurück.

Gegen drei Uhr hörte Wimmer, wie Anna heimkam, die Haustür ins Schloss warf, einen Gruß in die Metzgerei rief und nach oben stürmte. Bevor sie in ihr Zimmer verschwinden konnte, das Wimmers schräg gegenüber lag, rief er zu ihr hinüber: »Hast du an Moment Zeit?«

»Naa. Und du aa ned.«

»Oha? Wieso? Brennt's denn?«

»Ja, weißt es denn nimmer? Hast du ned gestern versprochen, mir machen heut an Ausflug mit der Maschin?«

Wimmer lächelte. Ganz so war es nicht gewesen. Doch immerhin hatte Anna ihm ein »Ja, des können wir schon machen« abgeschmeichelt, als sie es hartnäckig zum dritten Mal vorschlug. Er hatte noch die Worte »bei nächster Gelegenheit« im Ohr.

»Aber Anna, du hast ja noch gar keinen Helm ned!«, versuchte Wimmer, das Unvermeidliche noch einmal abzuwenden.

Woher Anna in weniger als einem Tag einen Helm gezaubert hatte, blieb ihr Geheimnis. Wimmer hatte den Kopf geschüttelt und sich umgezogen. Er hätte es wissen sollen, dass Anna den Begriff der »Gelegenheit« wie ein Winkeladvokat in ihrem Sinne auslegen würde. Andererseits … Besseres hatte er im Moment tatsächlich nicht vor, die Sonne tauchte alles in ein goldenes Licht, und die Luft war angenehm warm. Wimmer gab nach.

So verpackten sich Enkelin und Opa jeweils in ihren Zimmern in robustes Leder und stiegen eine Viertelstunde später auf die alte BMW R 50 S.

Auf Annas Wunsch rollten sie einmal der Länge nach und einmal quer durch den ganzen Ort, damit alle Anna bewundern konnten, dann aber fuhr Wimmer hinaus. Er steuerte das Motorrad vorsichtig und gemütlich auf Nebenstraßen und hielt nach zwanzig Minuten hinter Geisenhausen bei einem Bankerl, das im Schatten einer Eiche und einer Buche neben einem Feldkreuz stand.

»Lass uns amal a bisserl hersetzen«, lud Wimmer sie ein.

Der Platz für die Bank war gut gewählt. Sie stand, nach Osten blickend, hoch über einem kleinen Tal mit den inzwischen leeren Drahtgespinsten, an denen bis vor ein paar Wochen noch Hopfen gewachsen war. Auf der anderen Seite, schräg gegenüber, schwang sich auf einer langen, harmonischen Reihe von Rundbögen das Viadukt der Autobahn über das Tal, ein riesiger Tatzelwurm aus Stein.

»Motorradfahren ist ja Hammer!«, sprudelte es aus Anna heraus. Ein paar Minuten ließ Wimmer ihrer Begeisterung Zeit. Dann aber berichtete er ihr von der Begegnung mit Dirk Biss. Anna lauschte. Sie kannte ihren Opa gut genug, um auch das Ungesagte zu hören.

»Du magst den Mann nicht, richtig?«

»Ich kenn ihn doch kaum.«

»Ob man wen mag oder nicht, das weiß man doch schon nach weniger als einer Minute.«

»Also gut, Freunde werden wir sicher ned. Aber i hab aa nix gegen den Mann. Und er ist wohl a echter Profi. Des wär a Gelegenheit, noch was zu lernen.«

»Genau. Du könntest amal schau'n, wie er die Leut so ausfragt. Oder wo er seine Informationen findet. Er kann ja nicht immer seine Spezl bei der Polizei fragen. Opa, ich tät's machen.«

»Und deine Mama?«

»Na ja. Ich halt mich da raus. Ich muss da ned auch noch mitfahr'n. Er hat ja dich eing'laden und nicht mich. Außerdem muss ich eh Französisch büffeln, da gibt es bald a Schulaufgabe. Wenn ich mich da raushalt – offiziell zumindest –, wird die Mama sich schon ned so aufregen. Und außerdem sucht ihr ja keinen Mörder, sondern nur a Haus, das irgendwer Gott weiß wann fotografiert hat. Das ist was ganz anderes wie a Mörderjagd und sicher ned so gefährlich.«

Karola protestierte tatsächlich kaum, als sie hörte, dass Anna dieses Mal nicht involviert sei, und als ihr klar wurde, dass es nur um ein altes Foto ging, lenkte sie unerwartet rasch ein. Dass Wimmer sich insgeheim als Ermittler bei den Leuten herumgesprochen hatte, fand sie einerseits sehr unpassend für »ordentliche G'schäftsleut«, andererseits kannte man ihn als »guten Detektiv« und empfahl ihn sogar einem Profi. Diese Kompetenz erkannte sie an und war – trotz aller Ablehnung – auch ein wenig stolz auf ihren Vater. Gegen sieben Uhr abends setzte sich Wimmer an seinen Schreibtisch und sagte Biss zu.

Vierundzwanzig Stunden später saß er auf seinem Kanapee und berichtete Anna von seinem Tag.

»Wie war es? Wie arbeitet ein richtiger Privatdetektiv? Hast du dir was abschauen können?«

»Na ja … anscheinend machen wir schon eine ganze Menge richtig.«

Biss hatte Wimmer am Vormittag abgeholt.

»Wo ham S' denn Ihren Wagen?«, fragte Wimmer und sah sich um.

»Sie stehn davor«, antwortete Biss und ließ die Schlösser per Funk aufschnappen. Es war ein japanischer Mittelklassewagen, schon älter, eierschalenfarben und so wenig markant, dass erst ein Blick auf das Markenlogo mit seinen drei Rauten ihm verriet, dass es sich um einen Mitsubishi handelte. Die Enttäuschung stand Wimmer wohl ins Gesicht geschrieben, denn Biss fragte ihn, als sie losgefahren waren: »Sind Sie enttäuscht? Haben Sie was anderes erwartet? Ich fahre die Schüssel ganz gern. Sie ist wunderbar unauffällig.«

»Na ja. Ich denk da an Verfolgungsjagden. Da hab ich mir schon a bisserl was Sportlicheres vorg'stellt.«

»Was hätte Ihnen denn da vorgeschwebt? Ein Aston Martin wie der James Bond, ein roter Jaguar wie Jerry Cotton oder Thomas Magnums Ferrari? Das wären so ziemlich die letzten Autos, die ich wählen würde. Und nicht nur wegen der teuren Reparaturkosten. Was die Verfolgungsjagden angeht, da hatte ich bisher sowieso nie eine. Eher kommt es vor, dass ich jemanden beschatte, dann aber immer mit Abstand.« Biss lächelte. »Trotzdem hat das Auto eine Sonderausstattung.«

»Ach was?« In Wimmers Kopf spukten Ölsprühdüsen, Ortungsradar und Wendekennzeichen herum. Doch das war natürlich cineastischer Unsinn, der in der Realität kaum etwas verloren hatte. Aber was konnte es dann sein?

»Der Wagen hat eine Standheizung. Sehr angenehm, wenn man im Winter observieren muss. Da beschlagen die Scheiben nicht dauernd. Kann ich nur empfehlen.«

Biss kramte in einer Aktentasche und nahm eine großformatige Fotografie aus einer Mappe heraus.

»Das ist die Vergrößerung, dies hier ist das Original. Sie sehen, die Qualität ist bescheiden. Auch digital kann man da nichts mehr rausholen. Wo nichts ist, kann das beste Programm nix machen.«

Es war eine quadratische Schwarz-Weiß-Aufnahme, in der Mitte schärfer als am Rand und insgesamt sehr hell und kontrastarm.

»Erkennen Sie das Haus? Wissen Sie, wo das ist?«

Wimmer schüttelte den Kopf. Das Bild zeigte drei Frauen, die in die Kamera lachten. Sie standen vor einem Bauernhaus, wie es in der Gegend Hunderte gab: Die Eingangstür wies zum Hof, zwei Reihen Fenster, weiter hinten Stalltüren und alles unter einem regelmäßigen Ziegeldach. Wimmer sah genauer hin. Über der Eingangstür wich die Wand ein wenig zurück und schuf Raum für einen kleinen Balkon. Zwischen den Fenstern war eine kleine Nische mit einer Heiligenfigur. Es gab noch ein paar markante hohe Laubbäume im Hintergrund. Doch die waren leider kaum mehr erkennbar. Im Vordergrund sah er große Körbe aus Bast gestapelt, sogenannte Hopfakirn, in die man beim Hopfenzupfen die Dolden sammelte.

»Das Jahr kann i Ihnen ned sagen, aber die Aufnahme ist beim Hopfenzupfen entstanden, Ende August oder Anfang bis Mitte September«, erklärte Wimmer. »Sie suchen den Hof von einem Hopfenbauern.«

Biss nickte. »Das hat mir schon mein Mandant gesagt, aber schön, dass Sie es mir bestätigen. Das Bild entstand wohl Ende der fünfziger Jahre. Vermutlich mit einer Boxkamera. Da hab ich mich erkundigt.«

»Tut mir leid, den Hof erkenn i ned.«

»Das wäre ja auch zu schön gewesen, Herr Wimmer! Dann müssen wir halt suchen.«

Den Rest des Tages fuhren sie der Reihe nach die Höfe von allen Hopfenbauern ab, die Wimmer persönlich kannte und betrachteten im Vorüberfahren einige andere. Biss nannte es zähneknirschend eine »Geduldsaufgabe«. Doch nirgends sah es aus wie auf dem Bild.

27.8.1954

Nach einem raschen Frühstück auf dem Hof – Malzkaffee und dick bestrichene Butterbrote mit Schnittlauch – hieß es: »Auf in den Hopfengarten!« Der Anhänger des Traktors wurde mit einem Haufen Ausrüstung beladen, und dann rumpelte er hinaus, gefolgt von einer schnatternden Schar Arbeiter.

»Hast du dein Pflaster dabei?«, fragte Eleonore ihre Freundin.

»Ja, freilich.« Franziska hatte in München noch eine große Rolle mit breitem Hansaplast gekauft, wie Eleonore es ihr geraten hatte. »Aber wofür brauch ich es denn?«, wollte sie wissen.

»Wou kummst denn her, Kind? Aos da Stodt g'wieß. Da houn s' woul koan Hopfa ned«, mischte sich eine dicke Frau ein und lachte. Wenn sie sprach, klang ihr breiter Oberpfälzer Dialekt ein wenig wie das Gebell eines freundlichen Hundes. Später lernten sie die immer gut gelaunte Kameradin kennen. »Leopoldine haiß i, dearfsch oba Poldi song«, stellte sie sich vor.

»Das Pflaster schützt die Händ a bisserl«, kam Eleonore auf die Frage zurück. »Weißt, der Hopfen ist keine sehr angenehme Pflanze.«

Das war eine gelinde Untertreibung, fand Franziska bald. Ein paar Minuten später saß sie mit den anderen am Hopfengarten auf einem Schemel, vor sich zwischen den Beinen einen großen Spankorb und eine Hopfenranke auf dem Schoß. Den Daumen und Zeigefinger hatte Eleonore ihr mit einem Stück Pflaster abgeklebt, und sie war froh für diese Hilfe. Nur gestandene Bäuerinnen mit hornigen, eisenholzharten Händen fassten hier ohne die Schutzmaßnahme zu.

»Geh, Franzi!«, tröstete Leopoldine. »Des hao ma olle leana miassen! Do is nou a jede mit z'rechtkumma.«

Schon die erste Hopfenranke hatte Franziska gelehrt, wie gemein die Pflanze war. Alles an ihr – bis auf die Dolden – war hart. Was immer sie anfasste, die Stängel und sogar die gefingerten Blätter, so ziemlich alles war erstaunlich stachelig. Das Pflaster half, dass es ihr nicht die Haut aufriss, wenn sie zupackte. Wogegen es nicht half, und was Franziska bald sehr lästig fand, waren die Hafthaare an den Stängeln. Als Schlingpflanze, die etwas braucht, um nach oben zu ranken, benutzte der Hopfen diese groben Haare, die kaum weniger stachelig waren als die eigentlichen Stacheln selbst.

Nach einer Stunde besah sich Franziska ihre Hände. Sie waren wie von einer Schicht Pattex überzogen, und daran haftender Schmutz färbte die Finger schwarzbraun.

»Jessas, bekomm i den Dreck je wieder runter?«, fragte sie Leopoldine, die neben ihr arbeitete.

»Mit am Wasser und a Soafen geht's schou ob. Ouwa tüchtig schrubben mousst halt. Blous wouzu? Morgen houst an Dreck ja glei wieder drauf. Des deppade Harz gehört halt douzua. Da Hopfen is eh a recht a garstiges G'wachs. Das oanzig weiche, wous a bisserl angenehm is, des san die kleinen Hopfadroin.«

Diese Dolden, die in dichten Trauben wie winzige grüne Tannenzapfen üppig an den Reben hingen, galt es abzuzupfen. Das war die Arbeit der Pflückerinnen. Die kleinen Zapfen waren der Schatz der Region. Ihretwegen hatte der Bauer einen Kredit für den teuren Stangengarten bei der Raiffeisenbank aufgenommen. Wegen dieser Dolden, den weiblichen Blütenständen, waren der Bauer oder seine Frau beinahe täglich herausgekommen und hatten immer wieder dafür gesorgt, dass es den Pflanzen an nichts fehlte.

Wegen dieser kleinen goldgrünen Zapfen beobachteten alle Bierbrauer die Nachrichten aus der Holledau. Wehe, es gab größere Einbußen in der Menge oder gar einen Einbruch in der Qualität! Dann stieg der Hopfenpreis, oder, weit schlimmer noch, es sank die Qualität des Bieres.

Die Bäuerin, die Leopoldine zugehört hatte, meinte: »Der

Hopfen is a rechter Segen, aa wenn er sich garstig anlangt. In den Zapferl drin, da sitzt nämlich des Lupulin!«

Sie nahm eine Hopfenblüte und bog die Schuppen zurück. »Siehst die kleinen gelben Körnderl? Des san Drüsen, da sitzt das Lupulin. Das is was ganz Kostbares. Das is das Zeug, das das Bier bitter macht und dafür sorgt, dass es im Keller ned verdirbt und so gut schmeckt. Außerdem macht des Lupulin den Hopfen aa zu a wichtigen Heilpflanzen. Scho die Heilige Hildegard hat's kennt. Beruhigen kann's, und ma schlaft besser, wennst as bloß riechst. Viele stopfen an Hopfen in a klein's Kissen und ham's im Nachtkasterl. Wenn s' ned schlafen können, dann holen s' es raus. Und wenn's mit der Verdauung ned klappt, oder wann einer keinen rechten Appetit ned hat, hat der Hopfen schon ganz oft die Sach g'richt.«

»Und g'scheid wous vadient ma ja aa am Hopfen!«, meinte Leopoldine und lachte.

»Da hast recht!« Auch Frau Bichler lachte. »I sag's ja. A rechter Segen is der Hopfen!«

Diesen Segen aber musste man sich mit zerschundenen Händen erkaufen, und Franziska plagte sich sehr. Sie merkte bald, dass die anderen wesentlich schneller zupften als sie selbst. Es dauerte lange, bis sie ihre erste Hopfenkirn voll hatte. Doch niemand lachte sie aus, keiner bemitleidete sie oder war hämisch.

»Des hao ma olle leana miassen! Do is nou a jede mit z'rechtkumma«, ermunterte sie Leopoldine.

Auch wenn Franziska sich schinden und plagen musste, es war dennoch ein lustiges Arbeiten. Man saß locker zusammen, mehrere Pflücker teilten sich eine Rebe, und es wurde gescherzt, erzählt, gelacht und gesungen. Jeder reihum stimmte immer wieder Volks- und Liebeslieder au oder Moritaten, aber auch allerlei albernes Zeug wie das Lied vom Birnbaum, der drunt in der grünen Au wächst. Freche Lieder sangen sie auch, so zum Beispiel eines von einer Magd, die einen Floh am Fuß spürte und Strophe um Strophe das Tierchen immer weiter das Bein hinaufjagte.

Nach drei Stunden tat Franziska das Kreuz weh, und sie streckte sich, doch sie merkte, dass sie inzwischen viel schneller brockte und schon fast mit den anderen mithalten konnte. Natürlich nicht mit Theres aus Sendling. Sie war die Schnellste, aber sie arbeitete auch mit einem Ingrimm und einer Verbissenheit, die keiner sonst aufbrachte.

Von Zeit zu Zeit brachten die Pflückerinnen ihre vollen Kirn zum Hopfenmeister. Als sich Franziska mit ihren Körben aufmachte, war das die Bäuerin. Sie leerte sie in ein großes Blechmaß, den Metzen. Das war die Maßeinheit. Je nach Größe der Kirn brauchte es eineinhalb bis zwei Kirn für den Metzen, der sechzig Liter maß.

»Ah, die Franzi! Bist ja scho fleißig dabei! Und, g'fallt's dir hier?«

»Ja, schon, Bäu'rin. Mit der G'sellschaft macht's schon Spaß, und an den Hopfen g'wöhn ich mich scho noch.«

»Ist scho was anderes wie a Salat vom Markt oder was man in der Stadt sonst noch als Pflanzen kennt.«

Die Bäuerin fischte ein einzelnes Blatt mit einem Stängelrest aus den Dolden, mahnte Franziska, genauer zu arbeiten, und gab ihr dann für zwei Metzen zwei Blechmünzen.

»Die hebst auf, und wenn du gehst, am End von der Ernte, da rechnen wir ab.«

Franziska kehrte zurück zu ihrem Schemel und griff sich ein Stück von der nächsten Rebe, zog sie auf ihre blaue Schürze und begann zu zupfen, sang dabei oder erzählte Geschichten.

Zu Mittag brachte der älteste Sohn mit einem Traktor einen großen Korb mit Broten und ein paar Kisten Bier und Limo. Er war ein fescher Bursch, etwa siebzehn Jahre alt und sehr stolz, wie er da auf dem Schlepper saß. Am Nachmittag machte er den Hopfenmeister.

Bis zum Abend war Franziska eine echte Hopfenpflückerin und brauchte den Vergleich mit den anderen nicht mehr zu scheuen. Sie brauchte etwa eine Stunde und zehn Minuten für den Metzen. Das war ein ganz ordentlicher Wert. Eleonore brauchte ein paar Minuten weniger, Poldi brauchte ein paar

Minuten mehr, und an die ehrgeizige Theres mit ihren etwa vierzig Minuten kam eh keiner heran.

Als es heim ging, war Franziska müde, verschwitzt und hungrig, aber bestens gelaunt.

»Tummelts euch mit dem Waschen!«, mahnte die Bäuerin. »Die Madl am Wasserhahn im Stall, die Mannsbilder am Schlauch hinter der Scheune! Schickts euch, dann seids schneller beim Abendessen!«

3

21. September – Samstag

»I hab amal nachgedacht«, meinte Wimmer. Es war ein kühler, sonniger Herbstmorgen, kurz vor halb neun und der zweite Tag, an dem die beiden Detektive den Hof suchten. Wimmer stieg wieder zu Biss in den Wagen.

»Und?«

»Na ja, wenn des wirklich alles is, was mir ham, dann is des ned grad viel.«

»Mehr habe ich leider nicht. Ich hab nur dieses eine Foto.«

»Dann muss man aus dem Wenigen halt das Beste machen«, brummte Wimmer. »So wie i das seh, ham mir drei Ansatzpunkte.«

Wimmer bemühte sich, sich sehr professionell zu geben. Er wollte bei dem Detektiv Eindruck schinden. Der Kollege wollte Geld bezahlen, und darum sollte er auch einen soliden Gegenwert erhalten.

»Drei Ansatzpunkte?« Dirk Biss staunte. Er hatte das Bild natürlich auch genau angesehen. Die Leute waren sicher kaum ein Hinweis. Die Aufnahme war uralt und die Gesichter klein und unscharf. Dass man nach so langer Zeit darauf jemanden erkennen würde … das wäre ein reiner Glücksfall. Mehr Erfolg versprach da das Haus. Doch das war fraglich, denn auch Bauernhöfe veränderten sich mit der Zeit. Aber es war ein brauchbarer Ansatz. Der einzige, soweit Biss es erkannte. Und nun zauberte dieser Amateur noch zwei weitere Möglichkeiten aus dem Hut, an die Sache heranzutreten.

»Was für Ansatzpunkte meinen Sie?«

»Das Haus natürlich, die Bäume im Hintergrund und die Heiligenfigur da oben zwischen den Fenstern.«

»Die ist doch ganz unscharf. Da werden Sie auch keine bessere Darstellung herauskitzeln können. Das hab ich doch schon probiert. Oder können Sie die so unscharf etwa erkennen?«

»Naa. Erkennen kann i die aa ned. Aber mir können vielleicht trotzdem ziemlich genau abschätzen, wie groß die Figur sein muss.«

»Wie wollen Sie denn das schätzen?«

»Da, schaun S'. In der Lampe über der Tür sieht man a Glühbirne. Von der Kamera is die ziemlich genau so weit weg, wie die Nische mit der Figur. Und wie groß a Glühbirn ist, des weiß i zwar ned, sieben Zentimeter im Durchmesser, tät i schätzn. Aber des kann man doch rauskriegen. Und dann is es nur mehr a Rechenaufgab für die Mittelstufe: Dreisatz.«

»Respekt!« Biss nickte anerkennend. Mit einer verlässlichen Vergleichsstrecke konnte man tatsächlich die Größe der Nische und der Figur recht genau ausrechnen. »Das kann ein wenig helfen. Aber ob uns das wirklich weiterbringt, weiß ich nicht. Heiligenfiguren in der Größe gibt es sicher viele. Und was ist mit den Bäumen?«

»Da möcht i gern wen fragen. Vielleicht kriegen wir nicht raus, wo die Baam steh'n, aber i hoff, dass er uns sagen kann, nach was wir überhaupt schau'n sollen.«

Als sie angekommen waren, bat Wimmer Biss, im Auto zu warten. »Der Mann is a bisserl a schwieriger Charakter. Da bin i besser allein.«

Wimmer hatte erwartet, dass Biss protestieren würde, doch es schien ihm nichts auszumachen.

Johannes Rosskopf war Nebenerwerbslandwirt auf einem Hof unweit von Wolnzach und als ungeselliger Eigenbrötler bekannt. Er gab sich schweigsam und muffig. An schlechten Tagen konnte er sehr rüpelhafte Manieren an den Tag legen. So war es kein Wunder, dass er als Einzelgänger galt. Die meisten Flächen seines Hofs waren verpachtet, bis auf ein wenig Holz und ein paar Äcker, auf denen er Gerste, Sonnenblumen und Raps im Wechsel anbaute. Seinen Lebensunterhalt verdiente er als Lokführer im Rangierverkehr.

Seit seine Frau ihn sitzengelassen hatte, war das Thema Beziehung für ihn erledigt. »Die Weiberleut können mir g'stohlen bleiben. Wenn i a blöds G'wäsch hörn will, mach i den Radio an. Wenn i will, dass man mir was anschafft, geh i in die Arbeit. Und für a g'scheides G'spräch geh i in den Wald. So a Baam, der hört zu und unterbricht mi ned.«

So lebte er allein und war zufrieden, wenn man ihn in Ruhe ließ und er seine Bäume hatte. Rosskopf war weder Naturromantiker noch Waidmann. Wenn er in den Wald ging, dann allein wegen der Bäume, in denen er echte Freunde sah. Sie verstanden ihn, und er verstand sie.

Holz, das war ein wenig wie er selbst, sein Medium. Hart, zäh, ausdauernd und doch wunderbar gestaltbar. Seine Scheune hatte er mit der Zeit in eine kleine Schreinerwerkstatt verwandelt, in der übers Jahr eine Reihe außergewöhnlicher Vogelfutterhäuschen entstanden waren, mit Türmchen, kühnen Dachlandschaften und alle perfekt gearbeitet. Im Herbst verkaufte er sie für teures Geld im Internet. Das war ein willkommenes Zusatzeinkommen, von dem nur wenige wussten. Was keiner wusste: Rosskopf schnitzte auch herrliche Figuren. In seinem Keller gab es ein halbes Hundert spannenlanger Krippenfiguren, nur für ihn und seine private Freude.

Wimmer mochte den Sonderling. Vor ein paar Jahren hatte er ab und zu noch ein paar Schweine rund gemacht, und der Metzger hatte sie ihm gern abgekauft, denn diese Tiere hatten ohne Zeitdruck ihren Speck ansetzen dürfen, hatten Auslauf genossen und waren ein gutes Stück weit besser gewesen als der Durchschnitt.

Wimmer fand den Bauern nahe beim Hof auf einer Bank neben einer Linde in der Morgensonne sitzen und eine Pfeife rauchen.

»Griaß de, Ludwig!«

»Servus, Johannes.«

Es folgte eine Pause.

»Bist schon lang nimmer da g'wen.«

»Is scho a Weile her. Stimmt. Und? Dir geht's gut?«

»Passt scho. Und selbst?«

»Mei … muss ja.«

Damit waren sowohl die Begrüßung als auch der Smalltalk beendet. Wimmer setzte sich, und sie schwiegen beide. Nach einer Weile drehte sich der Gastgeber halb zu Wimmer um und zog eine Augenbraue hoch.

»Ja, genau, Johannes, i brauch was von dir. I hab da a Problem, und da warst du vielleicht der Rechte, der mir helfen kannt.« Rosskopf schwieg weiter. Auch Wimmer ließ sich Zeit, dann fuhr er fort. »I soll auf am alten Foto a Haus finden. A paar Baam san aa auf dem Bild drauf. Viel erkenn i da ned, aber vielleicht kannst du mir sagen, was des für Baam gewesen sind.«

Rosskopf nahm die Pfeife aus dem Mund und schmunzelte.

»Dann zeig doch amal her.«

Nach eingehendem Studium des Bildes stellte er fest, dass es kaum eindeutig zu sagen war.

»Die Qualität is scho recht lausig. Der linke Baam kannt mit a bisserl am Glück a Eiche sein. Wenn des aber a Kastanie ist, dann wirst die vielleicht gar nimmer finden. Die werden meistens ned so alt. Die wann im Inneren morsch werden, dann muss man die umschneiden. Im Hintergrund is a Birke. Die war damals a scho recht alt. Die wird ziemlich sicher nimmer stehn. Aber hier am Rand, des schaut aus, als ob des a Linde war … die könnt's noch geben. So a Linde, die wird alt.«

Wimmer blieb noch eine Weile sitzen.

»Wenn's a Linden is«, ergänzte Rosskopf, »dann kann's sogar sein, dass ma die unter Schutz g'stellt hat. Seit etwa dreißig Jahren kannst so an schönen alten Baam nimmer einfach wegmachen. So a Baamfrevel is inzwischen oft aa gesetzlich verboten.«

Damit verstummte er wieder und hüllte sich in eine aromatische Wolke Tabakrauch. Wimmer bedankte und verabschiedete sich, dann kehrte er zu seinem Auftraggeber zurück.

Biss legte gerade eine Art Satellitenschüssel aus Plexiglas mit Handgriff zu einem Kassettenrekorder in den Kofferraum.

»Is das a Richtmikrofon?«

»Ja, freilich. Haben Sie geglaubt, ich bleib im Auto und les derweil a Mickey-Maus-Hefterl?«

»Und aufgenommen ham S' mi aa no?«

Das hatte Biss nicht getan. Der Kassettenrekorder, so erklärte er – und es stimmte sogar – sei nur eine Vorsichtsmaßnahme. Mit dem Rekorder und dem Buch »Unsere gefiederten Freunde – Band 1, Singvögel« könne er jederzeit und überall mit dem Richtmikrofon arbeiten und dann behaupten, nur ein Hobbyornithologe zu sein, auf der Suche nach dem Ruf des Ziegenschnäppers. Wer die Kassette anhörte, fand darauf tatsächlich nur Vogelgezwitscher. Wollte Biss mit dem Richtmikrofon etwas aufnehmen, stöpsele er sein digitales Aufnahmegerät an, so groß wie eine Zigarettenpackung.

Die Weiterfahrt war still und frostig. Wimmer fühlte sich getäuscht und schwieg hartnäckig. Schließlich lenkte Biss den Wagen an den Straßenrand und stellte den Motor ab.

»Herr Wimmer, wenn Sie sich hintergangen fühlen, tut es mir leid. Das war nicht meine Absicht. Aber ich denke, ich sollte doch genau das erfahren, was auch Sie wissen. Ich dachte, so ist es einfacher, als Sie zu verwanzen oder so was.«

»Wanzen haben Sie auch?«

»Ja. Freilich.«

»Darf man die denn überhaupt benutzen?«

»Nicht überall. Dieser Bereich ist rechtlich ein wenig – nennen wir es – sumpfig.«

»Ham Sie sonst irgendwelche Sonderrechte, Herr Biss? Darf so a Detektiv mehr, weil er wie die Polizei ermittelt?«

»Nein. Ich bin ja weder die Polizei noch eine Staatsbehörde. Ich darf alles, was normale Menschen auch dürfen. Aber mehr darf ich nicht.«

»Dürfen S' einfach so Gespräche abhören?«

»Das darf ich nicht. Aber ich darf versuchen, Vogelstimmen

aufzunehmen ... und wenn ich da dann zufällig ein Gespräch höre ...«

»Dürfen S' wen festnehmen?«

»Das darf ich, und Sie dürfen es übrigens auch. Wenn Sie einen Dieb zum Beispiel in flagranti erwischen, dann dürfen Sie ihn festhalten, bis die Polizei da ist. Das nennt sich ›Festnahme durch Jedermann‹.«

»Aber ned jedermann hat deshalb gleich Handschellen dabei. Ich hab welche hinten im Kofferraum gesehen und so was wie a Filmkamera aa. So a große gleich, mit schwerem Holzstativ.«

Biss lachte. »Das ist keine Kamera, Herr Wimmer. Das ist nur ein Stativ mit einem Theodoliten, einem Landvermessungsgerät. Der ist sogar kaputt. Aber das macht nix. So ein Gerät ist sehr praktisch. Wenn Sie mal ein Objekt länger beobachten müssen, kann man sich dabei schlecht unsichtbar machen. Irgendwann gibt es dumme Fragen. Aber wenn Sie nur Grundstücke oder Gullideckel vermessen und dazu noch eine orange Jacke anhaben, dann fragt kaum einer, und wenn, dann kann man einfach was über neue Glasfaserleitungen für das schnelle Internet erklären, und die Leute sind zufrieden. So kann man ganze Tage um ein Objekt herumstreichen und es beobachten.«

Wimmer fand all diese Methoden recht zwielichtig. Der Detektiv kam ihm inzwischen sehr halbseiden vor. Vielleicht war er ja kein Ganove, aber ein Partner, dem man vertrauen konnte, war er sicher nicht. Seit er das Richtmikrofon erkannt hatte, spielte er mit dem Gedanken, die Zusammenarbeit abzubrechen.

Doch schon im nächsten Moment bekam er ein schlechtes Gewissen. Er selbst war ja kaum besser. Auch er hatte schon Menschen mit Technik ausgespäht, abgehört und überwacht. Vor allem Anna war es, die immer wieder neue »Spionage«-Anwendungen für ihr Mobiltelefon vorschlug. Und sie beide wussten, wie man mit erfundenen Geschichten Menschen zum Reden brachte. Ganz ehrlich waren sie also auch nicht.

Immerhin versuchte Wimmer, diese fragwürdigen Methoden nicht ohne Notwendigkeit und so selbstverständlich einzusetzen wie sein Kollege. Für ihn waren sie ein letzter Ausweg, wenn er anders nicht weiterkam.

»Herr Biss, mich werden S' nicht noch einmal aushorchen, bespannen oder sonst wie ausspionieren. Nicht ohne, dass i des weiß. So kann man doch ned z'sammarbeiten. Da muss doch a Vertrauen da sein. Ham S' mich verstanden? Wenn S' meinen, dass S' Ihre Spielzeuge einsetzen wollen, dann geben S' mir Bescheid. Sonst is Schluss mit unserer Kooperation. Is des klar? Ham S' des kapiert?«

Biss versicherte noch einmal, nichts Böses mit dem Richtmikrofon beabsichtigt zu haben, und schon gar nicht sei das ein Zeichen von Misstrauen, und Wimmer war dann endlich wieder beruhigt.

Eine Weile fuhren sie noch herum und suchten nach passenden Bäumen. Wimmers Zorn legt sich allmählich. Eichen fanden sie einige und auch Linden. Doch sie standen nie so zueinander, wie das Bild es zeigte. Gegen drei Uhr fuhr Biss ihn zur Metzgerei zurück.

»Für heute müssen wir Feierabend machen«, sagte er. »Ich hab heute Nachmittag noch einen anderen Termin im Zusammenhang mit einem ganz anderen Auftrag. Wollen Sie die Sache mit der Heiligenfigur und der Glühbirne in Angriff nehmen? Und morgen suchen wir weiter nach den Bäumen.«

Zu Hause half Anna Wimmer mit der Aufgabe. In der Speisekammer fanden sie noch eine alte Glühbirne und maßen sie aus. Sie hatte einen Durchmesser von sieben Zentimetern. Das war ein wichtiger Wert.

Anna machte eine Aufnahme von Wimmers Foto mit ihrem Handy und hatte so ruck, zuck das Bild auf ihrem Rechner. Ein Grafikprogramm half, es ins Gigantische zu vergrößern.

»Da erkennt man ja gar nix mehr!«, motzte der Metzger.

»Natürlich ist das jetzt ganz schrecklich verrauscht. Aber des Wichtige können mir scho erkennen. Des da muss die

Lampe sein, und das hier drin ist die Glühbirne.« Sie deutete auf einen helleren Schemen vor dunklerem Grau. »Das heißt, von hier bis da hin …«, sie zog mit der Maus zwischen zwei Punkten einen leuchtend gelben Strich, »… sind's auf dem Foto sieben Zentimeter.«

Sie klickte ein paarmal mit der Maus und hatte plötzlich ein Lineal auf dem Bildschirm, an dem diese gelbe Strecke anlag. Es waren dreiundzwanzig Millimeter. Dann verschob sie das Bild, bis der Bildschirm die Nische zeigte. Was für ein Heiliger es war, war nicht zu erkennen. Aber sie konnte wieder zwei Strecken an der Nische einzeichnen und mit ihnen die Höhe und Breite bestimmen.

»Des muss a recht kleine Figur sein«, meinte sie, als sie ihren Taschenrechner zu Rate gezogen hatte. »Die Nische ist nur achtundzwanzig Zentimeter breit und dreiundfünfzig Zentimeter hoch. Und die Figur reicht aa ned bis ganz nauf.«

»Lass uns des aufrunden, falls wir uns vermessen ham oder die Glühbirnen früher größer g'wesen san. Dreißge in der Breiten und fümferfuchzig hoch. Und darin eine Figur, ned größer als fümfundvierzg Zentimeter. Das is doch schon a brauchbares Ergebnis.«

4

23. September – Montag

Zwei Tage später lud Wimmer Anna nachmittags zu einer Motorradfahrt ein. Auf Nebenstrecken fuhren sie kreuz und quer durch die goldbunte Landschaft im milden Altweibersommersonnenschein. Nach mehr als einer halben Stunde langten sie im zwölf Kilometer entfernten Geisenfeld an und machten da in der Eisdiele in der Rathausstraße Station.

»Ich hab gedacht, du bist wieder unterwegs mit deinem Kollegen.«

»Naa. Der Fall is abg'schlossen.«

»Ihr habt's den Hof gefunden?«

»Dei Opa hat den Hof g'funden!«

Wimmer konnte den Stolz in seiner Stimme nicht unterdrücken. Tatsächlich hätte Biss noch tagelang vergeblich nach dem Hof suchen können, wenn er Wimmer nicht um Hilfe gebeten hätte.

Während Anna mit Genuss einem Eisbecher Malaga zu Leibe rückte, erzählte Wimmer bereitwillig von der erfolgreichen Suche.

Tags zuvor war der Detektiv wieder vorgefahren, um den Metzger abzuholen. Als Wimmer die Autotür öffnete, fand dieser den Beifahrersitz belegt mit Büchern.

»Ach, der Kruscht, entschuldigen Sie bitte. So ein Wagen ist immer auch Arbeitsplatz und darum nicht immer aufgeräumt. Legen Sie die Bücher ruhig auf die Rückbank«, erklärte Biss.

Wimmer staunte. Die Bücher waren groß, und das oberste zeigte eine Hopfendolde. Es war aber kein Bildband für Touristen, sondern eher ein landwirtschaftliches Buch. Auch die anderen Bände, alle in Plastikfolie eingebunden, waren Fachbücher mit komplizierten Titeln. Es gab das »Handbuch der Stolonen«, »Neue Wege der autovegetativen Vermehrung mit

Auxinen«, »Totopotente Zellen in der Phythogewebekultur«, lauter wissenschaftliche oder zumindest landwirtschaftliche Fachbücher.

»Keine Angst, Herr Wimmer, das gehört zur Recherche von einem ganz anderen Fall.«

»Sie arbeiten an mehreren Fällen gleichzeitig?«

»Das kommt schon vor. Und in diesem Fall ist es sogar wichtig. Wenn ich nicht sowieso in der Gegend wäre, glaube ich kaum, dass ich unser Fotorätsel angenommen hätte. Doch wenn ich schon in der Holledau bin und zwei Fliegen mit einer Klappe schlagen kann, dann mache ich das natürlich.«

Und doppelten Stundensatz plus Spesen erhebst du natürlich auch, dachte Wimmer, beschränkte seinen Kommentar aber auf ein Grunzen.

»Weißt, Anna, der Kerl is scho a bissl a falscher Fuchz'ger, a weng schmierig und … mei, er hätt aa a guter Ganove wer'n können. Wennst so einem die Hand gibst, musst hernach deine Finger zählen. Ned, dass er welche behält – aus Versehen, sozusagen.«

»Du meinst, der bescheißt seine Mandanten?«

»I halt's für wahrscheinlich. I hab ihn amal gefragt, was er so nimmt. Nicht dass mir jetzt a Gewerbe anmelden oder so. Aber interessiert hat's mi halt. Der Mann nimmt fünfundsiebzig Euro pro Stunde. Aber er arbeitet gleich an zwei Fällen zur selben Zeit. Und er verlangt aa noch Spesen. Die wird der Hallodri, denk i ma, gleich beiden Auftraggebern in Rechnung stellen.«

»Spannt man das nicht?«

»Oh, i bin sicher, er is Hallodri genug, dass er des schon so geschickt hindreht.«

»Aber mit dir hat er Bäume g'sucht?«

»Genau. Wir ham die Baam g'sucht. Aber da warn mir ned recht erfolgreich. I glaub ned, dass es noch viele Eichen oder Linden in der Gegend um Wolnzach gibt, die mir ausg'lassen ham. Nix ham mir g'funden. Mir ham zwar rund zehn Paare von Linde und Eiche g'funden und dann da rund ummadum g'sucht. Häuser und aa Höfe hat's da schon g'nügend, von denen man die Baam im Hintergrund erkennen tat, aber entweder stimmen die Häuser überhaupt ned, oder die Baam schaun ganz anders aus.«

»Schad! Und dann?«

»Heut Nacht is mir dann die Idee gekommen!«

Sie waren an diesem Vormittag noch einmal losgefahren. Wimmer lotste den Detektiv zu einer Linde. Es war der einzige große Baum in weitem Umkreis.

»Und wo ist jetzt die Eiche?«, wollte er wissen.

»Hier gibt es keine Eiche. Aber schauen S' amal da hinüber. Sehen Sie da die Doppelhaushälften? Die ham s' in de siebzger Jahr hingestellt. Vorher is da a Wiesen gewesen. Wissen S', wieso ich mich da so gut erinner?

Biss schüttelte den Kopf.

»Da hab ich als Bua Kastanien g'sammelt, für die Wildfütterung.«

Sie gingen hinüber, und Biss zog das Foto heraus.

»Also, wenn hier etwa die Kastanie stand und es dieser Baum hier ist … und die Linde dort drüben die da …«, Biss peilte mit seinem aus der Faust gestreckten Daumen in die Landschaft, »… dann muss unser Hof in dieser Richtung liegen.«

Dort lag er dann auch. Bald hatten sie das Anwesen gefunden.

Biss war erleichtert. »Ich bin sehr froh, dass ich Sie gefragt habe. Ohne Sie, ich glaub, da hätte ich das Haus nie gefunden.«

»Ach, a bisserl a Glück war da scho aa dabei«, wehrte Wimmer das Lob ab, auch wenn es ihn natürlich freute, dieses Rätsel gelöst zu haben. Biss aber stellte fest, dass es schon auch seiner Tüchtigkeit geschuldet war.

»Ohne die Bäume hätten wir gar nicht gewusst, nach was wir schauen sollen. Glück ist schon recht, aber das ist dann nur noch dazugekommen.«

Der Hof lag bei Wolnzach, ein Stück südlich der Autobahn

im Ortsteil Jebertshausen. Die Zeit war auch an diesem Anwesen nicht spurlos vorübergegangen. Die Gebäude waren in den vergangenen Jahrzehnten mehrmals umgebaut worden und hatten ihr Aussehen stark verändert. Der Standpunkt, von dem aus das Bild aufgenommen worden war, war inzwischen von einer Maschinenhalle überbaut. Diesen Blickwinkel aufs Gebäude gab es also so gar nicht mehr. Im ersten Stock waren einige Fenster zugemauert und andere vergrößert worden, die Treppe zur Haustür war neu und breiter angelegt worden, und wo früher eine Scheunentür gewesen war, waren heute zwei Garagenschwingtore.

Von den Einzelheiten des Fotos waren nur noch der Balkon zu erkennen und die Nische mit einem Heiligen Florian. Dennoch ... die Strukturen und Dimensionen glichen denen auf dem Bild aufs Haar. Biss und Wimmer waren sich einig: Das musste das gesuchte Haus sein.

Biss brachte Wimmer zur Metzgerei zurück. Als der Wagen hielt, zog er einen Quittungsblock und füllte ihn aus.

»L. Wimmer Wolnzach – von Dirk Biss tausendvierhundert Euro für Recherchearbeiten – dankend erhalten«, stand auf dem Quittungsblock.

»Stimmt das so?«

Wimmer nickte. »Dann fehlt nur noch a Kleinigkeit. Wenn i des quittieren soll, müssen S' natürlich auch zahlen.«

Doch Biss hatte schon das Handschuhfach aufgeschlossen. Darin sah Wimmer den Griff einer Pistole. Die interessierte Biss aber nicht. Er griff nach einer dicken schwarzen Geldbörse.

»Sie sind bewaffnet?«

»Ich bin bewaffnet. Ja. Aber ich rate niemandem, Waffen zu tragen. In fast allen Fällen machen Waffen die Situation nur komplizierter und gefährlicher.«

»Und wieso kutschieren mir dann so an Schießprügel im Auto umanand?«

»Um für jede Eventualität gewappnet zu sein. Außerdem: Ich bin ein Ex-Polizist und weiß, wann und wie man mit

Schusswaffen umgeht und – was noch wichtiger ist – wann man sie im Handschuhfach lässt. Für Amateure ist eine Pistole ein ganz gefährliches Werkzeug. Wenn Sie mit dem Gedanken spielen ...«

Das tat Wimmer ganz sicher nicht.

»... dann denken Sie daran, dass die Waffe Ihnen eine trügerische Sicherheit verleiht und Ihren Gegner fast immer provoziert. Je nachdem, wie der drauf ist, wird der dann etwas Verrücktes machen.«

Dann zählte er sieben Zweihundert-Euro-Scheine ab, während Wimmer die Quittung unterschrieb. Es mochte übertriebenes Misstrauen sein, aber der alte Metzger zählte die Scheine nach und stellte dabei erleichtert fest, dass sie echt aussahen, sich auch so anfühlten und alle verschiedene Nummern hatten.

»Tja, Herr Biss. Es hat mich gefreut.«

»Mich auch. Ich bedanke mich herzlich. Sie haben mir sehr geholfen. Wenn Sie ernsthaft in das Gewerbe einsteigen wollen, kann ich Ihnen gern helfen. Ansonsten ... es hat mir Spaß gemacht mit Ihnen. Alles Gute weiterhin.«

Die guten Wünsche erwiderte Wimmer. »Wie geht es jetzt weiter bei Ihnen?«

»Na ja, jetzt werd ich schauen, dass ich herausbringe, wer auf dem Hof lebt. Dann ist dieser Fall abgeschlossen, und ich teile es meinem Mandanten mit. Vorher aber stelle ich ihm noch eine Rechnung. Und dann hab ich ja noch den anderen Fall.«

»Um was geht's da?«

»Ich darf darüber nichts sagen. Aber es ist was recht Großes!«

»Und was machen wir jetzt mit dem Geld, Opa?«

»I denk, mir kaufen der Assistenzdetektivin an g'scheiten Sturzhelm. Dann kannst deine Leihgabe wieder zurückgeben.«

Dass Anna am Abend mit einem zur Kombi passenden Sturzhelm nach Hause kam, ließ Karolas Blick hart werden.

»Wo hat die junge Madame denn das Geld für einen Helm her? Papa, hast du ihn ihr gekauft?«

»Na ja, sie hat mir a bisserl am Rechner geholfen bei dem Auftrag für den Detektiv. Und der hat heut bezahlt. Da hab i g'meint, der Helm, des is dann ihr Anteil.«

Karolas Miene hellte sich auf. »Ihr seid's also fertig geworden mit eurem Detektiv-Schmarrn?«

»Ja. Mir ham des Haus g'funden, das er gesucht hat.«

»Der Opa hat's g'funden, Mama!«

»Gott sei Dank, dass der Unfug diesmal so schnell a End hat. Und lass dir ned einfallen, jetzt die Detektivspielerei offiziell als Gewerbe zu eröffnen, Papa.«

»Naa, Karola, da bin i mir recht sicher. Des is dann doch a bisserl zu intensiv.«

»Dann hoff ich amal, dass das die letzte Detektivgaudi war und du künftig deine Freizeit so verbringst, wie man es von am anständigen Ruheständler erwarten kann.«

16.9.1957

Franziska seufzte. Es war wieder einmal schön gewesen. Nach den sechzehn Tagen bei den Bichlers sahen zwar ihre Hände wieder zum Fürchten aus, doch etwas Geduld und Atrix, ihre treue Handcreme, würden ihre zehn kleinen Helferlein schon wieder manierlich werden lassen.

Sie setzte sich in das Eck ihres Fensterplatzes zurecht und sah zu, wie die grüne Welt an ihr vorüberglitt, während der Zug sie wieder nach Süden, nach München, in ihr angestammtes Leben zurückbrachte.

Es ist schon seltsam, dachte sie. Hier hatte sie nur einen Strohsack auf der Tenne gehabt und nicht mehr als das, was sie im Rucksack hatte mitnehmen können. Dennoch hatte sie sich hier freier und besser gefühlt als zu Hause bei Mutter, der Tante und der Großmutter. Dabei hieß es doch, dass Stadtluft einen Menschen frei macht. Bei ihr schien es anders zu sein.

Es war nun ihr vierter Einsatz in der Holledau zum »Hopfenbrocken« gewesen. Wieder hatte sie hart gearbeitet, eine hübsche Summe verdient und bei all dem auch viel Freude mit den anderen Pflückerinnen und Pflückern gehabt. Wieder war das Essen einfach, aber überreichlich gewesen, wieder hatte man bei Regen und Sonne gearbeitet und dabei froh gesungen, gescherzt und sich gefreut. Gelegentlich war der Großvater der Bichlers zu den Pflückerinnen gekommen und hatte ihnen erst aus der Zeitung und später aus Romanheften vorgelesen. So hatten sie fast drei Wochen lang sechs Tage in der Woche gearbeitet.

An einem der Sonntage war beinahe der ganze Bichlerhof nach Hüll spaziert, dem Hopfenforschungsgut. Die Bäuerin meinte, nirgendwo sei die gebenedeite Jungfrau den Hopfenbauern und ihren Helfern so gewogen wie in der Kapelle dort, wo sich alles Denken und Trachten um die g'starrigen Ranken dreht. »Hier kann s' gar ned anders als a Einsehen ham mit unseren Sorgen!«, erklärte sie.

Eine gemütliche Stunde waren sie bei strahlend blauem Himmel durch die grüne Landschaft marschiert, hatten einen Abstecher nach Larsbach gemacht und waren schließlich an einem Bauernhof von stattlicher Größe angelangt. Links vom weiß getünchten Haupthaus standen die Wirtschaftsgebäude im Hufeisen.

Frau Bichler führte sie sofort zur Kapelle, einem kleinen, hübschen Kircherl auf der anderen Seite des Fahrwegs. Franziska staunte, denn darin verbarg sich eine üppig stuckierte Lourdes-Grotte.

»A jeder bet jetzt bitt schön a Avemaria und a Vaterunser. Und wenn wer noch was auf dem Herzen hat, hier werd g'holfen. Hier hat's nämlich amal a echtes Wunder geben. A halbes Jahrhundert is wohl her, und wirklich wahr is! Mei Oma hat die Felsl-Kathi noch selber kennt. Die Arme is damals so krank g'wesen, sie hat scho gar nimmer laufen können. Bei am Brand wär s' dann fast um'kommen. Aber wie s' da in ihrer Not zur heiligen Jungfrau 'bet hat, hat s' plötzlich doch wieder gehn können. A bisserl später hat s' die Kapelle hier g'stift.«

Weit interessanter als die hübsche Marienkapelle fand Franziska den Leiter dort, Herrn Professor Dr. Zattler, der die Gesellschaft begrüßte und eine kleine Führung veranstaltete.

Mit angenehmer Bassstimme gab er zunächst einen kurzen Abriss des Hopfenanbaus in der Holledau: »Es heißt, es waren kriegsgefangene Wenden, die vom bayerischen Herzog bei Geisenfeld im 8. Jahrhundert angesiedelt wurden. Sie haben wohl den ersten Hopfengarten in der Region angelegt. Natürlich hatten die Armen nicht ahnen können, wie wichtig dieses Gartl für die Region werden würde. Schlechte Landwirte können diese Wenden nicht gewesen sein, denn der Hopfen gedieh gut und man baute ihn seit dieser Zeit an – sporadisch nur, vor allem als Heilpflanze für den Eigenbedarf. Vielleicht trieb man auch ein wenig Handel damit, aber reich wurde man damit natürlich noch nicht. Doch wer wurde das damals hier schon? Unsere schöne Holledau war ja das Armenhaus Bayerns, eine elende Gegend, abseits der großen Verkehrswege und weitgehend unerschlossen.«

Irgendwo in der Ferne pfiff die Lokomotive des Holledauer Bockerls, die mit ihren Wagen Richtung Moosburg schnaufte. Großvater Bichler meinte: »Mei, zu am Wohlstand san ma ja erst 'kommen, wie der König die Eisenbahn hat bauen lassen! Ohne die hätt ma den Hopfen ja a gar ned weg'bracht. Und ihr seids ja aa alle mit am Zug kemma.«

Der Professor nickte. »Die Eisenbahn war sehr wichtig, freilich. Aber es wurde auch schon besser, als 1848 die bayerischen Bauern keine Abgaben und Frondienste mehr leisten mussten. Endlich konnten sie wie Unternehmer denken. 1849 kam dann die Eisenbahn! Die Bahnstrecke von München nach Nürnberg hat wenigstens die westliche Holledau an die Welt angeschlossen. Was aber noch viel wichtiger war: Damals wurden plötzlich untergärige Biere Mode, nach ›Bayerischer Brauart‹ trank man und ›Pilsener‹. Das Biertrinken wurde plötzlich sehr viel beliebter, die Nachfrage nach Hopfen stieg rasant. Seit dieser Zeit ist der Hopfen ein sehr begehrtes Handelsgut.«

Die ersten der Besucher zeigten Zeichen von Langeweile und Ungeduld. Sie wollten lieber Bier trinken, als davon erzählt bekommen. So brachte der Professor seinen Vortrag lieber zu einem raschen Ende.

»Wir hier sorgen dafür, dass der Hopfen ein begehrtes Handelsgut bleibt, denn wir züchten die neuen Hopfensorten, die die Braumeister brauchen. Dabei sind wir weltweit ohne Konkurrenz. Kommen Sie, ich zeig Ihnen, wie wir das machen!«

Als sie nach einem Rundgang durch die Anlage wieder vor das Haupthaus geführt worden waren, stand plötzlich der Traktor der Bichlers auf dem Hof. Robert, der Sohn der

Bichlers, hatte den Anhänger herübergefahren. Darauf warteten ein paar Kästen kellerfrisches Bier und eine deftige Brotzeit auf die Ausflügler. Als sich alle gestärkt hatten, fuhren die älteren Pflücker auf dem Hänger zurück, »dass wir morgen ned so müd san bei da Arweit!«.

Franziska ging lieber zu Fuß und genoss die duftende Spätsommerluft, die reizvolle Landschaft mit den vielen Schattierungen des Grüns und die frohe Gemeinschaft der gut gelaunten Arbeiterinnen, denen sie sich angeschlossen hatte.

Die Gesellschaft auf dem Hof war mehr oder weniger dieselbe geblieben, doch es gab auch Änderungen. Ein paar bekannte Gesichter waren ausgeblieben. Eleonore zum Beispiel hatte geheiratet, und mit Jochen, ihrem Säugling, war sie natürlich zu Hause geblieben. Die ehrgeizige Theres, hatte sie gehört, war bei einem Verkehrsunfall ums Leben gekommen.

Die Lücken waren indes schnell gefüllt, denn immer mehr Bauern schafften sich nun die eisernen Pflücker an, riesige Maschinen, größer als die Garagen, die in München im Hinterhof standen. Diese Giganten baute man in der Scheune auf – mancher baute auch um sie herum eine neue Scheune. Gefüttert wurden die Ungetüme mit den Hopfenreben. Mit unglaublichem Getöse wurde der grüne Hopfen komplett ins Innere eines solchen Monsters gezogen, wo eine Kombination aus Walzen mit Gummifingern, Transportbändern und Gebläsen die Dolden abzupfte und in den ersten Stock blies. Den unbrauchbaren Rest der Rebe spuckte der Apparat am anderen Ende fein gehäckselt auf einen Anhänger.

Die ersten dieser Geräte waren noch sehr unzuverlässig gewesen, mussten immer wieder angehalten werden, und sie zupften sehr schlecht. Die Bauern, die sie angeschafft hatten, wurden vielfach belächelt. Inzwischen aber waren diese mechanischen Ungeheuer recht ausgereift, auch wenn natürlich immer noch ein knappes Dutzend Frauen Nachschau halten musste und in diesem Höllenkrach des Apparates Blätter und Stängelreste am Fließband aus dem Doldenstrom fischten.

Dank der Maschinen brauchte man nun weit weniger Erntehelfer. Wer Glück hatte, kam bei Bauern unter, die noch traditionell zupften, so wie die Bichlers. Aber wie lange noch? Wenn die Bauersleut es nicht hören konnten, wurde unter den Pflückern lebhaft erörtert, wann wohl die Bichlers sich auch so ein Ungeheuer anschaffen würden. Die einen meinten, das würde sicher noch Jahre dauern, weil doch die Maschinen so teuer wären. Andere wandten ein, das hätten andere auf anderen Höfen auch angenommen. Doch wenn man der Investition gegenüberstellte, was man alles an Arbeitslöhnen sparte, und das immer wieder alle Jahre neu, war die Anschaffung wohl dennoch lohnend.

Zuletzt war man der Meinung gewesen, dass man die Hopfenbrockerei genießen wollte, solange es noch dauerte. Zukunftsängste hatte ohnehin niemand. Das Wirtschaftswunder war sogar in der Oberpfalz und der Holledau angekommen, und allenthalben war man optimistisch.

Soweit es Franziska anging, würde sie gern immer wieder in die Holledau zum Hopfenbrocken fahren. Die Luft war eine andere als in der großen Stadt. Man roch es. Hier krochen nicht Teer und Diesel in die Nase. Die Luft schmeckte nach Hopfen – natürlich – doch auch nach feuchter Erde und gemähtem Gras, das die Spätsommersonne in duftendes Heu verwandelte. Und dann gab es da noch einen anderen Geruch. Den aber hatte sie erst letzte Woche kennengelernt. Ein starker Duft, von Arbeit, Kernseife, Moschus und sauberer Wäsche.

Konstantin Bichler war in den letzten Jahren zu einem feschen jungen Mann herangewachsen. Ein breites Lächeln hatte er immer schon gehabt, doch in den letzten Jahren hatte die Arbeit ihm dazu noch breite Schultern beschert. Auch war er viel selbstsicherer geworden. Alles Linkische und Ungeschickte hatte er abgelegt, und da er sich schweigsam gab, sagte er nie das Falsche. So umgab ihn eine Aura aus Attraktivität und Geheimnis.

Wie genau es gekommen war, konnte Franziska gar nicht

sagen. Natürlich hatte sie seine Entwicklung vom Jungen zum Mann beobachtet, und das durchaus mit einem gewissen Appetit, den ihre Mama belächelt und vor allem Tante und Großmutter »ab-so-lut unpassend« genannt hätten. Doch bis vor ein paar Tagen waren es nur Gedankenspielereien gewesen – falls überhaupt. Und dann ... dann war sie gestolpert, und er fing sie auf ... sie waren allein, und dann lag sie plötzlich in seinen Armen, und er küsste sie. »Das hat er nicht das erste Mal gemacht!«, schoss es ihr durch den Kopf. Dann küsste er sie erneut, und sie gab sich dem Strudel der Gefühle hin. Als sie eine knappe Stunde später auf wackligen Beinen hinter Konstantin aus einer Kammer schlich, konnte sie immer noch nicht glauben, was da eben passiert war.

Es war leichtsinnig, es war streng verboten, völlig unvernünftig und ohne Zukunft. Es war nur die Lust, aber immerhin – die war es: die reine, vollkommene Lust, vollständige Hingabe zu zweit. Konstantin hatte sich trotz seiner Jugend als guter Liebhaber erwiesen, fest zupackend und zugleich zärtlich und weit besser in Form als die Vorstadtcasanovas, die sie in München umschwärmt und jedes Mal enttäuscht hatten, wenn sie ihnen doch einmal nachgegeben hatte.

Die nächsten Tage ging Franziska wie auf Wolken. Sie machte sich nichts vor. Es war für sie beide nur eine Liebelei. Hatte sie Gewissensbisse oder Angst vor der Sünde? Vor möglichen Folgen und der Zukunft? Nein. Seltsamerweise nicht. Ihre Hormone schäumten über und schwemmten alle Bedenken davon. Die Eskapade widersprach zwar allem, was ihre Tante und Großmutter sie gelehrt hatten, doch deren Moral war kalt und grau. Wenn sie an die Berührungen von Konstantin dachte, musste sie unwillkürlich lächeln. Alles war angenehm gewesen, warm und erfüllte sie immer noch mit Freude. Sie spürte es tief in sich, dass dieses wunderbare Gefühl nicht falsch sein konnte. Natürlich war sie keine passende Partie für die Familie Bichler. Niemals! Zum Hopfenbrocken ... ja, da war sie willkommen, denn sie ging ja wieder. Doch als Schwiegertochter? Eine aus der Stadt? A Staaderin?

Sicher nicht. Und was Großmutter und Tante sagen würden, wenn sie ihnen den Konstantin als Schwiegersohnaspiranten präsentierte, konnte sie sich denken. Hier auf dem Hopfenhof war er ein Prinz. In München wäre er ein Niemand. Nur ein ungebildeter Kerl, einer vom Lande! Außerdem war er ja jünger als sie.

Sie kicherte. Ja, sie war fünf Jahre älter als Konstantin. Und es war egal. Noch dreimal tanzten sie diesen großartigen horizontalen Tanz voller Lust und Leidenschaft in aller Heimlichkeit, und sie hatten Glück. Sie blieben unentdeckt. Auch tags zuvor erst, beim großen Hopfenzupfermahl, dem Abschlussfest.

Die Bäuerin und ein paar Helferinnen hatten den ganzen Tag in der Küche gewerkelt. Als dann zur Dämmerung die Pflücker mit der letzten Rebe auf dem Anhänger unter Gesang auf den Hof rollten, wurde groß aufgetischt. Es gab Kesselfleisch, Bierbratl auf Kraut, Wurst und Käse, Brot und allerlei Schmalzgebäck, dass es eine wahre Lust war. Als alle froh schmausten, konnten sich Franziska und Konstantin davonstehlen und sich ein letztes Mal miteinander vergnügen. Als sie ihr Gewand wieder in Ordnung gebracht hatten, nahmen sie Abschied.

»Schön war's mit dir«, meinte er schlicht, aber ehrlich.

»Mit dir schon auch. Ich dank dir schön.«

»Ah geh – ich dank dir. Kommst nächstes Jahr wieder?«

»Schau mer mal. Bis dahin kann viel passieren.«

Würde sie wiederkommen? Konnte es nächstes Jahr so weitergehen? Würde er eine andere für seine »Aufmerksamkeiten« erwählen? Vielleicht war er ja bis dahin verheiratet. Sie wusste es nicht. Sie wusste nur, dass sie es nicht bereute. Es war schön gewesen. Was immer auch kommen mochte, ihr Erlebnis konnte Franziska niemand mehr nehmen.

5

12. Oktober – Samstag

Die Polizeiinspektion Geisenfeld lag an der Nöttinger Straße, gleich neben der Feuerwehr. Sie war in einem soliden, schmucklosen Verwaltungsbau untergebracht, zweigeschossig, darüber ein Dach mit Gauben. Der Erscheinung nach könnte es ein beliebiges Amt sein – oder eine Schule. Nicht einmal Einsatzfahrzeuge vor dem Haus wiesen auf die Ordnungshüter hin. Die parkten im großzügigen Hof dahinter.

Am ersten Samstag im Oktober ging hier um elf Uhr dreiundvierzig eine Meldung über unbefugtes Betreten ein. Polizeihauptwachtmeisterin Monika Zankel hatte ein paar Schwierigkeiten, die Situation in der wirren Schilderung zu erfassen.

Dann rief sie per Funk eine Streife in der Nähe. Es meldete sich Ralf Eichler, der mit seinem Kollegen Helmuth Karg gerade in Untermettenbach Streife fuhr und als Freund und Helfer Präsenz zeigte.

Als Eichler den Hörer des Autotelefons in die Schale zurücklegte, gab er dem Fahrer ein neues Ziel an: »Jebertshausen. Ein Mann will ein Grundstück nicht verlassen. Irgendeine Familienangelegenheit soll da hineinspielen. Und ein Kalb will er angeblich schlachten.«

»Um was geht es?«

»Des war's, was die Moni aus den Leuten 'raus 'bracht hat. Die waren wohl a bisserl durcheinander.«

»Blaulicht?«

Auch ohne Blaulicht waren sie binnen zehn Minuten vor Ort. Es hatte kaum länger gedauert, als wenn sie die Signalrundumbeleuchtung samt Signalhorn benutzt hätten. So fuhren sie auf den Hof der Familie Bichler. Die Situation war dann doch recht rasch klar. Ein Mann, dem Kennzeichen des

Autos nach aus der Landeshauptstadt, stand auf dem Hof und gestikulierte wild.

»Aber ich g'hör doch aa dazu.«

Er war puterrot im Gesicht und am Hals, davon abgesehen war er dürr, ältlich und offenbar sehr aufgeregt.

Auf der obersten Treppenstufe stand in der Tür offenbar der Hausherr, ein breitschultriger Mann in den Fünfzigern mit kurzgetrimmtem Vollbart. Er verwehrte den Zutritt zum Haus mit verschränkten Armen und drückte mit seiner ganzen Körpersprache Ablehnung aus. Ihm zur Seite stand ein junger Mann von vielleicht zwanzig Jahren, der grimmig schaute und rhythmisch seine Fäuste öffnete und schloss. Oben auf dem kleinen Balkon über der Tür waren drei Generationen von Bichler-Damen versammelt.

Oma Gusti Bichler war knapp achtzig und keifte laut und engagiert: »Wennst di ned schleichst, dann kannst fei was erleben! Du hast hier nix verloren, und mir wissen genau, wie mir mit Landstreichern und Schamsterern umgehn.«

Lissi, die Enkelin, ein paar Jahre älter als ihr Bruder, überragte ihre Großmutter um Haupteslänge.

»Reg di ab, Oma, die Polizei is doch scho da, siehst es? Des kommt jetzt ois in Ordnung.«

»Nichts ist in Ordnung! Ich gehöre doch auch hierher. Ich bin doch auch einer von euch!«, rief der Mann auf dem Hof.

»A so a Schmarrn!«, zeterte die Ehefrau des Hausherrn vom Balkon. »Wer hier herg'hört, des wiss ma ganz genau. Und so oana wie du, der g'hört ganz sicher ned dazu. Kann es aber vielleicht sein, dass du irgendwo anders hing'hörst und dene da aus'kommen bist?«

»Ich bin aber doch Verwandtschaft!«

»Da kannt ja a jeder kommen. So a Schmarrn. Unsere Verwandten, die kenn ma alle! Und neue brauch ma keine. Und ganz sicher keine hirndepperten Anstaltsflüchtling!«

Hier nun schritt Eichler ein und verbat sich weitere Beschimpfungen. Während Karg den Unruhestifter beiseite nahm, wurde Eichler von Roman Bichler in die Küche gebeten, wo sich alsbald auch die drei Damen versammelten. Hier bekam er die ganze Affäre erklärt.

Vor mehr als einer Stunde war dieser Mann aus München auf dem Hof vorgefahren und hatte geläutet. Als sie die Tür öffneten, stellte er sich als ein Werner Wollner vor.

»Hat Ihnen der Name was g'sagt?«

Alle verneinten, und die Oma ergänzte: »Mir ham ja den Menschen nie nicht gesehen!«

»Ist er Ihnen allen unbekannt?«

Das wurde bestätigt.

»Und dann wollt er, dass mir a Kalb schlachten!«, ergänzte die amtierende Bäuerin.

»Da muass er zum Haslacher oder zum Waslinger. Mir ham scho seit mehr als zwanzig Jahr mit der Kälbermast nix mehr am Hut«, meinte der Bauer.

»Der hat doch an Schuss, so was g'hört doch wegg'sperrt, in a Gummizelle.«

»Äh … i glaub, er hat g'meint, er wär der verlorene Sohn«, wandte die Tochter ein. »Die Sach mit dem Kalberl, die is, glaub ich, eher übertragen g'meint g'wesen.«

»Bist sicher?«, wollte die Oma wissen.

»Ja, scho.«

»Aber an Schuss hat der doch trotzdem. Und was soll des denn hoaß'n? Verlorener Sohn? Wer glabt er denn, dass er wär? I hab nur oan Buam zur Welt bracht, und des is der Roman hier«, stellte die Großmutter mit Nachdruck fest.

»I hab mir die Sach ja a Weile ang'hört, aber es is letztlich doch nur a Haufen Schmarrn g'wesen«, erklärte der Hausherr. »Da hab i eam g'sagt, er soll sich schleichen. Damit er des aa versteht, hab i eam ausdrücklich ang'schafft, das Grundstück zu verlassen.«

»Der is aber ned ganga!«, ergänzte seine Ehefrau. »Immer mehr hat er sich aufg'regt, Sie ham's ja erlebt. Da hab ich dann bei der Polizei ang'rufen.«

Eichler kehrte zu seinem Kollegen zurück. Sie ließen den

Störer auf einem Bänkchen neben dem Stalltor sitzen, traten ein paar Schritte außer Hörweite, und Eichler berichtete.

»Ah ... so war des also. Aber außer am Haufen G'schrei is nix weiter passiert?«

»Naa. Und des Kalb war wohl bloß a Anspielung auf den verlorenen Sohn. Was hast du herausg'funden?«

Der Eindruck, den der Kollege Karg von dem Störenfried hatte, war nicht sehr klar. »Er heißt wohl Werner Wollner, wohnt in Ramersdorf in München. Von Beruf ist er Buchhalter, hat er gesagt.«

»Ned gerade die klassische Kundschaft bei Hausfriedensbruch.«

»Ich hab scho alles erlebt. Dieser Buchhalter is aber, so scheint's, a bisserl neben der Spur. Sagt, dass er erst kürzlich erfahren hat, dass er der Halbbruder von dem Herrn Bichler sei. Und er hat sich nun als Verwandter vorstellen wollen, dass er die Familie kennenlernt, zum Kontakt herstellen. Die Familie wär aber so bös gegen ihn g'wesen, hätt ihn so wüst beschimpft und davonjagen wollen, dass er schier verzweifelt ist. So ist jetzt seine schöne Familienzusammenführung g'scheid nach hinten losgegangen.«

»Ansonsten?«

»Er riecht nicht nach Alkohol, hat uns aber trotzdem ins Rohr gepustet. Auch den Drogenschnelltest hat er gemacht. Beides ist ohne Befund. Trotzdem ... ganz sauber is der Kerl ned, wenn du mich fragst.«

Sie gingen zu Wollner zurück. Karg setzte sich zu dem Mann auf die Bank.

»So, Herr Wollner. Mein Kollege hat mit den Bichlers gesprochen. Die haben Ihnen das Betreten des Grundstücks untersagt. Das ham Sie doch verstanden? Nicht wahr?«

»Ja, das haben sie gesagt. Aber ich gehör doch dazu. Ich bin doch auch Familie. Das kann doch nicht sein.«

»Ich weiß nicht, ob Sie mit den Bichlers verwandt sind. Das spielt aber auch gar keine Rolle. Sie haben den Hausherrn gehört. Und auch ich erteile Ihnen jetzt hiermit einen Platzverweis. Sie wissen, was das heißt? Sie müssen das Grundstück jetzt verlassen.«

»Ich soll gehen?«

»Sie müssen gehen«, sagte Eichler. »Und Sie dürfen das Grundstück auch nicht wieder betreten. Was ham S' denn eigentlich erreichen wollen, Herr Wollner?«

»Dass sie mich akzeptieren. Nur das. Dass ich auch a Familie hab. Dass ich dazugehöre. Das wollt ich. Weil ... das ist nämlich wichtig.«

»Sie haben doch sicher eine eigene Familie. Gehen S' halt dahin zurück!«

»Ach, da ist bloß meine Frau. Die ist zwar lieb und alles. Aber die versteht mich ned.«

»Nun, die Familie Bichler versteht Sie im Moment auch nicht, und sie möcht Sie nicht hier haben. Wenn Sie bleiben und weiter Ärger machen, werden Sie sie sicher nicht überzeugen.«

Die Polizisten sprachen geduldig und ruhig mit Wollner, doch der ließ sich nur langsam überreden, den Hof zu verlassen.

Trotzig stellte er seinen Wagen gegenüber an den Straßenrand und starrte über den Asphalt hinüber, während die Polizisten die Familie Bichler informierten. Als sie vom Hof fuhren, stand Wollner immer noch dort. Eichler stieg aus und ging zum Fahrzeug hinüber.

»Wollen S' nicht heimfahren?«, fragte Eichler. »Zu der Familie, die Sie schon haben?«

»Da mag ich nicht hin. Die hier mögen mich nicht. So wie es scheint, kann mich gar keiner nicht leiden. Aber hier ist öffentlicher Raum. Hier darf ich sein. Und drum bleibe ich hier.«

»Herr Wollner, ich hab nichts gegen Sie. Aber was bringt es, wenn Sie hier hinüber schauen?«

»Ach was! Sie mögen mich auch nicht, sonst würden Sie nicht zu den Bichlers halten. Sie sind parteiisch. Das hab ich schon gemerkt.«

»Ich bin nicht dazu da, den Bichlers zu helfen – oder Ihnen. Das ist nicht meine Aufgabe. Auch zum Frieden stiften bin ich nicht da. Ich soll nur für Recht und Ordnung sorgen. Und als Hausherr hat Herr Bichler das Recht, Sie vom Hof zu weisen.«

»Und was ist mit meinen Rechten?«

»Auch für Ihre Rechte werde ich mich einsetzen. Aber Sie haben kein Recht auf Familienanschluss. Selbst wenn Sie mit den Bichlers verwandt sein sollten.«

»Ich bleib da.«

»Ich kann es Ihnen nicht verwehren. Aber wir haben Ihre Personalien. Wenn die Bichlers sich von Ihnen verfolgt oder belästigt fühlen, sehen wir uns wieder. Tun Sie sich doch bitte einen Gefallen. Fahren Sie heim. Vielleicht schreiben S' Bichlers einen netten Brief und erklären, was Sie möchten.«

1.12.1957

Franziska goss das letzte Wasser aus dem Kessel in den Porzellantrichter, strich eine ihrer widerspenstigen Locken aus dem Gesicht und sah zu, wie das Wasser im Kaffeesatz versickerte. Nun endlich stellte sie die Kanne zum Rest vom edlen Rosenthal auf das Tablett und trug dann alles hinüber in die gute Stube, wo ihre Großmutter die Familie zum Kaffeetrinken geladen hatte.

Die Arbeit blieb natürlich an Franziska hängen. Seit den schlimmen Bombennächten im April '44 wohnten Mama und sie im rückwärtigen Zimmer bei ihrer Großmutter. Das Haus, in dem sie mit den Eltern gewohnt hatte, war von einer Bombe getroffen worden, ausgebrannt und in sich zusammengestürzt. Eineinhalb Tage waren sie im Keller verschüttet gewesen. Dann waren sie zu ihrer Großmutter gezogen. »Fürs Erste« hatte es geheißen. Doch ihr Vater blieb im Krieg vermisst. Als Ehefrau eines Vermissten bekam Franziskas Mutter natürlich keine Pension und war fast mittellos. So wurde aus dem Provisorium eine Dauereinrichtung.

Mama zeigte sich sehr dankbar und sagte stets, dass sie es viel schlimmer hätte treffen können. Das war nicht ganz falsch. Die Fünf-Zimmer-Wohnung der Großmutter war natürlich groß genug, und auch für sie war die Lösung von großem Vorteil. Die Zeiten, da sich die Witwe eines gehobenen Postbeamten ein Hausmädchen leisten konnte, waren vorbei. Statt Miete zu zahlen, hatte Mama stillschweigend den Großteil der Hausarbeit übernommen.

Dennoch hatte dieses Arrangement einen hohen Preis. Mama und auch Franziska selbst waren schleichend immer weiter unter die Knute der strengen Großmutter geraten. Nach all diesen langen Jahren sah sich die alte Dame als der

Familienvorstand und herrschte absolutistisch, gelegentlich auch tyrannisch über ihre Lieben. Ihre Schwiegertochter behandelte sie eher wie eine Hausangestellte und versuchte dies auch bei Franziska.

Auch Franziskas Tante Iris, stolze Kriegerwitwe, konnte sich der Herrschsucht ihrer Mutter nicht komplett entziehen, litt aber weniger darunter. Als Postbeamtenwitwe mit Pension bewohnte sie eine etwas kleinere Wohnung zwei Häuser weiter und war finanziell unabhängig. Schleichend war sie aber ihrer Mutter immer ähnlicher geworden. Nun saß sie neben der Patriarchin am Kaffeetisch, während ihre Schwägerin den Tisch deckte und Franziska den Kaffee auftrug.

Als die erste Kerze am Adventskranz brannte, fragte die Tante: »Sag, Franziska, ist dein Kleid eingelaufen? Ich meine, es saß sonst nicht so stramm.«

»Ich hab wohl ein wenig zugenommen«, erklärte Franziska lächelnd.

Iris blickte säuerlich. »Du musst auf dich achten. Du hast immer noch keinen Mann! Wenn du dich jetzt schon gehen lässt, wird das am End nichts mehr mit dem Myrthenkränzchen.«

Die alte Dame blickte streng auf ihre Enkelin. »Ein Mädchen darf sich nicht gehen lassen. Aber schon gar nicht darf es sich hingeben. Und ich fürchte, das ist viel eher unser Problem. Ist es nicht so, Franziska?«

Franziska errötete schlagartig, ihre Mutter verstand nichts, und Iris blieb der Mund offen stehen.

»Du bist schwanger, Kind! Gib es zu«, stellte die Großmutter fest. Sie sagte es ruhig, schrie nicht, doch ihr Mund war dünn wie ein Strich. »Verbergen kannst du es über kurz oder lang ja sowieso nicht. Bald wird es jedermann sehen können.«

Franziska blickte stumm in ihren Schoß.

»Das musste ja passieren«, legte die Patriarchin nach. »Ich war immer schon dagegen, dass du dich auf dem Land als Magd verdingst. Fabrikarbeit war schon schlimm genug. Aber das … Und man sieht ja, was herauskommt.«

»Wer ist denn der Kindsvater? Wird er dich heiraten?«, wollte Franziskas Mutter wissen.

»Hilda, rede keinen Unsinn!«, fuhr ihr die Alte über den Mund. »Sie war dort als Wanderarbeiterin. Mit wem wird sie da schon Umgang gehabt haben? Wenn es ein Bauernbursch war, der was hat, wird der keine aus der Stadt heiraten, denn er braucht ja eine tüchtige Bäuerin. Und wenn er nichts hat, dann ist es wohl einfachstes Landvolk, der Bodensatz – G'schwerl. Du kannst es drehen und wenden, wie du magst ... so und anders, da schaut kein Bräutigam heraus.«

»Unglaublich!« Auch Iris hatte endlich die Sprache wiedergewonnen. »Was machst du nur? Was tust du uns nur an? Die Schand! Der Skandal! Was werden nur die Leut sagen? Bringt die ein uneheliches Kind an!«

Die Großmutter ging darauf nicht ein.

»Wie weit bist du?«

»Es müssen etwa dreieinhalb Monate sein«, sagte Franziska kleinlaut. Endlich hatte auch sie ihre Sprache wiedergefunden. Gleich daneben lag der Rest Selbstbewusstsein, den sie sich bewahrt hatte. »Außerdem ist das mein Kind und auch meine Sach. Ich weiß nicht, wieso ihr euch da aufmanndeln müsst.«

Es wurde ein denkwürdiges und sehr unangenehmes Kaffeetrinken. Franziska wurde lautstark und umfangreich belehrt, dass es durchaus nicht nur sie angehe und dass ein Bankert sicherlich nicht in die saubere und untadelige Familie Wollner passe. Darauf beharrten Iris und die Großmutter. Die beiden versuchten, Franziska auf Linie zu bringen, und sahen nur zwei Lösungen: das Kind weggeben oder abtreiben. Dabei führte die Greisin vor allem die sachlichen und finanziellen Argumente ins Feld. Ihre Tochter bemühte hingegen immer wieder die Kirche und forderte auch Gehorsam gegen Gottes Gebote. Sie vor allem favorisierte das Weggeben des Kindes. Aber auch eine Abtreibung schien ihr eine hinnehmbare Lösung zu sein.

Franziska hatte bei all dem ihre Hand schützend über ihren Bauch gelegt, war zwar willig, jedweden Rat anzuhören, aber blieb bockbeinig bei ihrer Einstellung: Entscheiden würde sie selbst. Ihre Mutter war zwischen beiden Seiten hin- und hergerissen und brach immer wieder in Tränen aus.

Die nächsten drei Wochen wurden sehr frostig. Dann kam Weihnachten, und Franziska fand für sich ein Kuvert unter dem Christbaum. Darin steckte die unglaubliche Summe von dreihundertfünfzig Mark.

»Kind, ich will, dass du dir Urlaub nimmst und nach Holland fährst. Dort wird man sich deines Problems annehmen. Ich habe mich erkundigt und gute Adressen gesammelt. Dann kommst du nach einer Woche wieder heim, und nichts ist geschehen.«

Franziska war entsetzt. »Ich lass mir mein Kind doch nicht wegmachen!«

»Sei nicht so unvernünftig. Eine ledige Mutter mit Kind! Das ist doch kein Leben!«

»Ach was! Das gab es immer schon! Und heutzutage ist das keine Katastrophe mehr. Da dreht sich doch keiner mehr um! Eine Kollegin hat zum Beispiel ein Kind von einem Ami, und der war sogar schwarz. Sie hat es geschafft, und andere kommen auch zurecht!«

Für ihre Großmutter zählte das nicht. Wenn andere sich Schande und Unglück aufluden und ihr Leben ruinieren ließen, war das deren Sache. Hier ging es um sie und ihre Familie, und da habe sie Rücksicht zu nehmen.

»Franziska, es ist so: Wenn du das Kind abtreiben lässt, dann helfe ich dir. Doch wenn du darauf bestehst, weiter in dein Unglück zu rennen, dann rechne bitte nicht mit meiner Hilfe. Und auf Iris zähle besser auch nicht. Was deine Mama angeht, so weißt du ja wohl, dass von ihr nichts kommen kann. Du meinst vielleicht, dein Fabriklohn genügt, um dich und dein Kind zu ernähren? Ich glaube kaum. Und als Mutter musst du ja wohl ohnehin aufhören zu arbeiten. Wie also willst du dich und dein Kind durchbringen? Allein? Ohne Familie? Wir meinen es nur gut mit dir. Aber ein uneheliches Kind? Nein! Solch ein Kind können wir nicht brauchen.«

Es wäre möglicherweise anders gekommen. Vielleicht hätte Franziska dem Wunsch der Großmutter nachgegeben, doch ausgerechnet in dieser Nacht spürte sie vor dem Einschlafen zum ersten Mal ihr Kind. Es war mehr ein schüchternes Zappeln als ein Treten. Das Gefühl aber war wunderbar und beglückend.

Für Franziska änderte sich plötzlich alles. Da ging es nicht um abstrakte und eitle Begriffe wie Anstand und Familienehre. Es ging auch nicht um Probleme und Geld. Es ging um ein Menschenleben, um ihr Kind. Nun waren plötzlich die Beschützerinstinkte einer Mutter geweckt, die ihr eine neue, ganz unbekannte Kraft verliehen. Sie streichelte ihren Bauch und ihr Kind darin. Dann schlief sie mit einem Lächeln ein.

Als an Silvester ihre Mutter sie zwischen Kartoffelsalat und Bleigießen ein letztes Mal beiseite nahm und in sie drang, ob sie nicht doch nach Holland fahren wolle … Es sei doch, bei Licht betrachtet, das Beste und allein schon aus Respekt gegenüber der Großmutter, der man so viel verdanke …

Es kam zum Eklat. Franziska gab der Großmutter das Geld zurück, packte ein kleines Köfferchen und verließ türschlagend das Haus. Ihre Freundin Eleonore nahm sie auf, und ein paar Tage kam sie dort unter. Am Dienstag, dem 7. Januar 1958, bezog sie in einer säuerlich riechenden Wohnung in der Maxvorstadt ein winziges Zimmerchen. Als sie ihre restlichen Sachen holte, drohte ihr ihre Großmutter: »Wenn du nun gehst, Franziska, dann gibt es für dich kein Zurück mehr!«

»Ach, Franzi, besinn dich doch!«, jammerte ihre Mutter. »Denk doch auch ein wenig an mich!«

Franziska musste sich vom Griff ihrer Mutter losreißen.

»Ich dachte, wenigstens du verstehst mich!«

»Natürlich verstehe ich dich. Doch ich glaube wirklich, du bist im Unrecht. Und was soll dann aus mir werden?«

»Und was soll aus deinem Enkelkind werden? Aber ich hab dich lieb, trotz allem«, sagte Franziska, dann zog sie die Tür hinter sich ins Schloss.

6

16. Oktober – Mittwoch

Kurz vor zwei war in der Metzgerei Wimmer nicht viel los. Die Hausfrauen hatten ihr Fleisch für den Mittagstisch schon längst besorgt, und auch die Brotzeitkunden waren wieder am Arbeiten. Deshalb wunderte sich Karola, dass Melanie, die Fleischwarenfachverkäuferin, sie in den Verkaufsraum bat. Während sie sich die Schürze überwarf, blickte sie durch die Tür mit dem Riffelglas und erkannte zwei Silhouetten. Kunden waren es wohl nicht, denn die hätte Melanie alleine bedienen können. Sie öffnete die Tür und erkannte alte Bekannte wieder.

»Herr Stimpfle, nicht wahr?« Es war tatsächlich Kriminalhauptkommissar Lukas Stimpfle von der Mordkommission Ingolstadt. »Und Frau Daschner?«

Auch das war richtig. Inzwischen kannte sie also schon Teile der Polizeikräfte persönlich und mit Namen, schoss es Karola durch den Kopf. Ihr Vater musste endlich Schluss machen mit seinen Detektivspaßetten.

»Frau Kirner, mer müsset mit Ihrem Vater sprechen. Dienschtlich.«

Stimpfle war ein Import aus Stuttgart. Er hatte sich im Polizeipräsidium in Ingolstadt inzwischen gut eingefügt und war als zäher Ermittler der Mordkommission sehr geschätzt, doch so ganz war er noch nicht in seiner neuen Heimat angekommen. Er hatte bei Land und Leuten immer noch gewisse Anpassungsschwierigkeiten. Sein hartnäckiges Schwäbisch, das er kaum unterdrücken konnte, machte es ihm dabei oft nicht leichter.

»Dienstlich?« Bei Karola schrillten plötzlich die Alarmglocken.

»Jawohl. Könnet Se uns sagen, wo mer den Herrn Wimmer finden können?«

»Der muss gleich wiederkommen. Er hat nur ein paar Platten mit Kanapees ausgeliefert. Ah, da kommt er schon. Gehen wir doch bitte ins Brotzeitstüberl. Melanie?« Ein scharfer Blick, und Melanie wusste, dass sie bis auf Weiteres den Laden alleine zu betreuen und jede Störung zu unterbinden hatte.

Als sie zu viert um den Tisch im Brotzeitstüberl herumsaßen, eröffnete Stimpfle sehr ernst das Gespräch.

»Herr Wimmer. Mir ermittle in em Mordfall. Ich muss Sie fragen: Wo sind Sie gestern zwischen vierzehn Uhr und vierzehn Uhr dreißig g'wäh?«

»Des fragen S' mich jetzt im Ernst?«

Wimmer mochte das Detektivspielen. Doch er war dabei immer der Detektiv gewesen. Nun war er offenbar verdächtig. Das missfiel ihm sehr. »Jetzt sagen S' glei, dass S' des nur wissen wollen, dass S' mich ausschließen können und dass des a reine Routine is. Aber wieso kommen S' denn zu mir?«

Stimpfle waren Wimmers Hobbyaktivitäten als Detektiv immer schon ein Dorn im Auge gewesen. Dass Amateure in seinen Untersuchungen herumstöberten, fand er eine lästige, völlig unangebrachte Einmischung. Wenn aber die Amateure dabei so zielgerichtet, hartnäckig und auch noch erfolgreich an den Kriminalfällen schnupperten, wie Wimmer es getan hatte, dann war das nur umso schlimmer.

»Bitte, Herr Wimmer, beantwortet Se uns die Frage.«

»Gestern kurz vor halb drei?«

Daschner wiederholte die Daten.

»Da war ich in der Gemeindebücherei. Da hab ich mir ein neues Buch ausgeliehen. Das hier.«

Er reichte Stimpfle ein Buch vom Fensterbrett. Der nahm es erst, als er sich einen Latexhandschuh übergezogen hatte.

»Stürmische Ernte«, las Stimpfle. Dann fischte er einen automatisch bedruckten Beleg heraus. »Ausgeliehen … gestern um vierzehn Uhr achtunddreißig. Wie lange waret Se in der Bücherei?«

»Hm … zwanzig Minuten mindestens. Eher a halbe Stunde.

Viel mehr aber aa ned. Fragen S' halt die Frau Winter. Die wird Ihnen das bestätigen können.«

»Das werden wir ganz sicher tun. Diese Quittung werde ich an mich nehmen. Sie ist immerhin ein Beweis zu Ihren Gunsten.«

Den Beleg steckte Stimpfle in eine Beweissicherungstüte, einem mit einem Formular bedruckten Ziplockbeutel aus Plastik, und beschriftete ihn.

Inzwischen wurde Wimmer ungeduldig.

»Ja, was ist denn los, zum Donnerwetter?«, wollte er wissen.

»Kennen Sie Herrn Dirk Biss?«, fragte Daschner, anstatt zu antworten.

»Ja, freilich. Ich kenn den Mann.«

»Wann haben Sie den zum letzten Mal gesehen?«

»Das ist scho a paar Wochen her.«

Wimmer stand auf und trat an den Wandkalender. »Da war der Besuch von der Katharina. Und in der Woche danach. Genau … hier!« Sein Zeigefinger parkte auf einem Montag. An dem Tag war's so gegen Mittag. Da hat er mich hergefahren, und wir sind friedlich auseinander. Wieso wollen S' denn des ois wissen?«

Daschner blickte zu Stimpfle, und der nickte.

»Herr Biss ist tot. Und Sie hat man gesehen, wie Sie mit ihm durch die Gegend gefahren sind. Verschiedene Leute haben Sie erkannt und fanden das recht sonderbar.«

»Der Biss ist tot?« Die Nachricht brachte Wimmer tatsächlich aus dem Gleichgewicht.

»Ja.«

»Ermordet?«

»Ja.«

»Ich hab ja gewusst, dass deine Blutsdetektivspielerei nur Ärger macht!« Karola pumpte sich zu einer Schimpftirade auf. »Nix als Ärger und gefährlich is es aa no. Was hast denn jetzt scho wieder ang'stellt? An was hast da scho wieder gerührt? Kannst ned wenigstens einmal drauf verzichten, mit

Leichen umanandzuschmeißen? Wo du bist, fallen d' Leid um wie d' Flieg'n. Des muss jetzt aber endlich a End ham! Herrschaftszeiten!«

Sogar Stimpfle lächelte.

»Ganz so schlimm isch es, glaub i, dann doch ned, Frau Kirner. Wenn ihr Vater tatsächlich in der Bücherei g'wen isch, dann hat er ja a ganz a solides Alibi. Aber trotzdem müsset mer ihn genau befragen. Sonst tät mer doch unsere Arbeit ned machen, ned wahr?« An Wimmer gewandt, fragte er: »Darf ich Sie bitten, dass Sie uns auf das Polizeipräsidium begleiten? Da könnet mer Ihre Aussage besser aufnehmen.«

Wimmer seufzte. »Natürlich.«

»Ach ja … isch Ihre Enkelin auch wieder beteiligt g'wä?«

Obwohl sie nur in sehr geringem Umfang beteiligt war, bestand Lukas Stimpfle auch bei ihr auf eine Befragung. So wurde die Angelegenheit plötzlich deutlich größer, denn Karola bestand nun ihrerseits darauf, dass nicht nur sie selbst, sondern auch der Anwalt der Metzgerei, Herr Dr. Brauer, bei Annas Befragung anwesend war.

Dagegen war nichts einzuwenden, aber sehr wohl dagegen, dass die zu Befragenden zusammen im selben Wagen fuhren. Auch Absprachen über Mobiltelefone oder irgendwelche Beeinflussungsversuche galt es zu verhindern. So fuhr Daschner bei Karola und Anna mit, während Stimpfle Wimmer chauffierte.

Auch im Präsidium brachte man sie in verschiedene Räume. Wimmer saß in Stimpfles Büro, während Anna mit ihrer Mutter ein paar Zimmer weiter im Büro eines verreisten Kollegen wartete.

Karola war nervös. Da sie nicht über den Fall reden durfte und über nichts anderes reden wollte, rutschte sie unruhig auf ihrem Stuhl hin und her und blickte alle zwei Minuten auf die Uhr.

Anna war, anders als ihre Mutter, weit weniger aufgeregt. Sie wusste, dass sie sicher nichts falsch gemacht hatte, und auch der Opa nicht. Was immer es war, wofür man sie brauchte, war sicher nicht so schlimm wie die kommende Schulaufgabe. So nutzte sie die Zeit, um Englischvokabeln zu büffeln. Daschner saß ihr gegenüber und half gelegentlich bei unregelmäßigen Verben aus.

Als Karola zum siebzehnten Mal auf die Uhr sah, stellte sie fest, dass sie schon die Ewigkeit von achtundzwanzig Minuten warteten. In diesem Moment öffnete sich die Tür und Dr. jur. Brauer, der Anwalt der Familie, trat ein. Er ließ sich kurz von Karola und Daschner auf dem Flur informieren, dann setzte er sich neben Anna und bat um eine kurze vertrauliche Unterredung mit seinen Mandantinnen.

Nun endlich konnte Daschner Anna befragen. »Du hast es ja schon mitbekommen. Herr Dirk Biss ist gestorben«, begann sie.

»Ja. Das habe ich mitbekommen.«

»Man hat vor einiger Zeit deinen Opa gesehen, wie er mit Herrn Biss in Wolnzach herumgefahren ist. Weißt du davon?«

»Ja, freilich. Der Opa hat mit Herrn Biss a bestimmtes Haus gesucht. Des war ned ganz einfach, weil ... sie ham nämlich nur a uraltes Foto g'habt.«

»Weißt du, warum der Herr Biss das Haus gesucht hat?«

»Nein. Er hat es gesucht, als Detektiv, weil ein Klient oder Kunde ihn damit beauftragt hat.«

»Haben die beiden dieses Haus gefunden?«

»Was meinen S' wohl? Klar hat der Opa raus'bracht, was des für a Haus war. Es war aber gar ned so leicht.«

»Hast du bei der Suche mitgeholfen?«

»Naa, mitg'sucht hab ich selbst ned. Aber i hab dem Opa mit dem Bild a bisserl geholfen, es am Computer vergrößert und so«, und sie berichtete von der Glühbirne als Maßstab.

Daschner lächelte. Dann fragte sie: »Hast du Herrn Biss selbst kennengelernt?«

Hier legte der Anwalt Anna eine Hand auf die Schulter. »Meine Mandantin wird sich zu dieser Frage nicht äußern. Ein

Arbeiten am Rechner macht sie noch nicht mordverdächtig. Ein persönliches Kennen von Herrn Biss womöglich schon. Sie wird sich keinesfalls belasten.«

Anna wisperte dem Anwalt etwas ins Ohr. Der nickte. »Ist das so wirklich wahr?«

»Ja, klar. Und beweisen kann ich es auch!«, erklärte Anna. Dr. Brauer wog den Kopf hin und her und meinte dann: »Unter diesen Umständen ist eine Aussage doch sinnvoll.«

»Ich hab den Herrn Biss niemals kennengelernt. Ich hab ihn nie persönlich kenneng'lernt. Ich weiß nur, dass er bei uns angerufen hat. Da hat er mit dem Opa gesprochen. Mit mir nie. Und dann ist er wohl einmal bei uns gewesen. Am Tag darauf. Da bin ich aber in der Schule g'wesen. Das weiß ich, weil mir der Opa davon erzählt hat. Also ... ich kenne den Mann ned. Und mein Beweis ist das Klassenbuch in der Schule. Da können S' sehen, dass ich in der Schul war, als der Biss beim Opa war.«

Daschner lächelte. »Gut. Frau Kirner, können Sie diesen Anruf bestätigen?«

»Ja. Das kann ich. Und ich war auch da, als Herr Biss meinen Vater besucht hat. Und für gestern habe ich ein Alibi. Ich war in der Metzgerei. Unsere Fleischwarenfachverkäuferin und der Geselle werden Ihnen das bestätigen können.«

Daschner war damit zufrieden. »Dann lassen Sie uns das doch mal schriftlich festhalten«, meinte sie und klappte ihren Rechner auf.

Wimmer saß inzwischen Kriminaloberkommissar Konrad und Stimpfle gegenüber.

»So. Dann wollen wir deine Aussage noch einmal durchgehen«, sagte Konrad und griff die Ausdrucke von Stimpfles Protokoll aus dem Drucker.

Wimmer war entspannt. Er hatte sich nichts vorzuwerfen und hatte rückhaltlos alle Fragen der Polizisten beantwortet. Punkt um Punkt las nun Konrad vor, was Wimmer ihnen angegeben hatte. So hatten sie in zwei Dutzend Sätzen schließlich die Essenz der ganzen Geschichte, die Wimmer mit dem Toten verband, vorgelesen.

Am Ende runzelte Konrad die Stirn, und seine buschigen Brauen krochen halb die Stirn hinauf. »Da haben wir noch ein Detail vergessen. Wo war denn dann das Haus gewesen, das ihr gesucht habt?«

Wimmer gab bereitwillig die Adresse an, und Lukas Stimpfle ließ die Tastatur noch einmal klappern, um die Angabe ins Protokoll einzupflegen.

»Bin i jetzt g'strichen von eurer Verdächtigenliste?«, wollte Wimmer wissen.

Konrad seufzte. »Wir werden dein Alibi natürlich überprüfen. Endgültiges können wir jetzt noch nicht sagen. Das verstehst du sicher.«

»Freilich. Und wannst no was wissen willst, meld'st dich einfach. Aber jetzt hab i aa amal a Frage an euch. Was is denn überhaupt passiert?«

»Herr Wimmer, mer könnet unmöglich mehr sagen, als Sie schon wisset«, sagte Stimpfle streng.

»Lassen Sie es gut sein, Stimpfle. Morgen steht es eh in der Zeitung«, meinte Konrad. Als alter erfahrener Ermittler legte er die Regeln der Polizeiarbeit ein wenig großzügiger aus als sein Kollege. Damit war er meist sehr gut gefahren. Er folgte oft auch Spuren, die andere Kollegen längst wegen der Beweislage als Irrwege der Ermittlung abgelegt hätten. Wenn Konrad ein unbestimmtes Gefühl hatte, eine kriminalistische Ahnung, dann verfolgte er auch solche Irrwege länger als andere. Manch ein Beweis fing dann doch an zu wackeln, und plötzlich sah das Bild neu und völlig schlüssig aus. Meist war diese Mühe vergebens, doch immer wieder – oft genug – war er aber auch erfolgreich. Konrads Bonmot »die Welt ist so kompliziert, da können auch Tatsachen täuschen!« war unter den Kriminalpolizisten in Ingolstadt inzwischen ein geflügelter Ausdruck.

»Also gut: Den Biss haben wir gestern am Nachmittag in seinem Auto gefunden. Der Wagen ist von der Straße abgekommen und in einem Gebüsch gelandet. Biss selber war tot. Offenbar hat ihn eine Kugel getroffen. Der Gerichtsmediziner meint, wenn die am Tatort gemessene Temperatur der Leiche stimmt, dass er zwischen vierzehn und fünfzehn Uhr gestorben sein muss. Um die Zeit ist ein Jagdunfall eher unwahrscheinlich. Darum behandeln wir bis auf Weiteres diesen Fall als einen Mordfall.«

7

Als die Wolnzacher Metzgersfamilie wieder auf dem Rückweg war, las Konrad das Protokoll von Anna und lächelte.

»Ist doch wieder typisch für den alten Treibauf: Nur einmal darf er mit einem echten Detektiv z'ammarbeiten, und prompt wird der dann erschossen.«

»Haltet Sie den Herrn Wimmer wirklich für unschuldig?«, fragte Stimpfle, und seine Stimme verriet ernste Zweifel.

»Na ja. Die G'schicht war schon recht schlüssig. Und des Alibi können wir ja überprüfen.«

»I moin, des isch alles ja ganz nett, aber dass er mit dem Mann z'samm was sucht, und dann findet er's, und hernach wird der Kollege verschosse … Da is doch der Worm drin. Des stinkt doch irgendwie.«

»Irgendwas stinkt. Das riech ich auch. Das muss aber nicht der Wimmer sein.«

»Ich tät ihn am liebsten einfach amal verhaften. Und wenn's nur isch, dass er ned wieder ermittelt.«

Natürlich waren sowohl Anna als auch Wimmer ermahnt worden, unter allen Umständen auf jegliches Ermitteln zu verzichten. Dennoch war allen, Konrad, Stimpfle und auch Daschner, klar, dass alle polizeiliche Ermahnung da kaum etwas ausrichten würde.

»Wenn überhaupt ebbes hilft, die beiden zurückzuhalten, dann isch es die Frau Kirner. Die hat Haar auf de Zähn, und wenn die garschtig wird, mecht i ned in der Näh sein«, meinte Stimpfle.

Plötzlich machte es auf beiden Rechnern leise »Ping«.

»Ah, die Gerichtsmedizin!«, riefen beide synchron.

Der tote Dirk Biss war gestern noch aus dem Autowrack befreit und nach München gefahren worden, in die Nussbaumstraße zum gerichtsmedizinischen Institut der Ludwigs-

Maximilians-Universität. Dort landeten in der Regel alle ober-
bayerischen Toten, die obduziert werden mussten.

Noch am Unfallort hatte Dr. Stolz aus Mainburg den Tod
festgestellt. Das war einfach gewesen. Ein kleines rotes Loch,
etwa eine Daumenbreite rechts über dem linken Auge. Am
Hinterkopf hatte das Projektil eine faustgroße Austrittswunde gerissen. Reste von Haut, Haaren und Hirn hingen
in Fetzen an den Wundrändern. Diese Verwundung war sofort
tödlich gewesen.

Nach telefonischer Rücksprache mit der Gerichtsmedizin
hatte Dr. Stolz die Lebertemperatur gemessen. Dazu musste
er sich eine Art langes elektronisches Bratenthermometer von
den Beamten der Spurensicherung borgen.

Als der Tote ausgestreckt auf dem Boden lag, tastete
Dr. Stolz den Oberbauch ab, setzte die Nadel des Thermo-
meters an, holte tief Luft, schluckte und trieb dann das In-
strument mit dosierter Kraft und unterdrücktem Ekel etwa
fünfzehn Zentimeter nach unten.

Er fand es widerlich, den Toten noch weiter verstümmeln
zu müssen. Andererseits war ihm natürlich klar, dass die Temperatur der Leber, die sich im Schutz der Leibeshöhle nur
langsam und vor allem gleichmäßig abkühlte, wichtig war, um
den Todeszeitpunkt zu berechnen. Was die Rechtsmedizin mit
dem armen Mann noch anstellen würde, wollte sich Dr. Stolz
lieber nicht ausmalen.

Heute am späten Vormittag war der tote Detektiv nun auf
dem Edelstahltisch gelandet – im Autopsiesaal 2. Ein kom-
pletter Satz von Röntgenaufnahmen begleitete inzwischen
den Toten. Die Kollegen hatten dem Schädel und seiner Zer-
trümmerung besondere Aufmerksamkeit gewidmet. Hier gab
es eine ausführliche Dokumentation.

Die eigentliche Leichenöffnung mit sämtlichen Untersuchungen dauerte fast fünf Stunden, wobei alle im Team die
Mittagspause ausfallen ließen. Als die E-Mail in Ingolstadt
eintraf, war die Autopsie gerade eine halbe Stunde vorüber.

Es war natürlich nicht der Autopsiebericht. Der war ein

hochoffizielles, gerichtsverwertbares Dokument, das fachlich und formal hohe Auflagen erfüllen musste. Die Abfassung würde wohl erst in drei Wochen vom Sekretariat erledigt werden. Damit die Polizei inzwischen aber Material für ihre Ermittlungen hatte, wohnte ein Polizist der Autopsie bei und notierte seinerseits inoffiziell alle relevanten Befunde, die später im Bericht stehen würden.

Dieser Vorabbericht war eben als E-Mail bei Konrad und Stimpfle gelandet.

»Also ein Schuss, von vorne durch die Windschutzscheibe und durch den Schädel. Große Austrittswunde hinten«, las Konrad vor und pickte sich damit die wichtigste Information heraus.

»Des deckt sich voll mit unseren Ergebnissen am Tatort. Wisset mer was vom Projektil?«

»Nur, dass es wohl ziemlich viel Energie gehabt haben muss. Das macht ein Jagdgewehr wahrscheinlich.«

»Super. Des hat hier ja praktisch jeder im Schrank hängen!«

»Ganz so schlimm ist es nicht. Aber wir haben ja immerhin einen ganzen Haufen Spuren, denen wir nachgehen können.«

Eine halbe Stunde später waren sie im Labor der Spurensicherung. Hier trafen sie auf Kriminalhauptkommissar Vinzenz Linner. Der war im Begriff, in den Feierabend zu gehen.

»Dürfen wir dich noch einen Moment aufhalten?«

»Mei, wenn's sein muss«, raunzte der Spurenfachmann. Seine üble Laune war ein gutes Zeichen. Vinzenz Linner war als Grantler bekannt. Dabei war das zu einem guten Teil Irreführung. Je herausfordernder und spannender er seinen Fall fand, umso schlechtere Laune stellte er zur Schau, während man gleichzeitig sehen konnte, wie er sich mit Sorgfalt, Fleiß, Erfahrung und manchmal auch mit kreativer Energie an seine Arbeit machte. Sein ständiges Nörgeln und Maulen war nur eine Art Betriebsgeräusch.

»Schaut's amal, des hab ich heut Abend noch zusammengepuzzelt. Unten in der Garage, am Auto vom Toten.« Er reichte ihnen einen Satz Fotos, die er großformatig ausgedruckt hatte.

Die Spurensicherung hatte kurzerhand den ganzen Wagen als Beweisstück beschlagnahmt, in Plastikfolie gewickelt und in die Polizeigarage nach Ingolstadt fahren lassen. Dort war er weiter untersucht worden. Die Frontscheibe des Wagens war zwar durch den Aufprall noch weiter zertrümmert worden, war aber recht sauber. An der Scheibe der Fahrertür hing jedoch jede Menge Blut, Gewebe und Hirnmasse. Offenbar war die Explosion des Hinterkopfs von der Kopfstütze zur Seite abgelenkt worden. So waren die Rückbank und die Heckscheibe nur wenig besudelt. Das Projektil hatte sie aber glatt durchschlagen. Auch sie wies ein kleines Loch vorne und ein größeres hinten auf. Danach war die Kugel weitergeflogen und hatte in die Heckscheibe ein einzelnes kleines rundes Loch geschlagen. Durch diesen Ausgang hatte sie den Wagen verlassen.

In dieses Loch der Heckscheibe hatte Linner einen quietschgelben, zweieinhalb Meter langen Stab aus Glasfiber hineingesteckt und dann in das Loch in der Kopfstütze weitergeführt. Der gelbe Stab markierte so den letzten Teil der Schussbahn des Projektils, nachdem er sein Opfer getroffen hatte. Diesen Stab hatte er dann mit einem Lasergerät dreidimensional vermessen und das Ergebnis in einer sauberen Schemazeichnung ausgedruckt. Auch die präsentierte er stolz den Ermittlern.

»Die Schussbahn war ziemlich genau waagrecht und kam nur mit einer Abweichung von zwei Komma sieben Grad nach links von vorne. In dieser Richtung – vor dem Wagen natürlich – müssen wir den Tatort suchen.«

»Des isch gut. Damit könnet mer was anfangen. Das bedeutet auch, dass der Schütze zu ebener Erde gewäh isch, ned auf einem Ansitz oder Hochstand oder wie des Zeug hoischd.«

»Genau! Der hat horizontal geschossen, vielleicht sogar ganz leicht bergab.«

»Weißt du, wo das Projektil ist, Vinzenz?«, fragte Konrad.

»Ich bin doch kein Wahrsager! Woher soll ich das wissen?«

»Was hast du noch?«

»Ich hab den Wagen ausgeräumt und auf allen Asservaten die Fingerspuren, Speichelspuren und Ähnliches gesichert. Aber auch da hab ich noch nix in den Rechner eingegeben.«

Konrad wusste, dass diese Sicherung der Spuren zeitaufwendig war und dass Linner sich nicht drängen ließ.

»Der Herr Thalmayr, isch der noch in Urlaub?«, fragte Stimpfle. »Wann kommt er denn wieder?«

»Der müsst morgen wieder da sein. Er war nur kurz weg, zu einer Beerdigung. A Tante, glaub ich, ist gestorben.«

Thalmayr war Linners Kollege, ein ruhiger Mensch, der still, aber ausdauernd arbeitete und oft neue Ansätze fand. Zusammen waren die beiden ein sehr effektives Spurenteam.

Um achtzehn Uhr dreißig war Stimpfle nach Hause gegangen, und auch Konrad befand sich auf dem Weg zu Roswitha, seiner Frau. Im Auto rief er noch Dr. Müller an, die Staatsanwältin. Er informierte sie über das Wichtigste. Dr. Müller brach den Bericht nach ein paar Sätzen ab.

»Herr Konrad, ich war den ganzen Tag im Gericht. Mir brummt der Schädel. Heut will ich nur noch eine Badewanne, ein großes Glas Rotwein und einen schmalzigen Liebesfilm. Ich würde sagen: Wir bilden eine SoKo, gleich morgen um neun Uhr im Konferenzraum. Da werde ich ja wohl alles Wichtige erfahren.«

7.6.1958

Es war neun Uhr, als Franziska ihr Bett in der Universitäts-
frauenklinik München bezog, einen hellen Raum mit großen
Fenstern, vor denen der Garten des Innenhofs lag. Sie war
immer wieder zu einigen Kontrolluntersuchungen hergekommen und mochte dieses Krankenhaus in der Maistraße.
Es war ruhig und lag doch nur einen kräftigen Steinwurf von
der hektischen Lindwurmstraße entfernt. Mit seiner streng
wirkenden Fassade in ockerfarbenem Putz wirkte das große
Haus zwar ein wenig kühl, doch kaum war man durch die
Tür, war alles weit weniger wuchtig und ehrfurchtgebietend
als viele andere Bauten derselben Zeit. Immer wieder unterlief
der Jugendstil den Ernst des Historismus mit Schwung und
Eleganz. Andere Details wie die in Bauernmanier gemalten
Blumen, die die Zimmernummern umrahmten, machten alles
ein wenig anheimelnd und gemütlich.

Die Fragen des Baustils kümmerten Franziska aber nicht.
Sie hinterfragte auch nicht, warum ihr die Klinik sympathisch
war. Sie war nur zufrieden, dass sie mit ihrem Kugelbauch
gut angekommen war. Erleichtert ließ sie sich in die frisch
gestärkten Kissen sinken und wartete auf die nächste Wehe.
Die kamen etwa alle zehn Minuten.

Es dauerte noch. Das Kind ließ sich Zeit. Gegen Mittag
aber waren die Wehen regelmäßiger und kamen in etwa sechs-
minütigem Abstand. Man führte sie in den Kreißsaal.

Die nächsten drei Stunden löschten sich später aus Franziskas Gedächtnis, bis auf ein paar Reste. So erinnerte sie sich
an die Hebamme, die sie mit Sanftheit lenkte, immer weiter
hinein in die Geburt begleitete und am Ende sogar anschrie
und sie so über ihre eigenen Grenzen hinaustrieb.

Am Ende aber hatte sie ihr Kind im Arm. Alle Schmerzen,

alle Angst … sie waren wie weggewischt, und sie war nur mehr glücklich. Das Kind war winzig, rosig, warm und so unglaublich weich. Sie legte es an und zuckte zusammen. Das Kind saugte mit überraschender Kraft. Das fühlte sich an, als wäre ihre Brustwarze in die Steckdose geraten. Doch schon bald wurde es besser. So genoss sie diese erste, sehr sinnliche Begegnung mit ihrem Kind. Diese Momente wurden ihr Leben lang das, woran sie als Erstes dachte, wenn sie sich an die Geburt erinnerte, und sie lächelte stets.

Als sie den Kreißsaal räumte, dieses Mal in einem Rollstuhl, wurde der Junge in das Kinderzimmer gebracht, wo in fahrbaren Bettchen schon ein gutes Dutzend Säuglinge schlief. An einem kleinen Schreibtisch saß eine junge Schwester, die sie anlächelte. Franziska war beruhigt. Ihr Schatz war in guten Händen. Sie winkte ihm zu und ließ sich zu ihrem Bett schieben.

Der nächste Tag verging bei Mutter und Kind hauptsächlich mit Stillen und Schlafen. Am folgenden Tag, einem Montag, fühlte sie sich schon viel besser. Nun begann sie auch mit ihren Zimmergenossinnen zu plaudern. Es waren vier nette junge Frauen, alle frisch entbunden. Hier wurde gekichert und viel gestrickt.

Als Franziska aber erklären musste, dass es keinen Vater gab, war die Reaktion geteilt. Die zwei fensterseitigen Mamas sahen sie mit einer Mischung aus Überlegenheit und Mitleid an. Die Mutter neben dem Waschbecken war gelinde entsetzt, und die langhaarige Blonde im Bett neben ihr meinte nur: »Denk dir nix! Solche Kinder hat es immer gegeben. Wenn man sie lieb hat und z'sammhilft, werd aa a rechter Mensch draus.«

Am Abend kam Eleonore zu Besuch. Das Kind wurde ausgiebig bewundert und gelobt.

»Wie soll der Bub denn heißen, Franzi?«, fragte Eleonore.

»Ich weiß noch nicht. Werner, denk ich. Es ist vielleicht nicht der schönste Name, aber so hat mein Papa geheißen. Der Rest der Familie kann mir erst mal gestohlen bleiben.«

»Hat sich die Sache immer noch ned eingerenkt?«

»Nein. Die wollen nach wie vor nix wissen von einer ledigen Mutter.«

»Deine Mama auch nicht?«

»Mit der tät ich schon auskommen. Mit ihr bin ich im Frühjahr zweimal beim Kaffeetrinken g'wesen. Aber sie hat ja fast kein Geld und ist abhängig von der Oma. Und die ist ein garstiger Besen. Hart wie Granit! Als die spitz bekommen hat, dass Mama mich heimlich trifft, hat sie ein Riesentheater gemacht! ›Verrat‹ hat sie geplärrt und der Mama gedroht, dass sie sie rausschmeißt.«

»Ja, so a garstige Hex! Das möcht man ja ned glauben!«

»So steht's auf einem Karterl, das sie mir geschrieben hat.«

Es ging Franziska von Tag zu Tag immer besser. Am Dienstag lief sie schon ein kleines Stückchen. Auch der Kleine gedieh gut. Am Mittwoch wagte sie einen Ausflug in den gegenüberliegenden Krankenhausflügel ins Erdgeschoss. Dort war eine Zweigstelle des Standesamtes untergebracht. Hier wurde das Kind nun ordnungsgemäß angemeldet und erhielt den Namen Werner.

Lange hatte Franziska überlegt, ob sie nicht doch den Vaternamen Konstantin wählen sollte, vielleicht auch nur als zweiten Vornamen. Doch sie entschied sich dagegen. Konstantin ... er war nur ein Abenteuer gewesen. Eine wunderbare Dummheit, ein kurzer Rausch. Aber eine Beziehung hatten sie nie gehabt. Er wusste von ihr kaum etwas und sie ebenso wenig von ihm. Sie bereute die kleine Affäre nicht und auch nicht das Kind. Es war, wie es war. Aber Konstantin und sie hatten kaum eine gemeinsame Vergangenheit und sicher keine gemeinsame Zukunft. Was auch immer daraus werden würde, Konstantin würde keinen weiteren Anteil daran haben. Seine Rolle erschien Franziska zu kurz, um ihn im Namen des Kindes zu verewigen.

Am Donnerstag, der kleine Werner war inzwischen sechs Tage alt, genoss Franziska nach dem Stillen eine Stunde lang die Sommersonne im Garten des Innenhofs der Klinik. Es tat ihr gut. Es waren Momente völliger Entspannung. Als sie in ihr Zimmer zurückkehrte, wartete ihre Mutter auf dem Flur auf sie. Wie sie von der Geburt des Enkelkindes erfahren hatte, wusste niemand. Es war ein tränenreiches Wiedersehen. Auch wenn die frischgebackene Oma ihr Enkelkind bewunderte, so war sie doch machtlos, wenn es um dessen Urgroßmutter ging. Sich gegen die biestige Diktatorin der Familie aufzulehnen, gelang ihr nicht.

»Ach, Kind, wenn ich nur so könnt, wie ich möcht.«

»Ja, kommst du denn überhaupt zurecht, jetzt, wo ich nimmer da bin?«

Seit sie ausgezogen war, hatte Franziska ihre Mutter finanziell nicht mehr unterstützt. Zum einen brauchte sie das Geld für Miete und Essen nun selbst, und das Wenige, was übrig blieb, legte sie zurück. Nun, da das Kind da war, war ein solcher Notgroschen beruhigend. Sie würde ihn wohl auch bald brauchen.

»Ach, Franzi, irgendwie komm ich schon zurecht. Ich brauch ja nicht viel. Aber wie sollen wir das denn nur wieder einrenken? Man kann ja nicht so im Streit leben.«

»Wir können da nicht viel machen. Es ist nun mal, wie es ist.«

»Aber Kind, sei doch nicht so unnachgiebig und hart.«

»Mama! Ich bin doch nicht unnachgiebig. Ich bin doch nicht hart. Die Großmutter ist es. Das Erste, was Großmutter wollte, war den kleinen Werner aus der Welt zu schaffen, noch ehe er geboren war. Ich kann doch mein eigen Fleisch und Blut nicht umbringen, damit der Familiensegen nicht schief hängt!«

»Und wie soll es weitergehen?«

»Das weiß ich noch nicht. Aber irgendwie wird es schon gehen.«

Wie es weitergehen sollte, wusste Franziska tatsächlich nicht. Wäre sie frömmer gewesen, hätte sie vielleicht gesagt: mit Gottvertrauen. Doch das Vorbild ihrer bigotten Verwandtschaft sorgte dafür, dass sie niemals so dachte. Vielleicht dachte sie überhaupt nicht viel. Bisher hatte sie vor allem auf die Geburt hin gelebt und darüber hinaus nicht weitergesehen. Ihr war natürlich klar, dass sie in ihrer kleinen Kammer kein Kind aufziehen konnte. Das mochte ein paar Tage gut gehen, doch auf Dauer war es keine Lösung. Bald musste sie auch wieder arbeiten und zugleich ihr Kind versorgen. Wie das gehen sollte, wusste sie auch noch nicht, und doch war sie zuversichtlich. Sie würde es irgendwie schon schaffen. Andere Frauen hatten auch als Ledige ihre Kinder groß bekommen.

Am Abend kam Eleonore zu Besuch, brachte liebe Grüße von den Arbeitskolleginnen mit und ein Geschenk von allen, das Franziska zu Tränen rührte. Einen Kinderwagen! Der war zwar nicht neu, ein halbes Dutzend Kinder war wohl damit schon herumkutschiert worden, doch ihr Mann habe ihn frisch überholt, und er werde Franziska das Leben deutlich erleichtern.

Als sie ihrer Freundin von ihren Sorgen berichtete, meinte Eleonore, man müsse halt jemanden mit Kindern in der Nachbarschaft bitten, den kleinen Werner mitzuversorgen. Wenn man dafür etwas zu bezahlen bereit sei, finde sich sicher jemand. Sie selbst, bot sie an, könne zumindest eine Zeit lang auf den kleinen Werner achten, wenn Franziska ihn vor der Arbeit zu ihr bringe und danach abhole. Das sei sicher nicht ideal, aber eine Möglichkeit. Franziska überlegte schon, ob sie eventuell nur mehr halbtags arbeiten konnte. Doch reichte das zum Leben?

Diese Nacht schlief sie sehr unruhig und träumte schlecht. Erst als man ihr gegen drei den hungrigen Werner anlegte, beruhigte sie sich und schlief mit dem Kind im Arm ein.

Bei der Visite am späten Freitagvormittag erfuhr sie, dass sie zur Entlassung vorgesehen war, auch die meisten der Wöchnerinnen im Zimmer sollten ausziehen. Später am Nachmittag würde eine Schwesterhelferin kommen und beim Packen helfen. So war die Stimmung im Zimmer so heiter und optimistisch, dass auch Franziska davon angesteckt wurde. Bis kurz nach dem Mittagessen. Sie stillte gerade, da bekam Franziska einen letzten Besuch. Ihre Tante Iris.

In schwarzem Kleid, mit Handschuhen und Hütchen wirkte sie auf Franziska wie eine Krähe. Einen Moment erschrak die junge Mutter, dann aber sah sie auf ihr Kind und fühlte, wie Kraft in ihr wuchs. Sie fühlte sich stark wie eine Löwin. Sie lächelte die Tante an und hauchte dem Gast, um den Säugling nicht zu stören, ein stilles »Hallo« zu. Mit dem Kopf wies sie auf einen Stuhl. Iris nahm steif Platz. Ein Lächeln konnte sie dennoch nicht ganz unterdrücken.

»Das ist er also«, stellte sie fest.

»Werner«, hauchte Franziska.

»Nun, du hast deinen Willen also durchgesetzt. Das Kind ist da.«

Franziska schwieg und lächelte. Sie wollte sich nicht streiten.

»Ich soll dich grüßen. Von meiner Mutter. Und ich will dir helfen, diese ganze Sache endlich wieder einzurenken. Du hast dich da in etwas verrannt. Es ging uns immer nur darum, dir das Leben zu erleichtern. Wir wollten dir helfen. Damit du nicht deine Zukunft durch einen Moment der Schwäche kaputt machst.«

»Sag es nicht mir, sag es Werner.«

»Wieso? Welchem Werner?«

»Deinem Neffen hier. Eure Hilfe wäre sein Tod gewesen.«

Die Worte waren leise gewesen und ganz ruhig gesprochen, trafen aber Iris ins Mark. Ihre Lippen wurden blass und schmal, während ihre Wangen sich vor Scham röteten. Es dauerte ein wenig, bis sie sich gefasst hatte. Franziska beachtete sie nicht weiter. Sie drehte sich um und legte Werner an der anderen Brust an.

Iris war genötigt, zur anderen Seite des Bettes umzuziehen, um das Gespräch wieder aufzunehmen.

»Wir haben nachgedacht. Und wir haben eine Lösung gefunden. Großmutter hat dem zugestimmt und übernimmt sogar die Kosten.«

Franziska blickte auf.

»In der Schweiz sind die Ämter ja oft viel vernünftiger und geben die Kinder von ledigen Müttern auf andere Stellen, zu

Familien aufs Land, wo sie gut versorgt sind. Hier macht man das wohl nicht mehr so. Aber wir haben gesucht und jetzt jemanden gefunden, eine Bauernfamilie. Bei Schwandorf. Da würd es ihm an nichts mangeln.«

Franziska schwieg.

»Das ist doch eine wunderbare Lösung. Das Kind ist versorgt, und du könntest zurück, als wäre nie etwas gewesen. Keiner ahnt etwas. Alles wäre wieder in Ordnung. Dann können wir auch sehen, dass wir dich ordentlich verheiraten. Nur vielleicht ohne Myrthenkränzchen.« Iris lächelte dünn. »Ist das nicht eine wunderbare Lösung? Die Familie ist dann wieder zusammen.«

Franziska schwieg und lächelte ihr Kind an. Dann sprach sie leise und hielt ihren Blick auf ihrem Kind.

»Werner, was denkst du? Ist das nicht schön? Die Familie ist dann wieder zusammen! Sie meinen wohl, du gehörst gar nicht dazu.«

»Ach, Franzi, Kind! Sei doch vernünftig! Du kannst doch nicht ...«

Franziska unterbrach ihre Tante, und als sie sie nun anblickte, war ihr Blick plötzlich hart, und ihre Augen funkelten gefährlich. »Ich bin nicht mehr Kind, Iris. Ich bin nun Mutter. Und ich bin vernünftig.«

»Wir meinen es gut mit dir!«

»Nein. Ihr meint es gut mit euch, aber ihr wollt das Falsche!«, rief sie, sprach aber gleich wieder ruhig weiter. »Ich soll mein Kind weggeben, zu fremden Leuten. Das ist sicher nicht das Beste! Niemand kann meinem Kind die Liebe geben, die ich ihm geben kann! Irgendwelche Bauern, die das Kind nehmen, damit sie Geld damit verdienen, können es ganz sicher nicht. Ihr wolltet das Kind damals aus der Welt schaffen, und nun versucht ihr es schon wieder! Ihr habt nichts begriffen. Gar nichts. Euch geht es nur um scheinheilige Moral und den Anschein. Keiner merkt was? Darauf kommt es euch an? Ich kann wiederkommen, als ob nichts geschehen wäre? Wie soll das gehen?«

Sie nahm den verdutzten Werner von der Brust und hielt ihn hoch. »Es ist doch etwas geschehen. Hier! Werner ist da! Das ist Tatsache! Akzeptiert es doch endlich. Die Familienehre würde damit schon klarkommen. Auch andere Familien sind nicht makellos. Aber ihr wollt nur den perfekten Anschein und nicht die perfekte Familie. Sonst hättet ihr Mama und mich besser behandelt, sonst würdet ihr mich unterstützen und nicht nur versuchen, diese sonderbare Familienehre zu retten, indem ihr ein ungeliebtes Familienmitglied auf die eine oder andere Art um die Ecke bringt. Hauptsache weg und unsichtbar!«

»Franziska! Das meinst du doch nicht ernst?«

»Ich meine es genauso ernst, wie ihr euren Vorschlag gemeint habt! Ihr seid hartherzig und lieblos.«

»Wir wollen dir doch helfen!«

»Solch eine Hilfe brauche ich genauso nötig wie ein Loch im Kopf!«

»Kind, du versündigst dich!«

»Ich liebe mein Kind! Das kann keine Sünde sein! Aber ihr versündigt euch an Werner, schon wieder! Sieh dir deinen Neffen noch einmal an. Denn wenn es nach mir geht, dann siehst du ihn zum letzten Mal. Ich bin fertig mit euch.«

8

17. Oktober – Donnerstag

Am Donnerstag gegen Mittag brütete Ludwig Wimmer schlecht gelaunt auf seinem blauen Kanapee. Noch immer hing der Haussegen schief, denn Karola schien dieses Mal unversöhnlich zu sein.

Schon bei der gestrigen Heimfahrt war es losgegangen. Besser hätte auch die Polizeikapelle ihm nicht den Marsch blasen können. In einer lang anhaltenden Tirade warf sie ihm vor, sich mit seiner krankhaften Neugier und der Fixierung auf Kriminalfälle immer wieder selbst zu gefährden. Wimmer und Anna hatten dagegengehalten. Sie würden sich nur mit Leuten unterhalten und öffentlich zugängliche Informationen sammeln.

Karola ließ das nicht gelten. Wimmer würde sich immer wieder in g'schaftlhuberischer Art und Weise ungebeten und dreist in die Angelegenheiten wildfremder Leute einmischen. Dabei sei es ihm völlig egal, ob die es wollten oder nicht. Was für Gesetze und Vorschriften er mit Anna dabei verletze, wenn er mit ihr dabei war, »d' Leut auszuforschen«, wollte sie lieber gar nicht so genau wissen. Ganz unrecht hatte sie nicht. Einige Methoden der Informationsgewinnung waren in der Vergangenheit tatsächlich nicht ganz legal gewesen.

»Wieso du immer wieder die arme Anna in diese G'schichten mit reinziehst, versteh i ned. Das Kind hat mit der Schul ja mehr als genug zu tun. Dass du mit dem Detektivschmarrn die Anna immer wieder in Gefahr bringst, das ist das Letzte!«

Anna warf ein, dass sie bisher nur einmal in Gefahr gekommen sei. Und da könne sich der Opa gar nichts vorwerfen. Sie seien da schon sehr vorsichtig gewesen, hätten aber einfach Pech gehabt.

»Du bist ganz still, Anna!«, fuhr Karola ihrer Tochter über

den Mund. »Dich hat der Opa mit dem Kriminalhirnfurz ja g'radezu ang'steckt. So kann's doch ned weitergehn! Was sollen denn die Leut denken? Mir san fei G'schäftsleut. I mag ned, dass mir de Leit im Maul rumgehn als der ›Schnüffelmetzger‹ oder ›die, wo sich der Opa überall eimischt‹. Des muss a End ham! Des schlägt doch alles aa aufs Geschäft z'ruck. Hernach hamma dann an echten Verlust, nur weil ihr ned wissts, was sich g'hört!«

Auch beim Abendessen war es in dieser Art und Weise weitergegangen. »Mir ham ja jetzt schon wegen euch Kosten g'habt. Der Herr Dr. Brauer wird uns schon a Rechnung schicken. Der vertritt uns doch ned umsonst. Des aber, des geb i dann gleich an dich weiter, Papa! Den Anwalt, den zahlst du!«

»Des ist a Schmarrn!«, wandte Wimmer ein. »Für was ham mir a Rechtsschutzversicherung?«

»Ned für an alten Deppen, der meint, dass er Detektiv spuin muss!«

Das war zu viel. Nun explodierte Wimmer. Er sei erwachsen, und sie habe ihm gar nichts vorzuschreiben. Schon gar nicht hier. Noch seien sie alle unter seinem Dach.

Es war ein handfester Familienkrach, laut, verletzend und unnütz.

Wenn Wimmer gemeint hatte, beim Frühstück wäre Karola endlich etwas versöhnlicher, hatte er sich getäuscht. Noch immer sah sie ihn mit einem Blick an, der Milch sauer werden lassen konnte.

»Was hast denn heut vor, Papa? Ich hoff, keine neuen Detektivspaßetten. Des is nix für einen alten Mann, und für a junges Madl is des erst recht nix!«

Wimmer brummte etwas schlecht Verständliches, in dem die Worte »Buch« und »lesen« vorzukommen schienen.

Karola nahm es zur Kenntnis, dann meinte sie zu Anna: »Und du wirst heut Nachmittag im Laden helfen. Die Melanie hat gestern wegen unserm Besuch bei der Polizei den Laden ganz allein g'schmissen und Überstunden g'macht. Da will's natürlich jetzt frei ham. Ab viere bis Feierabend hilfst du mir. Klar?«

»Ja, Mama.«

»I zahl dir dasselbe wie einer Auszubildenden im zweiten Lehrjahr! Das muss ja alles sei Ordnung haben. Und damit du a g'scheide Beschäftigung hast und weniger Zeit für Dummheiten mit dem Opa, mach mer des am besten dreimal die Woch. So kannst amal lernen, worauf es im Leben wirklich ankommt! Zu tun gibt's eh immer genug!«

»Aber Mama …«

»Dreimal die Woche!«

»Mama!«

»Anna, dreimal in der Woch oder du kannst des Mitfahr'n auf Motorrädern glei vergessen, ganz egal, bei wem!«

Anna sprang auf, zog ihre Jacke an, nahm ihre Schultasche und streckte ihrer Mutter zum Abschied die Zunge raus. Dann war sie unterwegs in einen neuen Schultag.

»Bist da ned a bisserl hart zur Anna?«, fragte Sebastian von der Eckbank.

»An Schmarrn bin i! Einer muss ja hier konsequent sein. Und du bist des nie. Du sagst lieber gar nix, bevor du einmal deiner lieben Tochter a Grenze setzt. Dich hat s' doch noch immer eing'wickelt. Du bist halt der liebe Papa. Na gut. Aber dann misch dich aber ned nei, wenn i dem Madl amal zeig, wo es langgeht!«

Sebastian sah seine Autorität schwinden. »Ich setze ihr sehr wohl Grenzen und kann genauso der Böse sein wie du, Schatz!« Dann aber, bevor Karola ihm widersprechen konnte, gab er ihr einen Kuss und floh in sein Reich, in die Wurstküche zu seiner Arbeit. So hatte er den letzten Stich geholt, dennoch stand zweifelsfrei fest, dass Karola das Spiel nach Punkten haushoch für sich entschieden hatte.

Auch Wimmer erhob sich und ging die Treppe hinauf. Das Donnerwetter war offenbar vorüber. Fürs Erste zumindest. Wimmer kannte seine Tochter. Karola würde eine Weile brauchen, dann würde sie sich wieder abregen. Dass sie Anna zu sich in die Metzgerei holte, war zwar vordergründig eine Maßnahme, um die Tochter besser zu kontrollieren. Doch er fühlte, dass da auch ein wenig Eifersucht mitspielte und die Hoffnung, dass Anna die Arbeit im Laden Spaß machte und sie sich gern etwas im Familienbetrieb dazuverdiente – in einer Art Mutter-Tochter-Team. Ein klein wenig, das spürte Wimmer schon länger, zwackte sie nämlich auch der Neid, dass ihre Anna sich so gut mit ihm verstand und sie dabei draußen ließ.

Droben in seinem Zimmer kochte Wimmer sich einen kräftigen Darjeeling. Doch auch der heiße Inhalt der Teetasse konnte Wimmers tiefe Falten über der Nasenwurzel nicht recht wegdämpfen. Der alte Metzger war mürrisch.

Nach Karolas Theater war es völlig ausgeschlossen, einfach loszustürmen und zu forschen und nach Informationen zu schürfen. Seine Tochter würde ihm die Haut in Streifen abziehen. Das durfte er erst wieder wagen, wenn der Familiensegen wieder halbwegs gerade hing.

Und doch war es genau das, was er seit gestern so dringend wollte: herumschnüffeln, stöbern, nachforschen. Sich umhören. Dirk Biss war tot. Erschossen. Er selbst war sogar verdächtigt worden. Wie konnte er bei dieser Ausgangslage still daneben sitzen bleiben? Nein, das ging nicht.

Er fand, das war auch sein Fall. Seit Biss ihn angerufen hatte, war er Teil des Falls. Der tote Biss ging auch ihn etwas an. Zugleich wollte er Karola nicht noch weiter gegen sich aufbringen. Also würde er von zu Hause aus nachforschen müssen.

Normalerweise hätte er sich dabei auf Annas Hilfe und das Internet gestützt. Seine eigenen Fähigkeiten am Rechner waren sehr rudimentär. Anna hatte zwar immer wieder versucht, ihm zu erklären, wie man einfache Abfragen bei Suchmaschinen macht, doch er schätzte seine Fähigkeiten realistisch ein: Ohne seine Enkelin war er verloren. Und die war frühestens nach dem Abendessen für ihn habhaft, falls sie nicht auch noch am Abend Hausaufgaben zu machen hatte.

Er knirschte mit den Zähnen. »Mist, greißlicher!«, fasste er seine Situation zusammen. Dann begann er das zu tun, wovon er wusste, dass es ihm kaum weiterhelfen würde. Dennoch war es das einzige, was er tun konnte: Er las die Zeitung.

Die Lokalzeitung hatte den Mordfall zwar groß aufgemacht, aber noch war alles sehr vage. Die Informationen, die Wimmer aus der Zeitung ziehen konnte, waren kaum umfangreicher als das, was er von der Polizei erfahren hatte. Ein Autofahrer war mit seinem Wagen kurz hinter Hüll auf einer Nebenstraße von der Straße abgekommen und gegen einen Baum geprallt. Später fanden Pilzesucher den Mann in seinem Wagen. Die Pilzesucher waren sogar im Bild festgehalten. Wimmer erkannte einen alten Bekannten: Eduard Rummetshofer. Ein zu Hilfe gerufener Arzt konnte nur noch den Tod feststellen. Offenbar war der Mann erschossen worden. Über die Identität des Toten habe die Polizei noch nichts bekannt gegeben. Als wahrscheinlichste Ursache, so fand die Zeitung, müsse man von einem bedauerlichen Jagdunfall ausgehen.

Daran schloss sich ein Infokasten an, der Jagdunfälle in der weiteren Umgegend auflistete. Bei einer Treibjagd war vor drei Jahren ein Hund angeschossen worden und bei einer anderen, die noch weiter zurücklag, ein Treiber. Das erweckte nicht den Anschein, dass die Hubertusjünger unverantwortlich durch die Gegend ballerten. Der zuständige Redakteur schien aber ohnehin eher ein Kritiker der Jagd zu sein, denn die Illustration eines von Kugeln zersiebten Straßenschildes und die ausgewählten Statements der besorgten Bürger erweckten den Eindruck, als sei man im Landkreis allenthalben von schießwütigen Waidmännern bedroht, denen es egal war, worauf sie anlegten.

Wimmer aber fiel eines auf: die Uhrzeit, mitten am Nachmittag. Das sprach tatsächlich gegen einen Jagdunfall.

Frustriert griff er zu einem dünnen Buch und las eine Novelle von Mark Twain, in der Kinder verwechselt wurden und nebenbei die Erfindung der Fingerabdruckkunde als kriminalistisches Werkzeug beschrieben wurde.

Das Büchlein hielt ihn bis zum Mittagessen beschäftigt. Bei Tisch konnte er natürlich nicht mit Anna über den Fall Biss reden, zumindest nicht, wenn er nicht Karola reizen wollte.

»Jetzt mach g'schwind Hausaufgab und komm dann spätestens um vier in den Laden. Hier, da hast a frische Schürze!«

Das »Ja, Mama« klang matt und lustlos.

»Und du, Papa, für dich hab ich a Lieferung!«

»Ah? Was ist es denn? Wohin geht es?« Das war wenigstens eine Gelegenheit, hinauszukommen. Und da würde man schon auch etwas erfahren können.

»Die Rimbachers ham für a Hochzeit bei uns des Fleisch geordert – und den Grill. Des Fleisch bekommen s' am Freitag. Aber den Grill wollen s' heut schon haben. Lass dir vom G'sellen beim Aufladen helfen. Bei den Rimbachers san s' genug Leut, die dir helfen können.«

Den Grill aufzuladen, ein wahres Ungeheuer aus schwarzem Schmiedeeisen, dessen Rost so trickreich aus Winkeleisen konstruiert war, dass niemals etwas in die Glut tropfen konnte, war auch mit Hilfe des Gesellen ein schweres Stück Arbeit. Das Abladen am Ziel hingegen war dank vieler Hände weit einfacher. Doch zu einem Ratsch hatte man dort leider keine Zeit. Überall auf dem Hof der Familie Rimbacher herrschten schon heute aufgeregtes Gewusel und kopflose Hektik.

So kehrte er wieder nach Hause zurück, jätete missmutig ein paar Hälmchen Unkraut im Hochbeet, dann ging er in seine Kammer hinauf.

Anna war beim Lernen und winkte ab, als er sie etwas fragen wollte.

Um vier Uhr zog sie ein weißes T-Shirt an, die frische Schürze darüber und ging hinunter.

Wimmer hingegen tat etwas, was er nur bei großem Frust oder größter Langeweile tat: Er schaute das Nachmittagsprogramm auf seinem kleinen Fernseher an.

Als es um sieben Uhr Abendessen gab, ein Würstelgulasch, war Karolas Laune deutlich gestiegen. Sie hielt ihre Tochter im Arm und lobte sie. »Gut hast du es g'macht! Auch beim

Fleisch hast du alles richtig gemacht. Und gut geschätzt hast du auch. Du bist a richtig tüchtige Kraft im Laden! Sei ehrlich und gib zu: A bisserl Spaß gemacht hat es dir aa.«

»Na ja. Es war scho nett. Aber weißt, dreimal in der Woch … Ich möcht mich ja aa noch mit meinen Freundinnen treffen, und Hausaufgab is aa immer was auf. Ich denk, zweimal die Woch reicht mir.«

»Na gut. Diese Woch dann dreimal und hernach nur noch an zwei Nachmittagen. Es ist gar ned verkehrt, wenn dich die Kundschaft auch hinter unserer Theke kennenlernt.«

9

In der Metzgerei in Wolnzach hatte der Arbeitstag bereits
begonnen, als man sich im Polizeipräsidium in Ingolstadt im
kleinen Sitzungszimmer versammelte, um eine Sonderermittlungsgruppe ins Leben zu rufen. Den Vorsitz und die formelle
Leitung hatte die zuständige Staatsanwältin übernommen,
Dr. Müller. Bisher hatte sie die Akten nur kurz überfliegen
können.

»Was haben wir denn? Unfall oder Mord?«, wollte sie
wissen, als sie Platz genommen hatte, und stellte die zentrale
Frage zuerst. Sie war eine energische Frau Mitte vierzig, deren
kastanienbraunes Haar in letzter Zeit einen deutlichen Schim-
mer von Rot angenommen hatte. Sie war als sehr tüchtige und
engagierte Anklägerin wohl angesehen und galt als gute Team-
playerin. De jure und formal leitete sie die Ermittlung, doch
sie war klug genug, ihren Kriminalpolizisten nicht ins Handwerk zu pfuschen und sich von ihnen und ihrer Erfahrung
durch die Fälle führen zu lassen. In einer launigen Rede hatte
sie sich einmal mit dem Führer eines Jagdhundes verglichen.
Sie hatte zwar die Leine in der Hand. Doch die sorgte nur zu
einem geringen Teil für die Kontrolle des Hundes – wenn der
Hund ein guter war. Weit mehr diente die Leine dazu, dass
sie dem Hund auch folgen konnte.

Mit allen am Tisch hatte sie schon zusammengearbeitet
und kannte ihre Stärken. Es gab aber auch Mitarbeiter, die sie
fürchteten. Zu Recht. Sie war ein temperamentvolles Energie-
bündel, das gute Arbeit und klare Berichte liebte. Solange man
ihr gute Ergebnisse liefern konnte, war sie freundlich. Wenn
man um den heißen Brei redete, wurde sie rasch ungeduldig,
und Ermittler, die ihr schlecht abgesicherte Ergebnisse liefer-
ten oder – noch schlimmer – sie mit schlampigen Ermittlungen
vor Gericht schicken wollten, merkten bald, dass sie auch eine
recht bissige Seite hatte. Die hier versammelten Kriminaler

Konrad, Stimpfle, Daschner und Linner hatten bislang aber immer sehr gut mit ihr zusammengearbeitet.

»Ob Mord oder Jagdunfall wissen wir noch nicht«, antwortete Konrad. »Gegen einen Jagdunfall spricht die Uhrzeit. Für einen Mord spricht der Beruf des Mannes. Er war Privatdetektiv.«

»Das sind noch sehr vage Indizien, und beides ist nicht viel wert«, brummte Dr. Müller. »Noch nicht zumindest. Aber gut … Bis wir klar das Gegenteil beweisen können, betrachten wir den Fall also als Mordfall.«

Alle Versammelten stimmten zu.

»Also Sonderermittlungsgruppe. Wie wäre es mit SoKo ›Herbstlaub‹?«, fragte sie. Keiner widersprach.

»Womit wollet mer denn anfangen?«, fragte Stimpfle.

»Was möchten Sie denn machen?«

»Einen Verdächtigen han mer ja schon, unseren Herrn Wimmer.«

»Der schon wieder! Der ist ja schlimmer als eine Warze! Die kriegt man auch nicht los.« Dr. Müller waren die Initiativen von »Scherlock Pinkerton & Co – Wolnzach« stets ein Dorn im Auge gewesen. »Wo kommt der denn nun schon wieder her? Der Mann ist ja wie ein falscher Fuchziger. Immer wieder taucht der auf.«

Stimpfle fasste das Ergebnis der Vernehmung zusammen.

»Gut!« Dr. Müller nickte. »Das alles müssen wir so schnell wie möglich überprüfen. Wenn Sie das machen wollen, Herr Stimpfle, ist es mir recht. Möchten Sie jemanden dabeihaben?«

»Der Herr Zierer hat mir amal gut assistiert.«

»Dann nehmen Sie den jungen Mann mit, wenn Sie ihn kriegen können, oder wen immer Sie möchten. Herr Konrad, wollen Sie mit Frau Daschner den Hintergrund des Toten ausleuchten? Da wissen wir ja auch noch nicht sehr viel.«

Konrad und Daschner sahen sich an und nickten.

»Dann fahren wir nachher am besten nach München. In sein Büro und seine Wohnung.«

»Machen Sie das.« Dr. Müller nickte. »Fangen Sie vielleicht

mit der Wohnung an. Und vergessen Sie seine Ex-Frau nicht.«
Sie blätterte in den Unterlagen. »Ich glaube, irgendwo steht,
dass er geschieden ist. – Herr Linner, wie sieht es bei der SpuSi
aus?«

Der Spurensicherer grummelte, er hätte noch jede Menge
Spuren zu untersuchen. Allein das Auto sei so »bewohnt«,
dass es ihm Arbeit für Tage bescheren würde.

»Die allermeisten Spuren, da brauchen S' sich gar keine
Illusionen zu machen, werden sicher völlig belanglos sein
und keine Aussagekraft haben. Aber man weiß ja nie, was
einen erwartet. Wenn man denkt, man hat nur mehr einen
Berg Müll vor sich, taucht plötzlich eine Kleinigkeit auf, die
zu einem anderen scheinbar belanglosen Stück von einem
Zeugen oder sonst was passt, und schon hat man eine neue
Verbindung, und der Fall bekommt ein völlig neues Gesicht.
Aber dieses Mal ist es schon ein verdammt großer Haufen
Mist, also erwarten S' besser keine Wunder.«

Dr. Müller versprach, geduldig zu sein.

Eine Stunde später waren Daschner und Konrad unterwegs
nach München.

»Hat eigentlich die Frau Biss schon Nachricht vom Tod
ihres Ex-Manns?«, fragte Konrad.

»Nein. Soweit ich weiß, nicht. Die Kollegen in München
wollten das wohl gerade machen. Sie haben die Adresse eben
erst herausgefunden, denn sie lebt wieder unter ihrem Mäd-
chennamen – Zeilinger. Ich habe die Kollegen gebeten, uns
das zu überlassen. Es könnte ja aufschlussreich sein, wie sie
die Botschaft aufnimmt.«

Konrad nickte und brummte zustimmend. »Dann fangen
wir mit ihr an. Wo wohnt sie?«

»In der Agnes-Bernauer-Straße«, erklärte Daschner und
programmierte das Navi.

Die Wohnung lag im zweiten Stock eines langweiligen
Wohnblocks aus den fünfziger Jahren, alt, abgewohnt, aber
nicht ungepflegt. Die Tür stand offen, und die Kriminalbeam-

ten stiegen gleich nach oben. Es waren vier Wohnungstüren pro Etage. Frau Zeilinger wohnte hinter einer der mittleren Türen. Das Klingelschild war mit einem Blumenkranz aus Salzteig verziert.

Sie läuteten. Hinter der Tür rumorte es, das gläserne Auge des Spions verdunkelte sich für einen Moment, dann öffnete sich die Tür einen Spalt breit. Die Kette blieb vorgelegt.

»Wer sind Sie?«

»Kriminaloberkommissar Konrad, Frau Zeilinger. Und das ist meine Kollegin, Frau Daschner.«

Er zog seinen Dienstausweis. Frau Zeilinger betrachtete ihn misstrauisch und ziemlich genau.

»Aus Ingolstadt? Was wollen S' denn da bei mir?«

»Das möchten wir Ihnen lieber drinnen erzählen, Frau Zeilinger. Das ist nichts fürs Treppenhaus«, meinte Daschner und deutete unauffällig mit der Schulter auf die Tür zur Rechten, die sich ganz leise einen Spalt geöffnet hatte.

»Dann kommen S' mal rein. Mögen S' einen Kaffee?«

Wenig später saßen sie auf dem Sofa einer winzigen Zwei-Zimmer-Wohnung und sahen sich im Wohnzimmer um. Es war, wie man es bei einer allein lebenden Dame mittleren Alters erwarten konnte: nichts Extravagantes, recht bürgerlich mit einem Hang zum Kitsch. Gepflegte Blumen, saubere Fenster, aufgeräumt, bis auf den Korb mit Altpapier in der Ecke natürlich und – das fiel auf: etwa fünfunddreißig Puppen mit Porzellanköpfen und etwa halb so viele alte, oftmals recht abgeschmuste Teddybären unterschiedlicher Größe.

Als sie alle vor dampfenden Kaffeetassen saßen, eröffnete Konrad das Gespräch.

»Frau Zeilinger, es geht um Ihren Ex-Mann, um Herrn Dirk Biss.«

»Ach so. Um den. Hätt ich mir ja denken können. Aber was immer er ausgefressen hat, egal, in welchen Schwierigkeiten er steckt – ich fürchte, ich werde Ihnen kaum weiterhelfen können. Vom Unterhalt einmal abgesehen, haben wir keinerlei Kontakt.«

»Nun, vielleicht können Sie uns doch helfen. Es ist nämlich so: Herr Biss ist tot. Wir haben ihn in einem Waldstück in der Holledau erschossen in seinem Auto gefunden.«

Frau Zeilinger zeigte nun in rascher Folge einige klassische Zeichen von Überraschung. Zuerst wurden ihre Augen groß, dann schloss sie sie im Impuls, sich der Tragweite dieser Botschaft zu verschließen, und blinzelte schließlich auffällig oft.

»Er ist tot?«

Die Beamten nickten.

»Das muss ich erst mal verdauen.«

Sie stand auf, schüttelte den Kopf, setzte sich dann wieder, trank einen Schluck, verschränkte ihre zitternden Finger und stand schließlich noch einmal auf. Dieses Mal ging sie zu ihrem Bücherbord und nahm dort ein Bild herunter.

»Das war er damals, als ich ihn kennengelernt hab.«

Konrad nahm das Bild. Es zeigte einen deutlich jüngeren Biss in Uniform. Konrad stellte fest, dass er einst Polizist gewesen war. Er stellte das Bild so auf den Tisch, dass es Frau Zeilinger nicht frontal gegenüber stand.

»Jemand hat ihn erschossen?«

»Ja, das stimmt leider.«

»Ich habe geahnt, dass es ein schlimmes Ende nehmen wird mit Dirk.« Sie seufzte. »Seit er seinen Dienst quittieren musste, ging es nur mehr abwärts.«

»Warum hörte er denn bei der Polizei auf?«, fragte Daschner.

»Ganz ehrlich? Ich weiß es nicht. Mir erzählte er, er wär Opfer einer Intrige und man hätt ihn als Sündenbock ausgewählt. Aber wissen Sie ... ich habe so viele Lügen von ihm gehört, dass ich nicht weiß, ob er mich nicht damals schon angelogen hat. Und als er dann Detektiv geworden ist ... Ich glaub, das war ganz und gar nicht gut für ihn. Als mein Mann noch ein Polizist war, da hatte er ja beruflich sehr oft mit schlechten Leuten Umgang. Mit Kriminellen, Zuhältern, halbseidenen Schiebern und Ganoven. Als Detektiv war es dann wohl noch mehr von diesem G'schwerl.«

Und ich fürchte, bei Dirk färbte das irgendwie ab. Je länger er Detektiv war, umso schlimmer wurde es. Manche von seinen ›Kontakten‹ waren echt übel. Echte Totschläger. Ich glaub, dass auch Dirk vor ihnen Angst hatte. Ich hab das dann irgendwann nicht mehr ertragen können, und … ja … dann hab ich ihn rausgeschmissen. Am 12. August vor vier Jahren war es. Zu meinem Geburtstag bringt der Mann mir eine Pistole mit nach Haus und meint, er braucht sie, um sich – und mich! – zu schützen! An meinem Geburtstag! Das war dann doch zu viel. Da hab ich einen Schlussstrich gezogen.«

Sie nahm das Bild in ihre Hände.

»Verstehen Sie das? Ich habe ihn ehrlich geliebt. Aber wie ich ihn dann rausgeschmissen hatte, habe ich gemerkt, dass ich ohne ihn besser dran war. In dem Maße, wie ich ihn losließ, musste ich auch keine Angst mehr um ihn haben und konnte mein Leben wieder genießen. Ich habe also entschieden: Ich lebe ohne ihn. Und wenn er diese schrecklichen Leute aufgibt und seinen furchtbaren Beruf, dann … wer weiß. Vielleicht könnten wir es noch einmal versuchen. Aber ich fürchte, ich habe irgendwann nicht mehr daran geglaubt. Nicht mehr glauben können, dass Dirk aus diesem Sumpf herausfindet. Und dann … nun ja. Er hat ja inzwischen wieder eine Partnerin, soweit ich weiß. Er lebt auch bei ihr. Irgendwo in Laim. Und nun … ach … jetzt lebt er gar nicht mehr.«

»Und nun?«

Konrad und Daschner saßen wieder im Auto.

»Fahren wir zu dem Büro von Biss oder zu seiner Wohnung?«

»Zur Wohnung zuerst.«

Der Wohnblock war alt, schmuddelig, und es roch im Treppenhaus nach Kellermuff, Kohl und Urin. Die Wohnung lief auf die neue Lebensgefährtin, Frau Münster. Der Name Biss war auf einen Streifen Leukoplast geschrieben und daruntergeklebt. Sie schellten, trafen aber niemanden an und wollten grade gehen, da kam ihnen eine dralle Frau entgegen, die den Briefkasten von »Münster/Biss« leerte.

»Frau Münster?«

»Ja? Wenn sie wegen der Raten für den Fernseher da sind, der Scheck ist heute Morgen gutgeschrieben worden. Rufen Sie in Ihrer Zentrale an.«

»Frau Münster, wir sind nicht wegen des Fernsehers da. Wir kommen wegen Herrn Biss.«

»Wenn Sie Geld von ihm wollen, müssen Sie sich an ihn selbst wenden. Wir haben getrennte Kassen. Und im Moment ist er verreist. Er wird erst am Wochenende wiederkommen.«

»Es geht um etwas anderes. Können wir vielleicht in Ihre Wohnung gehen?«

»Um etwas anderes? Aha. Und wer sind Sie bitte?« Erneut zog Konrad seinen Dienstausweis und stellte sich und Daschner vor.

Frau Münster blickte nur kurz und oberflächlich auf die Ausweise. Der Anblick des Landeswappens genügte ihr offenbar. Sie nickte. Sie wohnte im ersten Stock, und auf dem kurzen Weg wurde sie zunehmend nervöser. Sie zitterte, als sie die Tür aufsperrte.

Die Wohnung war eng und dunkel und vollgerümpelt mit schäbigen Möbeln. Der Teppichboden war ungesaugt und abgetreten, die Küche unaufgeräumt. Auf dem Sofatisch vor dem Fernseher standen die Überreste eines Teledinners aus Mikrowellenlasagne. In einem Korb neben dem Sofa war Altglas – vor allem Wein- und Likörflaschen.

»Ist was mit dem Dirk? Sagen S' doch was! Ist ihm was passiert?«

»Ich denke, Sie sollten sich setzen, Frau Münster«, meinte Daschner sanft.

»Hat er eine andere?«

»Wie bitte?«

»Hat er eine andere Frau dort?« Die Stimme von Frau Münster klang schrill und spitz.

»Nein. Soweit wir wissen, nicht. Aber wir müssen Ihnen leider sagen, dass ihm etwas zugestoßen ist.«

»Ist er im Krankenhaus?«

»Nein, Frau Münster, er ist … ähem … tot.«

Frau Münster sah die Polizistin einen Moment ungläubig an, dann begann die Unterlippe zu zittern, und einen Moment später brach sie in hemmungsloses Schluchzen aus. Konrads Augenbrauen zuckten lebhaft wie ein Semaphor, und Daschner verstand die Botschaft. Sie setzte sich neben Frau Münster, nahm ihre Hand und sprach ihr mit ruhigen Worten Trost zu.

Konrads Blick war inzwischen rasch durch den Raum geflogen und hatte durch die Küchentür eine Kaffeemaschine entdeckt. In solchen Krisen, in denen alle Sicherheit verloren schien, so hatte Konrad oft seinen Kollegen versichert, brauchten die Leute etwas, woran sie sich festhalten können. Offenbar erwies sich dabei der Henkel einer Kaffeetasse immer wieder als erstaunlich belastbar. Kurz entschlossen übernahm er die Initiative. »Soll ich uns an Kaffee aufstellen?«

Frau Münster nickte nur abwesend. Nach zwei Minuten kehrte tatsächlich schon mit dem Duft der schwarzen Bohnen still und leise ein Stückchen Normalität ins Chaos zurück, ein klein wenig verlässlicher Alltag. Ein paar Minuten später, als Frau Münster sich etwas beruhigt hatte, konnten die Polizisten erzählen, was sie ihr über den Tod mitteilen konnten.

Sie selbst und ihre Aussagen waren nur wenig hilfreich. Sie kannte Biss erst ein halbes Jahr und wusste nur wenig über seinen Beruf.

»Seit einem Vierteljahr wohnt er jetzt hier. Wozu brauchen wir denn auch zwei Wohnungen, habe ich ihm gesagt. Am End gehst du mir nur fremd! Aber hier in der Wohnung, da kann ich halbwegs sicher sein. Wissen Sie, ob er bei seiner Arbeit andere Weiber getroffen hat?«

»Davon wissen wir nichts.«

»Ach je, das muss ja auch nichts heißen. Aber ich hab ihn halt trotzdem geliebt und jetzt … Was soll ich nur machen?«

Wieder brach sie in Tränen aus. Seit der zweiten Tasse verdünnte sie ihren Kaffee mit billigem Weinbrand.

Nach einer Stunde waren Konrad und Daschner wieder im Wagen. Eine Nachbarin kümmerte sich um Frau Münster. Im Kofferraum lagen inzwischen zwei Kartons mit privaten Papieren des Opfers in zwei Leitzordnern, die sie beschlagnahmt hatten. Außerdem hatten sie den Ersatzschlüssel für das Detektivbüro.

10

Lukas Stimpfle steuerte nach der Morgensitzung zuerst den Süßigkeitenautomaten des Präsidiums an. Auf ihn wartete ein langer Tag am Rechner. Er brauchte Hirnnahrung und fand sie dort in ausreichender Menge. Beladen mit Trauben-Nuss-Schokolade, Karamellbonbons und Erdnüssen mit Schokoüberzug fühlte er sich ausreichend gewappnet.

Zuerst versuchte er den Kollegen Zierer als Assistenten zu requirieren, doch der hatte leider seinen freien Tag. Pech ... Er startete seinen Rechner und rief, während der Computer unter allerlei Piepsen und technischen Geräuschen hochfuhr, in Geisenfeld an. Er bat die Kollegen dort, das Alibi von Wimmer – den Bibliotheksbesuch – zu überprüfen.

Als dann sein Rechner bereit war, begann er das Opfer zu durchleuchten. Dirk Biss war ein echtes Münchner Kindl. Zur Welt gekommen war er im Schwabinger Krankenhaus. Er war in keiner Straftäterdatenbank. Ein paar Strafzettel hatte er gesammelt, aber nichts Ungewöhnliches. Dennoch fand Stimpfle zu seiner Überraschung einen Eintrag bei den Fingerabdrücken. Aber warum? Nach ein paar Minuten war das Phänomen geklärt, und der Schwabe machte sich eine Notiz. Der Mann war offenbar ein Kollege oder, richtiger, ein Ex-Kollege. Die Abdrücke waren ihm als jungem Polizisten ab- und in die Datenbank aufgenommen worden, um die Fingerspuren von Beamten bei Tatortuntersuchungen zeitnah abgleichen zu können. Seine letzte Dienststelle war wohl die Wache in Moosach gewesen. Wieso hatte er wohl den Dienst quittiert? Er notierte die Frage.

Menschen sind, wie viele Tiere auch, vor allem in angestammten Revieren tätig. Wo war wohl das Revier von Biss? Das Melderegister gab Auskunft, dass er bis vor einem Vierteljahr eine Wohnung in der Schleißheimer Straße bewohnt hatte, dann aber war er an seine aktuelle Adresse gezogen.

Mit einer Onlinekarte stellte Stimpfle fest, dass die Schleißheimer Straße eine der längsten in München war. Die Hausnummer verwies auf ein Anwesen am Nordbad. Die aktuelle
Adresse war in Laim, in einem ganz anderen Stadtteil. Alle
Adressen, die er kannte – die von seiner Frau, die alte und
die neue Wohnung und sogar seine Dienststelle – alle lagen
im Westen, Nordwesten oder Norden von München. Keine
Adresse lag im Süden oder Osten. Auch das notierte er. Es
mochte Zufall sein. Aber man wusste ja nie.

Mit einer neuen Tasse Kaffee und einer Rippe Schokolade
las er den vorläufigen Autopsiebericht, aber dieses Mal mit
mehr Muße.

Die Todesursache stellte er einstweilen zurück. Natürlich
musste er sich auch um den Tod von Biss kümmern. Ihn interessierte aber zunächst, was der Leichnam ihm über das Leben
des Opfers verraten konnte. Und das war schon einiges.

Mann, um die fünfzig, leicht adipös. Also eher Couchkar-
toffel als Sportskanone, übersetzte Stimpfle das für sich. Aber
komplett unsportlich war er wohl nicht gewesen. Körperbau
eher athletisch, normal bemuskelt. Also ein einst sportlicher
oder wenigstens normal fitter Mann, der im Alter etwas faul
wurde und ein paar Rettungsringe angesetzt hatte.

Seine Nase war wohl mehrfach gebrochen worden. Stimpfle
nahm sich das Foto vor, das die Ausweisbehörde ihm inzwischen geschickt hatte und betrachtete es. Das rechte Augenlid
hing ein wenig herab. Stimpfle hatte so etwas schon gesehen.
Dies passte mit dem Befund auf einem der Röntgenbilder
zusammen. Da war ein alter, verheilter Trümmerbruch der
Mittelhandknochen erkennbar gewesen. Er hatte also drei
typische Boxverletzungen entdeckt. Hand und Nase waren
den Schlägen geschuldet, das hängende Lid einem Cutman
mit limitierten Fähigkeiten, der die Wunde im geschwollenen
Gesicht schlecht genäht hatte. Stimpfle untersuchte den Tod
eines glücklosen Boxers.

Stimpfle las weiter. Man hatte gelbe Nikotinreste an den
Fingern der rechten Hand und im Schnauzbart gefunden.

Das fand Stimpfle bemerkenswert. Um gelbe Finger zu bekommen, musste man ein starker Raucher sein … und einen bestimmten Zigarettentyp bevorzugen. Stimpfle hatte einen Lehrer gehabt, dessen Klauen waren quittengelb gebeizt gewesen. Ihn hatte man außerhalb des Unterrichts fast nie ohne Kippe in der Hand gesehen. Rothhändle – ohne Filter. Seither hatte er viele Raucher gesehen und oft genug auch diese Nikotinverfärbung. Man erwarb sie vor allem durch filterlose Zigaretten und starken Tabak. Für eine deutliche Gelbfärbung musste man beides reichlich genießen. Wieder notierte sich Stimpfle dieses Detail.

Auch den großen anderen Feind der Fitness fand er bald: Biss war offenbar dem Alkohol zugetan. Dies zumindest ging aus der Untersuchung der Organe hervor, eine stark vergrößerte Leber und eine entzündete Bauchspeicheldrüse. Ansonsten war der Leichnam weitgehend unauffällig. Ein paar alte Narben, eine davon eine Blinddarmnarbe, ein entzündeter Mückenstich an einem Unterarm und Fußpilz … Nichts, was nicht ganz gewöhnlich wäre.

Es gab keine Einstiche und auch keine Spuren an den Schleimhäuten, die auf Drogenkonsum hinwiesen. Dennoch … Er notierte sich, Dr. Müller zu bitten, für das Opfer ein komplettes Drogenscreening anzuordnen.

Der Rest des Berichtes bezog sich auf den Schuss, der von vorne in den Schädel eingedrungen war. Das deformierte Geschoss hatte im Hirn eine immer breiter werdende Spur der Verwüstung gezogen, bevor es unter Mitnahme fast des halben Hinterkopfes die Gehirnkalotte wieder verlassen hatte.

Der Mann musste sofort tot gewesen sein. So allmählich rundete sich das Bild ab, das er vom Opfer gewann. Und auch der Täter, ein bislang völlig formloses Wesen, erhielt hier zum ersten Mal eine Kontur: Er war wohl ein guter Schütze.

Diese Eigenschaft passte leider nicht zu Wimmer. Auch wenn Stimpfle ihn gern weiter als Verdächtigen behandelte, so wusste er doch, dass der alte Metzger wohl eher nicht der

Täter war. Es gab kein erkennbares Motiv. Wimmer war kein Schütze, und er hatte ein Alibi … ein noch unbestätigtes Alibi. Es konnte aber nicht mehr lange dauern, bis Stimpfle Bescheid erhielt.

Etwa die Hälfte der Hirnnahrung war inzwischen aufgebraucht. Nach all der Schokolade hatte Stimpfle nun Appetit auf etwas Herzhaftes. In der Kantine gönnte er sich einen kunterbunten Paprikasalat mit Feta und ein Paar Wiener. Als Nächstes beschloss er, sich der Hinterlassenschaften des Toten anzunehmen. Auch die würden ihm mehr über das Opfer erzählen.

Zwanzig Minuten später war er in der Polizeigarage, um mit den SpuSi-Fachleuten zu sprechen. Linner und Thalmayr waren komplett in Schutzanzüge gehüllt, mit Gesichtsmasken, Füßlingen, Handschuhen und Schutzbrillen. So verkleidet bemühten sie sich um die Asservierung aller Spuren im Auto des toten Detektivs.

Ein rollbarer Computertisch und ein Klapptisch daneben dienten als provisorischer Arbeitsplatz. Unter dem Tisch waren einige Kartons mit Beweissicherungsmaterial, Plastiktüten, Klebestreifen, Kartons für sehr empfindliche Teile und alles in verschiedenen Größen. Neben dem Tisch waren einige der Plastikboxen schon mit Beweismitteln gefüllt, doch noch etliche weitere gelbe Plastikboxen standen leer in Reichweite. Linner hatte wohl nicht übertrieben, was den Umfang der Untersuchung anging.

Thalmayr kam mit einem daumenbreiten Klebestreifen, auf dem er einen Fingerabdruck abgenommen hatte, an den Tisch, klebte den Steifen sauber auf einen Karton, steckte den in eine Beweistüte. Als er sie beschriftet hatte, verschloss er sie vorschriftsmäßig.

Nun trat er an den Rechner, gab das neue Beweisstück in eine Liste ein und beschrieb es. Erst als er sich umdrehte, erkannte er Stimpfle.

»Tut mir leid, aber in den Kapuzen sieht man wie mit Scheuklappen nur geradeaus. Schön, dass Sie uns besuchen.«

»Des isch doch ned schlimm. Ich seh schon, ihr kommet voran.«

»Na ja, es ist ein Haufen Arbeit, aber wir arbeiten daran. Was können wir für Sie tun?«

»Ich tät gern amal guggen, was der Herr Biss so bei sich g'habt hat. Habt ihr da scho was für mich?«

Linner kam mit einem sehr breiten Klebestreifen mit Faserspuren herüber. »Auf alle Fälle haben wir diese Liste«, meinte er und wies mit einem Kopfnicken auf den Rechner. Dann verfuhr er mit seinem Beweisstück ähnlich wie Thalmayr. »Die ist natürlich längst noch nicht komplett, aber ich kann Ihnen zweimal am Tag gern den aktuellen Stand mailen. Dann haben sie den Überblick. Und was wir schon asserviert haben, können Sie gern ansehen.«

In den Kisten lagen inzwischen über sechshundert Beweismittel. Doch die meisten waren für Stimpfles spezielle Zwecke nicht wichtig. All die Faser-, Blut-, und Fingerabdruckspuren konnte er im Moment getrost ignorieren. Er notierte sich aber die Beweismittelnummer von den Autoschlüsseln, der Geldbörse, der Brieftasche und vom Tascheninhalt.

Dann pfiff er durch die Zähne. Was er hier las, war spannend. Unter Nummer vierhundertvierundsiebzig war eine Pistole verzeichnet.

Die Pistole war in einem weißen Beweismittelkarton mit Kabelbindern fixiert: eine Sig Sauer P220. Stimpfle kannte die Waffe vage. Sie galt als zuverlässig, eine kompakte Waffe, die in vielen Ländern bei der Polizei oder beim Militär in Gebrauch war – sogar bei der Schweizer Garde. Er betrachtete sie genauer. Sie wirkte nicht neu, war aber sorgfältig gepflegt und in Schuss. Es war aber nicht die alte Dienstwaffe von Biss. Die Sig Sauer war nie die Waffe der bayerischen Polizei gewesen. War sie legal?

Ein paar Minuten später war diese Frage geklärt. In der Brieftasche des Toten fand sich die grüne Waffenbesitzkarte, und darauf war die Waffe ordnungsgemäß verzeichnet.

In einer Tasche befand sich noch ein verbotenes Klappmesser. Es war zwar kaum gefährlicher als ein normales Taschenmesser, doch die Klinge konnte mit Federdruck herausschießen, und die Klinge war arretiert. Deshalb war es offiziell eine gefährliche Waffe. Das Messer war auch nicht gerade klein: Die Klinge war elf Zentimeter lang und scharf.

Stimpfle hatte solche und ähnliche Messer als junger Polizist auf Streife erlebt. Es waren nur selten die Waffen von Leuten, die Messer ernst nahmen. Es waren vor allem Angeber, die mit diesen gefährlichen Spielzeugen hantierten. Manchmal schreckten sie so Bedrohungen ab, indem sie gefährlich wirkten. Ebenso oft aber provozierten sie damit das Gegenüber und gerieten so erst recht in Schwierigkeiten.

Am besten eignete sich solch ein Messer nach Stimpfles Meinung fürs Vesperbrettle. Doch weil das die Käufer dieser Messer leider anders sahen, war es insgesamt wohl gut, dass man sie verbot.

Der Rest der Dinge, die er sich ansah, war gewöhnlich. Ausweis, Führerschein, Bankkarte, eine Abo-Karte einer Autowaschanlage, ein Wegwerffeuerzeug mit dem Aufdruck des Playboybunnys, eine Zigarettenschachtel – Gitanes filterlos. Der Schlüsselbund hatte neben dem Autoschlüssel zwei Wohnungsschlüssel und drei kleinere am Ring. Und ein rotes Plastikherz mit einer pausbäckigen Wasserstoffblonden mit Schweinsäuglein.

Was schlossen die Schlüssel wohl auf? Der eine die Wohnung, der andere sein Büro … das war anzunehmen. Und die kleineren?

Er musste für seine Waffe einen Waffenschrank haben. Und wenn er es ordentlich machte, musste er die Patronen separat verschließen, mit einem zweiten Schlüssel. Oder passte der zu einer Dokumentenbox? Auch Briefkastenschlüssel brauchte ein Mensch.

»Herr Stimpfle, kommen Sie mal bitte?« Thalmayr stand hinter dem Wagen und öffnete gerade den Kofferraum. »Das könnt Sie interessieren.«

Stimpfle kam herüber. Und auch Linner kletterte aus dem Fußraum der Fahrerseite und gesellte sich dazu.

»Damit wir uns im Auto nicht behindern, wollte ich mal in den Kofferraum schauen und … sehen sie selbst.«

Im Kofferraum lagen ein großes Stativ aus Holz und eine große Ledertasche. Daneben ein zerlegbarer Peilstab in rot-weißer Lackierung.

»Was isch na des?« Stimpfle runzelte die Stirn.

Thalmayr klappte den Taschendeckel auf. Ein neongelbes optisches Gerät, groß und klobig, steckte darin.

»Kann das ein Theodolith sein? Aber wozu braucht ein Detektiv eine Vermessungsausrüstung?«

Stimpfles Blick blitzte plötzlich.

»Ich denk, ich han da a Idee. Der Biss, unser Opfer, hat mit dem Metzgerseckel doch a Haus g'sucht. Es muss wohl um Grund und Boden gehen, um Streit unter Erben, falsche Aufteilung vielleicht. Bei so ebbes isch schnell a Haufen Geld im Spiel, genug, dass einer den anderen gern amal ums Eckle bringt. Oder den, der wo was Wichtigs ans Licht bringt! Vielleicht han mir da a erste Spur.«

Vom Hochgefühl getragen, nun einen vielversprechenden Hinweis zu haben, kehrte er zurück in sein Büro. Mit der Bankkarte konnte er nun auch die Finanzen des Opfers überprüfen. Und das geschah am besten so rasch wie möglich.

Er griff zum Telefon: »Herr Aschenbrenner? Thomas? Du bist es? Gut. Hast du heut Nachmittag scho ebbes vor?«

Thomas Aschenbrenner war der Zahlenfuchs des Polizeipräsidiums. Er war ein Quereinsteiger und ursprünglich Bilanzbuchhalter gewesen. Seine Sehnsucht nach Aufregenderem als der Harmonie von Soll und Haben hatte ihn, allen mütterlichen Ratschlägen zum Trotz, dazu gebracht, sich bei der Polizei zu bewerben. Er war nicht nur angenommen worden, er war zu seiner großen Überraschung sogar eine hochwillkommene Verstärkung der Truppe. Seine Vorgesetzten hatten nämlich sofort den Wert seines speziellen Talentes für die Ermittlungsarbeit erkannt: Aschenbrenner konnte in

Zahlen lesen. Er las Bilanzen wie andere Bücher, erkannte hinter Abrechnungen Muster, sah in Kontoauszügen das Auf und Ab des Lebens. Unstimmigkeiten, Auffälligkeiten, Veränderungen … all dies sah er in den Zahlen, als wären sie mit Neonfarbe markiert. Eine ganze Reihe von Wirtschaftskriminellen war dank seiner Arbeit mit ihren frisierten Büchern aufgeflogen und lebte hinter schwedischen Gardinen. Auch die Mordkommission wandte sich immer wieder an ihn. Besonders wenn es galt, Finanzen von Verdächtigen zu überprüfen. Heute Nachmittag hatte Aschenbrenner nichts vor, was nicht auch warten konnte.

»Darf ich dich zu einem Ausflug einladen, mer müsset in München die Finanzen von em Mordopfer überprüfen. Und so gut wie du kann des niemand. Darf ich dich um deine Hilfe bitten?«

Aschenbrenner versprach, ihn in einer halben Stunde abzuholen. Das gab dem Schwaben gerade Zeit genug, um den Beschluss für die Aufhebung des Bankgeheimnisses für die Ermittlung zu beantragen.

Zwanzig Minuten später schellte sein Telefon. Die Kommissare würden den Beschluss am Landgericht abholen können.

Stimpfle nickte und verputzte den letzten Rest der Tafel Schokolade. Dann rief er den Wetterbericht auf. Heute Abend würde es trocken sein. Das war gut. So viel Süßes aß er sonst nämlich nicht. Nach Dienstschluss würde er joggen müssen.

28.6.1958

Der Kinderwagen quietschte leise, als Franziska ihn durch die Straßen und Gassen Münchens schob. Sie fühlte sich wohl, und die Spaziergänge in der Sommersonne taten ihr und dem Kind gleichermaßen gut. Allmählich kehrten ihre Kräfte zurück. Dennoch hatte sie Sorgen. Die Frist des Mutterschutzes schmolz dahin, und seit einer Woche suchte sie ein Unterkommen für sich und den kleinen Werner. Aber einer ledigen Mutter, die allein in der Welt stand, wollte kaum einer ein Zimmer vermieten. Dabei war es oftmals weniger das Kind, das die Leute abhielt.

Eine dicke Frau, die eine kleine Souterrainwohnung zu vermieten hatte, hatte es ihr erklärt: »Wissen S', i bin ja wirklich koa Spießer ned und aa koa Pharisäer. Und was der Pfarrer sagt, ist mir eh wurscht, aber wissen S', das Risiko … Es is echt ned wegen der Moral oder so. Aber schauen S', im Moment, da ham S' ja a Arbeit und verdienen. Da fehlt sich nix. Aber wenn S' die Arbeit verlieren? Wenn S' krank werden? Oder das Kind braucht Sie, und Sie können nimmer so recht arbeiten? Da stehen S' dann ganz allein da. Und dann, auf einmal, da können S' dann die Miete nimmer zahlen, und ich müsst sie dann rausschmeißen, wenn's Ihnen am schlimmsten geht. Oder ich müsst Sie wohnen lassen, umsonst. Des eine bring ich ned übers Herz, und des andre kann i mir ned leisten. Mir müssen ja aa schaun, wie mir z'rechtkommen. Es tut mir so leid. Pfia Gott und recht viel Glück wünsch ich Ihnen noch.«

Franziska hatte inzwischen viel von ihrem Optimismus verloren. Wenn ihre Tante Iris sie nun noch einmal gefragt hätte … Aber sie hatte nicht noch einmal gefragt, und Franziska würde sich nicht melden. Wann immer sie im Zweifel war, ob sie das Richtige tat, sah sie ihren Werner an, und alle Zweifel welkten dahin. Nicht aber die Sorgen.

Sie überlegte schon, ob sie mit einer anderen ledigen Mutter zusammen eine etwas größere Wohnung beziehen sollte. Doch so etwas wie eine Wohngemeinschaft war bei den meisten Vermietern nicht gern gesehen. Ein paarmal hatte sie eine Wohnung besichtigt, die für sie zu groß und zu teuer war. Wenn sie auch nur andeutete, dass sie eventuell eines der Zimmer an eine andere junge Mutter untervermieten wollte, war die Verhandlung sofort beendet.

»Solche Zustände haben wir lang genug gehabt, als die Flüchtlinge aus dem Osten gekommen sind. Da ist es ja nicht anders gegangen, denn alles ist ja kaputt gewesen. Doch die Zeiten sind vorbei – Gott sei Dank –, und wir wollen sie auch nicht wiederhaben. Da müssen Sie schon woanders suchen.«

Dreimal war es ihr so ergangen. Nun suchte sie nach einer Zwei-Zimmer-Wohnung oder zwei kleinen Zimmern zur Untermiete. Doch es war schwierig.

Der Kinderwagen rollte über den Stiglmaierplatz. Schon bei zwei Vermietern hatte sie heute vorgesprochen. Einer hatte mit einem Blick auf das Kind sofort abgesagt, der andere jedoch hätte ihr eine Wohnung vermietet. Doch er forderte recht unverhohlen, sie bekomme die Wohnung nur, wenn sie ein wenig »nett und zugänglich« sei. Das hatte sie bislang noch nicht erlebt, war aber um eine Antwort nicht verlegen. Als sie die Tür hinter sich zuschlug, hielt sich der Mann immer noch die linke Wange.

»Tja, Werner, schön schaun wir jetzt aus. Hast du noch eine Idee? Wir können ja kaum in unserem Kämmerchen bleiben. Das ist wirklich zu eng.«

Werner wusste zwar keinen konkreten Rat, gluckste aber fröhlich und winkte mit der rechten Hand.

»Rechts rum? Dahin meinst du?«

Werner sagte nichts, was dieser Interpretation widersprach, und so rollte sacht quietschend der Kinderwagen nach rechts. Nach einer Weile wurde das Pflaster schlechter. Sie waren in der Rottmannstraße, einer kleinen Straße zwischen der Dachauer und der Theresienstraße. Hier waren die Schäden durch die Bombenkriege wohl nicht ganz so schlimm gewesen. Eine Ecke weiter war wohl beinahe jedes Haus schwer getroffen und neu erbaut worden. Wie durch ein Wunder oder puren Zufall war fast der ganze Straßenzug stehen geblieben. An der Ecke war eine Trafik, ein Laden für Tabakwaren, Zeitschriften und einfachen Büro- und Schulbedarf. Es war zugleich eine Annahmestelle für Lottoscheine, mit denen man seit zwei Jahren inzwischen wieder sein Glück suchen konnte.

»Was meinst du, Werner? Sollen wir Lotto spielen? Vielleicht werden wir ja reich?«

Werner hatte nichts dagegen. Sie trat ein. Hinter der Ladentheke stand eine Frau mitten in ihren Dreißigern in einer weißen Bluse.

Franziska sah sich um. Der Laden wirkte gemütlich. Er war ordentlich, aber nicht zu pingelig aufgeräumt. Sie sog den Duft ein, würzig, stark und sehr männlich. Ein Stehpult mit Lottoscheinen, ein Regal mit Schreibpapier, ein Drehständer mit Postkarten, ein weiterer mit Romanheften und eine ganze Wand mit Zigaretten und Dosen mit Pfeifentabak. Unter dem Glas des Ladentisches waren die Zedernholzkistchen der nobleren Zigarren untergebracht, die preiswerteren warteten in einem Schränkchen daneben. Gegenüber war ein Gestell an der Wand, das allerlei Zeitungen und Illustrierte anbot.

Quietschend rollten sie zum Stehpult, wo Franziska versuchte, anhand der ausgehängten Spielregeln zu erfahren, was da bei diesem Lotto zu tun wäre, um dem Glück einen Schubs zu geben.

Plötzlich war die Frau hinter der Ladentheke heraus, neben dem Kinderwagen und bückte sich. Franziska wandte den Kopf. Sie war aber gar nicht an Werner interessiert. Stattdessen ölte sie mit einem Blechfläschchen die Räder.

»Danke sehr!«

»Das ist doch eine Kleinigkeit! Die Ladentür braucht auch

immer wieder einen Tropfen. Sie wollen Lotto spielen? Soll ich Ihnen helfen?«

»Ach, ein Haufen Geld wär ja nicht schlecht. Grad jetzt, wo wir ziemlich in der Klemme sind.«

Und plötzlich, nun da sie es endlich laut ausgesprochen hatte, erkannte sie, dass sie wirklich Schwierigkeiten hatte. Sie wusste nicht, wo sie mit Werner wohnen sollte, wusste nicht, wohin sie ihn geben sollte, wenn sie arbeitete und sah ihre Zukunft in ein schwarzes Loch laufen. All die Angst der letzten zwei Wochen brach sich plötzlich Bahn, und ganze Sturzbäche von Tränen rannen ihr über das Gesicht.

Unversehens fühlte sie sich umarmt. »Komm mit. Ich mach uns einen Kaffee.«

Dieser Kaffee war anders, und er war spektakulär.

»Wieso schmeckt der so … außergewöhnlich?«

»Gut, gelt? Ich gebe in den Kaffeefilter zuunterst ein kleines Stück Bitterschokolade und eine Prise Kardamom.«

Sie saßen an einem kleinen, wackligen Tischchen in einem winzigen Büro, vom Laden nur durch einen Vorhang getrennt. Immer wieder musste Edda, so hieß die Herrin des Ölfläschchens, mal nach vorne und einen Kunden bedienen. Doch in den nächsten zwei Stunden erfuhr sie in kleinen Happen von Franziskas Not, ihrer unmöglichen Familie und ihren vagen Plänen, Werner allein ordentlich aufzuziehen.

»Zu meiner Familie will ich nicht zurück. Sie würde mich zwingen, meinen Werner wegzugeben. Noch habe ich ein wenig Geld. Aber bald weiß ich nicht mehr weiter.«

Edda nickte. »Ja, du hast es wirklich nicht leicht. Aber vielleicht – ich sage nur vielleicht – weiß ich eine Möglichkeit. Lass mich heute Abend ein Gespräch führen. Komm morgen wieder.«

Am nächsten Morgen lenkte Franziska am späten Vormittag den nicht mehr quietschenden Kinderwagen wieder zur Trafik in der Rottmannstraße. Ein gut gelaunter Mann erwarb drei Zigarren und eine Zeitung und scherzte mit Edda. Franziska fand seine Witze nur wenig lustig, doch Edda ließ seine Anzüglichkeiten liebenswürdig, damenhaft und selbstbewusst abtropfen. Als der Kunde den Laden verlassen hatte, hatte Edda Zeit für Franziska. Sie kam hinter dem Tresen hervor, schloss die Ladentür und hängte ein Schild auf. »Komme gleich wieder!«

»Ich muss dir wen vorstellen«, sagte Edda und öffnete die hintere Bürotür zum Treppenhaus.

Franziska nahm Werner aus dem Kinderwagen und stieg mit ihm hinter Edda in den ersten Stock. Sie war voller Hoffnung hergekommen. Würde sie gleich dem Hausherren vorgestellt werden? Sollte sie sich für ein Zimmer bewerben? Oder kannte Edda jemanden, der ihr helfen würde? Hoffnung und Angst verschlangen sich in ihren Eingeweiden zu einem Knoten.

»Mein Zuhause!«, sagte Edda und sperrte auf. Es war eine hübsche Wohnung. Geblümte Tapeten, alte Polstermöbel, alte Bilder und ein Duftgemisch von Kernseife, Bohnerwachs und Sonnenschein auf Parkett. Es erinnerte Franziska an die Wohnung ihrer Großmutter, aber die Möbel waren hier nicht aus trauerdunklem Holz. Es herrschten die warmen Honigtöne von Kirsche.

Auf einem Sofa saß eine Frau, etwa in Eddas Alter.

»Franzi, das ist Cora. Cora: Franzi.«

Damit war die Vorstellung beendet.

»Ich muss zurück in den Laden. Franzi, wir reden nachher a bisserl«, sagte Edda und war schon wieder weg.

»Nimm Platz. Tee? Kuchen? Die Edda hat mir von deiner Malaise erzählt. Sie ist ja immer so spontan und will immer jedem helfen. Aber man muss halt zusammenpassen.«

Franziska war ein wenig geplättet und wusste nicht recht, was da auf sie zukam. In diesem Moment begann Werner zu weinen.

»Er hat Hunger. Stört es dich, wenn ich ihn füttere?«

»Nein, nein. Mach ruhig.«

Franziska legte Werner an. Auch Cora schien von Franziskas Kind nur wenig begeistert zu sein. Andere Frauen waren oft übergriffig, krochen fast in den Kinderwagen oder nahmen ihr das Kind aus dem Arm. Diese beiden waren nicht unfreundlich, nur eben längst nicht so aus dem Häuschen wegen eines Kindes.

»Wo wohnst du denn im Moment?«

»In einem kleinen Zimmer in der Friedrichstraße. Das ist aber winzig. Für mich allein hat es genügt, aber mit dem Kleinen ...«

Damit war das Gespräch eröffnet, und bald plauderten die beiden entspannt.

Nach einer Stunde fragte Cora: »Magst du mir helfen? Ich muss in die Küche, das Mittagessen richten.«

Werner wurde in einen Wäschekorb auf ein paar Sofakissen gebettet und machte ein Nickerchen. Franziska schälte Kartoffeln und machte Fleischpflanzerl, während Cora sich um den Kartoffelsalat kümmerte.

Bald standen drei Teller vor den drei Damen. Franziskas Kochkünste ernteten Lob.

»Und, Cora, wie schaut es aus?«, wollte Edda nach dem Essen plötzlich wissen.

»Nun, ich halte Franziska für recht vernünftig, und nett ist sie auch ... Ja, wir können es versuchen.«

Mit einem Mal wurde Franziska klar, dass der ganze Besuch eine Art Prüfung gewesen war, eine Art Vorstellungsgespräch. Schlagartig spürte sie wieder hart und kalt den Knoten der Angst in ihrem Bauch.

»Also gut, Franzi, das bieten wir dir an: Du kannst bei uns einziehen. Wenn du magst. Aber ich muss dir gleich reinen Wein einschenken. Weder Cora noch ich können mit Männern etwas anfangen. Wir sind ein Paar.«

»Keine Angst, du bist hier nicht in eine sündige Lasterhöhle gestolpert«, beeilte sich Cora zu versichern, denn Franziskas Blick drückte wohl eine Mischung aus Überraschung, Verwirrung und Sorge aus.

»Es ist gar nicht so schrecklich sensationell«, erklärte nun auch Edda. »Wir lieben uns, wir leben zusammen, und was immer getratscht wird, ist völliger Unsinn. Du kannst dir sicher sein, wir werden dir nicht nachstellen. Deine Tugend werden wir nicht antasten. Doch die hast du ja ohnehin schon angekratzt.« Sie lächelte.

»Was wir dir anbieten, sind zwei Zimmer bei uns«, meinte Cora. »Und Familienanschluss.«

Die Räume waren beide klein, hatten aber je ein Fenster zum Hof und waren ruhig. Sie lagen nebeneinander und zum einen gelangte man nur, wenn man durch das andere hindurchging. Das war dafür ein wenig größer und schön geschnitten. Franziska fand die Zimmer ideal.

»Und was würd mich das kosten?«, fragte sie bang.

»Ich hab mir überlegt, dass du deine Miete bei mir abarbeiten kannst. Ein paar halbe Tage in der Woche vielleicht. Im Laden. Wenn du in der Fabrik nur mehr halbtags arbeitest, müsste das doch gehen, oder nicht?«

»Und Werner?«

»Na, für den finden wir schon ein Fleckchen im Laden. Da können wir ihm eine Spielecke einrichten.«

Da löste sich der Knoten, und Franziska sprang auf Edda zu und umarmte sie.

11

18. Oktober – Freitag

Beim Frühstück war Karola zufrieden. Ihr Vater schien das Detektivspielen fürs Erste aufgegeben zu haben. Sein Tagesplan sah bisher nur ein paar Lieferfahrten und einen Besuch in der Bücherei vor. Das war in Karolas Augen ungefährlich. Vom Zeitungsstudium abgesehen, schien er nichts in der Mordsache unternehmen zu wollen, und das Lesen des Lokalblattes … Man konnte dem Mann ja nicht alles verbieten. So weit gestand Karola ihrem Vater ein Interesse an dem Verbrechen zu. Das Frühstück verlief darum weitgehend harmonisch.

Karola irrte sich aber. Der Besuch in der Bibliothek war auch Teil der Ermittlungsversuche. Noch im Bett war Wimmer ein Detail eingefallen. Die Bücher, die er im Wagen von Biss in der Hand gehabt hatte, hatten auf dem Rücken Aufkleber mit Zahlenkürzeln gehabt, genau wie die in der Bücherei. Damals hatte er nicht genau darauf geachtet, was es für Bände gewesen waren. Aber mit etwas List könnte er die genauen Titel vielleicht herausfinden und so sogar feststellen, an was der Tote gearbeitet hatte. Das war seine Hoffnung.

Zu dumm, dass er sich die Titel nicht gemerkt hatte. Beim Aufstehen, unter der Dusche, beim Rasieren … bis zum Frühstück versuchte er sich an wenigstens ein paar Details zu erinnern. Viel war dabei nicht herausgekommen. Es waren recht komplizierte Titel gewesen mit vielen Fremdwörtern. Eines war das »Handbuch für irgendwas« gewesen. Aber immer war es um Pflanzen gegangen.

Das war sehr wenig, aber immerhin ein Anfang. Beim Frühstück beschloss er, still und ohne dass Karola es bemerkte, in der Bücherei zu versuchen, noch mehr in Erfahrung zu bringen. Zuvor aber versprach er, ein Dutzend roter Plastikwannen mit Fleisch- und Wurstwaren zu zwei Hotels und drei Restaurants zu bringen.

Kurz nach zehn stieg Wimmer die Stufen zum »Haus des Marktes« hinauf und trat ein. Gleich rechts ging es in die Bücherei. Am Tisch von Frau Grasser, der Bibliothekarin, sah er eine Polizeibeamtin in Uniform. Frau Grasser hatte ihre Brille ins Haar hochgeschoben und tippte auf der Tastatur ihres Rechners herum.

»Ja. Er war da. Und er hat um vierzehn Uhr achtunddreißig ein Buch ausgeliehen. Einen Roman von John Steinbeck.«

»Ist er persönlich gekommen? Kann nicht jemand anders mit seiner Karte …«

»Oh nein!« Frau Grasser schüttelte den Kopf. »Wir verleihen grundsätzlich nur an die Kartenbesitzer. Zurückbringen kann jeder die Bücher, aber nicht ausleihen. Und wir kennen unsere Besucher recht gut hier. Außerdem kann ich mich noch gut erinnern. Es war ganz sicher Herr Wimmer selbst. Wir haben uns sogar kurz über Steinbeck unterhalten. Aber sehen Sie, da ist Herr Wimmer ja selber.«

Der alte Metzger trat näher, gab der Polizistin die Hand und stellte sich vor.

»Entschuldigen Sie, Herr Wimmer, wenn ich der Polizei Auskunft gegeben habe, aber …«

»Das is schon in Ordnung, Frau Grasser. Ich hab gestern in einer Strafsache a Aussage g'macht, und die Polizei muss das natürlich nachprüfen.«

»Es klang aber fast so, als tät man Sie verdächtigen! Ich hab mir schon Sorgen gemacht.«

»Um mich brauchen S' da keine Angst haben. Ich hab nix ang'stellt. Außerdem war ich zu der Zeit ja eh bei Ihnen. Wenn die Polizei mich verdächtigt, dann höchstens vorübergehend. Des wird sich scho alles aufklären.«

Die Polizistin ließ sich alles noch einmal von Wimmer bestätigen, machte sich Notizen, dann ließ sie Wimmer mit Frau Grasser allein.

»Wie hat Ihnen denn der Mark Twain gefallen, Herr Wimmer?«

»Eher mittelprächtig. Die Sache mit den Fingerabdrücken muss damals ja sensationell gewesen sein. Heute ist es eher ein alter Hut. Aber diese Verwechslungsgeschichte … Na ja, meinen Geschmack hat diese Geschichte nicht so getroffen. Nicht so sehr jedenfalls wie der Yankee aus Connecticut zum Beispiel. Oder Tom Sawyer. Aber da war ich noch jung, als ich das g'lesen hab. Vielleicht sollt ich das mal wieder raussuchen.«

Eine Weile plauderten sie so noch weiter. Dann lenkte Wimmer das Gespräch in eine neue Richtung.

»Was machen S' eigentlich, wenn jemand a Buch ham möcht, dass Sie nicht daham?«, fragte Wimmer.

»Na ja, wenn wir es ohnehin brauchen können, einen neuen Bestseller zum Beispiel, dann schaffen wir es an.«

»Und wenn es eher was Exotisch's is, a Fachbuch zum Beispiel?«

»Dann bestellen wir es. Wenn es eine andere Bücherei im Landkreis hat, dann leihen sie es uns. Und wenn nicht, dann bestellen wir es über die Fernleihe. Wenn es irgendwo in Bayern in einer wissenschaftlichen Bibliothek steht, die dem System angeschlossen ist, dann kann ich es Ihnen kommen lassen. Der Postbote bringt es uns dann, und Sie können es vier Wochen lang lesen. Es kostet aber eine Gebühr. Was suchen S' denn?«

»Fernleihe … Hm. Nein, ich selbst such eigentlich nix. Aber ich hab bei am Spezl ein paar Bücher gesehen, und ich würd gern wissen, worüber er sich so schlau macht, dass i aa a bisserl mitreden kann. Sonst kann mir der Filou ja Gott weiß was erzählen, und am End kann ich Wahrheit und Schmarrn nimmer auseinanderhalten.«

»Und was wollen S' da von mir?«

»Können Sie rausfinden, was für Bücher er sich ausgeliehen hat?«

»Natürlich. Aber nur, wenn er sie hier in Wolnzach bestellt

hat. Aber sagen darf ich's Ihnen nicht. Sie wissen ja … der Datenschutz.«

»Ah ja, natürlich. Der Datenschutz. Der war aber ned so wichtig, wie S' vorhin mit der Polizei geplaudert ham.«

Frau Grasser lief zartrosa an und senkte den Blick.

»Ist er denn bei uns als Benutzer angemeldet?«

»I hab koa Ahnung. I mein eher ned. Aber vielleicht …«

»Wie heißt er denn?«

Sollte Wimmer den Namen des Detektivs nennen? Das war ein Risiko. Aber andererseits hatte die Polizistin ihm gegenüber den Namen des toten Detektivs geflissentlich vermieden. Auch er hatte ihn nicht erwähnt. Wenn Frau Grasser nicht sehr auf Zack war, dann könnte es gut gehen.

»Es ist der Herr Biss.«

Frau Grasser ließ die Tastatur klappern. »›Bisameder‹ hab ich und dann wieder ›Bittlinger‹. ›Biss‹ habe ich keinen. Wenn er bei uns nicht angemeldet ist, kann er sich über uns nichts ausgeliehen haben. Da kann ich nicht helfen. Da müssen Sie dort in der Bücherei fragen, wo er die Bücher ausgeliehen hat. Aber auch da wird man Ihnen kaum helfen dürfen.«

Noch vor dem Mittagessen hatte sich Wimmer einen Plan gemacht, wie er weiter vorgehen wollte. Nach dem Essen saß er dann an seinem Schreibtisch. Da Anna nicht da war, ermittelte er ohne sie und ihren Rechner. Diese analoge Recherche war vielleicht nicht so schnell und auch nicht ganz so einfach, aber dafür konnte er ganz allein die Fragen klären, die ihn interessierten. In diesem Fall zumindest, da war er zuversichtlich.

Wimmer lächelte, wenn er sich vorstellte, wie Anna ihn und seine altväterliche Methode auslachen würde. Mit einem dreißig Jahre alten Stadtplan von München, den dicken Münchner Gelben Seiten, die er alle paar Jahre von einer Bekannten bekam – man wusste ja nie – und der Visitenkarte des toten Detektivs legte er los.

Zuerst suchte er die Adresse des Detektivbüros. Die war

in der Linprunstraße, einer kleinen Nebenstraße unweit vom Stiglmayrplatz. Gleich um die Ecke war das Landgericht.

Das war der leichte Teil gewesen. Und nun? Die Bücher in Biss' Wagen stammten aus einer Bücherei. Das verriet der Einband. Sie waren recht speziell ... wenn sie per Fernleihe gekommen waren, musste Biss in München in einer Leihbücherei angemeldet sein. Aber wo?

Nun dauerte es nur mehr fünf Minuten, und er hatte herausgefunden, dass von dem Büro aus die nächstgelegenen Stadtteilbibliotheken in der Theresienstraße und in der Nymphenburger Straße waren.

Die Bücher musste Biss irgendwann zurückgeben. Genau da konnte er einhaken. Doch er musste wissen, welche es gewesen waren.

Ach, wenn er sich nur ein wenig besser an die Titel erinnern könnte! Ein letztes Mal entspannte er sich und schloss die Augen. Was hatte auf den Einbänden gestanden? Er hatte es doch gelesen. Es war lauter sehr hochtrabender Schmarrn voller Fremdwörter gewesen ... Eines zumindest hatte aber halbwegs normal geklungen. Irgendwas mit »Neue Wege« und »polipotenten Pflanzenzellen« oder so was. Und dieses andere, ein »Handbuch von Blablabla«. Er hätte besser aufpassen sollen. Das Wenige aber, an das er sich erinnerte, notierte er. Dann spitzte er den Bleistift und versuchte es auf gut Glück per Telefon bei der Bücherei in der Nymphenburger Straße.

»Ja, hallo, Biss hier. Grüß Sie Gott!« Wimmer klang freundlich und aufgeräumt. »Ich hoff jetzt, dass Sie mir helfen können, auch per Telefon. Wissen S', ich hab doch vor a paar Wochen bei Ihnen a paar Fachbücher, so botanisches Zeug, ausgeliehen. Über Fernleihe habts ihr, glaub ich, die Bücher bestellt. – Nein, nein! Alles in Ordnung. Die Bücher hab ich noch im Büro. Sie wissen ja, wie es ist. Ständig kommt was Wichtiges daher, und man kommt zu nix. Ich hab noch ned reinschaun können. Aber ich mein, die müssen doch nun ablaufen. – Genau. – Ja, wenn es geht. Können Sie die mir

verlängern? – Das geht? – Naa, tut mir leid. An die genauen
Titel kann ich mich leider nimmer erinnern. Es waren aber
lauter so botanische Werke. Eins hat – glaub ich – so in etwa
›Neue Wege mit polipotenten Pflanzenteilen‹ geheißen, und
a andres war ein ›Handbuch zur Pflanzenzucht‹, aber viel
komplizierter. Naa … Genauer hab ich es leider nicht. Es tut
mir auch echt leid. Aber nachschauen kann ich hier aa nix.
Und so schnell komm i aa nimmer ins Büro. – Biss, ja genau:
B-I-S-S. – Sie ham was? Des hieß anders, sagen S'? ›Totopotente Zellen in der Phythogewebekultur‹? Genau! Des is
g'wesen!«

Wimmer notierte sich das und auch die weiteren Buchtitel.

»Und die Bücher san scho überfällig? Aha … Was schulde
ich Ihnen denn bisher? – Dann verlängern wir bitte die Bücher,
und ich schick Ihnen in einem Brief dreißig Euro und schreib
dazu, für welche Bücher ich die Gebühr damit zahle. – Ja,
ich weiß schon, dass des a bisserl mehr ist. Der Rest … Ihr
habts doch sicher a Kaffeekasse. – Ach so, des dürfts nicht
annehmen, und Postweg ist immer schwierig? Ah so. Na dann,
dann lassen wir es einfach stehn, und ich steck hernach was
ins Schweinderl, wenn ich komm und es dann zahl. – Naa,
ich hab Ihnen zu danken. Sie waren sehr hilfreich. Haben S'
ganz herzlichen Dank. Einen schönen Tag noch!«

Wimmer grinste. Er hatte die Buchtitel. Auch ohne Rechner. Nun konnte er sich überlegen, was den Detektiv interessiert hatte.

12

Auch ohne Dr. Müller, die einen anderen Termin hatte, traf sich die SoKo Herbstlaub am Freitagmorgen zu einem kurzen Austausch. Auch der junge Thomas Zierer stand nun zur Verfügung und wurde auf den Stand der Ermittlungen gebracht.

Stimpfle erklärte den Leichenfund und was er über den Toten wusste. Konrad und Daschner berichteten von den Ermittlungen des Vortages, von der Ex-Ehefrau und der Lebensgefährtin.

»Ach ja, was die Ex-Ehefrau angeht, da hat wohl die Tochter gestern versucht, mich anzurufen. Ich werd die heute zurückrufen. Gestern haben wir nämlich noch die Polizeidienststelle aufgesucht, in der er als Polizist Dienst tat. Und sein Büro.«

Die Linprunstraße war eine ruhige Einbahnstraße, die parallel zur Nymphenburger Straße von West nach Ost verlief. Etwa in der Mitte erhob sich groß und hässlich der Betonbau der Staatsanwaltschaft. Rückseitig war er mit dem Landgericht verbunden, das gleich dahinter lag. Die Straße war recht eng, umstanden von meist vierstöckigen Häusern, sodass es auf ihr schon am frühen Nachmittag schattig war. Tiefer als bis zum zweiten Stock reichte heute die Sonne nicht mehr. Die meisten der Häuser wirkten alt. Mindestens sechzig Jahre. Oder noch älter. Sie waren in der Mehrzahl gut gepflegt.

Das Haus mit dem Detektivbüro hatten Daschner und Konrad rasch gefunden. Es war eines der weniger ansehnlichen. Es hüllte sich in ein Graubraun, das es sich wohl aus dem Beige des Originalanstrichs und einigen Jahrzehnten Straßenstaub und Dieselruß selbst gemischt hatte.

Das Klingelschild des Detektivs war aus seiner Visitenkarte zugeschnitten und wies auf ein Büro im ersten Stock hin.

Auf die Tür im ersten Stock war eine gravierte Platte geschraubt, auf der man »BISS – Sicherheitsservice und Recherchen« lesen konnte. Daneben ein roter Aufkleber mit klotzigen Buchstaben: »BDD – Bundesverband Deutscher Detektive e.V.«.

Das Schloss war für einen Sicherheitsberater keine Empfehlung. Ein ganz gewöhnliches Sicherheitsschloss, das einen Profi kaum aufhalten würde.

Das Büro war recht übersichtlich. Es gab nur drei Türen, die vom winzigen Flur mit den drei Garderobenhaken abgingen. Es gab eine Küche, in der offenbar nur Kaffee gekocht wurde, ein geräumiges WC, in dem auch eine nachträglich eingebaute Duschtasse Platz gefunden hatte, und das eigentliche Büro.

Ein großer Schreibtisch stand dort in der Mitte. Er war leer, von einem klotzigen Röhrenmonitor einmal abgesehen. Daneben lag eine Dockingstation für ein Laptop, der Rechner selbst fehlte aber. Auf dem Boden schlummerte unter einer durchsichtigen PVC-Haube ein Drucker. Hinter dem Schreibtisch ein bequemer Lederdrehsessel. Die drei Schwingrohrstühle standen auf der anderen Seite des Schreibtisches.

Es waren schicke Büromöbel, doch der zweite Blick offenbarte eine eher mindere Qualität. Das Sitzleder der Gästestühle war an der Vorderkante schon eingerissen, der Schreibtisch zeigte an einer abgestoßenen Ecke billigsten Pressspan, und der Drehstuhl hatte eine schiefe Rolle und begann auszubrechen.

Daschner nahm hinter dem Schreibtisch Platz. Konrad sah sich weiter um. Ein brusthoher Aktenschrank aus Blech, alt, ramponiert und unfachmännisch schwarz lackiert, stand hinter der Tür. Er wirkte, anders als die restlichen Möbel, robust und stabil. Daneben ein Mantel- und Hutständer. Die Wände zierten eine unübersehbar hinter dem Schreibtisch platzierte Urkunde, die Biss den Abschluss seiner Ausbildung zum Detektiv attestierte, und zwei auf Platten aufgezogene Karten: ein Stadtplan von München und eine Landkarte Bayerns. Der alte Kriminaler suchte die Holledau auf der Karte, fand aber weder Spuren von Nadeln noch Markierungen oder Beschriftungen durch Stifte.

Ein windschiefes Bücherregal lehnte im Eck und war das letzte Möbel im Raum. Er überflog den Inhalt: ein paar Sammelmappen mit Unterlagen des Detektivverbandes, ein paar Gesetzbücher und Leitzordner.

Er zog ein paar heraus und blickte hinein. Steuerunterlagen, Scheidungspapiere, Mietverträge, Versicherungsunterlagen … alles eher private Papiere von Biss, keine Mandantenunterlagen.

»Hast du im Schreibtisch was Interessantes gefunden?«

»Zigaretten, Feuerzeug, Aschenbecher, Wodka und Gläser … Schreibzeug … nichts Besonderes. Schuhputzzeug.«

»Wo hat er wohl die Unterlagen von seinen Fällen? Alle auf dem Rechner?«, fragte Konrad.

Der Aktenschrank war noch übrig. Daschner stand auf und zog die Schubladen auf. Jede Menge abgegriffene Aktendeckel mit x-mal durchgestrichenen Aktenzeichen.

Konrad blickte aus dem Fenster und sah zum Landgericht hinüber, dessen Parkplatzzufahrt mit Pförtnerhaus gleich nebenan lag.

»Ich glaube, der hat die ausrangierten Mappen aus dem Gericht weiterbenutzt. Was ist da drin?«

In einer waren Bild-Zeitungen, in einer anderen ein Stapel Werbezettel für Teppichböden. Sie zogen eine weitere Schublade auf. Da gab es in den Aktendeckeln leeres Schreibpapier, Kuverts und ein Kästchen mit Visitenkarten.

Die nächste Schublade brachte einen Vorrat Mülltüten und Knabberzeug zum Vorschein. Darunter war wieder Altpapier, sauber abgelegt wie Akten.

»Warum macht er das?«, fragte Daschner kopfschüttelnd.

»Tarnen und täuschen! Ein dicker Aktenschrank zeigt: Da hat einer viel zu tun und ganz viele Aufträge.«

Auch Konrad setzte sich nun an den Schreibtisch. Er dachte nach. Was fehlte? Akten zu den Ermittlungen. Was fehlte noch?

»Julia, magst amal schau'n, ob du rausfindest, wo die kleinen Schlüssel dazu passen?«

Von zweien der Schlüssel war nicht klar, was sie aufschlossen. Daschner erhob sich und ließ Konrad sinnierend am Schreibtisch zurück. Nach wenigen Minuten war die Suche beendet. »Ich find nichts ...«

»Aber ich, hier. Im Schreibtisch, hinter dem Schuhputzzeug. Schau mal.«

Der alte Kriminaler legte ein Küchenhandtuch auf den Tisch, in das eine runde, harte Bürste gewickelt war, ein Drahthaken mit einem weichen Textilstreifen und ein Fläschchen Waffenöl.

Daschner roch am dem Textilstreifen.

»Das ist noch nicht sehr alt«, meinte sie. »Das riecht noch. Der Mann hat eine Waffe!«

An dieser Stelle unterbrach Stimpfle den Bericht der Kollegen. Er schob ihm die Thermoskanne mit dem Kaffee über den Konferenztisch zu und meinte:

»Die Waffe han mir. Auch seine Waffenbesitzkarte. Han Se die Munition und den Waffenschrank g'fonde?«

»Leider noch nicht. Aber wir haben vor, die Wohnung von den Münchner Kollegen komplett auf den Kopf stellen zu lassen.«

Nun berichtete Daschner kurz vom Besuch auf der Polizeiwache in Moosach.

»Das war irgendwie wenig erfreulich. Zum einen ist der Biss schon seit mehr als fünf Jahren weg. Viele Kollegen sind neu. Und zum anderen ... na ja ... Ich hab das Gefühl, man will wohl nicht gern schlecht über einen alten Kollegen reden. Kennen Sie das, wenn man von jemand Fremdem auf einen schrecklich peinlichen Onkel angesprochen wird? Man hätte wohl einiges zu erzählen, aber er ist halt ein Verwandter, und irgendwie hat man ihn doch gern. Da rückt man nicht so recht raus mit dem, was wirklich los war. Außerdem war ja keiner sein direkter Vorgesetzter. Der ist inzwischen versetzt worden.«

»Wohin?«, fragte Stimpfle.

»Nach Friedberg, bei Augsburg irgendwo. Der ist inzwischen dort der Leiter der Polizeiinspektion.«

»Den will ich heut mal besuchen, wenn er Zeit hat«, meinte Konrad. »Und ihr? Was habt ihr denn noch alles erreicht?«

»Mir han a Motiv!«, erklärte Stimpfle stolz. »Oder zumindest einen Hinweis auf eines.«

»Da schau her. Was ham S' denn gefunden?«

Linner antwortete: »Im Kofferraum war eine Vermessungsausrüstung: Theodolit, Messstange und so was. Richtig professionelles Zeug, wie es ausschaut, kein Spielzeug.«

»Ich denk mir, wenn der Biss was so genau vermesse muss, dass er selles Zeug braucht, da muss es um irgendeine Grundstückssach gehen. Da passt es ja auch, dass er sich von unserm Metzger an Hof suche lässt. Wenn's um Grund und Boden geht, um Bauland vielleicht, da kann es ganz schnell um viel Geld gehen, und viel Geld isch immer scho a gutes Motiv g'wäh.«

Konrad nickte. »Das klingt vielversprechend, da würd ich unbedingt dranbleiben.«

»Freilich. Ich will heut amal auf des Grundbuchamt nach Pfaffenhofen fahren. Da sollet se mir die Unterlagen von sellem Hof zeigen, den der Herr Wimmer identifiziert hat. Vielleicht fällt mir da was auf. Und dann kann der Herr Aschenbrenner die Bankunterlagen von dene Baure anschaun. Ach ja, mit dem Aschenbrenner bin ich gestern in München g'wäh, auf der Bank. Der Biss hat sein Konto bei der Münchner Volksbank g'hett. Die waret recht freundlich, und heut isch der Thomas noch amal drüben und sucht sich elles z'samm, was er braucht.«

Als Konrad mit frischem Kaffee wieder zum Büro zurückkam, hörte er, wie sein Telefon klingelte. Noch im Stehen nahm er ab.

»Konrad«, meldete er sich.

»Gut, dass ich Sie heute erwisch. Hier ist Grob. Annette Grob. Ich bin die Tochter von Dirk Biss. Sie waren es doch, der gestern meine Mutter besucht hat, richtig?«

»Es tut mir leid, aber über Ermittlungen kann ich nicht sprechen, und am Telefon schon gar nicht.«

»Ach, jetzt machen S' es doch ned so kompliziert! Meine Güte! Sie ham meiner Mama vom Tod meines Vaters berichtet. Wenn das so ist, dann sollten sie vielleicht noch a bisserl mehr wissen. Denn meine liebe Mutter, die neigt, was meinen Erzeuger angeht, ein wenig zu Nachsicht und Schönfärberei.«

»Wenn das so ist, dann sollten wir uns tatsächlich unterhalten. Aber nicht am Telefon.«

Eine Minute später hatte er einen Termin notiert. Ein zweiter mit dem ehemaligen Vorgesetzten von Biss stand kurz darauf auf demselben Zettel.

Konrad fuhr allein nach Friedberg. Daschner wollte inzwischen beim Verpacken der Unterlagen die Kollegen aus Moosach beaufsichtigen, nicht dass die möglicherweise ermittlungsrelevante Details übersahen. So fuhr er zum Klang einer CD mit barocken Trompetenkonzerten auf der Bundesstraße 300 nach Süden und genoss es, einmal keine Kompromisse in Fragen der Musikauswahl eingehen zu müssen.

Friedberg, eine hübsche Kleinstadt nicht weit von Augsburg entfernt. Gäbe es nicht dort das große Möbelhaus, würde man kaum von diesem Ort erfahren. Im Schatten der Lechmetropole ging es leidlich friedlich zu, sodass Konrad schon von seinem Kollegen, Polizeiobermeister Theo Glöckle, erwartet wurde.

»Was führt Sie denn zu mir, Herr Konrad?«, fragte Glöckle, als sie vor zwei dampfenden Tassen saßen.

»Dirk Biss.«

»Ah …«

Konrad merkte, wie die entspannt-sonnige Stimmung sich ein wenig eintrübte.

»Hat er was angestellt? Ist er jetzt endgültig zur anderen Seite übergelaufen?«

»Nein. Er ist erschossen worden. Wir gehen im Moment von einem Mordfall aus.«

»Oje.«

Konrad schwieg. Bei solchen Gesprächen war es seiner Meinung nach ergiebiger, das Gegenüber die entstehende Lücke selbst füllen zu lassen, als nachzufragen. Doch hier hatte er natürlich einen vernehmungserfahrenen Gesprächspartner, und der verstand es auch zu schweigen. In der sich rasch ausbreitenden Stille musterte Konrad den Mann hinter dem Schreibtisch. Er wirkte berührt, aber nicht schwer betroffen, grade so, als hätte Konrad ihm die Nachricht vom Tod eines schon lange schwer leidenden Kranken mitgeteilt. Endlich erbarmte sich Glöckle.

»Ich hab immer befürchtet, dass es mit dem Dirk kein gutes Ende nimmt. Es ist so schade, denn ich hab ihn eigentlich gern gemocht.«

»Auch die Kollegen in Moosach meinten, er sei recht beliebt gewesen.«

»Ja, das stimmt. Ein angenehmer Mensch. Einer, der einen einwickeln konnte. Gewinnendes Lächeln, gute Umgangsformen, Witz und Humor. Er konnte auch über sich selbst lachen. Ein durchaus sympathischer Mensch. Zumindest anfangs – oder wenn er sympathisch erscheinen wollte.«

»Das klingt so, als käme jetzt ein Aber.«

»Nun … er war halt nicht immer so nett, und vor allen Dingen: Er war ein Spruchbeutel. Zu Beginn, beim einfachen Streifendienst, fiel ihm alles leicht, aber er wollte mehr. Er wollte nicht nur Unfälle aufnehmen und Ladendiebe hopsnehmen. Er wollte ermitteln, sah sich als eine Mischung aus Colombo, Detektiv Rockford und so einem ›Miami Vice‹-Fuzzi. Und als Kriminalist hat er sich auch ansatzweise als talentiert erwiesen. Aber leider war er nur mit dem Mund fleißig.«

»Wenn die Ermittlungsarbeit langwierig wurde …«

»Sie wissen ja selbst, wie es ausschaut.«

Konrad nickte. Auf jede Minute Verfolgungsjagd und aufregender Action kamen mehrere Dutzend Stunden mühseliger Schreibtischarbeit, bei der man alle Hinweise immer wieder neu sichtete, sortierte, nach weiteren Zusammenhängen suchte und hoffte, dass dieses Mal ein Teil mehr ins Puzzle passte. Eine Arbeit für akribische, geduldige Menschen.

»Der Dirk ... ich fürchte, er war einfach ... faul. So sehe ich das heute. Wenn seine Aufgaben etwas komplexer wurden und man ein wenig tiefer bohren musste, um die wichtigen Fakten zu finden, kam von ihm nicht mehr viel. Damals aber hat er uns irgendwie Sand in die Augen gestreut. Er hatte immer gute Ausreden parat: Noch ganz neu, nicht eingearbeitet, unzureichende Zuarbeit von anderen Dienststellen ... und plötzlich war er dann immer wieder doch erfolgreich. Da hab ich gedacht: Sieh an, Theo, jetzt hat der Kleine den Bogen endlich raus. Und beim nächsten Fall war er dann schon wieder mit dem Ermittlungsalltag überfordert.«

»Aber ab und zu war er gut?«

»So hat es ausgesehen, bis zu Miroslav Čendić. Über den sind wir unserem lieben Kollegen nämlich draufgekommen, auf seine Schummeleien. Der Miroslav, das war ein Zuhälter und Schläger. Wir haben wegen mehrerer Körperverletzungen gegen ihn ermittelt. Alles in allem hätten wir den Herrn für rund fünf Jahre einfahren lassen können. Biss hatte auch wunderbare Beweise gefunden. Mit DNA und allem. Auf einem Kaffeebecher aus einem Automaten. Der Becher hat den Čendić mit dem Tatort, einem Automatenspielkasino, in Verbindung gebracht. Motiv hatten wir auch schon und Mittel ebenfalls. Nur die Gelegenheit mussten wir noch nachweisen. Der Bursche hat alles hartnäckig geleugnet. Sie haben das sicher schon oft gehört: ›Nein, in der Spielhalle war ich seit Monaten nicht mehr. Ganz sicher! Ich weiß nicht, ob es da einen Kaffeeautomaten gibt. Kaffee hab ich da nie getrunken.‹ Und dann findet Biss hinter einem Spielautomaten den Becher mit der DNA vom Čendić. Und man weiß, dass der Automat erst seit zwei Wochen da steht. Hurra. Wir dachten, jetzt haben wir seinen Ludenarsch festgenagelt.«

»Und?«

»Der Čendić schweigt, und der Fall geht so vor Gericht. Und der Miroslav, dieser Erzgauner, lässt erst da die Bombe platzen: Der Becher stammt nicht aus der Kaffeemaschine in dieser Spielhalle. Er ist zu groß. Er passt gar nicht in das Gerät.«

»Wie das?«

»Dirk Biss hat den Beweis gefälscht und ihm untergeschoben. Dieser Čendić ist nämlich ein Hygieniker und hat bei seiner Vernehmung dem Biss vor die Füße gespuckt. Die Spucke hat Biss dann auf einen Becher aus einem Kaffeeautomaten übertragen. Und dabei hat er auch noch schlampig gearbeitet. Er hat nicht den richtigen Automaten genommen, den vom Tatort, sondern einen anderen. Da hatten die Becher zwar dieselbe Farbe, waren aber etwas kleiner.«

Konrads Brauen krochen die Stirn hinauf.

»Was da dann los war, können Sie sich vorstellen: Der Prozess ist geplatzt wie eine Seifenblase. Der Zuhälter kommt frei und feixt. Der Staatsanwalt kriegt einen Tobsuchtsanfall, und wir stehen da wie die Deppen. Danach wurde Biss wieder eher zum normalen Streifendienst eingesetzt, und Beförderung oder Versetzung zu den Kriminalern … Der Traum war ausgeträumt.«

»Wie hat Biss das mit dem Becher erklärt? Oder hat er die Beweisfälschung zugegeben?«

»Zugegeben hat der Biss nie was. Er hat gemeint, der Čendić muss Feinde gehabt haben, die den Becher da platziert haben, damit irgendein Polizist ihn da findet. Er sei nur zufällig der Finder gewesen und ein Opfer. Ich hab mir aber still und leise all seine anderen Ermittlungserfolge angeschaut. Die waren alle irgendwie fragwürdig. Zu gut, um wahr zu sein, erst bei einer Nachschau entdeckt, oder sie waren ganz genau das, was man gesucht hatte.«

»Also hat er weiter Streifendienst gemacht?«

»Ja. Aber eher ungern. Das war nicht das, was er sein wollte. Er meinte: ›Ich will doch nicht als Streifenhörnchen mein Leben beschließen.‹«

»Deshalb hat er dann den Dienst quittiert?«

»Nein. Das war wegen seinem anderen Laster. Ich hab ihm

keine Wahl gelassen. Entweder er bittet um Entlassung, oder er wird gefeuert.«

»Oha!«

»Zweimal hatte ich ihn schon abmahnen müssen ... Alkohol im Dienst. Als er dann mit eins Komma zwei Promille einen Streifenwagen gegen einen Lichtmast fuhr, hatte ich keine Wahl mehr.«

»Das klingt so, als hätten Sie es nicht gern gemacht.«

»Niemand feuert gern einen Untergebenen. Und schon zweimal nicht, wenn er einem sympathisch ist. Seine Ausreden klangen auch immer überzeugend, zumindest, solange man ihm zugehört hat. Da war er richtig gut drin. Man hat nur nicht genauer nachbohren dürfen. Aber selbst wenn man es tat, war man immer versucht, ihm die Fehler und Schummeleien irgendwie nachzusehen.«

»Wissen Sie, was er dann gemacht hat?«

»Soweit ich weiß, war er zumindest für eine Weile bei der Detektei Wolff angestellt. Und später noch bei einer anderen. Was er zuletzt gemacht hat? Keine Ahnung.«

13

Das Amt für Digitalisierung, Breitband und Vermessung lag in Pfaffenhofen hinter der Altstadt am Hang in einem alten Gebäude, dem man ansah, dass es einst als Schule geplant gewesen war. Stimpfle parkte seinen Wagen und stieg durch das zentrale Treppenhaus in den zweiten Stock, um erst einem, dann einem zweiten Vermessungsbeamten sein Anliegen vorzutragen.

»Sie meinen, dass vielleicht irgendeine Art von Vermessungsfehler jemanden um Geld gebracht haben könnte, der dann deshalb mordet? Das klingt ja recht bizarr! Und wie sollen wir da helfen?«

Stimpfle saß einem kleinen Mann in grauer Hose und farblich passender Strickjacke gegenüber und wurde durch glasbausteinartige Brillengläser gemustert.

»Na, bei Ihnen san doch die originalen Grundstücksgrenzen eingetragen. Da müsst ich doch herausfinden, wem welches Grundstück gehört.«

»Nein.«

»Nein? Sie han ned die genauen Grundstücksgrenzen?«

»Doch.«

»Ja, also. Wo isch des Problem?«

»Wir haben zwar die genauen Grenzen, aber uns als Behörde ist es wurscht, wem das Grundstück gehört.«

»Heilandsack! Und wo find ich des dann raus?«

»Auf der Gemeinde in Wolnzach, im Rathaus.«

»Und die können mir dann sagen, wo genau die jeweiligen Grenzen der Grundstücke verlaufen? Bei denen kann ich dann einen Fehler finden, wenn es Fehler überhaupt gibt?«

»Nein.«

»Des könnet se ned?«

»Die können dabei vermutlich kaum helfen. Denn die haben ihre Daten für die Grundstücke ja von uns. Wenn Sie wissen wollen, ob ein Grundstück richtig vermessen wurde, sind Sie hier wieder richtig.«

Stimpfle kratzte sich am Kopf. »Ich versteh des ned. Ich hock da also zwischen zwei Ämtern?«

»Es ist eigentlich ganz einfach.« Der Vermessungsbeamte nahm seine dicke Brille ab und putzte hingebungsvoll das rechte Glas. »Sie suchen in Wolnzach die fraglichen Personen und lassen sich deren Grundstücke ausweisen. Und dann kommen Sie zu uns, und wir können Ihnen bei der Vermessung helfen.«

»Aber um die fraglichen Personen zu finden, muss ich ja die Grundstücke kennen.«

»Das ist doch ganz einfach.« Nun war das linke Glas dran. »Alle Grundstücksgrenzen sind bestens dokumentiert. Sie brauchen nur den Bayernatlas. Der ist übrigens komplett digital! Den können S' in Wolnzach auch auf dem Amt benutzen. Damit bekommen Sie dann die fraglichen Grundstücke und ihre Besitzer heraus. Und deren Grundstücke und ihre Vermessungsdetails können wir uns dann genau anschauen. Aber …« Der Vermessungsbeamte machte eine Pause und setzte seine Brille wieder auf. Sofort wurden seine kleinen Augen beinahe aufs Doppelte vergrößert. »Ich glaube kaum, dass wir einen Fehler finden werden, der eine Rechtfertigung für einen Mord wäre.«

Inzwischen war Daschner wieder in München und koordinierte den Abtransport der Unterlagen aus dem Detektivbüro.

»Kommen S' bitte mal, Frau Dings?«

Einer der jungen Kollegen war offenbar mit einem schlechten Namensgedächtnis bei gleichzeitigem Mangel an Takt gestraft. Frau »Dings« ging in die Küche und stellte sich noch einmal geduldig als »Daschner« vor.

»Was haben Sie denn für mich?«, fragte sie dann.

»Schauen S' mal hier, Frau Dings – Daschner!«

Der junge Polizist öffnete ihr den Küchenschrank unter der Spüle.

Was sie hier sah, rettete den jungen Kollegen vor einer ausführlichen Erklärung, was von solch einem Doppelnamen zu halten war. »Ah ... ein Tresor. Gut gemacht. Wieso hab ich den gestern übersehen?«

»Der Putzeimer und ein Korb mit Putzmitteln standen davor.«

Es war nur ein kleiner Safe, kaum groß genug für mehr als ein paar Leitzordner. Aber ausreichend, um die Waffe unter Verschluss zu halten. Daschner rüttelte und zog an dem Panzerschrank.

»Der ist fest eingebaut.«

Keiner der Schlüssel passte in das Schloss.

»Was meinen Sie? Ist der an der Wand verschraubt oder am Küchenschrank?«, fragte sie den jungen Kollegen, der beiseitegetreten war und in stiller Freude den wohlgerundeten Hintern Daschners betrachtete, den sie ihm beim Hantieren in der Tiefe des Küchenschranks entgegenstrecken musste.

»Schrauben wir den Küchenschrank von der Wand ab und verrücken wir ihn. Dann wissen wir es«, meinte er.

»Gute Idee. Aber vorher suchen Sie den Absperrhahn für die Wasserleitung hier. Drehen Sie das Wasser für die Wohnung komplett ab. Wer pieseln will, soll jetzt noch gehen. Nicht dass wir bei der Aktion den Hahn abreißen und eine Überschwemmung machen!«

Eine Viertelstunde später war klar: Der Safe war nur am Schrank festgeschraubt.

»Besorgen Sie sich geeignetes Werkzeug und machen Sie den Safe los. Ich will nicht den ganzen Küchenschrank mitnehmen. Der Panzerschrank reicht schon.«

Der Hausmeister half mit einer Stichsäge aus, und nur wenig später brachten die Kollegen den kleinen Tresor nach unten. Als der Hausmeister seine Stichsäge wieder in seine Werkzeugkiste packte, sprach ihn Daschner an.

»Herr Ros, sagen Sie, kannten Sie Herrn Biss eigentlich schon länger?«

»No ja ... so lang er hier sein Büro gehabt hat.«

»Was war er denn für ein Mensch?«

»Ich hab ihn leiden können. Er war freundlich, hat einen Humor gehabt und ... na ja ... zumindest mir hat er nie Ärger gemacht.«

»Gab es denn Ärger?«

»Ach je. Die Frau Wenzel vom Dritten ist eh so a Schwierige. Sie hat gemeint, er wär ein Säufer. Und er tät seine Schnapsflaschen in die Restmülltonne schmeißen. So würd das Haus in Verruf kommen. Und im Treppenhaus tät er rauchen, obwohl es verboten ist. Das würd man stundenlang noch riechen.«

»Und? War er Säufer?«

»Was einer macht, ist mir doch wurscht. Solang ich keine Arbeit damit hab, kann er saufen und rauchen, was er will.«

Daschner brachte den Hausmeister zur Tür und stieg, als der hinunterging, zwei Stockwerke nach oben, um Frau Wenzel auch gleich zu befragen. Als sie hochkam, meinte sie zu sehen, wie sich ein Spalt der Wohnungstür rasch schloss.

Da war wohl jemand neugierig, schoss es der Polizistin durch den Kopf. Dann schellte sie. Die Tür wurde sofort geöffnet. Eine kleine weißhaarige Frau im geblümten Bademantel öffnete. Daschner zog den Dienstausweis, aber die alte Frau wollte ihn gar nicht sehen.

»Haben Sie den Biss jetzt endlich verhaftet?«

»Nein. Hat er denn was angestellt?«

»Bestimmt. So einer wie der ist doch nie und nimmer unschuldig. Ein Ganove ist er. Ein ganz krummer Hund und Schoviak. Wenn Sie dem die Hand gegeben haben, dann haben Sie besser die Finger gezählt.«

»Er war doch Detektiv ...«

»Als ob das ein ehrlicher Beruf wäre! Leute ausspitzeln! Das hat er gemacht! Und geraucht hat er auch! Der ganze Qualm ist hoch zu mir gezogen. Der hat nicht nur die Gardinen gelb gefärbt. Auch den Hansi hat er so umgebracht. Da bin ich sicher.«

»Hansi?«

»Meinen Wellensittich! Der hat den Qualm nicht mögen. Ich bin sicher, er hat ihn so vergiftet.«

Nach etwa fünf Minuten war Daschner davon überzeugt, dass Frau Wenzel nichts beitragen konnte, was sie weiterbringen würde. Wenn sie der Alten noch länger zuhörte, würde die dem toten Detektiv noch die Ermordung von Uwe Barschel, das Reaktorunglück von Tschernobyl und das jämmerliche Versagen der deutschen Fußballnationalelf bei der WM in Russland unterjubeln.

Als sie wieder im ersten Stock bei den Kollegen war, hatten die gerade etwas gefunden, was offenbar allerlei Aufsehen erregte.

»Pfiffig!«, hörte sie, »Raffiniert!«, »Ausgebufft!« und ein leises Pfeifen durch die Zähne. Daschner drängte sich durch die Rücken der Polizisten, die den Aktenschrank umstanden. Ein grauhaariger Polizeihauptmeister kniete vor einer aufgezogenen Aktenschublade und hielt eine flache Schachtel in der Hand, in der einige elektronische Kleingeräte lagen.

»Schauts euch das genau an! Das sind Wanzen! Abhöreinrichtungen! Und da: Eine Kamera, getarnt als Jackenknopf. Und hier gibt sich ein Hochleistungsmikro als Einwegfeuerzeug aus! Das hier kenn ich auch. Eine Sonnenbrille mit versteckter Videokamera.«

Der Kollege war bei diesem Equipment offenbar erfahrener als Daschner.

»Die Mischung ist aber sonderbar«, stellte er fest. »Diese Wanze hier ist wohl selbst gelötet. Da braucht man etwas Geduld und Kleinteile für etwa zehn Euro. Dafür kann man sie genau für den Einbauzweck designen. Diese hier ist ein Profigerät. Die kostet etwa fünfhundert Euro. Vor allem aber muss man wissen, wo man sie kaufen kann. Die da ist billiger, aber auch nichts, was man bei eBay finden kann. Es gibt nur eine Handvoll Läden, die so hochwertiges Zeug führen, und die verkaufen es auch nicht an jeden. Der Rest ist aber der übliche Ramsch aus Versandkatalogen. Spielzeuge, etwas besser als die Sachen, die es früher in den Yps-Heften gab. Die meisten kosten so zwischen dreißig und fünfzig Euro. Kaum ein Profi würde mit so was arbeiten, wenn man Besseres bekommen kann.«

14

Es war früher Nachmittag. Wimmer trat ans Fenster und blickte über die Nachbardächer auf die goldenen Bäume, die ihn über dem Tal der Wolnzach in der Ferne grüßten. Es war noch einmal warm und sonnig geworden. Ein herrlicher Tag.

»Was ist mit dir, Opa?«

Anna kam gerade die Treppe hochgerumpelt. Dass ihr Großvater melancholisch in die Landschaft blickte, sah ihm nicht sehr ähnlich.

»Mir geht es gut, mein Kind. Ich hab heut Morgen sogar schon was herausbekommen«, meinte er und erzählte Anna stolz von seinen Nachforschungen mit den Buchtiteln.

»Das ist ja klasse!« Anna war begeistert. »Und wieso schaust jetzt so traurig?«

»Weil mich das ned wirklich viel weiterbringt. Die Bücher ham irgendwas mit Pflanzen zu tun. Aber was ist da genau gemeint? Und selbst wenn wir uns die ganzen Fachwörter eindeutschen können … dann wissen wir kaum mehr. Wir wollen wissen, an welchem Fall der Biss noch ermittelt hat. Wenn man den Mann kennt und weiß, was der macht, dann kommt man vielleicht schnell auf diese komplizierten Fachbücher. Aber andersrum funktioniert es wohl ned so einfach. Obwohl ich denk, wenn man wüsste, was der Biss in den Büchern nachlesen wollte, könnt uns das schon verraten, hinter wem er her war.«

Anna nickte. »Man bräucht wohl wen, der botanisch g'scheid ausgebildet ist. Mein Biolehrer wär vielleicht eine Idee. Aber dem müsst ich a plausible G'schicht erzählen. Und am End denkt er, ich interessier mich für den Schmarrn. Wen gibt es denn noch?«

»I hab scho daran gedacht, in München bei der Uni anzurufen. Aber auch für die braucht ma a vernünftige Begründung. Und ob ich die Erklärung auch versteh, ist dann noch die Frage.«

»Ich hab die Lösung!«, rief Anna. »Und ich weiß auch schon die Geschichte, mit der wir das erklären. Wir besuchen die Gärtnerkattel.«

Wimmer seufzte.

Die Gärtnerkattel war die Patentante von Karola und lebte in Geisenfeld. Mit ihrem Mann zusammen leitete sie eine Gärtnerei, war der Inbegriff des mitteilsamen Marktweibes und konnte mit ihrer fürsorglichen Art Wimmers Blutdruck binnen Minuten auf alpine Werte hochkatapultieren. Besonders als Anna-Maria, Wimmers Frau, gestorben war, hatte ihre Anteilnahme bei aller Liebe doch sehr übergriffige Formen angenommen. Immer wieder hatte sie versucht, Wimmer zu bemuttern. Dass der das weder brauchte noch mochte, war ihr in ihrem Eifer entgangen. So war sie mit ihm immer wieder in Streit geraten. Trotzdem hatte Anna natürlich recht. Als gelernte Gärtnerin war die Kattel eine kompetente Fachfrau.

»Und was für a G'schicht willst du ihr denn erzählen?«

»Dass ich die Liste da von meinem Biolehrer hab und a Referat halten soll.« Anna grinste frech.

»Des könnt klappen.«

»Dann zieh'n wir uns am besten um, bevor wir losfahren.«

»Wieso umziehen?«

»Es ist so schönes Wetter. Da nehmen wir doch die Maschin, oder nicht? Ach, bitte, bitte, Opa!« Sie sah Wimmer mit einem Blick an, den man nur als unfair bezeichnen konnte.

»Na gut«, lachte er. »Nehmen wir die Maschin.«

»Jessas, wie die Rocker schauts aus! Da muss ich mich ja gleich fürchten!«, lachte Katharina Rosberger, besser bekannt als Gärtnerkattel, als sie Anna in roter und Wimmer in schwarzer Lederkombination sah. »Wie geht's euch denn so? Kommts, gehen wir hinter!«

Eine Angestellte wurde angewiesen, den Laden alleine zu schmeißen, dann führte die Gärtnerkattel die beiden an einen schönen Holztisch in einem sonnenwarmen Wintergarten, den übermannshohe Oleander in Terrakottakübeln umstanden.

Sie nahmen Platz, und binnen weniger Minuten gab es Kaffee für Wimmer und Kakao für Anna – zu protestieren hatte nichts genutzt. Anna galt noch als Kind und bekam keinen Kaffee. Zur Stärkung hatte die Gastgeberin einen halben Nusszopf aufgetragen. Nach einem kurzen Wortgefecht, das inzwischen zu einem kleinen Ritual geworden war, durfte Wimmer seinen Kaffee schwarz trinken.

»Dein Opa weiß gar nicht, was er seinem Magen da antut. Fang du solch einen Schmarrn ja ned an. Und lass um Himmels Willen die Hände von diesem Colazeug. Das ist die reine Teufelsmilch!«

Sie tauschten Neuigkeiten aus, und Wimmer erfuhr, dass Kattels Reißen im Kreuz besser geworden war, seit sie sich den Händen eines neuen Physiotherapeuten anvertraute.

»Das reinste Wunder!«, schwärmte sie und schrieb ihnen die Adresse auf, nur für den Fall der Fälle.

Als sie dann begann, wieder einmal den Sinn von Wimmers Rückzug aus der Arbeitswelt in Frage zu stellen, lenkte Anna das Gespräch auf die Stichwortliste.

»Weil …«, begann sie, »ich soll da doch in Bio so ein Referat halten. Über vegetative Vermehrung. Und ich kenn mich da aber nicht aus.«

»Ach, Kind. Das ist doch ganz einfach. Ihr habt doch Sexualkundeunterricht in der Schule.«

»Ja.«

»So funktioniert die geschlechtliche Vermehrung. Bei Pflanzen geht das mit Blüte und Pollen. Und die ungeschlechtliche Vermehrung ist die andere Art. Die können wir Menschen nicht. Das geht ohne Pollen und Blüten … und ohne die Bienchen.«

Sie stand auf, schob eine Tür zu einem Gewächshaus auf und kam eine Minute später wieder mit einem stattlichen Topf Schnittlauch und zwei Plastikpflanzschalen.

»Schau: eine Pflanze!«

Sie nahm die Pflanze aus der Schale, rupfte am Wurzelballen, zog ihn auseinander und stopfte dann die zwei Pflanzenhälften in die mitgebrachten Schälchen. »Voila: zwei Pflanzen! Vegetativ vermehrt. Noch etwas Erde dazu, gießen und wir haben aus einem zwei Schnittlauchstöck gemacht, und beiden geht es gut.«

»Na ja. Ich soll da eine halbe Stunde drüber reden und hab da auch ein paar Stichwörter, über die ich was sagen soll.«

»Na, dann zeig doch mal.« Kattel las die Liste. »Oha. Da geht es dann schon richtig ans Eingemachte. Dein Lehrer will's aber richtig genau wissen.«

Sie trank einen großen Schluck Kaffee.

»Alles, was da steht, bezieht sich auf die eine Art der vegetativen Vermehrung: auf die autovegetative Vermehrung. Da macht man aus einer Pflanze mehr von derselben. Es gibt auch noch die xenovegetative Vermehrung. Da setzt man zum Beispiel auf einen jungen Holzapfelbaum Reiser von Edelobst, von Granny Smith zum Beispiel. Oder man nimmt Augen, also Knospen, von einer edlen Pflanze und setzt die auf eine andere, weniger edle Pflanze. Dann wächst auf dem unedlen Holz der Ast der edleren Pflanze. So vermehrt man teure Rosen. Aber das ist alles eher Veredelung. Da hat man immer mindestens zwei verschiedene Pflanzen. Hier aber geht es nur um die autovegetative Vermehrung. Also darum, wie man aus einer Pflanze viele identische macht. So wie eben beim Schnittlauch.«

»Ist das so was wie Klonen?«

»Ja und nein. A bisserl zumindest. Die Tochterpflanzen sind genaue Kopien von der Mutterpflanze. Auch vom Erbgut natürlich. Wo soll denn da was Fremdes dazukommen? Insofern also: ja. Nur anders als bei Viechern und Menschen geht des bei den Pflanzen auch ohne Genmanipulation.«

»Wie macht man es denn dann?«

»Na ja, den Schnittlauch ham mir ja eben ›geklont‹. ›Abfexen‹ nennen wir das auch oder einfach ›teilen‹.«

»Das ist die einzige Methode?«

»Ach Kind, nein. Kommts mit.«

Die Gärtnerin führte sie nach hinten in ihren privaten Garten an ein kleines Beet.

»Das hier müsst sogar a Metzgerstochter kennen!«, meinte sie und zeigte lächelnd auf ein paar kleine Pflänzchen.

»Erdbeeren!«, rief Anna.

»Genau. Und jetzt schau mal genau hin. Siehst du diese Stängel?«

»Ja …«

»Dann schau mal, wo die hinführen.«

»Zu dieser dicken Erdbeerpflanze!«

»Genau. Das ist ein Ausläufer. Das ist die Vermehrung durch Tochterpflanzen. Die dicke Erdbeerpflanze bildet einen Ausläufer, und an dem wächst dann eine Tochterpflanze. Die ist identisch mit der Mutterpflanze und wächst dann selbstständig weiter. Diesen Ausläufer nennt man Stolon. Das ist eine Art der Vermehrung, die beherrscht die Erdbeere selbst. Und auch viele andere Pflanzen. Minze zum Beispiel, oder Thymian, Baldrian, Liebstöckel und auch der Bambus. Leider auch der widerliche Giersch. Der bildet seine Stolonen aber unterirdisch. Drum wird man den auch so schwer wieder los.«

»Das ist aber dann kein Steckling, oder?«, fragte Wimmer.

»Nein, Stecklinge sind noch amal was anderes. Die haben dann keine Verbindung mehr zu den Mutterpflanzen. Das kann ich euch auch zeigen.«

Sie traten in ein Gewächshaus, in dem es sehr feucht war und warm. Dort, auf langen Tischen, standen ganze Kolonnen von grünen Pflanzen, die dicht und buschig wuchsen.

»Das sind ja Weihnachtssterne.«

»Genau. Die werden wir diese Woche noch abdunkeln. Dann rollen wir unter dem Glas schwarze Folien aus und sperren die Sonn aus. Wir machen den Pflanzen den Tag so kürzer. Für mindestens fünfzig Tage. Dann bilden sie die schönen roten Hochblätter aus.«

Sie nahm einen Topf in die Hand.

»Jetzt sind die Pflanzen schon fünfundzwanzig Zentimeter

groß und schön dicht«, erklärte sie. »Im Juni ham wir angefangen. Das hier drüben sind unsere Mamas.«

Sie trat an drei sehr große, fast hüfthohe, üppig-dicht gewachsene Pflanzen, die in großen Terrakottatöpfen standen.

»So groß können die werden?«

»Wenn man sie lässt, werden sie noch größer! Von denen haben wir im Mai körbeweise kleine Zweigerl abgeschnitten. Nur so viel …«

Ihre dicken Finger bildeten eine Schere und markierte eine Stelle. Dahinter waren nur mehr ein Stückchen vom Trieb und zwei, drei kleine Blätter.

»So wenig, nur a paar Blaadl, das reicht schon! Das Stückerl vom Stängel haben wir in die Erde gesteckt. Ein wenig Dünger und Pflege, und dann wächst aus einem solchen winzigen Stückerl die ganze Pflanze. Das ist etwa so, als ob du aus einem Finger die ganze Anna nachwachsen lassen kannst.«

»Und das klappt wegen dieser ›totopotenten Zellen‹ in der Pflanze?«, hakte Wimmer nach.

»Wer muss eigentlich das Referat halten? Die Anna oder ihr Opa? Aber du hast recht. In diesen Pflanzen sind Zellen, die können alles bilden. Wurzeln, Blätter, Stiele, Blüten. Deshalb kann sie die ganze Pflanze bilden, mit Wurzeln, Stängeln, Blättern und allem. Das klappt auch bei anderen Pflanzen: Weidenlabyrinthe werden so zum Beispiel gemacht.«

»Kommt das in der Natur auch vor?«

»Eigentlich nicht. Oder nur sehr selten. Stecklinge werden geschnitten. Das ist eine Gärtnertechnik. Für uns ist sie extrem wichtig. Wir Gärtner wären ohne die Stecklinge total aufgeschmissen. Ich glaub, a paar Mangroven in den Tropen machen so was Ähnliches ganz von allein. Aber ob man das schon Steckling nennt? Ich weiß es nicht.«

»Was ist eigentlich ›Abmoosen‹?«, wollte Anna wissen und hakte damit ein weiteres Stichwort auf der Liste ab.

»›Abmoosen‹? Das ist so ähnlich. Aber ein wenig anders. Wenn man Angst haben muss, dass der Steckling die Trennung von der Mutterpflanze nicht überlebt, dann packt man an der Stelle, wo man ihn abtrennen will, rechtzeitig vorher ein paar Hände Erde hin, wickelt die Erde gut ein und hält dieses Paket schön feucht. Dann wird, wenn es gut geht, dieser Trieb in dieser Erde Wurzeln treiben. Wenn er gut bewurzelt ist, dann kann man ihn abschneiden, und er versorgt sich von da an nur mehr durch diese Wurzeln. Das ist für die Pflanzen schonender, macht aber sehr viel Arbeit. In Baumschulen wird es wohl öfter angewandt.«

Sie kehrten wieder zurück zur Kaffeetafel.

»So, und jetzt müsst ihr mir bitte verraten, wieso ihr versucht, a arme alte Frau für blöd zu verkaufen. Das mit dem Schulvortrag ist doch a ausgemachter Schmarrn! Ihr gehts da ziemlich ins Detail. Manche der Fachbegriffe kenn ich noch aus der Berufsschui, und würd i ned mit meinen Lehrmadeln immer wieder mal vor den Prüfungen a bisserl lernen, hätt ich die längst vergessen. Für a Schulmadl ist des so viel zu detailliert. Jetzt amal ohne Schmarrn. Wieso wollts des denn wissen?«

Wimmer sah Anna an. Die seufzte, dann meinte sie: »Dann sollten wir wohl amal beichten, oder?«

15

Zu Kammermusik von Mozart fuhr Konrad nach München. Dort, im Norden der Stadt, wollte er sich mit Frau Grob treffen, der Tochter des Toten.

Sie arbeitete in der Kantine einer großen Bremsenfabrik, versprach aber, sich für das Gespräch freizunehmen.

Der lebhafte Stadtverkehr vertrug sich schlecht mit Mozart. So wechselte Konrad für das letzte Stück zu Gershwin, während er sich fragte, was die Dame ihm erzählen konnte. Offenbar hielt sie nicht viel von ihrem Vater.

Als er dann um zwei Uhr in der weitgehend leeren Kantine an einem sauberen Tisch auf einem nur mäßig bequemen Stuhl saß, musste er nicht lange warten. Frau Grob kam in weißen Gummiclogs, karierter Hose und Kochjacke mit weißen Kugelknöpfen. Konrad schätzte sie auf etwa fünfundzwanzig. Sie war schlank und trug ihre blonden Haare in einer kurzen Frisur, die eher praktisch war als schön. Ihre Bewegungen waren rasch und energisch, aber nicht fahrig. Sie reichte Konrad die Hand.

»Grob, Annette Grob. Und Sie sind Herr Konrad? Wir haben telefoniert?«

»Genau. Und Sie haben am Telefon gemeint, Sie könnten mir noch etwas mitteilen.«

»Na ja. Sie waren ja bei meiner Mama. Ich nehme an, Sie haben nun ein recht gutes Bild von meinem Vater. Aber ich fürchte, sie hat ihn zu freundlich beschrieben. Das macht sie nämlich immer.«

»Nun ... Ihre Mutter ist nicht meine einzige Quelle. Aber ich gebe zu, ich habe den Eindruck, dass Ihre Mutter Ihren Vater sehr geliebt hat.«

»Geliebt hat? Sie liebt ihn doch immer noch. Sie ist hoffnungslos romantisch. Mit einer wahren Affenliebe hat sie an ihm gehangen. Diese Liebe hat er sicher nicht verdient. Er war nämlich in seinem Innersten ein Arsch.«

Sie schimpfte nicht, sie belegte Biss mit diesem Titel im Ton einer sachlichen Feststellung.

»Wie kommen Sie darauf?«

»Kinder sind klein, aber weder taub noch blöd. Seit ich zehn bin, hab ich ihn durchschaut. Er war ein Maulheld. Sie ahnen ja nicht, was er der Mama und mir alles versprochen hat. Er würde Karriere machen, wir würden ein nettes Häuschen haben, was Eigenes im Grünen, sie würden Ferienreisen machen mit mir, nach Italien und Amerika und zu den Elefanten nach Kenia. Neue Möbel, ein neues Auto, schicke Kleider … alles hat er versprochen, wenn er nur mal die Karriereleiter ein wenig höher klettern dürfte. Immer hieß es: ›Bald, bald werd ich durchstarten, und dann stehen wir ganz anders da.‹ Aber daraus wurde nie was. Alle Versprechen hat er gebrochen, und die Beförderung hat auch nie recht geklappt.«

Sie seufzte.

»Die Mama hat ihm das alles nachgesehen. Und hat mit ihm vom Reihenhaus geträumt. In der miesen Drei-Zimmer-Wohnung, die wir damals im Hasenbergl hatten. Im Glasscherbenviertel. Ja … es war damals schon nimmer so schlimm, wie es in den Siebzigern gewesen sein muss. Aber trotzdem. Wenn S' da aufwachsen, das hängt Ihnen nach. Der Papa jedenfalls hat immer von seiner Karriere erzählt, die bald starten muss. Aber es war halt nie eine rechte Karriere.«

»Wissen Sie, wieso nicht?«

»Er hat erklärt, dass er Opfer einer Intrige sei, dass neidische Kollegen ihn immer wieder schlecht dastehen ließen. Aber bald … bald würde er es trotzdem schaffen und ›durchstarten‹. Durchstarten! So ein Wort, das ich nicht mehr hören kann. Aber wissen Sie was? Ich glaub an keine Verschwörung!«

»Was glauben Sie denn?«

»Ich glaub, dass seine Chefs ihn irgendwann auch durchschaut ham. Als falschen Fuchziger, als Maulhelden und Angeber. Denn auch im Beruf hat er wohl nie was Gescheites geschafft.«

»Bei der Polizei hat er ja dann aufgehört.«

»Ja. Vor etwa zehn Jahren. Oh Mann! Ich weiß noch, den einzigen Luxus, den ich ihm hab abtrotzen können, waren meine Reitstunden gewesen. Die Mitgliedschaft in einem Reitverein und eine Fünferkarte für Reitstunden pro Monat. Zwei Jahre lang hab ich gebettelt, gebitttet und auf ganz viel verzichtet. Drei Monate bin ich geritten, und dann schmeißt er den Dienst hin. Und da hab ich aufhören müssen. Denn danach hat er nimmer so viel verdient. Da war er dann Angestellter bei einem Privatdetektiv. Und da ist er auch nicht lang geblieben. Bei einem zweiten hat er noch weniger verdient.«

»Ihre Mutter hat ihn ja am Ende rausgeschmissen.«

»Zum Glück. Er hat sich verändert gehabt.«

»Wie das denn?«

»Als Polizist hat er immer sauber ausgeschaut. Als Detektiv erst auch, aber dann hat er sich so einen Schmuddelganovenlook zugelegt. Schmiertolle, Gammel-Lederjacke, Schnürstiefel mit Metallspitzen. Und er hat in den echt üblen Kaschemmen rumgehangen. Spätestens zu dieser Zeit hat er dann auch angefangen zu saufen. Abends erst. Und dann wohl schon auch mal tagsüber im Dienst. Sein letzter Chef hat ihn deshalb rausgeschmissen. Die Mama hat eine Weile so getan, als bemerkte sie es nicht. Aber ich hab gesehen, wie sie immer mehr Angst bekommen hat. Nicht Angst vor ihm. Angst um ihn. Das hat an ihr gefressen. Schon als er bei der Polizei war, war es schlimm. Wenn er da mal später vom Dienst heimgekommen ist, hat sie schon Gott weiß was angenommen und ihn blutend im Straßengraben gesehen. Als Detektiv wurde es dann noch schlimmer. Da konnte man manchmal gar nicht mehr sagen, wann er wieder daheim ist.«

»Und als die Angst dann zu groß wurde …?«

»Da kam dann noch die Sache mit der Waffe dazu. Das war dann der Tropfen, der das Fass zum Überlaufen gebracht hat. Und ich hab ihr natürlich den Rücken gestärkt. Ich war damals grade siebzehn geworden. Aber ich hab genau gesehen, dass diese Ehe kaputt war, und wenn kein Schlussstrich gezogen wird, dann wird es meine Mama fertigmachen.«

»Wie ging es denn weiter, als sie ihn vor die Tür gesetzt hatte?«

»Das war seltsam.« Ihr Blick richtete sich auf einen Punkt in weiter Ferne, als sie sich zurückerinnerte. »Er hat zwar die Tür hinter sich zugeknallt, aber das war's dann auch. Er hat meine Mama nicht zugetextet. Er hat nicht gejammert oder zurückmögen. Offenbar fand er es so allein auch okay, obwohl er nur sehr wenig Geld gehabt haben kann. Er hat ein winziges Zimmer gehabt, aber Sie wissen ja, was das in München kostet. Und am Anfang hat er auch noch ordentlich Unterhalt gezahlt. Als ich dann achtzehn war, war es dann eher unregelmäßig. Und dann wurde er selbstständig. Da kam dann nur mehr gelegentlich ein Scheck. Ich glaube, er zahlte da je nach Kassenlage. Die Mama hat nie was gefordert, aber zum Glück hat sie das Geld genommen.«

»Wieso hat er sich selbstständig gemacht? Wissen Sie das? Hätte er nicht wieder als Detektiv eine Stellung finden können oder bei einem Wachdienst?«

»Das hab ich ihn auch gefragt, als ich ihn einmal gesehen hab. Als ich meine Kochlehre abgeschlossen hab, hat er mich am Arbeitsplatz besucht und mir gratuliert. Da war seine Detektei grade ein halbes Jahr eröffnet oder so. Offenbar hat er nix zu tun gehabt und Zeit gehabt für seine Tochter. Da hab ich ihn das gefragt.«

»Was hat er gemeint?«

»Das wär doch nix. Da käme man ja von Federn auf Stroh! Solche Sprüche hatte er haufenweise und Ausreden auch. Für einen ehrgeizigen Mann wäre da kein Raum zum Wachsen und so weiter. Aber ich hab den Flachmann in seiner Tasche gesehen. Er war ein Trinker. In der Gastronomie kommt man ja immer wieder mit solchen Leuten in Kontakt. Leistungsfähige und vertrauenswürdige Mitarbeiter sind die nur in den wenigsten Fällen. Und er war halt immer noch der alte Maulheld. Ich denke, er hat ein mieses Zeugnis bekommen und wäre auch bei einer neuen Detektei bald wieder geflogen. Was blieb ihm da noch anderes übrig als die Selbstständigkeit?«

»Hollerweg Sicherheitsagentur« stand an der Tür des ehemaligen Arbeitgebers des Toten. Es war eine massive Tür mit beeindruckend wuchtigen Beschlägen, teurem Schloss und Videoklingel. Sicherheit wurde hier nicht nur verkauft, hier wurde sie vorgelebt. Konrad wurde von einer adretten Schreibkraft mittleren Alters in schlicht-elegantem Businesskostüm eingelassen.

»Herr Hollerweg hat leider noch ein wichtiges Telefonat. Ich muss Sie bitten, ein paar Minuten zu warten. Möchten Sie einen Kaffee?«

Konrad mochte und blickte sich um. Es war ein großer Raum. In einer Ecke, der Tür gegenüber, stand der Schreibtisch der Empfangsdame mit einem Rechner, aber so gut wie keine Akten. Den Rest des Raumes nahmen eine moderne Couchgarnitur aus Leder ein und ein großes Etwas, das Konrad in Ermangelung genauerer Kenntnisse als »Zimmerlinde« bezeichnete. Die Wände waren verziert mit einer Reihe von Plakaten, auf denen niedlich gezeichnete Waschbären Verbrecher mimten und aufzeigten, bei welchen Problemen die Agentur Hilfe anbot. Das Spektrum war breit: Aufenthaltsermittlung, Anschriftenbeschaffung und Identitätsüberprüfung, Beweissicherstellung für Zivil- und Strafverfahren, Prävention und aktive Abwehr von Betriebsspionage, Personen- und Objektschutz, Observationen, Ladenüberwachung, Ermittlung von langfingrigen Mitarbeitern und komplette Sicherheitskonzepte nach Maß sowie alle anderen Arten von Nachforschungen.

»Bernd Hollerweg«, stellte sich etwas später der Chef vor. Sein Büro war beherrscht von einem großen, sehr aufgeräumten Schreibtisch, hinter dem sich deckenhohe Schränke erhoben. Die meisten von ihnen waren geschlossen und zeigten ein dunkles Holz mit schöner Maserung. Einer war offen. Der

Detektiv nahm gerade eine Pappmappe und legte sie neben einen Aktenordner in ein Fach, dann schloss er auch diesen Schrank. Er war mit einem elektronischen Kombinationsschloss gesichert.

»Sie halten es vielleicht für paranoid, aber ein sehr wirksamer Schutz gegen die meisten landläufigen Betriebsspionagefälle sind ein sauberer Schreibtisch und ein einfacher, absperrbarer Aktenschrank. Da wir Diskretion und Sicherheit versprechen, müssen wir hier mit gutem Beispiel vorangehen. Sie verstehen das, hoffe ich.«

»Natürlich.«

»Was kann ich für Sie tun? Sie sind von der Kriminalpolizei? Wir sind doch nicht etwa in Schwierigkeiten? Ich wüsste zumindest nicht, wieso.«

»Ich bin hier wegen einer Befragung in einem Fall, der sich um einen ehemaligen Angestellten von Ihnen dreht.«

Hollerweg schwieg.

»Es handelt sich um Herrn Biss.«

»Dirk Biss? Was ist mit ihm?«

»Sie kennen ihn also?«

»Natürlich! Er war bei mir angestellt. Es ist ein paar Jahre her. Wir haben uns aber wieder getrennt. Hat er jetzt etwas auf dem Kerbholz?«

»Er ist erschossen worden.«

»Oh!«

Hollerweg wirkte nur mäßig überrascht. Konrad fragte: »Sie haben so etwas erwartet?«

»Sagen wir so … Es ist der logische Schlusspunkt seiner Entwicklung.«

»Wie meinen Sie das?«

»Dass man bei Dirk Biss beobachten konnte, wie der Mann vor die Hunde ging.«

Er stand auf, ging an einen Schrank zur Linken, tippte ein paar Ziffern ein und entnahm ihm einen Aktenordner.

»Wegen der Daten muss ich meine Unterlagen befragen. Ich will Ihnen ja keine unrichtigen oder ungenauen Antworten geben. Aha, hier. Vor ziemlich genau zehn Jahren hat er sich hier vorgestellt, ein Ex-Polizist. Er machte damals einen guten Eindruck. Und jemand mit Polizeiausbildung ist uns grundsätzlich immer willkommen.«

»Warum wollte er in die Privatwirtschaft wechseln?«

»Das fragte ich ihn auch, denn zumindest am Anfang ist das Honorar für unsere Leute nicht so gut wie die Besoldung eines Staatsdieners. Er erzählte mir etwas von der gläsernen Decke. Er könnte strampeln und sich mühen, wie er wolle, aber sein Chef würde ihn nicht weiterkommen lassen. Er wollte weniger Verwaltung, weniger Ruhestörungen und Ordnungswidrigkeiten bearbeiten. Lieber mochte er da wirken, wo er sich stärker für Recht, Ordnung und Sicherheit einsetzen konnte.«

»Haben Sie ihm geglaubt?«

»Zu diesem Zeitpunkt fand ich es plausibel und habe es nicht hinterfragt.«

»Und wie hat er sich gemacht?«

»Im ersten Vierteljahr gut. Während der Probezeit also. Ich habe teilweise selbst mit ihm gearbeitet. Er war intelligent, konnte gut mit Leuten umgehen, und ja, er hatte den Blick. Sie wissen, was ich meine? Sie gehen an einem parkenden Auto vorbei und checken ganz automatisch die Zulassungs- und die TÜV-Plakette, das Reifenprofil und ob der Wagen abgesperrt ist oder nicht. Ganz automatisch, auch ohne Interesse. Dasselbe gilt beim Blick auf Menschen und ihr Verhalten.«

»Er war also ein tüchtiger Mitarbeiter?«

»Das dachte ich. Doch wenn er allein arbeitete, dann war manches doch zu beanstanden. Wir dokumentieren unser Tun recht gewissenhaft und detailliert. Zum einen für unsere Kunden, damit sie wissen, dass sie etwas für ihr Geld bekommen, aber auch, damit wir in Streitfällen stets nachweisen können, legal gehandelt zu haben. Seine Dokumentationen wurden im Laufe der Zeit immer sparsamer und nachlässiger. Auch gab es vereinzelte Klagen von Kunden. Wir setzten ihn zum Teil als Kaufhausdetektiv ein. Nach einer Weile stellte sich ein Muster heraus. Er machte einen guten Job, so lange, bis er einen Ladendieb gefasst hatte. Danach meinte er wohl, seine Pflicht erfüllt zu haben und stand nur mehr demonstrativ und mehr oder weniger untätig hinter den Monitoren und ruhte sich aus. Aber mit Monitorüberwachung fasst man keine Diebe. Auch die Zahlen sprachen bald eine deutliche Sprache: Seine Kollegen fingen mehr als doppelt so viele Langfinger. Danach versuchten wir es mit anderen Aufgaben, um etwas zu finden, was ihm vielleicht besser lag.«

»Was denn?«

»Infiltration. Das war zu Beginn seines zweiten Jahres. In einem großen Elektromarkt verschwanden immer wieder Artikel, und zwar gleich palettenweise. Biss sollte sich dort im Lager anstellen lassen. Dieser Teil klappte auch. Wer die Waren klaute, war auch bald klar. Doch es fehlte zweierlei: Zum einen wussten wir nicht, wohin die Waren verschoben wurden, und vor allem: Wir hatten keinen stichhaltigen Beweis, der die Verdächtigen festnageln würde. Der Einsatz dauerte und dauerte. Allmählich wurde ich ungeduldig, denn so viel gab dieser Auftrag auch nicht her, dass ich Biss ein Vierteljahr allein dafür einsetzen konnte. Der Mann versprach immer wieder, dass er ›kurz vor dem Durchbruch‹ stünde. Und dann, unmittelbar bevor ich ihn abgezogen hätte, hat er doch noch geliefert.«

»Aha.«

»Die Verdächtigen wurden hoppgenommen, leugneten aber die Tat und führten auch ein Alibi an. Außerdem war der Fall irgendwie untypisch. Diesmal war Zeug verschwunden, das bisher noch nie verschwunden war. Es gab aber belastendes Material, das Biss vorlegen konnte. Ein Video zeigte die Verdächtigen beim Hantieren mit der verschwundenen Ware. Und das Alibi war eines von vorbestraften Bekannten der Verdächtigen. Wir schlossen also den Fall ab, und die Lageristen wurden tatsächlich verurteilt.«

»Also alles in Ordnung?«

»Sollte man meinen«, brummte Hollerweg. »Ich hab den Biss dann noch einmal bei einem ähnlichen Auftrag eingesetzt.

Aber vorher habe ich ihm klargemacht, dass er dieses Mal weniger Zeit hat. Bei seinem großen Fall haben wir nämlich grade mal das Geld gewechselt. Verdient hatte die Agentur da keinen Cent. Und dieses Mal schien alles bestens zu laufen. Hier ging es um Betriebsspionage. Er sollte herausfinden, wer der Konkurrenz Unterlagen eines Prototypen für ein neues Verfahren liefert, mit dem man einige kosmetische oder pharmazeutische Produktionsprozesse stark beschleunigen kann. Dieses Teil war Millionen wert.«

»Und? Hat er da ordentlich gearbeitet?«

»So schien es. Wieder lieferte er einen Videobeweis, der den Verdächtigen an einem Tag an einem Ort zeigte, wo er zu diesem Zeitpunkt nicht sein sollte, und allein hatte er dort schon gar nichts zu suchen. Das war der Beleg, dass er hier Unterlagen entweder entwendet oder die kopierten Unterlagen zurückgebracht hat. Das dachten wir. Unklar war aber, wieso er diesen Bereich betreten konnte. Wenn dort kein Verantwortlicher arbeitete, sollte die Tür nämlich zu sein. Doch da er einen Moment vor der Tür zögerte, man aber nicht sah, was er tat, gingen wir von einem raffinierten und unprotokollierten Zutritt aus, auch wenn wir nicht wussten, wie das gelungen sein sollte. Immerhin: Biss hatte diesen Fall in Rekordzeit gelöst. Der Kunde war zufrieden, ich war es, und Biss war es auch, denn er bekam eine Erfolgsprämie. Da ich nicht gleich die nächste Infiltration hatte, übernahm er ein paar kleinere Aufträge. Und dann ist uns sein Rekordfall um die Ohren geflogen.«

»Wie das?«

»Biss hatte diesen Videobeweis gefälscht. Und zwar leidlich geschickt sogar. Der Fall ging natürlich vor Gericht. Aber weil der Angeklagte felsenfest seine Unschuld beteuert hat, hatte dessen Anwalt dem Video nicht getraut. Er hat es einer Reihe von Fachleuten gegeben, zur Untersuchung.«

»Und?«

»Es war wie in einem Fernsehkrimi. Ein Schatten hat das Video als Fälschung entlarvt. Besser gesagt der Sonnenfleck, den ein Fenster auf den Teppich warf. Der Sonnenfleck hat gezeigt, dass die Aufnahme nicht an diesem Tag aufgenommen worden sein konnte. Auf der Aufnahme waren ja Datum und Uhrzeit vermerkt. Und an diesem Tag zu dieser Uhrzeit fiel die Sonne in einem genau definierten Winkel auf den Teppichboden. Der Anwalt konnte das von einem Physiker der Volkssternwarte vorrechnen lassen. Und es zeigte sich, dass der Winkel und die Länge der Schatten auf einen Zeitpunkt drei Monate zuvor hindeuteten.«

»Und das Schloss?«

»Auch diese vorgebliche Schlossfummelei war gefälscht. In Einzelbilder aufgelöst stellte sich heraus, dass diese eineinhalb Sekunden, mehr waren es ja gar nicht, aus nur sieben Standbildern der Aufnahme zusammengesetzt waren, die zwei- bis dreimal hintereinander gesetzt worden waren, was dann eine kleine Unruhe erzeugte. Der ganze Beweis war eine Fälschung! Eine Katastrophe. Der Mann wurde freigesprochen, der Staatsanwalt war blamiert, unser Kunde ebenso und wir erst recht. Natürlich wurden wir in Regress genommen. Und die Versicherung hat nicht gezahlt. Ich bin fast Konkurs gegangen! Denn vorsätzliche Fälschung ... da zahlt keine Firmenhaftpflicht.«

»Und Biss?«

»Na ja. Es war zwar klar, dass er das Video gefälscht hatte, doch wie sollte man das um Himmels willen beweisen? Er bekam ein Zeugnis und die Gelegenheit zur fristlosen Kündigung.«

Hollerweg schwieg einen Moment. »Wissen Sie, er war nett und irgendwie ein Sunnyboy. Aber ... heute denke ich, er hätte nie Polizist werden dürfen oder Detektiv. Dafür war er charakterlich nicht geeignet. Und je länger er in diesem Randgebiet der Kriminalität arbeitete, umso schlimmer war der Effekt, den das auf ihn hatte. Man sagt ja, ein Schäfer wird im Laufe der Jahre seinen Schafen immer ähnlicher. Vielleicht ist es bei Biss ähnlich gewesen. Vielleicht wäre er als Turnlehrer ein besserer Mensch geworden oder als Bademeister.

Ich habe ihn später noch einmal getroffen. Da war er schon ziemlich heruntergekommen. Ich glaube, er war gegen Ende vor allem Verkäufer von sehr fragwürdigen Sicherheitssystemen. Die Dinger, die er dem Hören nach verkauft hat, sind nichts wert, schauen aber sehr eindrucksvoll aus. Damit hat er wohl Villenbesitzer immer wieder übers Ohr gehauen. Dass er damit aber ordentlich über die Runden kam, glaube ich kaum. Dass er nun erschossen wurde, das zeigt, dass es mit ihm immer weiter abwärts ging.«

Um 1960

Franziska und ihr kleiner Werner hatten nicht nur ein Obdach gefunden, es wurde ihnen binnen weniger Wochen ein Zuhause. Auch das Mietverhältnis hatte sich rasch in ein Freundschaftsverhältnis gewandelt. Natürlich hatte Franziska zu Anfang ein paar vage Befürchtungen. Konnten sie dort dauerhaft leben, wo Frauen Frauen liebten? War das eine Umgebung für ihren kleinen Werner? Doch es war ein zu gutes Angebot, zur rechten Zeit gekommen, und es half ihr aus ihrer Not. Es abzulehnen konnte sie sich nicht leisten. Und wer konnte sagen, was sich später vielleicht noch an Möglichkeiten ergeben würde?

Andererseits fand sie es auch ein wenig aufregend und abenteuerlich, dass ihre Mitbewohnerinnen lesbisch waren. Homosexualität war in ihrer Welt bisher kaum vorgekommen und wenn, dann nur als Gipfel menschlicher Verworfenheit in den Ausführungen ihrer Großmutter. Seltsamerweise gab genau das den letzten Ausschlag für Franziska. Auf die moralinsaure Weisheit ihrer Großmutter wollte sie nichts geben. Ihre Vermieterinnen wirkten sympathisch, und das war das Wichtigste. Aus purem Widerspruchsgeist beschloss sie, es doch zu versuchen.

»Gegen die beiden werden wir meine Tugend schon verteidigen«, meinte sie beim Einschlafen in der ersten Nacht zu Werner. Werner gluckste. Er hielt diese Sorge wohl für unbegründet.

Er behielt recht. Nie erlebte Franziska bei Edda und Cora auch nur den Versuch einer Verführung. Stattdessen entpuppte sich der Alltag in diesem nun von drei Damen getragenen Haushalt als erstaunlich normal. Jeder nahm die beiden anderen so, wie sie waren, bemühte sich um Freundlichkeit und ein gutes Miteinander. Nach einer Woche, als man sich nun schon besser kannte, zogen sie einander schon mit ihren Eigenheiten auf. Als alle merkten, dass jede im Haushalt Humor hatte, dauerte es nicht lange, dass die spaßhaften Bemerkungen ab und zu schlüpfrig unter die Gürtellinie zielten. Dann wurde nur umso mehr gelacht.

Cora und Edda waren ein Paar und lebten ihre Liebe in Stille offen aus, ohne viel Aufhebens davon zu machen. Sehr schnell war klar: Auch in solch »gottlosen Beziehungen der Sünde« wurde die Schmutzwäsche nicht anders gerumpelt, als Franziska es gelernt hatte. Auch hier wurde geputzt und gekocht, und die Kohlen wurden geschleppt wie überall. Aber anders als in anderen Haushalten wurden die Lasten hier vielleicht ein wenig gerechter verteilt.

Davon abgesehen gab es im Alltag nur zwei Hinweise, dass man hier ein unkonventionelles Lebensmodell lebte. Es gab zum einen Männer allenfalls als Randfiguren, und niemand vermisste sie. Auch Franziska nicht, zumindest nicht im Moment. Zum anderen waren es die Badefeste von Cora und Edda, die die beiden von Zeit zu Zeit feierten. Dann planschte das Paar ausgelassen bei Kerzenlicht zusammen in der großen Emaille-Wanne mit den Löwenfüßen, und das Bad war für einen Abend gesperrt.

Franziska war inzwischen weder entsetzt noch empört, sie lachte darüber. Was in den Schlafzimmern geschah, wurde als Privatsache behandelt: Man war rücksichtsvoll und leise, machte aber weder ein Geheimnis daraus noch ein Aufhebens davon.

Zwar waren sowohl Cora als auch Edda zuerst ein wenig zurückhaltend mit dem Baby gewesen, doch dies war keiner Ablehnung geschuldet, sondern nur einer gewissen Unsicherheit. In ihrer Welt gab es einfach keine Säuglinge. Doch es dauerte nicht lange, und sie entpuppten sich als nachsichtige und kinderliebe Mitbewohner, die das Geschrei beim Zahnen oder Durchfallinfekte, die Werners Windel in Minuten bis hinauf zum Hals füllten, mit Humor ertrugen – und auch die dazugehörigen Düfte. Doch solche Umstände waren zum Glück selten.

Das erste halbe Jahr arbeitete Franziska halbtags im Laden, später war sie fast immer hinter der Ladentheke. Mit den meisten Kunden war einfach auszukommen, das Sortiment war nicht zu groß, sodass Franziska sich bald auskannte. Auch den Umgang mit der Kasse hatte sie rasch gelernt. Am schönsten war aber, dass sie mit ihrem Werner zusammen war.

Nach ein paar Monaten hatte es sich ergeben, dass Edda eine gut bezahlte Stelle in ihrem Lehrbetrieb antreten konnte. Sie arbeitete nun fünf Tage in der Woche im Tal in einem exklusiven Tabakgeschäft, wo sie aus einem Dutzend aromatischer Pfeifentabake die Hausmischungen herstellte – oder für die sehr gut betuchten Kunden ganz exklusive Couvés.

So änderte man die Vereinbarung. Franziska bekam ein kleines Gehalt von Cora und kündigte ihre Halbtagsstelle. Die Arbeit im Laden oblag ihr nun fast zur Gänze. Das Arrangement war perfekt. Franziska verdiente zwar nicht viel Geld, doch es genügte durchaus für ihre und Werners Bedürfnisse. Vor allem aber war sie die ganze Zeit mit ihrem Kind zusammen, was sie sehr genoss.

Was zuerst als eine Notlösung erschien, ein Wäschekorb zum Schlafen und eine Decke zum Krabbeln, beide im kleinen Büro, blieb für mehr als ein Jahr eine praktikable Lösung. Danach, als Werner mehr Platz brauchte, räumten sie ein wenig um und schufen für ihn einen Winkel hinter dem Ladentisch und im untersten Regalfach einen kleinen Alkoven, wo der Bub sich verstecken konnte und sein Mittagsschläfchen machte.

Als Werner drei Jahre alt war, erhielt Franziska einen Brief mit Trauerrand. Ihre Mutter war gestorben. Mit einem rosarot geschrubbten Werner, gekleidet in die unbequemen »guten« Sachen und selbst auch ganz in Schwarz, fuhren die beiden mit der Tram zum Ostfriedhof.

Da standen sie, die Großmutter und die Tante. Sie wirkten

wie Krähen. Bei der Begrüßung huschte kein Lächeln über ihre Gesichter. Die Situation war steif und frostig.

»Bist du meine Uroma?«

Natürlich hatte Werner wissen wollen, wen sie treffen würden.

»Ich bin deine Urgroßmutter, ja. Und du bist wohl der Werner.«

»Genau. Ich kann fei schon Purzelbaum, und Radschlagen kann ich auch fast schon. Magst es amal sehen?«

Die Urgroßmutter mochte dies nicht und wusste einiges zu den Manieren des Kleinen anzumerken. Franziska machte der Tirade ein Ende, indem sie Werner an die Hand nahm und die Alte stehen ließ. Es waren zum Glück auch Nachbarn und Bekannte gekommen.

Die Beerdigung war schlicht und lieblos. Danach versammelte sich die Trauergesellschaft in einem nahe gelegenen Café. Zwar bemühte sich Franziska um Distanz zu ihrer Großmutter, doch diese zitierte sie zu sich.

»Du hättest dich schon um deine kranke Mama kümmern können, statt uns die ganze Arbeit zu überlassen.«

Als drei Jahre später ein schwarzumrandeter Brief den Tod der Großmutter verkündete, ging sie erst gar nicht mehr zu der Beerdigung. Die Nachfragen von Werner bügelte sie ab. »Das war keine nette Urgroßmutter. Eher eine böse Hexe. Da müssen wir nicht hingehen.«

»Aber ist das nicht Familie?«

»Nein. Das sind nur Leute, mit denen wir verwandt sind. Sie sind nicht wichtig. Sie haben uns nie geholfen und immer nur an sich gedacht.«

Den vierten Geburtstag feierten sie mit Cora und Edda zu viert im Augustiner Biergarten. Edda hatte einen sensationell leckeren Kartoffelsalat vorbereitet, Cora spendierte die Brezen und Franziska das Bier und für Werner die Limo. So saßen sie ein wenig am Rand, auf einem kleinen Bergerl, wo eine Schaukel stand. Es war prächtiges Wetter, und die Luft unter den Bäumen war wunderbar aromatisch, warm, prickelnd und schmeckte nach Leichtsinn und Lebensfreude. Werner saß auf dem Boden. Er hatte ein Bilderbuch geschenkt bekommen, ein Lastauto und einen Bagger! Welcher Vierjährige wäre da nicht selig.

Gut drei Dutzend Fuhren Biergarten-Kieselsteinchen hatte der Laster schon unter Franziskas Stuhl abgeladen, und er kehrte grade zum Bagger zurück, als Werner Durst spürte.

Er kam an den Tisch, griff sein Glas und tat einen tiefen Zug. Dann meinte er mit unpassend gravitätischem Ernst: »Mama, wir haben es gut getroffen.«

Alle lachten. Natürlich meinte Werner nur diesen Platz im Biergarten, wo er spielen oder schaukeln konnte und niemandem im Wege war. Doch Franziska sah ihn und ihre Freundinnen an. Dann nahm sie das Kind auf den Schoß, küsste es, griff Cora und Edda bei den Händen und sagte: »Ja, Werner. Du hast recht. Wir haben es wirklich gut getroffen!«

16

19. Oktober – Samstag

Erst am Samstag fand wieder eine Sitzung mit Dr. Müller statt. Es gab zwar allerlei zu berichten, doch auch wenn am Donnerstag emsig ermittelt worden war, war man nicht recht weitergekommen. Aschenbrenner hatte immerhin inzwischen einen guten Überblick über die Finanzen.

»Der Mann hat die letzten Jahre praktisch von der Hand in den Mund gelebt. Immer mal wieder gibt es Geldeingänge in verschiedenen Höhen. Dann hat er offensichtlich Aufträge erledigt. Welche, kann ich leider nicht sagen. Denn er ist offenbar ein Bargeldliebhaber. Die meisten Eingänge sind Bareinzahlungen. Was auffällt, ist, dass er immer wieder kleinere Summen einzahlt, dreihundert, fünfhundert oder auch einmal tausend Euro, und diese kleinen Summen tauchen immer dann auf, wenn sein Dispo sehr angespannt ist. Zuletzt bekam er fünftausend und tausendfünfhundert Euro in kurzem Abstand. Das war Mitte September. Wo er das Geld ausgegeben hat, weiß ich nicht genau, denn er zahlt auch vorwiegend bar. Die Geldabhebungen aber waren in dieser Zeit in der Holledau, zwischen Pfaffenhofen und Mainburg, in München – und in Frankreich.«

Dieses Ergebnis lieferte nur wenige Antworten, warf dafür aber weitere Fragen auf. Aschenbrenner versprach, den Finanzen noch weiter nachzugehen.

»Was diese Einkünfte von immer wieder dreihundert, fünfhundert und tausend Euro angeht, da kann ich vielleicht helfen«, meldete sich Daschner.

Sie hatte inzwischen die Unterlagen aus dem Büro untersucht.

»Der Herr Biss hat stapelweise Werbebroschüren für drei Alarmanlagen in einem Aktenschubfach gehabt. Das waren die ›Securitas 1000‹, die ›Securitas Ultra‹ und die ›Supersafe 2500‹, alle von einem Hersteller, von dem ich noch nichts gehört hab. Es lag noch eine Preisliste dabei. Der Kundenendpreis, den der Hersteller empfiehlt, liegt knapp unter diesen Summen. Wir haben auch einige Kartons mit diesen Anlagen im Büro gefunden.«

Es sah so aus, als hätte Biss, wann immer er klamm war, solche Anlagen verkauft.

Stimpfle hatte sich tief in die Grundstücke des Hofs hineingekniet, den Biss so dringend mit Wimmers Hilfe finden wollte. Er gehörte einer Familie Bichler. Tatsächlich war hier im Laufe der Zeit schon mal etwas hinzugekauft worden, und man hatte auch ab und zu einmal etwas veräußert. Doch alles schien sauber und ordentlich abgelaufen zu sein. Es gab keinerlei Hinweise auf Streit oder Unstimmigkeiten.

Stimpfle stellte seine Nachforschungen aber ein, als er auf die große landwirtschaftliche Flurneuordnung gestoßen war, die Flurbereinigung, bei der in den siebziger Jahren die Grundstücke komplett neu aufgeteilt worden waren. Alle Bauern hatten ihre vielen, oft sehr kleinen Äcker, Wiesen und Wälder bewerten lassen müssen. Alles war dann zusammengelegt worden, man hatte neue Feldwege geplant und die Äcker, Wiesen und Wälder neu aufgeteilt. Jeder sollte am Ende wieder haben, was er eingebracht hatte, aber eben nicht verteilt auf zehn oder zwanzig kleine Einheiten, sondern auf fünf oder acht weit größere, die besser mit Maschinen zu bearbeiten waren.

Bei der Planung hatte es landauf, landab allerlei Gemurre gegeben, doch als die Landwirte den praktischen Nutzen für alle erkannt hatten, wurde diese Neugestaltung allgemein begrüßt und mitgetragen. Dass heute diese Flurbereinigung, die Jahrzehnte zurücklag, jemandem so wichtig war, dass er dafür mordete, hielt Stimpfle für eher bizarr.

»Diese Flurbereinigung, des isch a Riesenberg Arbeit. Bevor ich in die Richtung Zeit und Mühe inveschtier, will ich mir lieber amal diese Bichlers, denen der Hof gehört, genauer anschauen. Mal gucken, was da dann rausschaut.«

Die Spurensicherung hatte zwar mit ungebremstem Eifer weitergearbeitet, doch noch nicht viel zu berichten. Das Auto war fertig untersucht, doch was darin gelegen hatte, musste gesichtet, sortiert und noch weiter untersucht werden.

»Mei, mir müssen erst amal schau'n, was wir alles ham und wie sich das alles zusammenfügt, bevor wir was sagen können über den Gesamteindruck. Es braucht noch a weng, bis dass mir sagen können, welche der vielen Spuren zu anderen passt.«

»Sie, Herr Konrad, haben den Hintergrund des Opfers untersucht?«, fragte Dr. Müller.

»Das stimmt«, brummte Konrad und gab einen Überblick über die verschiedenen Aussagen, die er zu Biss gesammelt hatte.

»Alles in allem war er wohl ein Blender: gewinnendes Wesen, aber wenig Leistungswille dahinter. In den Jahren seit seinem Abschied von der Polizei ist er wohl ziemlich abgerutscht. Er war Alkoholiker und verkehrte vermutlich auch in kriminellen Kreisen. Ach ja. Etwas Interessantes hab ich gestern noch erfahren. Da haben wir wohl was übersehen. Der Wimmer hat mich draufgebracht, gestern per Telefon.«

Es war kurz nach neun gewesen. Wieder einmal lobte Konrad den Auflauf seiner Frau Roswitha. Aufläufe, die sie im Ofen warmhalten konnte, ohne dass sie an Geschmack verloren, waren inzwischen ihre Spezialität. Konrad wollte sich gerade nach den Erlebnissen seiner Frau erkundigen, als das Telefon klingelte. Es war Wimmer.

»Du hast was für uns? Ja, mimst denn schon wieder den Feierabendmittler? Ein toter Privatdetektiv langt uns schon. Es wär sehr schad, wenn wir deinen Tod auch untersuchen müssten. Des ist kein Spiel, echte Gangster san brandgefährlich. – Ach … das weißt du? Dann halt dich mal dran, du sturer Esel! – Jaja, ich weiß ziemlich genau, wie dein ›sich a bisserl umhören‹ ausschaut. Ich tät das eine Ermittlung nennen! –

Freilich! Natürlich will ich wissen, was du ›rein zufällig‹ beim Ohrenspitzen herausgebracht hast.«

Konrad nahm Block und Bleistift und notierte sich, was er hörte.

»Und wieso erfahr ich das erst jetzt? Wieso hast du das nicht bei der Befragung rausgelassen? – Oh, Gott sei Dank! Zum Glück gibt es tatsächlich noch was in Wolnzach, was du ned gleich weißt. Das beruhigt mich jetzt. Und wie hast du das jetzt erfahren? – Die Anna? Die hat es von einer Schulkameradin erfahren, heute, auf einem Schulausflug? Sauber. – Natürlich ist das für uns interessant. – Was? Auf Büchereibücher soll ich auch noch achtgeben? Wieso das? – Woher weißt du, dass er die nicht zurückgegeben hat? Halt! Vergiss die Frage! Wenn du mir das sagst, muss ich dich am End verhaften. Naa, ich will des lieber gar nicht wissen. – Des is mir wurscht. Und zum hoffentlich letzten Mal: Hör endlich auf, in Polizeiermittlungen rumzupfuschen!«

»Und was hat der Herr Wimmer erfahren?«, fragte Dr. Müller.

Konrad räusperte sich. Dann sagte er: »Er hat doch mit dem Biss einen bestimmten Hof gesucht. Die Bauern, eine Familie Bichler, haben wir bisher noch nicht näher angeschaut. Das wird sich sicher bald ändern. So wie es ausschaut, haben wir nämlich einen ganz neuen Verdächtigen. Einen Herrn Wollner. Der hat vor ein paar Tagen – nach der Hofsuchaktion, aber noch deutlich vor dem Mord – die Polizei in Geisenfeld beschäftigt. Er hat die Bichlers wohl belästigt, und die Kollegen mussten einen Platzverweis aussprechen.«

»Wieso wissen wir das nicht? Wir haben doch den Computer befragt. Da hätte das doch auftauchen müssen.« Dr. Müller runzelte die Stirn.

»Das fand ich auch seltsam. Ich hab heut Morgen gleich selber nachgeschaut. Eigentlich hätt es uns nämlich auffallen müssen. Und aufg'fallen wär's uns auch sicher, wenn unser Kollege in Geisenfeld a bisserl besser in Rechtschreibung wär. Und ein kleines Dschapperl ist er auch noch.«

»Ein Dschapperl?«, fragte Stimpfle.

»Ein Schussel, sagt man wohl. Hier, ich hab den Auszug aus der Datenbank. Schauen S' selbst.«

Er reichte ein paar Ausdrucke herum, auf denen er mit gelbem Markierstift Fehler eingekreist hatte.

»Wir haben drei Rechtschreibfehler, einen leider auch beim Namen von den Bichlers. Die schreibt unser Kollege mit ›P‹. Und die Straße ist auch falsch. Das Haus steht an einer Straßenecke. Die Hausnummer stimmt, doch er hat die falsche Straße notiert. Da finden wir natürlich nix, wenn so geschlampt wird bei der Dateneingabe. Ich werd mit den Kollegen in Geisenfeld amal reden müssen.«

»Das dürfen Sie mir überlassen, Herr Konrad. Ich mach das gern«, erklärte Dr. Müller, und ein Haifischlächeln erschien auf ihrem Gesicht.

»Wer isch seller Wollner?«, fragte Stimpfle.

»Das will ich auch gern wissen«, erklärte Dr. Müller. »Finden Sie es heraus!«

Stimpfle und Daschner fuhren also nach Wolnzach. Der Hof der Bichlers lag im weichen Licht einer Herbstsonne, die die ganze Farbenpracht aus allem herauszukitzeln schien, was sie berührte. Der geteerte Platz zwischen Scheune und Wohnhaus war sauber und aufgeräumt. Eine Weinrebe rankte sich an einem Gitter vor der Wand entlang und prangte schon im Gold. Die Trauben aber fand Stimpfle eher bemitleidenswert. Dass hier überhaupt welche wuchsen und wohl auch gediehen, wunderte ihn jedoch.

Im Schatten parkte ein grüner Opel Corsa mit der Aufschrift »Zickenmobil«. Auf der Beifahrertür prangte in Gelb und Rot ein stilisiertes Hanfblatt.

»Legalize it!«, las Stimpfle darunter und warf einen Blick in das Fahrzeug.

»Sieht gar ned aus wie a Kifferkärrele«, stellte er fest. »Des hier isch zu aufg'räumt und sauber. Aschebecher isch offen und sauber. Des Einzige, was rumliegt, isch a Aktenordner.«

»Lukas, deswegen sind wir nicht da!«

Stimpfle seufzte, dann kam er zur Tür. Sie läuteten, und sofort hörten sie aufgeregtes Getapse hinter der Tür. Dann öffnete eine grauhaarige Frau in Küchenschürze über Jeans und Pulli die Tür und hielt einen offenbar noch jungen Golden Retriever am Halsband.

»Ja?«, fragte sie. »Wer san Sie denn? Was wollen S' denn?«

Daschner nahm Stimpfle die Vorstellung ab. Mit den Holledauer Bauern kam der ebenso wenig zurecht wie die mit ihm.

»Grüß Gott, mein Name ist Daschner, und das ist mein Kollege Stimpfle. Wir sind von der Polizei.« Sie hielt ihren Dienstausweis vor, und ebenso tat es Stimpfle.

»Danke, dass Sie noch amal kommen und nachfragen. Aber im Moment gibt der Spinner a Ruh«, erklärte Frau Bichler, die meinte, es wäre nur eine routinemäßige Nachschau.

»Das freut uns sehr. Trotzdem haben wir noch ein paar Fragen an Sie und Ihre Familie. Dürfen wir reinkommen?«

Der Hund wurde – recht erfolglos – ermahnt, Ruhe zu geben, dann öffnete sie die Tür zu einem gefliesten Gang. Auf der einen Seite führte eine Treppe nach oben, an der Wand gegenüber waren ein Weihwasserbecken, ein kitschiges Bild von einer segnenden Maria und geweihte Palmbuschen.

Etwas später war der Hund ausgesperrt und fünf Bichlers aus drei Generationen am Küchentisch versammelt. Stimpfle und Daschner bekamen zwei Stühle dazugestellt. Es war zwar ein großer Tisch an einer langen Eckbank, doch nun war er mit den beiden Beamten recht voll. Daschner und Stimpfle sahen sich um. Wie bei vielen Bauern hatte man auch hier zwei Herde: Einen für den Winter, der mit Holz beheizt wurde und auch als Heizung diente sowie für die warme Jahreszeit einen modernen Elektroherd. Ums Eck war ein Küchenschrank mit zwei großen Edelstahlbecken und einem Hängeschrank darüber. Daneben war ein gewaltiges Küchenbüfett, knappe hundert Jahre alt. Durch die offene Tür der Speisekammer sahen sie eine mannshohe Kühl-Gefrierkombination. Der Herrgottswinkel über der Eckbank rundete das Bild ab.

»Mir ham grad Mittag g'macht. Möchten S' aa an Teller? Es gibt an Kartoffelschmarrn.«

Die Polizisten lehnten dankend ab, ebenso das Bier, einen Kaffee aber nahmen sie gern.

»Sie ham g'sagt, Sie woll'n die ganze Familie was fragen«, meinte die mittlere Frau Bichler dann. »Da ham S' heut aber a Glück! Heut san mir alle da. Des kommt nimmer so oft vor. Da, die Lissi, die is nämlich zu ihrem Verlobten gezogen. Die wohnt scho nimmer auf dem Hof. Zumindest nimmer auf unserem.«

Lissi war eine sechsundzwanzigjährige Frau mit Grübchen am Kinn.

»Sie is a Studierte«, erklärte ihre Mutter stolz. »Hat an Abschluss in Biologie. Aus ihr is was G'scheits wor'n.«

»Ah geh, Mama«, winkte sie ab. »Ja, i hab Bio studiert«, erklärte sie dann. »Aber mehr als an Bachelor hab i ned.« Das klang ein wenig sauer. Gerne hätte sie auch den Master gemacht. Aber die Familie riet dazu, das bislang Erlernte gleich beim Verlobten und im elterlichen Betrieb einzusetzen.

»Und wo arbeiten Sie jetzt?«, fragte Stimpfle.

»Ich hab einen Job bei der Bayerischen Landesanstalt für Landwirtschaft. Und natürlich helf ich meinem Verlobten. Der baut grad den Hof um, den er von seinen Eltern geerbt hat. Da gibt es genug zu tun.«

»Das daneben, das ist unser Wastl«, stellte die Bäurin ihren Sohn vor. »Der ist uns am Hof eine tüchtige Hilfe.«

»Noch a paar Jahr, dann ist der Bua hier der Bauer, und ich werd helfen«, lachte der Vater. »In fünf Jahren vielleicht, zu meinem Sechzigsten. Dann bist du fünferzwanz'ge.«

»Und Sie sind?« Daschner wandte sich an den Bauern.

»Roman Bichler. Und meine Frau, des ist die Lena.«

»Und i bin die Mam«, meinte eine weißhaarige Alte mit roten Apfelbäckchen. »Theresa Bichler. I bin scho ewig am Hof. Seit ich meinen Mann g'heiratet hab. Zwoarasechzig war des. Am 5. Mai. Ich helf noch mit, wo ich kann. Arbeit is ja immer genug da.«

Daschner hatte das alles mitgeschrieben. »So, wie war denn das nun ganz genau mit dem Herrn Wollner?«, fragte sie nun.

»Mei, der ist halt plötzlich am Hof g'standen. Erst hat er nur recht bled g'schaut, und dann hat er g'litten. Richtig Sturm hat er geschellt, weil ned gleich wer hat aufmachen können«, berichtete Lena Bichler.

»Er hat gesagt«, fuhr sie fort, »mir wär'n verwandt und streckt mir dann aa glei die Arm hin, grad wie dass er mich umarmen möcht. A wildfremder Mo! Ich hab g'meint, der spinnt. Zum Glück san dann meine Männer dazugekommen. Mir wissen aa von keiner Verwandtschaft nicht, ham mir g'sagt und überhaupt … Kein Mensch kennt hier irgendwen, der Wollner heißt. Mir ham g'sagt, er muss sich irren und soll sich schleichen. Aber das hat er ned wollen. Mei Mo hat sich scho aufg'regt. Da hab ich Angst g'habt um meinen Roman, dass der dem Depp a paar aufstreicht und wegen so am hirndamischen Lapp am End an Ärger hat. Drum hab ich die Schandis g'rufen. Und die ham ihn ja dann weiterg'schickt.«

Daschner und Stimpfle machten sich beide eifrig Notizen.

»Wie ist der Schmarrnkopf eigentlich auf uns gekommen?«, wollte Wastl, der Sohn der Familie, wissen.

Stimpfle zog aus seiner Aktenmappe das Foto, das die Polizei von Wimmer bekommen hatte. »Er hat einen Detektiv beauftragt, den Hof zu finden. Mit nichts als diesem Bild.«

Der alte Bauer nahm es entgegen.

»Jessas, des is fei g'scheid lang her. Des Bild … wer des g'macht hat, der is da g'stand'n, wo heut die Maschinenhalle steht. I war a ganz kleiner Bua, da hat die mein Vater baut.«

Er gab es an seine Mutter.

»Ja, so hat's bei uns ausg'schaut.«

»Kennet Se jemanden auf dem Foto?«

Die Greisin nahm die Brille aus der Schublade und setzte sie auf.

»Naa, da kenn ich keinen. Aber bei der Qualität … wie soll man da überhaupt was sagen? Da sieht man ja eh nix G'scheits drauf.«

»Hat sich der Herr Wollner noch amal gerührt?«, fragte Daschner.

»Na ja. Er lässt uns inzwischen in Ruh, mehr oder weniger«, erklärte Lena.

»Mehr oder weniger?«, fragte Daschner. »Was soll des heißen?«

»Mei … Zwei oder drei Tage hat er sich vor dem Hof noch rumdruckst«, erklärte die Bäuerin. »Aber er ist weder auf den Hof rüber kommen, noch hat er was zu uns g'sagt.«

»Genau. Mir ham ihn ignoriert, und des is eam dann langweilig worden«, meinte der Hausherr. »Oder war da noch was? Lena?«

»Herrgott, Briefe hat er g'schrieben. Ich hab halt nix g'sagt, weil du dich gleich wieder so aufregst.«

Roman Bichler hatte es die Sprache verschlagen. Das nutzte Stimpfle, um zu fragen: »Han Sie die Briefe noch?«

»Ja, ich hab's aufg'hoben. Erst hab ich sie ja einschüren wollen. Aber wenn des so weitergeht und es vielleicht amal gerichtsmassig werd … da dacht ich, es wär gut, wenn man die Briefe hätt.«

Sie stand auf und kam eine Minute später mit insgesamt vier Umschlägen wieder. Nur einer war geöffnet.

»Seit ich weiß, wer uns diese Briefe schickt, mach ich's gar nimmer auf.«

»Dürfen wir sie haben?«

»Freilich! Aber … san Sie jetzt hinter dem Haubentaucher her, oder was?«

Es war Daschner, die antwortete. »Sie werden es gelesen haben. Neulich haben wir in einem Auto nicht weit von hier einen Toten gefunden. Es hat sich jetzt herausgestellt, dass es der Detektiv war, den der Herr Wollner beauftragt hat. Jetzt, wo der Detektiv tot ist, womöglich sogar ermordet, rückt das natürlich den Vorfall auf Ihrem Hof in ein ganz neues Licht.«

»Sie meinen aber ned, dass mir was damit zu tun ham, oder?«, fragte Wastl, der künftige Bauer.

»Schmarrn, die san hinter dem Wollner her, dem Schmarrnhaferl, dem g'spinnerten«, rief die Großmutter überzeugt. »Der hat ja seine sieben Zwetschgen eh nimmer alle beinander g'habt.«

Daschner seufzte, und Stille senkte sich über den Tisch.

»Wir ermitteln im Moment in alle Richtungen. Auch Sie und Ihre Familie können wir noch nicht ganz ausschließen. Aber wenn Sie ein belastbares Alibi haben, dann … dann wissen wir wenigstens, wer es nicht war und sind auch einen Schritt weiter.«

»Wann soll das denn g'wesen sein?«

»Das war am Dienstag. Wo waren Sie denn alle am Dienstag so ab zwölf Uhr mittags bis, sagen wir mal, um vier Uhr?«

»Mei, ham mir a Glück, dass uns immer wieder amal was kaputtgeht!«, rief die Großmutter. »Am Dienstag war doch der Monteur vom Millstetter da, zweng der Hackschnitzelheizung.«

»Und der hat Sie alle gesehen?«

»Ja, die ganze Familie. Die Männer ham eam g'holfen, und die Oma und ich, mir ham für a Brotzeit gesorgt.«

»Und Ihre Tochter?«

»Ich war in der Arbeit. Rufen S' ruhig meinen Chef an.«

17

Der Vortag war für Wimmer angenehm zu Ende gegangen. Endlich, dank Anna, hatte der alte Metzger den Namen der Bauern auf dem Hof erfahren, den er mit Biss gesucht hatte. Natürlich kannte er nicht jede einzelne Familie in Wolnzach. So klein war der Ort ja nicht, und eigentlich wohnten diese Bichlers in einem Teil, der einmal ein eigenes Dorf gewesen war. Die kannte man dann freilich nicht mehr alle. Was ihn eine Weile gefuchst hatte, war die Tatsache, dass ihm leider keine Methode eingefallen war, den Namen herauszubekommen, ohne plump nachzufragen. Auch wenn er neugierig war – er hätte das sofort zugegeben –, so direkt mit der Tür ins Haus rumpeln wollte er nicht. Wie sah das denn aus? »Entschuldigung, ich hab Sie ausgespäht. Aa wenn's mi nix angeht, bitt schön sagen S' mir doch, wer Sie san!« Nein! Das ging nicht. Ein wenig mehr Raffinesse verlangte er schon von sich.

Dass ein paar Tage später die Polizei von genau diesem Hof einen ungebetenen Besucher vertreiben musste, war an dem sonst recht gut informierten Metzger vorbeigegangen. In der Zeitung standen solche Bagatellen natürlich nicht. Karola hatte vielleicht in der Metzgerei von dieser Affäre erfahren. Die Kunden tratschten natürlich über alles Mögliche. Doch gerade Karola würde ihn sicher nicht mit Informationen beliefern, die ihm helfen konnten. Sie würden ja seine Detektivleidenschaft nur noch weiter befeuern, und das war so ziemlich das Letzte, was sie wollte.

Nun aber hatte endlich Anna von einer Klassenkameradin den Namen erfahren. Die Familie hieß Bichler. Sicher hatten auch schon Stimpfle und Konrad sie befragt, und bestimmt war auch dieser seltsame Münchner im Visier der Polizeiermittlungen.

»Wenn wir da auch noch mitmischen, dann kommen wir sicher der Kripo in die Quere«, hatte Anna gestern gemeint.

Sie hatte Wimmers Telefonat mit Konrad mit angehört. »Ich glaub, das sollten wir lassen.«

»Da hast wohl recht«, stimmte Wimmer ihr zu.

»Aber was machen wir dann?«

»Der Biss hat g'sagt, dass er noch an am anderen Fall arbeitet. ›A Mordsding‹, hat er damals g'sagt. Irgendwas hier in der Gegend. Da könnt man ansetzen. Vielleicht sollten wir mit den Büchern weitermachen.«

»Wo sind die eigentlich? Wir haben ja nur die Titel. Die Polizei scheint sie nicht gefunden zu haben. Vielleicht hat der Biss ja was hineingeschrieben oder einen Zettel mit Notizen drin liegen.«

»Vielleicht san die Bücher in seinem Quartier. Apropos ...« Wimmer stutzte. »Er muss doch hier a Zimmer oder so was g'habt haben.«

»Ah, geh, Opa! Von München kann man doch auch jeden Tag herfahren. Mir san doch direkt an der Autobahn. Vermutlich war er zur Nacht wieder daheim!«

»Naa, Anna, des glaub i ned. Wie er mich am Morgen abg'holt hat, war noch Tau auf seinem Auto. Wenn der aus München g'kommen wär, wär der getrocknet g'wesen. Er kann nur a recht kurze Strecke g'fahren sein. Also: Wo hat er gewohnt? Das herauszubringen ist a schöne Aufgabe für uns. Des versuchen wir zu ermitteln. Gleich morgen früh.«

Den Samstagvormittag hatte Wimmer bis etwa elf Uhr zwar sinnvoll verbracht, aber fast ohne Ermittlungsarbeit. Er hatte Fleisch- und Wurstwaren ausgefahren. Immer, wenn er bei seinen Kunden anhielt, sah er nach, wie weit die Tautropfen auf dem Lieferwagen abgetrocknet waren. Nach etwas mehr als einem Kilometer war der Lack des Kastenwagens fast trocken. Zum Abschluss der Arbeitswoche betankte er das Auto frisch, ließ es durch eine Waschstraße laufen und saugte es sauber. Zu Hause tat er noch ein paar letzte Handgriffe am Hochbeet im Garten. Bis auf ein wenig Rosenkohl wuchs da nun nichts mehr.

Als er seine Hände dann wieder sauber hatte, begann er, das Quartier von Biss zu ermitteln. Er setzte sich bequem hin und stellte sich den Detektiv bildlich vor. In welche Unterkunft hier in Wolnzach passte er wohl am besten? »Sei unauffällig!« schien eine der wichtigen Maximen des Detektivs gewesen zu sein. Danach hatte er sein Auto ausgewählt und anscheinend ebenso seine Kleidung. In welchem Quartier fällt man anderen kaum auf? Oder anders gefragt: Wo kommt man wohl mit anderen Gästen am wenigsten in Kontakt? Das war sicher eine einfache Frühstückspension oder ein Hotel garni. Ein Hotel garni, nicht weiter weg als höchstens zwei Kilometer. Das schränkte die Auswahl stark ein. Er würde es telefonisch versuchen.

»Wen wollen Sie sprechen?«, tönte es aus dem Hörer.

»Herrn Biss, bitte.«

»Hier wohnt kein Herr Biss. Der Name ist mir völlig unbekannt. Haben S' denn keine Handynummer von ihm?«

»Nein, leider nicht. Trotzdem vergelt's Gott.«

In der Pension Herrmann war er also nicht abgestiegen.

Nun wollte er es mit dem Hotel garni Sonnhof versuchen. Die Seniorchefin und ihren Mann kannte er persönlich. Es war ein nettes, familiäres Hotel, auch wenn die Besitzer ein wenig betulich waren.

»Herr Wimmer, das ist ja eine Überraschung.« Es war Frau Fechter, die Chefin selbst. »Wissen S' was, Herr Wimmer, das ist ja prima, dass ich Sie jetzt am Apparat hab. Sie san doch recht geschickt, a findiger Mann und bringen immer Sachen raus. Nicht wahr?«

»Mei … um was geht's denn?«

»Ach, ich hab einen Gast, der ist offenbar abgereist und hat all sein Zeug im Zimmer gelassen. Und das Zimmer hat er aa ned 'zahlt.«

»Meinen Sie den Herrn Biss?«

»Jessas! Sie können ja hellsehen!«

»Ich fürchte, den Herrn Biss werden S' nimmer wiedersehen. Erinnern Sie sich an den Unfall am Montag, den, wo einer umgekommen is?«

»In der Zeitung ist was g'standen, aber ich les so was gar nimmer. Das regt mich alles ja immer so auf.«

»Des war leider der Herr Biss.«

»Jessasmaria! Des is a Unfall g'wesen, gelt?«

»So schaut es leider ned aus. Die Polizei meint, dass es a Verbrechen sein könnt, und ich denk, da liegen S' ganz richtig.«

Der alte Metzger konnte am Telefon förmlich hören, wie die dralle Pensionswirtin am anderen Ende der Leitung in sich zusammensackte. Eine Minute lang hörte er nur Schluchzen und aufgeregtes Schnaufen. Er bemühte sich, Frau Fechter wieder aufzubauen.

Als sie sich wieder gefasst hatte, jammerte sie: »Bitte, Herr Wimmer, wenn es ned zu viel Mühe macht, dann kommen S' bitt schön vorbei. Ich glaub, jetzt hab ich a echtes Problem. Des pack ich ned! Nein, ganz g'wieß ned. Und Sie, ich mein, Sie können mit so was einfach viel besser umgehn! Ach bitte, kommen S' amal vorbei. Können S' des einrichten?«

Wimmer versprach, neugierig geworden, ihr den Gefallen zu tun. Er würde am Nachmittag vorbeischauen.

An diesem Nachmittag musste Anna bis vier Uhr lernen, dann aber fuhr Wimmer mit ihr los. Offiziell zum »Eis essen«, in Wahrheit aber zu Frau Fechter zum Sonnhof.

Schon einmal waren Wimmer, Anna und die Fechters in eine Mordermittlung verwickelt worden, als Anna bei einem Busausflug zwei Mitreisende tot in einer riesigen Blutlache gefunden hatte. Diese Entdeckung hatte bei ihr und ihrem Großvater die detektivischen Instinkte geweckt. Bei den Fechters weckte sie hingegen gewaltige Ängste. Vor allem die vielen Befragungen durch die Polizei im Rahmen der Ermittlungen ließen sie ins Gigantische wachsen, bis sie überwältigend waren. Besonders Frau Fechter hatte dies sehr mitgenommen. Auch jetzt noch, nach mehr als zwei Jahren, musste sie nur ein Einsatzhorn hören und sie erblasste. Wenn sie einen Streifenwagen um die Ecke biegen sah, begann sie zu zittern. Die zurückliegende Mordermittlung hatte sie regelrecht traumatisiert.

Der Todesfall ihres Hausgastes beschwor nun erneut den Schrecken der Vernehmungen herauf und ließ sie befürchten, in irgendeiner Weise in Verdacht zu kommen. Wieder fühlte sie sich von einem Tsunami der Panik überrollt. Nein, sie wollte nichts mit der Polizei zu tun haben. Nicht einmal die Gewissheit, keinerlei Schuld auf sich geladen zu haben, konnte ein Licht in der Finsternis ihrer Ängste entzünden.

Die Chefin begrüßte Wimmer und Anna an der Rezeption, und Wimmer sah, wie ihr ein Stein vom Herzen fiel.

»Mei, a fesches Madl is die Anna inzwischen«, meinte sie und schob die beiden eilig in ihr Büro. Mit weiteren Gemeinplätzen hielt sie sich nicht auf. Sobald sie auf dem Ledersofa saßen, fragte sie rundheraus: »Der Herr Biss ist tot? Wirklich tot?«

Wimmer musste das bestätigen, erwähnte nun aber den Mord mit keiner Silbe.

»Und die Polizei muss wieder ermitteln? Des ham S' doch g'sagt, ned wahr?«

Wimmer nickte und brummte bestätigend.

»Um Gotts willen! Des hab ich doch ned ahnen können! Wie denn auch? Des steht ja einem Menschen ned auf der Stirn, dass er einem die Polizei ins Haus schleppt. Jessasmaria! Des is jetzt echt a Katastrophe!« Sie suchte nach Papiertaschentüchern und schnäuzte sich lautstark. »Des, wenn ich geahnt hätt, ich hätt ihm ja nie kein Zimmer ned vermietet. Aber wie soll man des denn vorhersehen? Er war a ganz normaler Gast. A stiller Mensch, nett, freundlich und liebenswürdig. Aber man hat ihn ja kaum gesehen. Weil er wegen seiner Arbeit da g'wesen ist, hat er g'sagt. Weil er a Geschäftsmann wär. Und ich hab natürlich ned nachg'fragt. Und dann war er plötzlich gar nimmer da. Ich hab echt gedacht, er wär einfach abgereist und hat seine Sachen dagelassen. Kleider, Bücher, sogar so einen Klapprechner und alles. Gezahlt hat er natürlich auch nicht. Gestern hab ich das Zimmer dann ausg'räumt.«

Ihre Hände verknäulten sich in einem Ringkampf. »Ja, ich weiß! Jetzt müssen die Polizisten die Sache untersuchen, und sein Zeugl, das ist womöglich a Beweis für weiß Gott was! Oh mei! Was mach i nur? Wahrscheinlich hab i alles falsch g'macht. Im Fernsehn heißt es ja immer, man darf nie nix anfassen und so weiter. Oh Gott, am End werden S' meinen, dass ich die Spuren irgendwie manipuliert hab oder was, und mich verhaften! Aber ich hab doch nix gewusst! Was hätt ich denn machen sollen? Mein Gast ist weg, und seine Zeche ist offen. Da denkt man doch ned gleich an so was.«

Es sah so aus, als hätte ihre linke Hand die rechte niedergekämpft und fest im Griff, doch nun kam sie frei, und der Ringkampf war wieder offen.

»Ich geb ja zu, ich war schon a bisserl sauer auf ihn, und dann ist überraschend eine Reservierung für fünf Handwerker hereingekommen. Ohne das Zimmer hätt ich die gar ned alle bei mir untergebracht. Und für so lang hat der Biss eh ned reserviert g'habt. Ich kann doch mein Zimmer ned einfach leer stehn lassen! Das ist doch bares Geld. Da hab ich halt seine Sachen in einen Karton gelegt und in die Abstellkammer gebracht.«

Frau Fechter führte die Detektive in die Kammer.

»Da, schaun S'! Das sind seine Sachen. Und jetzt … Ach mir wird ganz schlecht, wenn ich nur dran denk, dass ich das alles der Polizei bringen soll. Und dann werden s' sicher gleich ganz argwöhnisch sein und mir tausend Fragen stellen. Sie wissen ja, wie die sind. Das kann ich nicht! Und wenn s' einen dann so ausfragen … die san ja so was von misstrauisch! Da sag ich dann b'stimmt was, wo s' dann meinen, ich wär irgendwie schuld dran. Das steh ich nicht durch! Da sterb ich! Ganz sicher! Mich trifft g'wieß der Schlag oder sonst was. Das bring ich einfach ned fertig!«

»Vielleicht können wir ja die Sachen zur Polizei bringen und denen das alles erklären«, schlug Anna mit einem strahlenden Lächeln vor. »Ich glaub, wenn man dem Herrn Konrad all das nur richtig erklärt, dann wird der das schon verstehen.

Der Herr Konrad, der ist nicht nur a Polizist, der is aa a Mensch. Der hat Hirn und Herz!«

Der Karton lag im Dunkel des Kofferraums von Wimmers betagtem Benz. Die beiden waren kaum losgefahren, als sie einen ihrer seltenen Streits hatten.

»Du willst *was* machen, Opa?«

»Nach Ingolstadt fahren und den Karton abgeben.«

»Du spinnst doch!«

Wimmer parkte den Wagen und sah Anna an.

»I spinn ned, Anna. Wenn mir den Karton behalten … des is doch a Schmarrn! Was meinst du, was die machen, wenn ich den ned gleich abgeb? Der Stimpfle daat mi glatt an d' Wand stelln. Und der Karl wird ihn ned dran hindern, wenn ich so an Blödsinn mach!«

»Dass mir die Sachen ham, ist doch wie a Sechser im Lotto! Des bringt doch unsere Ermittlungen voran. Opa, mir ham jetzt echte Beweismittel!«

»Stimmt, und darum werden wir die ganz sicher ned anlangen. Ich pfusch denen schon genug ins Handwerk, ohne dass i denen die Spurenträger kontaminier.«

»Des müss ma doch gar ned. Die in Ingolstadt kochen doch aa nur mit Wasser. Sauber arbeiten können mir genauso. Und Latexhandschuh ham wir aa. Pinzetten hat die Mama in der Küch, zum Grätenzupfen. Mehr brauch ma doch gar ned. Abgeben kannst as später immer noch!«

»Wann tats du denn die Sachen zurückgeben?«

»Morgen, gleich in der Früh.«

»Und wie soll ich erklären, dass mir die Sachen noch ham?«

»Mei, du bist ja nimmer jung, und wenn a ältere Person nimmer in der Nacht Auto fahren mag …« Anna grinste. »Und außerdem, jetzt ist von denen, die mir brauchen, eh keiner mehr da. Wenn du das nur abgibst, wer weiß, wo der Karton landet und wann ihn die zuständigen Ermittler bekommen? Es wär ja nicht das erste Mal, dass im Präsidium was verloren geht.«

Wieder lächelte Anna, doch diesmal war ein wenig Boshaftigkeit beigemengt. Aber ihr Argument war gut. Ein Notizzettel mit einem wichtigen Hinweis, den Wimmer in einem anderen Fall Stimpfle gegeben hatte, war verloren gegangen, und so war die Polizei erst nach Umwegen auf die richtige Fährte gekommen.

»Selbst wenn alles ordnungsgemäß ankommt, vor Montag werden die Sachen sowieso nicht untersucht. Du kannst ja heut noch den Herrn Konrad anrufen und ihn bitten, dass er dich morgen im Präsidium trifft. Vielleicht kann der Herr Linner auch dazukommen. So hätten die wirklich wichtigen Leut die Sachen sogar einen Tag früher auf ihrem Tisch. Aber das muss man halt ein wenig vorbereiten. So eine spontane Ruck-Zuck-Aktion … das geht halt ganz schnell schief!«

Wimmer runzelte die Stirn. »Wenn i ganz viel Glück hab, dann kommen mir mit der G'schichte durch. Aber abgesehen davon: Was willst denn mit dem G'raffl, wenn mir es nur eine Nacht lang ham? Grad viel Zeit zum Untersuchen is des ned.«

»Anschaun würd ich's natürlich. Ganz vorsichtig anschaun. Und Fotos machen.«

»Fotos … soso … Des wär tatsächlich a Möglichkeit. Und du meinst, wir kommen damit durch, wenn mir den Karton erst morgen abgeben?«

»Natürlich! Außerdem ham mir heut Abend freie Bahn! Mama und Papa san doch unterwegs, die ham doch a Catering! Also a bessere Gelegenheit kriegen mir im Leben nimmer!«

Als Scherlock-Pinkerton & Co wieder in ihrem Hauptquartier, der Metzgerei, eintrafen, bekamen Opa und Enkelin einen Anpfiff für ihr Zuspätkommen. Das Abendessen wurde früher als sonst und in unziemlicher Hetze eingenommen. Karola war nervös und trieb alle an. Besonders Sebastian erregte mit der ihm eigenen Ruhe ihren Zorn, denn inzwischen waren sie tatsächlich spät dran.

Anna und Wimmer erklärten sich bereit, den Tisch abzudecken, was Karola sehr dankbar annahm. Dann halfen alle mit, den Transporter mit Wärme- und Kühlboxen, Gastronormwannen und den Kisten mit dem Zubehör zu beladen, dann hatten die Detektive bis etwa dreiundzwanzig Uhr freie Bahn. Das war reichlich Zeit, meinte Anna, als sie in Wimmers Kammer ans Werk gingen.

»Wir wollen ja selbst möglichst keine zusätzlichen Spuren hinterlassen«, meinte Wimmer. »Lass uns auch den Tisch noch einmal saubermachen.«

Endlich zogen sie Latexhandschuhe an und standen links und rechts von Wimmers Couchtisch, die Schachtel dazwischen. Es war ein Karton, etwas größer und höher als eine Bierkiste, der einmal »Nap King Standard«-Papierservietten enthalten hatte. Frau Fechter hatte ihn mit Paketschnur zusammengebunden.

Wimmer öffnete die Box. Viel war nicht darin. Obenauf lag ein Müllbeutel. Er enthielt ein paar Klamotten zum Wechseln, pflegeleichte Kleider, die man nicht bügeln musste. Nichts Besonderes. Anna roch daran.

»Saubere Sachen. Da werden wir wohl nix finden.«

Sie knautschte den Beutel von außen gründlich durch.

»Nur Wäsche«, stellte sie fest.

Ein weiterer Plastikbeutel barg müffelnde Schmutzwäsche.

»Igitt! Opa, ich glaub, des müssen wir ned anschaun. Dreckige Unterhosen von am Fremden sind echt ned mein Metier. Und wenn man da was rauskriegen wollte, müsst man die ordentlich untersuchen. Das überlassen wir den Profis.«

Wimmer durchstöberte die Tüte oberflächlich und legte sie wieder weg. Dann fanden sie Bücher. Die waren schon interessanter. Sie waren alle aus der Bücherei in München über Fernleihe ausgeliehen. Das stand auf der Quittung, die in einem der Bücher steckte. Leider war das der einzige Zettel, der eingelegt war. Er blätterte die Bücher durch, fand aber keine Notizen oder Randbemerkungen. Was im Großen und Ganzen darin stand, wusste er ja in etwa.

»Schau, Anna, das ist eher was für dich!«, meinte Wimmer

und holte einen Laptop auf den Tisch. »Kannst du damit mehr anfangen?«

Anna sah den Laptop genau an, öffnete ihn, schloss ihn dann aber gleich wieder.

»Das ist doch was, oder ned?«

»Ach, Opa. Im Prinzip wär der Computer schon wichtig. Aber ... der hat einen Fingerabdruckleser. Die gibt's seit a paar Jahren. Und inzwischen werden manche Rechner damit zum Teil schon serienmäßig ausgestattet. Der hier ... Wenn er ein Auto wär, würd ich sagen, das ist ein BMW, gehobene Mittelklasse oder so. Nix Billig's. Nix Extravagantes.« Sie schaute die Anschlüsse an. »Eher kein Rechner für Multimedia. Das ist a Arbeitsrechner, zum Schreiben oder für die Verwaltung von vielen Daten. Aber ohne Fingerabdruck oder Passwort komm ich da sicher nicht rein. Da kann ich leider gar nix machen. Also legen wir ihn besser zurück.«

»Erst riskieren wir einen Heidenärger mit der Polizei und behalten die Beweismittel, und jetzt können wir doch nix damit anfangen. Ich hoff bloß, du reitest uns da nicht für nix und wieder nix in Heidenschwierigkeiten.«

»War das denn schon alles?«

Da war noch ein zusammengerollter Waschbeutel. Anna hoffte vage, die Marke des Rasierwassers könnte ihnen helfen, und fotografierte rasch den Inhalt, dann aber war auch der schnell wieder weggeräumt. Wimmer war inzwischen sehr brummig. Zuletzt fanden sie noch ein Notizbuch in der Kiste, im Format DIN-A4, in dessen Rücken ein Stift steckte. Anna fasste es sehr vorsichtig und nur an den Ecken an. Dann schlugen sie es vorsichtig mit einer Pinzette auf. Wimmers Laune besserte sich schlagartig.

»Was haben wir denn da? Was ist das? Kannst du das lesen, Opa?«

»Naa. So was hab i aa noch ned g'sehn.«

Etwa fünfundzwanzig Seiten waren bedeckt mit Zeilen in einer seltsamen Schrift. Sie war offenbar hastig, fast flüchtig geschrieben, aber nicht schlampig. Es waren wirre Buchstabenfolgen, dazwischen sonderbare andere Zeichen und mehr oder weniger lange horizontale Linien und Schnörkel.

»Das könnt so was wie Stenografie sein. Aber keine normale. Die normale Steno hat deine Oma gelernt, und manchmal hat sie ihre Einkaufszettel so geschrieben. Dass sie es ned vergisst. Das hat aber anders ausg'schaut. Aber auch irgendwie ähnlich. Zu schad, dass wir das ned behalten dürfen. Anna, des musst unbedingt abfotografiern.«

»Du, Opa, da ist noch was! Schau amal.« Anna zeigte mit ihrem über der Seite schwebenden Latexfinger auf etwas in der Kladde. Auf einer Seite waren drei Fotos sauber eingeklebt … von sturzgewöhnlichen Hopfengärten, wie sie in der ganzen Holledau überall zu finden waren. Nichts darauf wies auf einen bestimmten Ort hin.

»Mehr is ned da?«

»Nein. Das ist alles.«

»Auch kein Fotoapparat?«

»Ach, Opa. Für die allermeisten Zwecke langt der Foto im Handy völlig aus. Und jeder große Supermarkt macht daraus dann ganz professionelle Fotos! Aber frag ruhig amal den Konrad. Vielleicht hat er ja einen richtigen Foto im Auto g'habt. Dann haben sie ihn in Ingolstadt.«

Das Letzte, was sie in der Kiste fanden, war ein Roman. Kein Taschenbuch, sondern ein gebundenes Buch, ohne Büchereicode. Es war ein Klassiker: Ein Perry-Rhodan-Sammelband in Silber.

»Da schau, man lernt nie aus.« Wimmer lachte. »Ich hätt ja dem Biss so ziemlich jeden Krimi zugetraut, aber was liegt bei ihm am Nachtkasterl? Weltraum-Abenteuer!«

18

In Münchens Osten suchte Konrad am späten Vormittag einen Parkplatz. Der junge Thomas Zierer hatte gebeten, mitkommen zu dürfen, und begleitete ihn. Sie wollten zur ehelichen Wohnung der Wollners in Ramersdorf, einem Stadtteil noch hinter Giesing.

Hier standen lange Reihen von Wohnblocks, die man wohl zum Teil schon vor dem zweiten Weltkrieg gebaut hatte. Zur Straße hin präsentierte sich ein buntes Durcheinander von Läden, die die Bedürfnisse der Bewohner illustrierten: Reinigungsfilialen, Bäckereien und Pizzashops gab es, aber auch Hausaufgabenbetreuung, Elektrogeschäfte, Gemüse- und Schreibwarenhändler. Es war eine gemischte Wohngegend, bürgerlich, fast schon spießbürgerlich. Auch wenn die Straßen breit waren, ein Parkplatz war schwer zu finden.

Zehn Minuten später standen die Kriminalbeamten dann aber doch vor der Tür und schellten bei Wollner.

Der Türöffner summte, und sie traten ein. Im ersten Stock empfing sie eine Frau in einem Baumwoll-Hausanzug.

»Ja?«

»Frau Wollner?«, fragte Konrad.

»Wer sind Sie?«

Zierer übernahm die Vorstellung, und die Stirn von Frau Wollner kräuselte sich.

»Wir möchten gern mit Ihrem Mann reden.«

»Der ist vermutlich arbeiten.«

»Vermutlich? Sie wissen es nicht genau?« Konrad war erstaunt, blieb aber freundlich und liebenswürdig. »Das müssen S' uns bitte erklären. Aber vielleicht nicht hier im Treppenhaus. Dürfen wir reinkommen?«

Es war eine Wohnung wie aus einer Vorabendserie. Billige Garderobenschränke im Flur. Große Polstergarnitur im Wohnzimmer, Beistelltischchen mit Vasen, Porzellanmasken an der Wand und kitschige Bilder. Bei denen fiel Konrad erst auf den zweiten Blick auf, dass sie alle aufgezogene und gerahmte Puzzles waren. Puzzles mit mehr als tausend kleinen Teilen, die man mit Mühe und Geduld zusammengefügt hatte.

Die Hausfrau bot als gute Gastgeberin Kaffee an. Wenig später hörten sie eine Kapselmaschine dreimal röcheln.

»Also, Frau Wollner! Bitte klären Sie uns auf. Wieso wissen Sie nicht genau, ob Ihr Mann arbeitet?«

»Weil er nicht mehr hier wohnt.«

»Oh. Dann sind unsere Informationen also falsch?« Zierer machte sich eine Notiz. Wenn sie mit falschen Informationen ermittelten, wäre Dr. Müller sicher nicht gerade begeistert.

»Das ist noch nicht offiziell. Er wohnt erst seit zwei Wochen nimmer hier.«

»Ah …« Zierer entspannte sich, Konrad aber wirkte sehr interessiert.

»Wo arbeitet er denn?«

»Na, in Stadelheim. In der Haftanstalt. Da macht er die Buchhaltung. Am Freitag muss er meistens bis etwa zwei Uhr im Büro sein.«

»Und wo wohnt er nun?« Konrad fragte es sanft und mit warmer Stimme.

»Der Werner hat einen Kollegen, den Leo. Leopold Rammerl. Der wohnt im Süden. Schon fast in den Bergen. Bei Weyern, glaub ich. Da hat er eine Ferienwohnung. Die hat er jetzt dem Werner übergangsweise überlassen.«

»Und wieso ist er ausgezogen? Wollen Sie uns das sagen?«

»Mei … Eheprobleme halt. Ich will ihn jetzt aber ned hinhängen. Muss ich denn was sagen?«

»Nein, Frau Wollner.« Konrad war immer noch sanft und beruhigend. »Sie müssen uns nichts sagen. Und im Moment liegt auch gar nichts Konkretes gegen Ihren Mann vor. Aber wir müssen ihn in einem Todesfall befragen.«

Nun schaltete sich Zierer ein. Auch er sprach sanft und fütterte Frau Wollner mit noch einer weiteren Information.

»Ham Sie g'wusst, dass Ihr Mann an Detektiv beauftragt hat?«

»Ach, der Spinner! Der ist ja wie vernagelt. Geradezu besessen ist der Kerl.«

Konrad nickte Zierer wohlwollend zu. Frau Wollner hatte sich locken lassen. Als die Kriminalbeamten nun schwiegen und einfach nur die Kaffeetassen zum Mund führten, füllte sie die Pause ganz freiwillig mit einer Erklärung.

»Wissen S', das geht jetzt schon seit einiger Zeit. Ich mein, dass der Werner angefangen hat zu spinnen. So richtig zufrieden mit sich und unserem Leben war er ja nie. Und ... na ja, so ein toller Erfolgsmensch ist er jetzt halt auch nicht. Er hat nur mittlere Reife und ... mei ... vielleicht hat er auch nie genug Ellbogen gehabt, um g'scheit vorwärts zu kommen, nach oben auf der Karriereleiter. Aber ich hab ihn so kennengelernt, und so wie er war, hab ich ihn lieb g'habt. Er ist ein guter Mann, hundert Prozent verlässlich. Und häuslich. Laster hat er höchstens ganz kleine. Seine Puzzles zum Beispiel. Von denen kann er nie genug bekommen. Und bei Bienenstich kann er wirklich rücksichtslos sein. Aber ... da haben andere Frauen ganz andere Kerle. Auch im Gefängnis auf der Arbeit mögen s' ihn sehr. Nur kann er da schlecht weiter befördert werden. Aber auch wenn er immer wieder mal a bisserl geseufzt hat, wenn er dann auf das g'schaut hat, was er hat: auf mich, auf die Familie, unser schönes Zuhause ... A bisserl was ham wir auch auf der hohen Kante, und jedes Jahr mach ma an schönen Urlaub ... Ich mein, da kann man eigentlich ganz zufrieden sein. Und dann plötzlich kommt er auf diesen ganz bescheuerten Gedanken. Dass ihn das Schicksal um Gott weiß was b'schissen hätt.«

»Wissen Sie, was diese Veränderung ausgelöst hat? Oder können Sie sagen, wann das angefangen hat?«, fragte Konrad.

»Vor zwei Jahren. So etwa, als seine Mutter g'storben ist. Und dann hat er immer wieder g'jammert, dass alles hätt anders laufen können und dass wir ganz anders hätten leben können. Er hat sich da richtig in was reingesteigert. Nix hat ihn mehr freuen können. Mach ich schöne Schnitzel, meint er, dass wir jetzt auch dreifingerdicke Steaks essen könnten, wenn das Schicksal ihn nicht behumpst hätt. Sind wir nach Südtirol gefahren – das machen wir jeden Herbst, zum Wandern, wissen S' –, da hat's ihn nimmer g'freut, weil, wenn's anders gelaufen wär, hätten wir um die Welt fahren oder in der Südsee baden können. Was aber deppert is, weil er doch das Meer gar ned mag und die Hitze auch ned leiden kann.«

Frau Wollner seufzte, trank und stellte die Tasse so heftig auf die Untertasse, dass es klirrte.

»Nix ist ihm mehr recht g'wesen«, fuhr sie fort. »Alles, was wir g'habt oder g'macht ham, war nur mehr Mist. Zu klein, zu schlecht, zu billig. Des hörst dir a paar Tage an und hoffst, dass der Kerl nur an Rappel hat. Aber der Zirkus hört ja nimmer auf! Des ging ja über Monate, mehr als a Jahr lang. Da gehst ja kaputt dabei! Ich hab gedacht, ich werd noch verrückt mit meinem Werner. Mei, und so kommt es dann halt, dass bei aller Liebe der Familiensegen nimmer oft grad gehangen ist. Und dann wollte er plötzlich unbedingt irgendwelche Bauern finden. Die wären wichtig, hat er g'meint. Ohne die würd er seinen Teil vom Glück nie ned bekommen. So richtig hat er es mir aber auch nicht erklärt. Ich hab's wirklich versucht, dass ich's aushalt mit ihm. Immer wieder hab ich g'sagt: ›Bärli, mir ham uns, das ist doch genug.‹ Und er hat g'meint, das wär ja der Fehler. Dass mir nur uns hätten und keine Familie. Außer seiner Mama hat er ja niemanden g'habt, und auch ich hab keine Verwandten mehr. Das, hat er gesagt, wär ja das Problem hinter allem, und darum meint er, die Bauern finden zu müssen. Es war schlimm. Der Mann war ... unbelehrbar. Da bin ich gegen eine Mauer g'rannt und konnt sagen, was ich wollt. Er war wie irre, ganz besessen davon. Er hat dann einem Herrn – Beißer, glaub ich, hat er geheißen – an Haufen Geld bezahlt. Der hat diese Bauern dann auch g'funden, und der Werner ist hingefahren. Ich hab gehofft, dass es dann besser wird. Dass er dann zufrieden wird, weil ich es mit ihm so nimmer ausg'halten hab. Aber ... Pfeifendeckel! Der Werner ist nach vier Tagen wiedergekommen und war ... völlig daneben. Die haben ihn offenbar davongejagt, und damit hat er gar nicht umgehen können. Er hat zwei Tage lang getobt, geheult, geflucht und gejammert. Ich hab schon überlegt, ob ich einen Doktor rufen soll. Aber dann hat er sich beruhigt und hat gemeint, dann macht er es anders.«

»War er irgendwie sauer auf den Detektiv?«, fragte Zierer.

»Nein. Der hat ja das geliefert, was er sollte. Dass die Bauern so bös waren, dafür kann der Detektiv ja nichts. Wenn der Werner auf irgendwen geschimpft hat, vom Schicksal und dem lieben Gott einmal abgesehen, dann waren es die g'scherten Bauersleut. Und dann hat er angefangen, dass er ihnen Briefe schreibt. Er hat gemeint, sie wären schlecht gestartet und wollte dann alles klarstellen. Ich hab ihm gesagt, dass das nix bringt. Aber er wollte unbedingt seinen zweiten Besuch vorbereiten.«

»Er hat sie noch mal besucht?«

»Solange er hier gewohnt hat, nicht. Aber vielleicht in den letzten vierzehn Tagen.«

»Weil er seitdem nicht mehr hier wohnt?«, erkundigte sich Zierer.

»Genau. Vor zwei Wochen hab ich ihn rausg'schmissen.«

»Darf ich fragen, warum Sie ihn … gebeten haben, auszuziehen?«, fragte Konrad taktvoll.

»Weil ich es nimmer ausgehalten hab. Ganz echt. Ich wär kaputtgegangen. Ich hab gesagt, ich brauch a Pause. Der Werner is ja lieb und a herzensguter Mensch. Aber in der Sach, da hat er sich einfach völlig verrannt – da ist er nimmer vernünftig. Da benimmt er sich wie ein Irrsinniger. Und wenn sein Geist die ganze Zeit nur mehr um seine g'spinnerte Idee kreist, dann hätt er am End auch mich noch in den Wahnsinn getrieben. Ich hab tagelang geheult und wirklich alles versucht. Am End hab ich gemeint, wenn er merkt, was er hier hat, wenn er sich selbst versorgen muss, kein schönes Zuhause mehr hat und alles. Wenn er selber seine Hemden waschen muss und seine Unterhosen und nachts allein in seinem Bett liegt, vielleicht zeigt ihm das, dass das Leben, das wir ham, doch nicht so schlimm ist. Und dann hab ich ihm den Koffer hingestellt.«

»Und Sie, Frau Wollner? Geht es Ihnen jetzt besser?«

»Ach, manchmal ja. Aber er fehlt mir halt so. Ich will meinen Werner wiederhaben. Den alten Werner. Nicht den g'spinnerten.«

»Ein sonderbarer Mensch, dieser Wollner«, meinte Zierer, als sie wieder im Wagen saßen. »Ham Sie die vielen Puzzles gesehen?«

»Ja. Und? Ist halt ein Hobby.«

»Ich find es gruselig.«

»Ach, Thomas, es gibt solche Menschen und andere.«

»Ja. Aber solche Puzzles. Wenn's ums Bild geht, dann kann man für das gleiche Geld auch a Poster kaufen. Wenn es um den Zeitvertreib geht, kann ich mir leicht was Besseres vorstellen, als einen blöden Karton zusammenzusetzen, den man vorher extra mit einer Stanze zerlegt hat. Ich find es – gruselig.« Zierer schüttelte sich bei dem Gedanken.

»Wenn du es so siehst.«

»Ich find, des is a weng wie sterben.«

»Jetzt übertreibst du!«

»Meinen S'? Wissen S', mein Opa hat im Altenheim solche Puzzles g'macht. Das Schloss Neuschwanstein, die Frauenkirche, Tigerbabys, die Gorch Fock. Mir ham den Opa alle zwei Wochen besucht und ihm immer a neues Puzzle mitgebracht. Sechsundzwanzig Puzzles im Jahr, und das a paar Jahr lang. Des alte war immer schon fertig, wie wir gekommen sind. Mein Opa hat täglich etliche Stunden damit verbracht, während er auf den Sensenmann g'wartet hat. Mich graust es jedenfalls, wenn ich solche Puzzles seh.«

Ein Anruf in der Haftanstalt Stadelheim ergab, dass Herr Wollner schon Feierabend habe, Herr Rammerl aber im Haus sei. Er habe in etwa einer Stunde Pause. So fuhren Konrad und Zierer zur Haftanstalt.

Der Komplex der Justizvollzugsanstalt München war beeindruckend groß: Vierzehn Hektar beherbergten knapp zweitausend von Bayerns Untersuchungshäftlingen und verurteilten Straftätern. Vom Taschendieb bis zum Mörder war hier ein Querschnitt durch das ganze Spektrum böser Buben und im angrenzenden Frauengefängnis auch böser Mädchen untergebracht.

Hinter einer hohen Betonmauer verbarg sich eine eigene kleine Gemeinschaft, eine Art Dorf in der Stadt. Ein Hochsicherheitsdorf mit eigenen Regeln. Doch der Zugang war ansprechender gestaltet, als die meisten Besucher es sich vorstellten.

Eine breite Tür führte zu einer großen Pförtnerloge, wo Konrad und Zierer sich ausweisen mussten und den Grund ihres Kommens angaben. Eine kurze Weile mussten sie warten, dann brachte sie ein Schließer durch eine breite Drahtglastür ins Innere des Gehäuses.

Insgesamt wurden elf Türen auf- und hinter ihnen wieder abgeschlossen, dann endlich waren sie in einem recht funktional eingerichteten Pausenraum angelangt und trafen auf Herrn Rammerl.

»Ja, ich habe ihm meine Ferienwohnung überlassen. Wieso wollen S' das wissen?«

»Wir müssen mit ihm sprechen. Im Zusammenhang mit einer Todesfallermittlung. Er hat im Vorfeld mit dem Toten wohl Kontakt gehabt. Und da ham mir jetzt natürlich noch a paar Fragen. Könnten S' uns die Adresse geben?«

»Freilich. Haben S' was zum Schreiben?«

Zierer zog seinen Notizblock heraus und notierte die Anschrift.

»Wissen Sie, wieso der Herr Wollner zu Hause ausgezogen ist?«, fragte Konrad.

Rammerl seufzte. »Ich will da nicht indiskret sein. Nennen wir es ›häusliche Probleme‹. Fragen Sie ihn besser selbst.«

»Hat er sich in der letzten Zeit irgendwie verändert?«

»Hm. Der Tod seiner Mutter hat ihn offenbar schwer mitgenommen. Danach wirkte er irgendwie immer unglücklich. Und seit ein paar Wochen wurde es noch einmal ganz schlimm. Er war plötzlich mit nichts mehr zufrieden. Ich hab schon geglaubt, jetzt kriegt er den Rappel, schmeißt alles hin und macht was Verrücktes ... fährt nach Indien oder lebt auf einem Boot und fährt um die Welt, züchtet Wein in der Provence ... so aussteigermäßig. Aber stattdessen verlässt er nur seine Frau und mietet sich bei mir ein.«

»Wie geht es ihm da?«

»Fragen Sie nicht mich. Ich kann es nicht sagen. Immerhin ist er nun ruhiger. Ich glaub nicht, dass er gern so allein für sich lebt. Ich hoff, wenn er wieder klar denken kann, dann wird er zu seiner Herta zurückkehren. Wenn Sie mich fragen, das wäre das Gescheiteste.«

Zuletzt fuhren Konrad und Zierer zum Detektivbüro Hagen, das mit einem »24/7-Service« warb. An der Tür sah ein finster blickender Wikinger die Besucher vom Firmenschild heraus an. Als sie klingelten, ließ sie ein Buzzer herein. Diese Detektei war offenbar weit kleiner und auch weniger imposant als die von Hollerweg, dafür ging es sogar am Samstag hier geschäftig zu. Eine Empfangsdame gab es nicht. Ein junger Mann kam auf sie zu und führte die Polizisten durch einen seltsam verwinkelten Flur in ein Zimmer voller Regale, in denen Aktenordner standen. Auch der Rest der Detektei wirkte auf emsige Art unaufgeräumt, als wäre man nicht zum Ordnung machen gekommen vor lauter wichtiger Detektivarbeit.

Auf Konrad machte es einen zwiespältigen Eindruck. Er mochte fleißige Leute, erkannte hier aber, dass der zur Schau gestellte Eifer eher der Werbung diente. Im Raum, in dem sie warteten, war auf einem kleinen Tischchen eine Lötstation aufgebaut, auf der ein Telefonhörer offenbar einen Transponder bekam. Konrad sah seelenruhig darüber hinweg, und auch Zierer bemühte sich, nicht an alle Verstöße gegen das Fernmeldegesetz zu denken, die er hier aus dem Stegreif anführen konnte. Dann kam Christian Hagen in das Zimmer, ein kleiner Mann in grauem Anzug, mit gelockerter Krawatte und schütterem Haar. Er begrüßte seine Gäste und setzte sich so vor die Bastelarbeit, dass sein breiter Rücken sie verdeckte.

»Was führt Sie zu mir?«

»Wir kommen wegen dem Herrn Biss«, begann Konrad.

»Ach ja. Biss.« Hagens Gesicht verriet nicht viel.

»Herr Biss ist tot.«

»Oh. Das ist bedauerlich.« Die Stimme blieb flach und ausdrucksarm. Das Gesicht zeigte kaum eine Reaktion.

»Sie wirken nicht sonderlich erschüttert«, stellte Konrad fest.

»Nein. Das bin ich nicht. Der Mann ist bei mir rausgeflogen. Inzwischen habe ich mich wieder beruhigt und kann gelassen darüber reden, aber wir … Nun, es war keine sehr einvernehmliche Trennung.«

Konrad nickte. »Darf ich raten? Er hat gefälschte Beweise geliefert?«

»Das war ein Grund für den Streit, doch es gab noch mehr. Da waren Unterschlagung und recht kreative Spesenabrechnung. Kurz und knapp: Er hat mich nach Strich und Faden beschissen.«

»Wie lange hat er bei Ihnen gearbeitet?«, fragte Zierer.

»Kein Jahr hat er es ausgehalten.«

»Wissen Sie, was er inzwischen gemacht hat?«

»Ja, weiß ich. Mein Geld hab ich nämlich bei ihm noch eingetrieben! Das war nicht ganz einfach, und ich musste schon recht massiv und nachdrücklich darum bitten.«

»Was hat er denn gemacht?«

»Er hat eine Einmanndetektei aufgemacht. Das ist eigentlich eine Totgeburt. Außer im Kino gibt es so was nicht. Diese Idee vom einsamen Helden ist popkultureller Schwachsinn. Ich hab zwölf Angestellte und bin eine kleine Agentur. Als Einzelner kannst du kaum überleben.«

»Der Biss aber hat vier oder fünf Jahre überstanden, richtig? Dann muss er doch irgendetwas richtig gemacht haben. Oder wie sonst hat er so lange überlebt? Irgendwelche Einkünfte muss er wohl gehabt haben.«

»Na ja, nach dem, was ich mitbekommen habe, hat er einige meiner Kunden abgeworben und mit denen seine Detektei aufgebaut. Das hat mich natürlich gefuchst. Ich hab was läuten hören, dass er ab und an als Kaufhausdetektiv gearbeitet hat. Da hatte er wohl ein oder zwei Stammkunden, die ihn immer wieder mal angestellt haben. Meine Kunden, wohlgemerkt! Ein paar Schnüffeljobs hat er wohl auch an Land gezogen. Verkaufen konnte er sich ja gut. Ein echter Blender. Aber sein Auftragsbuch war eher ... dünn.«

»Wie konnte er dann seine Schulden zurückzahlen?«

»Da hatte er wohl seine ganz spezielle Methode. Er ist in die Villengegenden gefahren. Nach Gauting, oder Menzing. Nicht dahin, wo die Superreichen wohnen, aber da, wo man Geld hat. Und denen hat er dann gezeigt, wie unsicher sie leben. Wie schnell ein Türschloss geknackt ist oder ein Kellerfenster.«

Hagen lächelte. »Reden und überzeugen, darin war er ja immer schon großartig. Er hat mir einmal davon erzählt, wie er die Leute beschwatzt. ›Sicherheitsberatung‹ hat er das genannt und dafür dann jedes Mal hundertfünfzig Euro verlangt. Das war aber erst der Anfang. Denn dann hat er ihnen wärmstens eine Überwachungsanlage empfohlen. Irgendeinen billigen Baumarkt-Scheiß, den ein Spezi von ihm dann montiert hat. Ein echter Ganove oder Detektiv hätte das Zeug niemals ernst genommen. Den Schmarrn kann man zu leicht überlisten. Diesen Mist hat er wohl billig eingekauft und für ein Schweinegeld den Leuten weiterverkauft. Zeug für dreihundert Euro hat er geliefert, tausendfünfhundert bis tausendachthundert hat er verlangt.«

»Okay, des ist jetzt nicht gerade moralisch einwandfrei und sicher nicht das ideale Geschäftsmodell. Aber illegal ist so was nicht. Wieso hat er des nicht regelmäßig gemacht? Des ist doch a schönes Einkommen.«

»Na ja. Auch das ist Arbeit. Und Biss ist ein Faulpelz. Außerdem: Mit den Anlagen hat er die Leut für dumm verkauft. Und das darf man nicht übertreiben. Auch wenn man sagt, dass die Dummen niemals aussterben, muss man mit den potenziellen Kunden ein wenig haushalten. Und in der unmittelbaren Nachbarschaft würd ich so was auch nicht mehr machen. Zu groß ist die Gefahr, dass einer der Kunden einmal seine Anlage gegoogelt hat und inzwischen weiß, was für einen Dreck der Biss ihm aufgeschwatzt hat. Letztlich aber – das glaub ich jetzt einfach – war er sich dafür zu fein. Das war ein Notnagel. Aber eigentlich wollte er ja Detektiv sein.«

1964 bis 1970

Wenn irgendjemand meinte, das Leben in einer Tabakwaren- und Zeitschriftenhandlung oder einer reinen Damen-WG wäre für das Gedeihen eines Kindes schädlich, den strafte Werner Lügen. Er wuchs heran und entwickelte sich nicht schlechter als andere Kinder. Weder Scharlach noch Windpocken und auch nicht die Erkältungen im Winter waren mehr als nur vorübergehende Hindernisse.

Die Straße, in der er wohnte, war eine eher ruhige Seitenstraße, sodass die Kinder aus der halben Umgegend sich dort trafen. Sie spielten entweder auf den Gehwegplatten Hüpf- oder Murmelspiele oder verzogen sich in die Hinterhöfe, um Wildwest-, Ritter- oder Piratenabenteuer zu bestehen, manchmal sogar alles zugleich.

Das Zusammenleben im gemeinsamen Haushalt mit gleich drei mütterlichen Wesen, die ihn letztlich alle gemeinsam erzogen, lehrte ihn Manieren, vielleicht sogar ein wenig besser als anderen Kindern. Es schadete ihm nicht. Dass er freien Zugang zu »Quick«, »Neuer illustrierter Revue« und anderen Zeitschriften hatte, trug zur weitgehend autodidaktisch betriebenen Sexualaufklärung bei. Damen in Unterwäsche sah er zu Hause sowieso tagein, tagaus, sodass er keinerlei Sensation darin erkannte, anders als andere Knaben, die schon dreckig zu grinsen begannen, wenn sie irgendwo Spitzen-BHs auf der Leine sahen.

Hinter dem Ladentisch, in den Hinterhöfen und im Kindergarten wuchs also ein recht glückliches Kind heran. Im September 1964 folgte Werner der Schulpflicht und wurde in einer modernen, funktional-gradlinigen Schule an der Dachauer Straße eingeschult. Die war erst ein Jahr zuvor eingeweiht worden und roch noch nach frischer Farbe.

Werner ging gern dorthin. Vor allem wegen Frau Richter, seiner Lehrerin. Seine Leistungen waren ordentlich, aber nicht brillant. Lediglich im Rechnen war er allen anderen voraus. Das war nicht verwunderlich. Zahlen mochte das Kind immer schon. Als Vierjähriger hatte er bereits stolz Ziffern auf Preisschilder gemalt. Als er seine Mama über dem Kassenbuch schwitzen sah, setzte er sich dazu und lernte so mit fünf binnen weniger Tage das Addieren. Das Rechnen machte ihm Spaß, und so bat er um immer neue Aufgaben. Bei seiner Einschulung beherrschte er schon die vier Grundrechenarten. So durfte er Bilder malen, während seine Mitschüler sich im Zahlenraum bis zehn noch mit dem Zusammenzählen plagten.

Nach der Schule spielten Werner und seine Schulkameraden im nahegelegenen Massmannpark mit anderen Kindern Fußball. Dass er ab und zu ein Comic-Heft mitbrachte und einmal sogar einen Zigarillo, trug ihm Ansehen unter den Spielkameraden ein. Der Glimmstängel war übrigens so widerlich, dass er die Neugier aller Kinder, die ihn probiert hatten, über Jahre kuriert hatte.

Der Tag seiner Erstkommunion war das erste Mal, dass Werner erfuhr, dass er anders war. Der Junge war wie alle Kommunikanten fesch herausgeputzt und hütete seine Kommunionskerze wie einen Schatz. Zur St. Josephskirche mussten sie mit dem Bus fahren, und seine größte Sorge war, dass jemand ihn stieße und er die Kerze dabei zerbrechen würde. Doch er und die Kerze kamen wohlbehalten an. Mit kluger Überlegung hielt er sich von Walter und Sebastian fern, zwei Chaos-Knaben, die ihre Kerzen als Keulen oder Schwerter in einem Schaukampf benutzten, bis sie etwas hinter die Löffel bekamen. So ging er sauber und mit intakter Kerze in die Kirche und nach der Feier stolz wieder hinaus. Dort mussten dann noch Fotos gemacht werden, und hier endlich gelang es Walter und Sebastian, ihre zuvor schon angeschlagenen Kerzenschwerter endgültig zu zerbrechen. Ihre Maßregelung erfolgte lautstark und öffentlich. Was die beiden mehr schmerzte, der Satz frischer Qualitätswatschen oder die Demütigung, konnte Werner nicht sagen. Er war nur froh, dass ihm dies nicht passiert war.

Als er nach den Fotos zur Mama zurückkehrte, fand er sie stocksteif dastehen. Auch Edda und Cora sahen finster drein. Ihnen gegenüber sah Werner eine hagere Frau im Oma-Alter, die ihn kühl ansah.

»Ist er das? Dein Bankert?«, fragte die Frau seine Mutter.

»Das ist Werner. Mein Sohn.«

»Wer bist du denn?«, fragte Werner.

»Ich bin deine Großtante Iris. Hat dir deine Mutter nie von mir erzählt?« Der Ton war sachlich, kalt.

Werner schüttelte den Kopf. »Was ist ein Bankert?«, wollte er wissen.

»Das soll dir deine Mutter erklären und auch, wieso sie ihr eigenes Fleisch und Blut verleugnet. Ich bin gekommen, um eine Brücke zu bauen, um die Hand zur Versöhnung zu reichen. Doch ich sehe, dass es umsonst ist.«

Während Franziska nach Luft schnappte und nach einer Entgegnung suchte, fischte ihre Tante Iris ihren Geldbeutel aus der Tasche, entnahm erst einen Hundertmarkschein, steckte den aber zurück und gab Werner stattdessen einen Fünfziger.

»Meinen Glückwunsch zu deinem Festtag«, sprach sie dann ohne zu lächeln, drehte sich auf dem Absatz um und ging davon. Franziska brach in Tränen aus, und Werner war völlig verwirrt.

Es war Coras und Eddas Einsatz zu verdanken, dass es etwas später beim Essen dann doch noch lustig wurde.

Beim Zubettbringen aber fragte Werner seine Mutter doch noch, wieso sie ihr eigen Fleisch und Blut verleugne. »Verleugnest du mich auch?«

»Ach, Werner! Nie und nimmer würde ich dich verleugnen!«

»Was hat die Tante dann gemeint?«

»Sie und ihre Mutter sind böse Leute. Sie haben mir sehr wehgetan. Darum mag ich nichts mehr mit ihnen zu tun haben. Du musst nicht ernst nehmen, was die Tante gesagt hat. Sie ist für uns nicht wichtig.«

»Wer ist dann wichtig?«

»Du bist wichtig, ich bin wichtig und jeder, der lieb zu uns ist.«

»Also auch Edda und Cora?«

»Die sind tausendmal wichtiger als die Iris!«

Ein paar Tage später schlug Werner das Wort »Bankert« in Eddas Brockhaus nach. Er wurde zu Bastard umgeleitet. »Kind einer unehelichen Vereinigung.«

Es war das erste Mal, dass Werner bewusst wurde, dass er einen Vater haben musste, irgendwo. Doch er vermisste ihn nicht. Seine Welt war auch ohne Vater in Ordnung. Zumindest an der Oberfläche.

In der Schule gab Werner auch weiterhin kaum Anlass zur Sorge. Sprachen, auch Deutsch, lagen ihm nicht so sehr, und selbst mit viel Üben und Eifer war in diesen Fächern eine Drei für ihn eine gute Note. Rechnen konnte er dafür nach wie vor schnell und sicher. Schuld daran war natürlich der Laden. Mit sieben Jahren konnte er schon allein das Kassenbuch führen, besser, schneller und sauberer als seine Mutter. So wurde dies Werners Amt, auch wenn er immer noch einen Erwachsenen brauchte, der seine Rechenkunst abzeichnete.

Als Werner elf war, starb Tante Iris. Franziska und Werner blieben der Beerdigung fern. Immerhin wurde Werners Erinnerung aufgefrischt, und wieder geisterte das Wort »Bankert« durch seinen Kopf, das er inzwischen aber auch als Schimpfwort kannte.

Mit zwölf Jahren wechselte Werner auf die Realschule in der Hohenzollernstraße. Es war eine altehrwürdige Schule aus der Zeit des Prinzregenten. Diesen Wechsel empfand Werner als schlimm. Er kannte dort nur ein Kind, einen seiner alten Klassenkameraden, und den mochte er nicht. Das alte Schulgebäude mit ihrem Mief nach Bohnerwachs, scharfen Bodenreinigern, klammfeuchten Wänden, Angst und Schweiß war ihm ebenso zuwider wie die alten Schulmöbel, in denen sich schon ganze Generationen von Schülern verewigt hatten. Was ihm aber am meisten missfiel: Er war hier wieder ein Kleiner. Einer aus der untersten Jahrgangsstufe. Und die Schüler aus den oberen Klassen ließen ihn das deutlich merken. So wurde ihm der Turnbeutel vor der Sportstunde ins Klo getaucht, seine Mütze landete in den oberen Ästen eines Baumes auf dem Schulhof, und die Jacke wurde immer wieder mit Kreide beschmiert.

Es dauerte nicht lang, und seine Peiniger hatten herausgefunden, was ihn wirklich traf: Er hatte keinen Vater. So riefen sie ihn Bastard, Bankert oder Kegel. Einer schrieb sogar in einem Aufsatz recht gehässig über Werner und las ihn vor. Seinen Klassenlehrer brauchte er nicht um Hilfe bitten. Der war begeisterter Deutschlehrer und fasste Werners schwache Leistung gerade in seinem Fach als persönlichen Affront auf. Als Werner sich darüber beschwerte, dass er immer wieder als Bankert gehänselt wurde, knurrte sein Lehrer nur, er sei da überempfindlich. Außerdem sei das ja wohl auf der Sachebene richtig. Er unternahm nichts, und Werner konnte seine Mutter gerade noch davon abhalten, in die Sprechstunde zu gehen. Dass er selbst zum Lehrer gegangen war, hatte ihm ein paar böse blaue Flecke von seinen Klassenkameraden verschafft. Das, fand er, war genug.

Etwas aber gab es, was er in der Schule mochte: Im Mathebuch fand er ein Kapitel über Buchführung. Das fand er klasse. Richtige doppelte Buchführung, nicht nur so ein simples Kassenjournal wie im Laden! Die große Buchführung mit einem Kontenplan, der alle Eventualitäten des Geschäftslebens abdeckte!

Er vertiefte sich in diese Kunst und war begeistert. Buchführung war so komplex und dabei so herrlich simpel. Das zentrale Geheimnis erschloss sich ihm sofort: Die linke und die rechte Seite jedes Kontos mussten addiert werden, und in beiden Zahlenkolonnen hatte dasselbe Ergebnis zu stehen. War es anders, hatte man einen Fehler gemacht. Da aber jede Eintragung irgendwo im System an anderer Stelle wieder auftauchte, wenn auch mit anderem Vorzeichen, glich sich alles wieder aus. Es war eine wunderbare Ordnung. Alles hing zusammen, voneinander ab und blieb in einem wunderbar elastischen Gleichgewicht.

Als die Klasse endlich im Unterricht bei diesem Kapitel angelangt war, schwitzten seine Mitschüler und plagten sich sehr. Sogar sein Lehrer kam an seine Grenzen und war sich oft nicht sicher. Was er seiner Klasse sagte, klang am Ende oft wie eine Frage. Doch Werner verstand es sofort, und bei Bedarf konnte er sogar den Pädagogen verbessern.

Wenn man ihn fragte, was Werner wohl werden wollte, dann wusste er genau, was er antwortete: »Ich will Kaufmann werden. Aber was Großes. Oder Buchhalter. Das wäre toll!«

19

20. Oktober – Sonntag

Als Anna ankündigte, Opa würde sie gegen halb elf nach Ingolstadt ins Hallenbad fahren, drückte Karolas Blick Misstrauen aus. Anna gab überzeugend die arglose Unschuld und wollte schon jammern, ihre Mutter würde sie immer völlig zu Unrecht verdächtigen, doch Karolas scharfer Blick ließ den Strom ihrer Worte rasch versickern.

»I komm doch ned auf der Brennsuppn daherg'schwommen«, erklärte ihre Mutter. »Des könnts wem anders erzählen. Ihr plant doch schon wieder irgendeine Schurkerei! Seids doch wieder am Ermitteln! Naa, sag nix, Papa. Lüg du mich ned aa no an.«

Anders als Anna, die schon wieder mutig Luft für einen Gegenangriff geholt hatte, gab Wimmer sich geschlagen. Er wollte Karola nicht noch weiter aufbringen.

»Mir ham an Termin mit dem Konrad. Mir müssen aber da nur was abgeben.«

»Am heiligen Sonntag?«

»Er hat g'meint, dass es dringend wär.«

Das war nicht ganz richtig. Wimmer hatte Konrad am Telefon versichert, dass ein persönliches Treffen wichtig sei. Doch Karola konnte unmöglich das Gegenteil beweisen.

»Was habts denn jetzt scho wieder g'funden bei eurer Malefiz-Schnüffelei?«

Noch einmal musste Wimmer die Wahrheit ein wenig verbiegen. Er wollte Karola weiterhin im Glauben lassen, Anna und er hätten ihre detektivischen Ambitionen weitgehend heruntergefahren. Darum erklärte er: »Die Frau Fechter hat uns g'fragt, ob wir die Sachen vom Biss zur Polizei bringen können. Der hat nämlich im Sonnhof gewohnt.«

Karola entspannte sich ein wenig.

»Hat die immer noch so a schlimme Angst vor der Polizei? Na gut. Dann bringts des Sach halt rüber. Und du, Fräulein …«, Karola wandte sich Anna zu, »… die Flunkerei mit dem Schwimmbad … da sprechen wir noch drüber! Da lass ich mir noch was einfallen!«

Als Wimmer am Abend zuvor Konrad angerufen hatte, hatte der sich zähneknirschend bereit erklärt, am Sonntag kurz ins Präsidium zu kommen. Anders als Anna hatte es der alte Metzger eilig, die Kiste wieder loszuwerden. Er wusste, dass sowohl Stimpfle als auch die Staatsanwältin ihm zu gern das Ermitteln verbieten würden. Das konnten sie zwar nicht, denn er tat nichts, was wirklich verboten war. Aber Ärger konnten sie beide ihm reichlich machen, wenn er ihnen dazu Gelegenheit gäbe. Und die Kiste länger als nötig zurückzuhalten, war sicher eine solche Möglichkeit. Wenn er an den Karton dachte, kam ihm immer wieder das lästige Wort Beweisunterdrückung in den Sinn.

Fünf Minuten vor der verabredeten Zeit stellte er seinen Wagen auf dem Parkplatz am Busbahnhof ab, und gemeinsam gingen er und Anna die kurze Strecke zum alten Kasernenbau, der das Polizeipräsidium Oberbayern Nord beherbergte.

Hinter der schweren Tür aus verglasten Stahlstreben wandten sie sich an den Beamten in der Empfangsloge um Einlass.

Nach drei Minuten holte Konrad sie ab.

»So, ihr zwei, jetzt sagts mir amal, was ihr so Wichtigs habt, dass es ned warten kann!«

Wimmer übergab den Karton. »Des san die Sachen, die der Biss in seiner Pension hinterlassen hat.«

Konrad hob flüchtig den Deckel und sah hinein. Dann erlitten seine Raupenbrauen einen Frontalzusammenstoß.

»Wie bitte? Ihr habts einfach seine Sachen z'ammgepackt, in den Karton g'schmissen und herg'fahren? Seids denn narrisch? Das ist womöglich Beweismaterial, und das habts vermutlich kontaminiert! Ihr seids doch nimmer ganz sauber!

Da ruft man die 110. Die Zentrale schickt dann Kollegen raus, die sich mit so was auskennen!«

»Moooment amal!« Anna protestierte. »Mir han die Sachen doch überhaupt ned in die Kiste geschmissen! Das war die Frau Fechter. Und die hat ja überhaupt ned gewusst, dass der Biss a Mordopfer is. Für sie war's a Gast, der ohne sein G'lump abg'fahren ist. Seine Zeche ist er auch noch schuldig, und das Zimmer hat sie wieder vermieten müssen. Da hat die die Sachen eingepackt. Als wir rausg'funden haben, wo der Biss gewohnt hat, ist das Kind also schon längst im Brunnen g'legen. Und wenn ihr ned früher rausbracht habt, wo er übernachtet hat, dann kann man das wohl kaum uns vorwerfen.«

Konrad lenkte ein. »Na ja, dass er a Unterkunft g'habt haben muss, hatten wir auch schon vermutet. Die wollten wir am Montag suchen. Das stand ganz oben auf der Liste. Dann kommts erst amal mit. Des müssen wir wohl genauer anschaun, aber ned hier.«

Er führte die beiden durch die langen Flure zum Spurenlabor, wo Thalmayr für den Kriminaltechnischen Dauerdienst, das SpuSi-Notfallkommando, eingeteilt war. Da kein Notfall seine Dienste erforderte, fanden sie ihn beim Sortieren der eingetüteten Beweise aus dem aktuellen Mordfall.

Auch Thalmayr war alles andere als erfreut, die neuen Beweismittel auf diese Art einfach in einem Karton zu erhalten.

Dieses Mal erzählte Wimmer, wie sie zu den Effekten gekommen waren.

»Aber warum hat die Frau Fechter euch überhaupt gebeten? Sie hätt einfach in Geisenfeld auf der Wache anrufen können!«

»Ja, scho. Aber wissen S', die Frau Fechter … Sie haben s' doch kenneng'lernt, damals bei der G'schicht mit dem Bus. Wissen S' no?«

»Ja, freilich, ich erinner mich an die Frau Fechter«, meinte Konrad.

»Sie hat ja vorher scho a recht a empfindlichs Nervenkostüm g'habt. Aber seit damals hat s' vor der Polizei a panische Angst und ganz b'sonders bei der Kripo.«

»Herr Konrad, Sie hätten sie sehen müssen!«, ergänzte Anna. »Das war echte Verzweiflung! Die hat echte Panik g'schoben, und nachdem die Sachen ja eh schon nimmer da g'legen sind, wo der Biss sie hinterlassen hat, in situ sagt man da glaub ich, und das Zimmer eh scho geputzt und neu vermietet war ...«

»Da habts ihr die Klamotten genommen und zu mir gebracht«, ergänzte Konrad und schüttelte den Kopf.

»Weil die Frau Fechter uns drum gebeten hat, das zu machen«, meinte Wimmer. »Natürlich weiß sie, dass ihr sie noch amal befragen wollt. Doch wir sollten euch erst amal erklären, warum sie die Beweismittel weg'packt hat. Sie hat a Heidenangst, dass ihr meint, dass sie da irgendwie absichtlich die Beweismittel kaputtg'macht hätt und so plötzlich a Mordverdächtige wär.«

Konrad blickte ernst. »Die ganze G'schicht müssen wir natürlich überprüfen. Doch wenn das alles so ist, wie ihr es geschildert hat, hat die Frau Fechter nichts zu befürchten. Bei euch bin ich da ned so sicher.«

Auch Thalmayr kannte den lästigen Übereifer der Hobbydetektive. Er hatte sich Latexhandschuhe übergezogen und eine Schutzbrille aufgesetzt.

»Ihr habt also aus purer Hilfsbereitschaft die Sachen der Wirtin abgenommen und hergefahren. Und ihr habt natürlich nicht in den Karton reingeschaut? Das glaub ich im Leben nicht. Also raus mit der Sprache: Was ist drin, und was habts ihr damit alles angestellt? Wo überall werd ich eure Fingerspuren finden?«

»Nur außen am Karton!«, versicherte Anna ernst.

»Ach, Schmarrn! Ihr habts doch die Sachen ang'schaut.«

»Natürlich!« Anna grinste. »Aber wir ham Gummihandschuh getragen. Und wir waren ganz vorsichtig. Ganz sicher ham mir nix unterminiert oder wie das heißt. Ehrlich ned!«

»Kontaminiert heißt des. Und ob ihr uns die Beweismittel verdorben habts, das wird schon noch aufkommen. Wenigstens ham mir ja eure Fingerabdrück noch im System zum Abgleichen.«

Gemeinsam gingen sie die Beweismittel durch.

»Die Anziehsachen ham mir in Ruhe gelassen. Da ham mir nur kurz die Tüte aufgemacht und neig'gaschaut. Dann ham mir's wieder weggelegt«, versicherte Anna.

Die Kleider wanderten samt Plastiktüte fürs Erste in eine Plastikwanne.

»Die untersuche ich später!«

Thalmayr stieß auf die Bücher. »Sagen Sie es lieber gleich: Haben Sie darin umanand geblättert?«, wollte er wissen.

»A weng. Aber die Seiten ham wir mit einer Pinzette angefasst. Die Bücher gehören übrigens der Stadtbücherei in München. Biss hat sie in der Theresienstraße ausgeliehen. Was drinsteht, hab ich schon gewusst, bevor die Frau Fechter mir die Bücher gegeben hat. Drum hab ich nur g'schaut, ob Notizzettel drin waren. Waren aber keine. Weiter hab ich sie gar nicht angeschaut.«

»Woher weißt du das mit der Stadtbücherei?«, fragte Konrad. Seine Brauen waren bis unter die Stirn geklettert.

»Das hab ich halt so raus'bracht. Hier a bisserl nachfragen und da a weng was wissen wollen. Wenn man nett auf d' Leut zugeht, san s' oft ganz hilfsbereit. Es san übrigens die Bücher, die ich damals auf dem Autositz g'sehn hab. Ich hab ja bei der Vernehmung davon erzählt.«

»Und was san des für Bücher? Ham die was mit eurer Haussuche zu tun?«, fragte Konrad.

»Eher ned. Schau s' halt amal an. Ich hab euch ja g'sagt, dass er noch an einem anderen Fall gearbeitet hat. Ich denk, dass die zu dem gehören.«

Konrad streckte seine Hand aus, um die Bücher in Augenschein zu nehmen. Thalmayr fiel ihm in den Arm.

»Ned Sie auch noch, Herr Konrad. Wenn a jeder die Beweismittel anpatscht, können mir die SpuSi gleich zumachen. Warten S', bis ich fertig bin. Morgen oder übermorgen können S' die Bücher ham.«

Sorgfältig wurden die Bücher in Beweismitteltüten verpackt und zur Seite gelegt. Konrad aber notierte sich schon einmal die Titel.

»Den Rechner ham mir nur aufgeklappt und dann wieder zugemacht. Wie ich den Fingerscanner g'sehen hab, hab ich gleich g'wusst, dass ich da nichts erreichen werd«, erklärte Anna stolz. »Und ang'langt hab ich ihn auch nur an den Ecken.«

Thalmayr konnte sich ein Lächeln nicht verkneifen. Auch der SpuSi-Fachmann klappte den Rechner auf, indem er ihn nur an den Ecken anfasste, und legte ihn auf ein Drahtgestell in einem großen Aquarium. Dann goss er einen Spritzer klare Flüssigkeit in eine kleine Blechschale und stellte die in ein Gerät, mit dem man Babyfläschchen erwärmt. Das Gerät platzierte er vorsichtig neben den Rechner im Glasbecken und verschloss alles mit einer Glasplatte. Zum Schluss steckte er den Fläschchenwärmer ein.

»In der Schale verdampft jetzt Superkleber. Die Dämpfe legen sich auf die Fingerabdrücke nieder, die die beiden übrig gelassen haben. Wenn wir die sauber abgenommen ham, kann der Rechner zum Johannes«, erklärte Thalmayr Konrad sein Tun. Johannes Schüssel war der Computerfachmann der Kriminalpolizei.

»Was haben wir noch? Was ist das hier?«, fragte er und griff vorsichtig nach dem Notizbuch.

»Tja, das ham mir uns auch flüchtig ang'schaut«, erklärte diesmal Wimmer und sah ein wenig verlegen aus. »Des san die Notizen vom Biss. Aber mir ham da nix verstanden. Es is irgend a Code oder a Geheimschrift. Auch das ham mir schnell wieder zugemacht.« Dass Anna die Seiten fotografiert hatte, unterschlug er, wie Anna es ihm auf der Hinfahrt geraten hatte. »Und mehr G'scheits is ned drin.«

Mit einer Pinzette öffnete Thalmayr das Notizbuch an einer Ecke, und Konrad sah ihm über die Schulter.

»Die ganze Seite voller kryptischer Zeichen. Is das ganze Bücherl so, Ludwig?«, wollte Konrad wissen.

»Ja, mehr oder weniger.«

»So was ist uns scho untergekommen«, meinte Thalmayr aufgeregt. »Wir haben die Beweismittel erst gestern fertig untersucht g'habt. Warten S' amal.«

Thalmayr kramte in einer der roten Plastikboxen, die die Tüten mit den fertig behandelten Beweismitteln enthielt. Nach kurzem Suchen griff er einen Beutel und kehrte zurück.

»Das ist ein Stück Papier aus dem Auto. Drauf steht nix, aber diese durchgedrückten Zeichen hier ham mir g'funden. Warten S' amal.«

Er trat an den Rechner, gab Fall- und Beweismittelnummer ein und rief dann einen Scan des Blattes mit extremem Kontrast auf.

»Da schaun S'!«, rief er. »Dieselben Zeichen! Derselbe Code!«

»Codierte Notizen! Soso!« Konrads Augenbrauen tanzten auf und nieder. »Max, wir brauchen dieses Notizbuch so bald wie möglich. Ich weiß, ihr von der SpuSi müsst das Ding durch die Mangel nehmen. Fingertapper, DNA, Fasern, Tinte, markanter Dreck und Gott weiß was. Aber bitte schickts euch und zieht das Teil vor. Das könnte echt wichtig sein!«

Thalmayr blieb gelassen. »Wir tun, was wir können. Auf Anfrage machen wir Unmögliches möglich. Aber a bisserl Geduld müssts schon haben.« Er tütete nun auch das Büchlein in einen Beweismittelbeutel ein. Dann wandte er sich an die Hobbydetektive. »Na ja«, brummte er. »Wenn S' des alles wirklich so vorsichtig gemacht habn, dann hätten S' das wohl auch schlechter machen können. Aber trotzdem: Wenn S' Beweise finden, dann rufen S' in Herrgotts Namen uns an! Mir ham das Umgehen mit so am Scheißdreck doch ned umsonst gelernt! Haben S' mich verstanden?«

Wimmer nickte.

»Sie können von Glück sagen, dass heut der Herr Linner ned da ist. Wenn der Sie bei dabei erwischt, dass Sie an unseren Beweisen herumpfuschen, dann g'hören S' der Katz! Der wird bei so was richtig bös, egal, wie sie mit den Spuren umgehen!

Ab sofort ist Schluss mit solchen Spaßetten. Noch mal so was, und es gibt a Anzeige wegen Beweisfälschung, Beweisunterdrückung und Behinderung einer Amtshandlung. Dann reißen wir Ihnen den Arsch auf bis zur Halskrause! Haben S' das jetzt g'fressen?«

»Jawoll«, brummte Wimmer kleinlaut.

»Dann sag ich danke schön und pfüa Gott.«

Konrad hatte bei der Standpauke lächelnd danebengestanden. »Den Anschiss habt ihr Dilettanten euch redlich verdient. Ich kann jedes einzelne Wort nur unterstreichen! Anna, du bist jung. Da kann ich den einen oder anderen Schmarrn nachsehen. Aber du, Ludwig, du weißt echt ned, wo Schluss ist!« Der Kriminaler war ernstlich ärgerlich. »Hör endlich auf mit dem Ermitteln. Ihr brauchts uns ned helfen. Wir ham auch ohne euch schon Fälle gelöst. Haltet euch bitte aus so was raus. Und jetzt gehen mir in mein Büro und nehmen a ordentliches Protokoll auf, wie ihr zu den Hinterlassenschaften gekommen seid!«

20

21. Oktober – Montag

Auch Aschenbrenner, der Zahlenfuchs, war am Sonntag ins Präsidium gekommen. Wenn er Platz und Ruhe hatte, konnte er am besten arbeiten. So pflügte er sich systematisch durch die Unterlagen des toten Detektivs, vor allem durch die aus dem Aktenschrank. Er war frustriert, denn bisher war seine Suche recht wenig ergiebig gewesen. Erst am Nachmittag war er endlich auf etwas Interessantes gestoßen. Das konnte vielleicht doch ein Ansatzpunkt sein. Womöglich war es so wichtig, dass Aschenbrenner Stimpfle in seiner Freizeit am privaten Handy anrief.

Der Schwabe hatte den Sonntag mit viel Sport gefüllt, Schwimmen und Laufen, und hatte dann mit wachem Geist die Ermittlungsunterlagen im Zusammenhang gelesen.

Und nun kam die Information von Aschenbrenner dazu.

Bei der Inspektion dessen, was Biss anstatt einer ordentlichen Ablage führte, war in einem wilden Wust aus Rechnungen, Quittungen und allerlei Belegen ein Papier aufgetaucht, das allerhand erklären konnte. Der Rest schien laut Aschenbrenner weitgehend belangloses Zeug zu sein. Kassenzettel von Metzgereien über Brotzeiten, Kaufhausquittungen über allerlei Krimskrams, Tankbelege und Zeitungsbeilagen, die auf die Sonderangebote der letzten drei Jahre hinwiesen. Dieser eine Lieferschein aber war interessant. Er wies auf eine Lieferung auf fünfzehnmal »Safir 2000« hin. Die liefernde Firma war eine »R-Gus GmbH«. Stimpfle pflichtete Aschenbrenner bei: Da lohnte ein zweiter Blick und eventuell sogar ein dritter. Also kam er am Montag vor Tau und Tag ins Präsidium und versuchte, mehr über diese GmbH zu erfahren.

Eine Firma »Argus«, auch wenn sie mit der Schreibweise eher spielerisch umging, die an einen eher zweifelhaften Detektiv lieferte … Waren es irgendwelche Scheingeschäfte? War »R-Gus« am Ende Biss selbst? Es dauerte eine Weile, und Stimpfle musste das Internet einige Male neu befragen, dann stand fest, wer hinter dieser Firma steckte. Es stellte sich heraus, dass es nur einen Gesellschafter gab: einen Herrn Mahmoud Hatami.

Stimpfle gab diesen Namen in die Datenbank der Straftäter ein und wurde prompt fündig: Er las die Einträge zu diesem Geschäftsmann, der 1969 in München zur Welt gekommen war, und es war einiges zu lesen. Eine ganze Reihe von Einträgen war aufgelistet.

1986, mit sechzehn Jahren, wurde er erstmals verurteilt. Erpressung von Schulkameraden. Diese Jugendsünde hätte längst gelöscht werden können, doch der Mann hatte mit immer neuen Straftaten dafür gesorgt, dass seine Strafakte nicht nur im System blieb, sie wurde so auch immer länger. Rund ein halbes Dutzend BTM-Delikte fanden sich. Betäubungsmittelvergehen, wie man amtlich den illegalen Besitz von Rauschgift nannte. Es war überwiegend Marihuana gewesen, aber auch Speed und einmal Koks brachten ihn mit achtzehn in Jugendarrest. Allem Anschein nach hatte er diesen Aufenthalt weniger zur Umkehr und Reue genutzt als vielmehr zur Weiterbildung, denn es folgten neue und ganz andere Anklagen und Straftaten: Körperverletzung, versuchte Hehlerei, Unterschlagung und Autodiebstahl.

Mit sehr viel Großmut konnte man das alles als Jugendsünden eines sehr ungebärdigen jungen Mannes betrachten. Dies schien das Gericht wohl auch eine Weile getan zu haben, denn es setzte immer wieder seine Strafen zur Bewährung aus. Doch dann war Justitias Geduld aufgebraucht, und am Ende landete er wegen Diebstahls doch im Gefängnis. Er hatte seinem Arbeitgeber Europaletten gestohlen.

Stimpfle stutzte. Bei einem Tauschwert von etwa zehn Euro war der Klau von Europaletten eher ein Bagatelldiebstahl. Doch er staunte nicht schlecht. Es waren nicht zwei oder drei Paletten gewesen. Hatami war mit einem Lastwagen vorgefahren, hatte mit dem Gabelstapler ganze Stöße von Paletten aufgeladen, fachgerecht gesichert und war am Ende mit rund dreihundertvierzig Paletten abgefahren. Das war dann doch kein Eierdiebstahl mehr.

Rund zwei Jahre hatte er gestreiftes Licht genossen, und wieder hatte er in der Zeit dazugelernt. Nun wurde er ein Kaufmann von zweifelhaftem Ruf. Dabei aber war er nun um einiges geschickter. Etliche Male wurde gegen ihn ermittelt, denn nicht alle seiner Importwaren waren in Deutschland zugelassen, und manche waren wohl auch an anderer Stelle, oft im Ausland, mysteriös verschwunden. Hatami war hier und da noch einmal zu saftigen Geldstrafen verurteilt worden. Ins Gefängnis musste er aber nicht mehr zurück.

Seine Firma »R-Gus« hatte eine wenig seriös wirkende Homepage mit wild blinkender Überschrift in Neongelb, die dem Besucher drei »Haussicherheitspakete« anbot. Diese versprachen, keine Wünsche offen zu lassen und mit »FBI-geprüfter Sicherheitstechnik« jedweden Schurken zu »entmutigen, abzuschrecken oder in die Flucht zu schlagen«. Darunter waren die Panzerknacker aus den Micky-Maus-Heften gezeichnet, wie sie Hals über Kopf das Weite suchten.

Stimpfle öffnete eine andere Datei. Julia Daschner hatte in ihr zusammengefasst, was sie an Beweismitteln aus dem Büro des Opfers geholt hatte. Und da war es ja! Genau – Werbebroschüren über »Safir«-Alarmanlagen. Es handelte sich offensichtlich um genau diese Modelle.

Stimpfle las weiter und stellte befriedigt fest, dass seine Kollegin ein Exemplar des Prospektes und je einen Verkaufs-karton der Anlagen dem Kollegen Messerschmied weitergereicht hatte. Er war einer der Kontaktpolizisten und beriet immer wieder Wohnungs- und Hausbesitzer über sichere Tür- und Fensterbeschläge, Einbruchsschutz und Alarmanlagen. Daschner hatte gebeten, Messerschmied möge doch bitte eine Einschätzung zu Sinn oder Unsinn der beworbenen Anlagen abgegeben.

Offiziell war das Urteil: unzureichend, leicht zu manipulieren, ineffektiv und störanfällig. Inoffiziell: Möglicherweise doch sinnvoll, weil ernsthafte Einbrecher sich totlachen würden. Für diesen Fall aber sei ein Warnhinweis anzubringen. Messerschmied und seine Späße!

Immer wieder ging der Schwabe im Geiste zurück zu der Akte von Hatami. Da war doch noch etwas gewesen. Ja! Vor mehr als fünf Jahren. Da waren mehrere Kisten mit Elektrogeräten in einer Spedition verschwunden. Die Sache war im Sande verlaufen, die gestohlenen Geräte tauchten nie mehr auf. Als er für den ermittelnden Kollegen in dessen Urlaub den Fall interimsweise übernahm – es war ein schon recht kalter Fall mit nicht viel zu tun, vom Checken der E-Mails abgesehen – hatte er Bilder der Geräte gesehen. Die sahen recht ähnlich aus. Und wurde damals nicht auch gegen Hatami ermittelt?

Stimpfle rief sich die Details des Falles auf den Schirm. Es gab mehrere Verdächtige, unter anderem Hatami. Gestohlen wurden drei Dutzend Alarmanlagen der Marke »Apollo«.

Stimpfle fluchte. Dann war es leider doch etwas anderes. Es wäre zu schön und zu einfach gewesen. Da war noch ein Bild von der Anlage beigefügt. Stimpfle stutzte. »Aha! Ja leck mich doch am Ärschle! A raffiniertes Lompepack!«

Die abgebildete Anlage »Apollo« ähnelte nicht nur stark der »Safir«-Anlage, sie war sein Zwilling, ein Klon – nicht zu unterscheiden.

»Die han die Anlagen nur umgepackt, an neuen Kattong drum, und scho war's nemme die geklaute Ware, sondern ebbes ganz anderes. Und wer hat damals ermittelt?«

Stimpfle ließ seinen Laptop die Polizeiakte nach den Beamten durchsuchen, die damals mit ermittelt hatten. »Da! Der Herr Biss!« Nun passten plötzlich zwei Puzzlestückchen.

In diesem Moment läutete das Telefon.

»Stimpfle hier. – Was hand Sie? – Wie bitte? – Wartet Se, i komm glei numm!«

Stimpfle legte auf und stand nur zwei Minuten später im Spurensicherungslabor. Thalmayr hatte ihn gerufen.

»Wo sen die französischen Zigarettle?«

Thalmayr hob eine Beweismitteltüte hoch, in der eine flache blaue Schachtel steckte. »Hier!«

»Ach je. Dass die Gitanes aus Frankreich stammen, weiß a jeder.«

»Schon. Aber die Schachtel stammt aus Frankreich. Das heißt, sie ist da gekauft worden. Das verrät uns die französische Steuerbanderole. Die hat man in Frankreich erworben.«

Das nun fand Stimpfle recht interessant. »Wie isch es denn? Selle Marke, die isch es ja bei uns ned grad eine von de beliebteschte Sorten, moin i.«

»Das ist richtig. Bei uns gehen viele Zigarettenspuren ein. Gitanes haben wir aber nur selten.«

»Könnet Se rauskriegen, wie alt die Zigarettle sen?«

»Nein. Nicht genau. Die Charge kann ich mit nur einer Packung nicht ermitteln. Und die Steuerbanderole gibt auch nix her. Immerhin, beim Eintüten hab ich den Inhalt, die vier letzten Zigaretten, in Augenschein genommen. Die sensorische Prüfung sagt, sie sind nicht alt. Sie riechen kräftig, sind nicht komplett ausgetrocknet, und der Tabak rieselt nicht heraus. Ich denke, zwischen ein paar Tagen und wenigen Monaten ist alles drin. Mehr als ein halbes Jahr wohl kaum.«

Stimpfle kehrte ins Büro zurück und dachte nach. Dann rief er Julia Daschner an.

Sie versprach, in zwanzig Minuten da zu sein.

Eine halbe Stunde später waren sie unterwegs zum Hauptgeschäft von Mahmoud Hatami. Er leitete einen Importladen in der Schwanthalerstraße in München. »R-Gus« war nur ein weiterer Geschäftszweig, doch beileibe nicht der Einzige. Es gab noch »Rolfis Reste«, »Saladin Teppich Import«, »Schwanthaler Feinkostimport« und eine gute Handvoll anderer Firmen.

Stimpfle vermutete, dass zwei Drittel dieser Unternehmen defizitär arbeiteten, damit der Besitzer die Steuern des letzten Drittels wegen der Verluste an anderer Stelle mindern konnte. Außerdem konnten Waren, die nicht ganz legal importiert wurden, rasch von einem Betrieb zum anderen verschoben werden, sodass man hoffen durfte, dass sich die Spur im wohlstrukturierten Durcheinander verlor. Mit Aschenbrenner hatte Stimpfle vor einiger Zeit einen solchen Gauner auseinandergenommen. Für den gelernten Bilanzbuchhalter waren diese Fälle ein Leckerbissen gewesen.

Nun aber jagten sie keinen Wirtschaftsverbrecher, hier ging es um Mord.

Stimpfle ließ Daschner fahren, schwieg und grübelte. Als sie am Ende der A 9 anlangten, eröffnete er seiner Kollegin schließlich eine Theorie.

»Ich frag mich grad, ob da ned vielleicht a Zusammenhang besteht. Mir han Zigarettle aus Frankreich. Mir han auf der anderen Seite unseren toten Detektiv. Mir wisset also, dass der wahrscheinlich in Frankreich war. Und mir han sellen Hatami. Einen gelernten Ganoven und ein … mehr oder weniger … arabischer Mann.«

»Mehr oder weniger arabisch? Lukas, das ist ja ein ganz wildes Konstrukt. Lass so was ja nicht die Dr. Müller hören. Die grillt dich, einen mehr oder weniger mitteleuropäischen Polizisten.«

»Ach, Julia. Des isch doch nur so ins Unreine formuliert. Aber man muss auch amal über den Tellerrand 'nausgucke! Ich han neulich ebbes g'lesen. Die Mafia in Südfrankreich isch ja früher recht fest in der Hand von korsischen Gangstern g'wäh. Aber seit ein paar Jahren gibt es da wohl eine Art Wandel. Die Algerier, so scheint es, machet den Korsen inzwischen Konkurrenz und han Teile vom Glücksspiel und Schutzgeld scho an sich gebracht. Auch Rauschgift und Waffen importieret sie wohl.«

»Aber der Hatami ist doch, was ich gelesen hab, ein Münchner. Wo ist da die Verbindung nach Frankreich oder Nordafrika?«

»Des stimmt schon, Julia. Aber jetzt denk doch amal a bissle weiter. Mir müsset nach 'em Verbindungsstück suchen.

Und jetzt schau amal: Die Mafia isch doch immer familiär organisiert. Weil Blut isch halt doch dicker als Wasser. Wenn mir rausfinden könnet, dass der Hatami aus einer algerischen Familie kommt ...«

»Wenn er aus einer algerischen Familie stammt, und wenn die Familie bei der algerischen Mafia mitmacht, und wenn die Zigaretten nicht auf anderem Weg zum Biss gekommen sind ... Lukas, das sind ganz schön viele ›Wenns‹! Nein! Am End müssen wir doch einen Bericht schreiben und keinen Phantasieaufsatz!«

»Ich sag ja nur, wir sollten a bissle nachfragen, ob der Hatami vielleicht aus selle Maghrebstaaten kommt. Dann sieht man weiter.«

Die Schwanthaler Straße war lang und führte vom Altstadtring nach Westen auf die Schwanthalerhöhe zu. Die gesuchte Adresse war im unteren Teil in einem nicht allzu noblen Bürogebäude untergebracht. Im Erdgeschoss gab es eine Firma, die anbot, Laptops zu reparieren, eine Verkaufsstelle für professionelle Putzmittel für Reinigungsfirmen und – ebenso groß wie die beiden anderen zusammen – das Importgeschäft. Das Schaufenster wirkte vollgerammelt mit einer Unmenge grellen Tinneffs, bei dem sich Stimpfle gar nicht vorstellen mochte, wer am Ende so etwas so begehrenswert fand, um dafür Geld auszugeben.

Im Laden war es ähnlich unübersichtlich, doch hier und dort gab es auch Sachen, die vielleicht nicht schön, aber doch wenigstens nützlich zu sein schienen. Zwischen bemerkenswert hässlichen Puppen gab es preiswerte Akkuschrauber, neben kleinen Nachbildungen von Sturmgewehren aus Billigplastik in Babyblau und Schweinchenrosa fanden sich Schnellkochtöpfe in diversen Größen, und auf der schrottigen Stereoanlage in »Hi Düfinüshin« gab es Nagelpflegesets, die tatsächlich aussahen, als könnte man sie verschenken.

»Wir möchten bitte mit Herrn Hatami sprechen«, erklärte Daschner.

Ein junger Mann mit Schmalztolle stand hinter der Theke und rief nach hinten: »Mahmoud, komm mal!«

Es näherten sich Schritte, und dann stand der Chef in der Tür. Der Mann war Anfang fünfzig und schien gut zu leben. Den warmen Nusston seiner Haut hatte er sich wohl geduldig auf der Sonnenbank erarbeitet, genauso wie seine vielen kleinen Runzeln. Er war untersetzt, hatte einen hohen Haaransatz, und zwei dicke Panzerketten aus Gold lagen im Ausschnitt seines Seidenhemdes. Die goldene Rolex war vermutlich keine aus seinem Laden.

Noch bevor Daschner oder Stimpfle sich vorstellen konnten, raunte der junge Mann »Polizisten!« und verblüffte so Stimpfle.

»Des stimmt, aber woher wisset Se denn des?«

Der junge Mann zuckte die Achseln. »Ist nur ein Instinkt. Und Sie haben mir noch drei Hinweise gegeben. Erstens kommen Sie zu zweit. Das macht ihr immer, warum auch immer. Man könnt meinen, von euch kann nur einer lesen und der andere nur schreiben. Dann die dicken Beulen an der Hüfte. Entweder Sie haben da beide ganz üble, fette Warzen, oder sie tragen da ihre Dienstpistole spazieren. Und drittens: Schauen S' mal ihr Autodach an. So eine Hochleistungsantenne braucht weder ein Radio noch eine Freisprecheinrichtung. Die ist von einem analogen Funkgerät. Und das wundert mich jetzt tatsächlich. Ich dacht, die bayerische Polizei wär schon komplett auf Digitalfunk umgestiegen. Seid ihr die Museums-Cops oder so was?«

»Bei uns ist die Umstellung noch nicht komplett abgeschlossen«, erklärte Daschner völlig gelassen. »Unser Audi ist einer der letzten, die noch so eine große Antenne haben.« Dann sah sie den jungen Mann an und lächelte. »Und Sie, junger Mann, haben ein großes Talent für witzige Bemerkungen. Aber nutzen Sie es in Zukunft etwas umsichtiger. Sonst kommen Sie in Schwierigkeiten.«

Hatami blieb gelassen und rügte seinen Mitarbeiter nicht. »Der Sohn meiner Schwester«, meinte er, als sei das als Erklärung völlig ausreichend. »Ein lieber Kerl und sehr zuverlässig. Aber leider keinen Sinn für Respekt. Wollen Sie in mein Büro kommen?«

Offenbar war Hatami in keiner Weise beunruhigt oder peinlich berührt. Sie gingen durch einen Flur, in dem sich Kartons stapelten, in ein kleines Büro. Das war erstaunlich gut aufgeräumt. Der Herr des Hauses bot seinen Gästen in zwei mit Leder gepolsterten Sesseln Platz an, ging dann an einen elektrischen Samowar und füllte drei Tassen ab.

»Bitte sehr. Trinken Sie. Entschuldigen Sie bitte, aber ich war nicht auf Besuch vorbereitet, und weil ich versuche, etwas abzunehmen, habe ich nichts da, was ich Ihnen zu essen anbieten könnte.«

Die Kriminaler beeilten sich zu versichern, dass das nicht nötig sei.

»Nun, was kann ich für Sie tun?«, fragte Hatami liebenswürdig. »Welcher Straftat werde ich verdächtigt?«

»Wie kommet Se denn darauf, dass mer Sie verdächtige?«

»Das ist einfach ein Erfahrungswert. Sie wissen ja, mein Lebensweg war nicht sehr grade, und bestimmt wissen Sie besser als ich, für was ich alles verurteilt worden bin. Aber inzwischen habe ich meinen Platz gefunden und bin Geschäftsmann geworden. Dennoch bin ich wohl immer wieder mal einer der üblichen Verdächtigen, wenn irgendwo eine Straftat verübt wird. Ich nehme Ihnen das nicht übel. Es ist halt so, wie es ist. Doch weil ich weiß, wie es ist, und inzwischen auch weiß, wie unsere Polizei arbeitet, habe ich mir angewöhnt, Tagebuch zu führen. Wenn Sie mir freundlicherweise sagen, um was es geht oder zu welchem Zeitpunkt ich einer Tat verdächtigt werde, kann ich nachschauen und so Ihnen – und auch mir selbst – einen Gefallen tun. Wenn ich Ihnen ein Alibi vorweisen kann, ist Ihnen ja auch geholfen, und ich bin vom Haken, nicht wahr?«

Mahmoud Hatami blieb völlig gelassen, als sie ihm den Tod von Dirk Biss mitteilten. Er zeigte sich nur milde überrascht, eine sichtbare emotionale Regung konnten sie nicht erkennen.

Weder Erleichterung noch Mitleid oder Verlust und Trauer. Es war gerade so, als erzählten sie ihm vom Tod eines schon alten und nur vage bekannten Menschen.

Sein Tagebuch immerhin belegte für diesen Tag, dass er hier im Büro mit einem Herrn Wang verhandelt hatte, der einige Spielzeuge aus fernöstlicher Fertigung anzubieten hatte.

»Nachdem wir diesen Punkt geklärt haben, meine Dame, mein Herr – kann ich Ihnen auf irgendeine andere Art weiter behilflich sein?«, fragte Hatami und packte in seine artige Beflissenheit eine ordentliche Portion Spott und Verachtung.

Daschner ging darüber hinweg und fragte einfach weiter. »Sie kannten doch Herrn Biss?«

»Natürlich kannte ich Herrn Biss«, räumte Hatami gelassen ein.

»Sie scheinen aber von seinem Ableben nur wenig mitgenommen zu sein?«

»Wir sind alle in Allahs Hand, und wenn die Zeit gekommen ist, die einem Menschen bestimmt ist … Natürlich ist es bedauerlich, aber bitte verstehen Sie. Wir waren weder Brüder im Geiste noch innige Freunde. Wir haben ein paar Geschäfte miteinander gemacht.«

Nun mischte sich Stimpfle ein. »Wie lange han Sie eigentlich den Biss kennt?«

»Oh. Das ist schon länger her. Das war wohl zu einer Zeit, da war der Herr Biss noch Polizist.«

Daschner lächelte ihn an und bat: »Ach bitte, erzählen Sie.«

Hatami nahm einen neuen Tee, räkelte sich in seinem Sessel zurecht und meinte dann: »Sie wissen ja, dass ich früher nicht der grundehrliche Geschäftsmann war, der ich heute bin. Ich bin sicher, Sie haben meine Akte im Vorfeld gelesen und sind deshalb hier. Ich will auch gar nichts beschönigen. Ja … ich war kriminell, und Herr Biss war … bei der Konkurrenz, könnte man sagen. Wenn man so will, war ich ein Krimineller aus Leidenschaft, aber ohne Glück und Können. Seit ich ehrliche Geschäfte mache, habe ich nicht nur keinen Ärger mehr, ich bin auch erfolgreicher. Damals war ich aber noch so dumm und wollte ein böser Junge sein. Ich habe damals ein paar unverzollte Zigaretten gehabt und suchte einen Abnehmer. Sie brauchen das nicht aufzuschreiben, Herr Kommissar, die Sache ist längst verjährt. Wäre es anders, würde ich es sicher nicht einräumen. Als ich einen ordentlichen Abnehmer für meine Zigaretten suchte, kreuzten sich meine Wege immer wieder mit denen von Biss.«

»Wo kamet denn die Zigarettle her?«, fragte Stimpfle.

»Sie wollen es aber genau wissen! Die wurden von ukrainischen Lkw transportiert, als eine Art Beiladung. Doch die Geschäftsverbindung hat nicht lange gehalten.«

»Welche Routen sind die Lkw gefahren?«

»Hauptsächlich Kiew–München und Odessa–München.«

»Und der Herr Biss ... und Sie?«, bohrte Daschner nach.

»Natürlich war ich recht sauer, denn wegen Biss und seinem Engagement konnte ich die Zigaretten kaum jemandem anbieten. Am Ende musste ich sie weit unter Wert verkaufen.«

»Haben Sie es Biss heimgezahlt?«

»Sie haben ein völlig falsches Bild von mir, liebe Frau Kommissarin. Rache ist eine selten dumme Emotion, die kaum etwas einbringt. Meist ist es reine Energieverschwendung. Ein wenig später, ich machte gerade meine ersten Schritte als Geschäftsmann in der legalen Welt, trat er auf mich zu, und ... nun ... es entstand ein Geschäft zu beiderseitigem Vorteil.«

»Wie das?«, fragte Stimpfle.

»Offenbar hatte Biss sein Ohr am Boden. Er wusste manches, was so vorging. Und so konnte er mir sagen, dass ich besser nicht die schönen, preiswerten Damenhandtaschen von einem bestimmten Händler kaufen sollte. Die angebliche Konkursware war offenbar Diebesgut und würde mir Ärger und weiteren Verlust einbringen. Warum gab er mir den Tipp? Ich vermute, er wollte mir bei meinem Neuanfang in der Legalität ein wenig helfen. Im Gegenzug gab ich ihm den einen oder anderen Tipp, den ich so aufgeschnappt hatte.«

»Aha. Freundlichkeit allenthalben. Und wie war das mit den Alarmanlagen?«

»Ach ja. Die Alarmanlagen.« Hatami lächelte und schien völlig entspannt. Nur seine Augenpartie konnte sich nicht verstellen. Die zeigte immer noch alle Anzeichen der Konzentration und Wachsamkeit.

»Biss hatte irgendwann die Nase voll und suchte Veränderung – beruflich.«

So konnte man es auch nennen. Stimpfle brummte etwas und nickte.

»Er gab also die Uniform zurück und war kein Polizist mehr. Eine gewisse Zeit lernte er, was man als Detektiv können muss. Natürlich half es ihm, dass er Polizist gewesen war. Doch im Angestelltenverhältnis war er nach einer gewissen Zeit nicht recht glücklich. Er wollte sein eigener Chef sein. Selbstständig! Das war ihm wichtig. Doch der Anfang war schwierig. Er besuchte mich. Er fragte mich um Rat, wie er nebenbei ein vernünftiges Grundeinkommen schaffen könnte, um in den ersten Wochen oder Monaten über die Runden zu kommen.«

»Und Sie?«

»Ich hatte damals diese Alarmanlagen gekauft. Und ich war darauf sitzen geblieben. Es war eine Fehlinvestition gewesen.«

»Ach?«, meinte Daschner. »Taugen sie etwa nichts?«

»Nein, das will ich nicht sagen. Nur … mein Laden hier liegt in der Innenstadt und auch meine Kundschaft … Da braucht man weniger Alarmanlagen. Starke Türriegel, Video-Türspione, Sicherheitsketten, das geht hier. Doch diese Anlagen sind eher etwas für ein Reihenhäuschen. Nun … Biss kannte ich inzwischen. Er war fair und zuverlässig gewesen, mit den Anlagen war nicht viel anzufangen. Ich gab ihm ein paar zum Einkaufspreis, und er ging als Sicherheitsexperte hausieren. Wenn er sie mit Profit losschlagen konnte, dann teilten wir. Und er scheint wohl Kunden gefunden zu haben. Vor etwa einem halben Jahr habe ich ihm die letzten Anlagen verkauft.«

»Habet Se eigentlich viele Waren aus Frankreich?«, fragte Stimpfle und wechselte die Spur.

»Bitte?«

»Oder Gewürze aus Nordafrika, Lederwaren und so ebbes?«

»Kaum. Das meiste meiner Waren beziehe ich aus Fernost und aus der Türkei. Und wenn Sie noch etwas für das Abendessen einkaufen wollen, die Straße hinauf und rechts um die Ecke ist ein kleiner, feiner syrischer Feinkosthändler.«

»Sie verstehet mich ned. Ich moin, han Sie auch Importware aus Nordafrika? Weil ... Ihr Name isch doch aus seller Gegend, Marokko oder Algerien.«

Hatami lachte schallend. »Ich soll etwas von einem Berber haben? Algerien, Marokko? Wer hat Ihnen denn den Bären aufgebunden?«

»Stimmt es etwa ned?«

»Nein. Ganz und gar nicht. Meine Eltern stammten aus Persien. Der Name ist persisch. Mit Afrika habe ich nichts zu tun.«

21

Biss hatte von einem großen Knüller gesprochen ... einem anderen Fall. Wimmer saß auf seinem Sofa und grübelte. Was mochte es wohl damit auf sich haben? Natürlich war alles Mögliche denkbar. Aber wie sollte man draufkommen?

Es musste etwas in der Holledau sein, denn Biss hatte sich ja in der Gegend damit beschäftigt. Auch die Bücher spielten vermutlich eine Rolle. Vermehrung von Pflanzen ... im Rahmen eines sensationellen Kriminalfalls. Zumindest war von keinem Bagatelldelikt auszugehen. Denn es war ja ein »Knüller«.

Außerdem musste es um viel Geld gehen, denn er schien recht viel Aufwand zu investieren. Safran war sehr teuer. Doch war hierzulande ein Anbau in sinnvollem Umfang kaum denkbar, schon gar nicht in größeren Mengen. Was gab es noch? Vielleicht etwas Exotisches?

Vor einiger Zeit hatte er einen Fernsehkrimi gesehen, einen der etwas besseren Art. Da war eine Reihe von Leuten gestorben, weil sie unbedingt eine seltene Orchidee von Millionenwert haben wollten. Wenn nun jemand eine solche Orchidee vermehren konnte ... War nicht Vanille eine Orchidee? Er meinte, so etwas gehört zu haben. Von besonders hochwertiger Vanille wusste er auch, dass die ihr Gewicht in Gold wert war. Aber konnte man sie in der Holledau anbauen?

Und wenn man es konnte ... War die Vermehrung von etwas sehr Seltenem und Wertvollem die Grundlage eines solchen Knüller-Verbrechens? Der Wert bestand bei solchen Dingen gerade in der Seltenheit. Exotische Pflanzen ließen sich oft schlecht reproduzieren. Wäre es anders, wären sie ja kaum so selten. Wenn man doch eine Methode ersinnen konnte, die Pflanzen einfach oder rasch und erfolgreich zu vervielfältigen ... Könnte das ein Dukatenesel sein? Die Gans, die goldene Eier legte? Oder machten diesen Plan die Gesetze der Ökonomie zunichte?

Wenn man etwas sehr Rares vervielfältigte, wie lange ging das wohl gut? Man vergrößerte ja das Angebot. Nur wenn das knappe Angebot die Nachfrage nicht befriedigen konnte, zahlten die Menschen Phantasiepreise. Wenn man die Pflanze öfter anböte, wie rasch würde da wohl der Preis fallen? Wie lange würde diese wunderbare Geldvermehrung noch funktionieren können, bis sie sich selbst mittels ihres eigenen Erfolges kaputt machte?

Außerdem … wie groß war wohl der Kundenkreis? Wer sammelte denn schon Orchideen oder eine andere Pflanzenart, und zwar so fanatisch, dass sich der Aufwand lohnte? Zumal das alles ja auf die Holledau bezogen sein sollte, weil es ja ein »lokaler Fall« war.

Wimmer machte sich eine Tasse Tee. So konnte er ewig weiterraten. Das führte zu nichts, war nur vertane Zeit. Was konnte helfen?

Die Aufzeichnungen natürlich, die sie bei Biss gefunden hatten. Wohl zum zehnten Mal nahm Wimmer die Ausdrucke in die Hand, die Anna von den Notizen von Biss gemacht hatte. Doch umsonst … die konnte er nicht lesen. Es war eine seltsame Schrift. Sie erinnerte ihn an Kurzschrift, war aber irgendwie voller, mit mehr Zeichen. Auch hier kam er nicht recht weiter.

»Ich geh a bisserl spazieren!«, rief er seiner Tochter zu und verließ das Haus. Es gab nur eine Person, von der er wusste, dass sie Steno konnte, oder zumindest einmal gekonnt hatte. Das war die Erika.

Schon bei seinem Vater hatte Erika Pfab die Buchhaltung und Büroarbeit gemacht. Viel war es nicht, und doch war sie jahrelang jeden Dienstag und Freitag gekommen und hatte treu und brav auf der Schreibmaschine geklappert und die große Additionsmaschine rattern lassen, ein riesiges Monster, bei dem die Beträge noch mit Schiebern eines Sprossenrades eingestellt wurden. Auch als Wimmer selbst Chef wurde, hatte sich nichts geändert. Doch im Laufe der Jahre wurde alles im Büro älter. Die Rechenmaschine hatte nun recht sonderbare Macken, zumindest wenn man einen Kontrollstreifen ausdrucken wollte, und die Schreibmaschine schrieb immer krummere Zeilen. Auch Erikas Kräfte ließen immer mehr nach, und als Karola ihre Lehre zur Metzgereifachverkäuferin beendet hatte, ließ sie sich von Erika in die Büroarbeit einweisen. Fortan kam Erika nur mehr einmal in der Woche, behielt aber das Kommando.

Als Anna dann zur Welt kam, war Erika schon über siebzig und zog sich ganz zurück.

Sie hatte ihr Amt noch keine Woche niedergelegt, da schaffte Karola für das Büro einen Computer an. Erika nahm es ihr persönlich übel, dass bei Wimmers nicht mehr mit vorsintflutlicher Technik gearbeitet wurde, doch irgendwann erkannte auch sie die Vorzüge. Die digitale Welt hatte überall Einzug gehalten, und ein Betrieb musste mit der Zeit gehen. Sie selbst aber hielt Computer immer noch für seelengefährdendes Teufelszeug und weigerte sich standhaft, irgendwelche Automaten zu bedienen. Auf ihrer Volksbankfiliale war man nachsichtig mit ihr und gab ihr ihr Geld am Schalter, wie sie es gewohnt war.

Nun, mit fast siebenundachtzig Jahren, wohnte sie noch immer in einem kleinen Siedlungshäuschen, war krumm, gebeugt und runzelig wie ein alter Apfel, aber dank der Nachbarschaft konnte sie sich noch gut allein versorgen.

Die Klingel an Erikas Tür war dieselbe, wie sie es immer gewesen war: Eine Art Fahrradschelle, die mit einem Drehgriff bedient wurde und dann innen blechern rappelte. Ohne Strom, einfach und unkaputtbar.

Es dauerte, bis Erika Pfab an der Tür war. Bis dahin bat sie den Wartenden durch die Tür um Geduld: »I kimm scho, i kimm scho, nur an Augenblick bitte. I bin ned gut z' Fuaß, da braucht's an Moment länger. Aber jetzt hab i's scho fast g'schafft und bin glei da. Renna S' nur ned weg, sonst hätt i den Weg umasonst g'macht. I kimm scho!«

Die Tür ging einen Spalt auf, und in Höhe der Türklinke erschien Erikas Gesicht.

»Ja, Ludwig! Bua, was machst du denn da?«

Wimmer trat ein und überreichte ihr einen Strauß Blumen.

»Mei, du sollst mir doch ned extra Blumen schenken«, protestierte sie, doch sie strahlte trotzdem.

»Ach, i hab meine Anna-Maria am Friedhof besucht, und wenn i scho im Blumeng'schäft bin …«

»Ach je, die Anna-Maria! Mei, dass die so früh hat ster'm müssen. Es is ja ewig schad!«

Eine Weile blickten sie zurück auf die Zeit, als Wimmers Frau noch der Mittelpunkt von Haus und Metzgerei war. Nun war Karola in diese Lücke hineingewachsen und füllte sie aus. Sie machte es anders, auf ihre Weise, aber nicht schlechter. Natürlich kam man über kurz oder lang auch auf die Gesundheit zu sprechen. Nach der unvermeidlichen Zusicherung, dass man ja eigentlich nicht klagen könne, folgte eine ganze Reihe von Beschwerden, von der Hammerzehe bis zu den Ohren, die nicht mehr recht hören wollten.

»Ach, des is halt das Alter. Des is nix rechts. Aber man lebt halt so gut wie man eben kann, von Tag zu Tag. Aber sag amal, wieso bist du denn gekommen? Braucht die Karola Hilfe? Passt was ned im Büro?«

Wimmer versicherte ihr, dass nichts im Büro in Unordnung sei.

»Ja, die Karola … Tüchtig is sie ja schon immer g'wesen. Nur dass sie sich so auf des neumodische Computergraffl verlasst, des halt i für an schlimmen Fehler. Aber immerhin … sie hat ja bei mir die Grundlagen noch ordentlich g'lernt. Ohne so neumodischen Schmarrn!«

»Sag amal, Erika, du kannst doch aa Kurzschrift, oder?«

»Steno? Ach je … Ja, des hab ich noch g'lernt. Vui kann ich aber nimmer. Brauchst du wen für a Diktat? Ach, weißt du Ludwig, da ist des neumodische Zeug vielleicht doch gar ned so schlecht, wie man meint. Da kannst scho so a Tonbandl oder so was hernehmen.«

»Es geht um etwas anderes. Ich hab da Aufzeichnungen gefunden und kann sie ned lesen. Ich dachte, vielleicht ist es a Art von Kurzschrift.«

»Zeig amal her, was du hast.«

Wimmer gab ihr die Ausdrucke.

»Naa, Ludwig. A Steno schaut a bisserl anders aus. Und es gibt verschiedene Arten von Steno. Des aber ist für Steno zu kompliziert. Kann des vielleicht Arabisch oder so was sein?«

Das hatte Anna schon ausgeschlossen. Arabisch sah völlig anders, hakeliger aus, und die Schreibrichtung war dort von rechts nach links. Eine halbe Stunde saß Erika geduldig über den Ausdrucken.

»Ach, weißt du Ludwig, des mit dem Steno is immer so a Sach g'wesen. In der Schul hat man zwar die Kurzschrift g'lernt, genauso wie das Schreiben. Aber wenn wer das oft benutzt hat, dann hat er auch da eine eigene Handschrift entwickelt. Das schaut oft nimmer recht nach den Zeichen in der Stenofibel aus.«

»Und hier? Hier ist des aa a individuelle Handschrift?«

»Mei, wenn, dann ist es a Sauklaue oder a echte Doktorschrift. Ich kann's zumindest ned lesen. Hier und da amal a Wort vielleicht: Des da ist wohl das Zeichen für Straße. Und die ganze Zeile ist offensichtlich a Adress. Aber was der gschlamperte Schnörkel da vorn sein soll – ich kann's einfach ned lesen. Da müsst ich raten.«

Am späten Nachmittag hatte Anna endlich wieder ein Stündchen Zeit für ihren Opa. Als sie in Wimmers Stube trat, hatte sie ausnahmsweise nicht ihren Rechner dabei, sondern einen Stapel Bücher.

»Du, Opa, ich hab heut in der Schule mit dem Herrn Herbertz gesprochen!«

Herr Herbertz war, soweit der alte Metzger wusste, der Geschichtslehrer von Anna. Wenn er sie gefragt hätte, hätte sie ihm noch erklären können, dass er waaahnsinnig nett war, und auch toll aussah. Er trug gern eine coole Lederjacke und wollte wohl ursprünglich mal Archäologe werden. Jedes Mal in den Sommerferien half er seinem alten Professor bei Ausgrabungen irgendwo auf Zypern.

»Neulich ham mir ihn in einer Freistunde g'habt, und da hat er einfach so a ganz a tolle Stunde aus dem Hut gezaubert – über Buchstaben. Er kennt sich fei aus mit ägyptischen Hieroglyphen und anderen alten Schriften. Hast du g'wusst, dass des ägyptische A ein Kuhkopf is und dass des Zeichen immer noch bei uns im ABC vorkommt? Unser A is ein Kopf mit Hörner, der auf am Kopf steht. Im Laufe der Zeit haben verschiedene Völker in ihren Schriften das Zeichen erst auf die Seite gedreht. Die Ohren ham s' wegg'lassen und dann komplett auf den Kopf gestellt! Waaahnsinn, oder?«

Wimmer war etwas weniger beeindruckt.

»In der Pause hab i den Herrn Herbertz jedenfalls amal a Seite aus dem Notizbuch vom Biss gezeigt. Die Bilder hab ich ja auf dem Handy g'habt. I hab ihm natürlich nix verraten. Er hat sich die Seite ang'schaut.«

»Und? Hat er was raus'bracht?«

»Also: Es ist sicher ned Arabisch. Auch nicht diese Schreibschrift der Pharaonen, Demotisch heißt die, glaub i. Und auch keine altpersische, babylonische oder sonst a altorientalische Schrift, meint er.«

»Wenn das a Schrift aus dem alten Babylon g'wesen wär, hätt mich das auch schwer g'wundert. Des hat der Biss doch sicher ned können.«

Anna kicherte.

»Okay, jetzt wissen wir, was es alles ned is. Hilft uns des irgendwie weiter?«

»I bin doch noch ned fertig g'wesen. Der Herr Herbertz hat uns nämlich noch a paar Tipps geben. So alte Texte hat man manchmal einfach auch rückwärts geschrieben, also von rechts nach links. Und der Leonardo hat seine Notizen in Spiegelschrift gemacht. Er meint aber, die Schreibrichtung wäre von links nach rechts. Aber vielleicht muss man den Text von unten nach oben lesen oder auf den Kopf stellen. Da muss man wohl ein wenig rumprobieren.«

Sie legte den Stapel Bücher auf seinen Schreibtisch.

»Schau amal, Opa, hier hab i noch ein paar Bücher aus der

Schulbücherei mit'bracht. Die hat der Herr Herbertz für mich rausg'sucht. Alles über Schriften. Vielleicht hilft das ja was? Magst du die durchschauen? Ich sollt nämlich lernen und hab eigentlich gar keine Zeit! Bis eben hab ich nämlich der Mama im Laden helfen müssen. Für umsonst! Als Strafe wegen der Flunkerei. Apropos Laden ...«

Im Laden hatte sie natürlich fleißig die Ohren gespitzt. Viel hatte es nicht geholfen. Der größte Skandal, der von den wartenden Kundinnen beklagt wurde, war wieder einmal die große Hähnchenmastanlage, die in der Nähe gebaut wurde, obwohl sich alle Anwohner und die Gemeinde klar dagegen ausgesprochen hatten. Die Genehmigung vom Landratsamt hatte es dennoch gegeben. Es ging um sehr viel Geld, das investiert worden war, bevor alle Genehmigungen bestätigt waren.

»Was denkst du, Opa? Kann das der andere Fall sein, das Hendl-KZ, das die da bauen wollen?«

»Hmmm ...« Wimmer brummte. »So ein Betrieb ist natürlich a riesengroße Investition. Und wenn viel Geld im Spiel ist, werden d' Leut manchmal recht rücksichtslos. Von daher könnt es scho sein. Ich glaub's aber ned. Das hat ja aa nix mit Pflanzenvermehrung zu tun.«

»Vielleicht ja doch. Haben denn die Hendlmäster nicht nachweisen müssen, dass sie das Futter für die Hennen auch selbst erzeugen können? Erst wenn sie das können und ned alles zukaufen müssen, erst dann können sie loslegen mit ihrer Hühnerfabrik«, meinte Anna und verzog angewidert das Gesicht. »Aber des schaffen s' auf den kleinen Flächen, die sie ham, nie und nimmer.«

»Du meinst, wenn es a superertragreiche Hühnerfutterpflanze gäb, an Megamais oder so was, dann gangert des? Vielleicht einen, den man nur vegetativ vermehren kann?«

»Ja, so in etwa hab ich mir des gedacht.«

»Von so am Supermais hätt ma doch irgendwas gehört. Und bei dem Körndelkram, glaub ich, da brauchst du ja gar ned mit der vegetativen Vermehrung anfangen. Da wirst ja ned fertig! Aber hör dich ruhig amal um. Vielleicht weiß ja einer von deinen Schulkameraden was.«

Als Anna in ihrem Zimmer lernte – man hörte es an der eher gedämpften Popmusik –, warf Wimmer einen Blick in die Bücher, die Anna mitgebracht hatte. In einem der Bücher war eine Kurzschrifttafel abgebildet, die einige wichtige Silben und ihre Schnörkel zeigte. Auch Erika hatte ihm zwei Bücher mitgegeben. Uralte Stenofibeln, mit denen sie selbst gelernt hatte. Mehr als eine Stunde lang versuchte Wimmer sich selbst an Steno.

Es war ein seltsames Schreiben. Ein sonderbarer Wechsel aus genau definiertem Zeichen und flüchtigem Schnörkel. Auch begriff er allmählich, dass die Worte oft gekürzt wurden, indem man je nach System die Anlaute unter den Tisch fallen ließ und sich auf den Klang des Wortstammes konzentrierte oder im Gegenteil den Anlaut festschrieb und den Rest einfach ausließ. Man musste also wissen, was man las, um es verstehen zu können.

Damit setzte Wimmer sich noch einmal über die Notizen. Gegen neun Uhr kochte er sich einen Tee. Gegen elf eine zweite Kanne. Um drei Uhr war sie leer, und er hatte sogar drei Gläschen Portwein getrunken, war zweimal auf der Toilette gewesen und blickte auf das Ergebnis seiner Mühen. Mit viel Raten hatte er ein paar kurze Notizen zumindest zum Teil in etwas leidlich Verständliches verwandelt, wobei ihm klar war, dass er weder von einer Übersetzung reden konnte noch von einer Transkription. Es war eher eine Art Nachdichtung, die sich hier und dort an ein paar Übersetzungsideen festhielt, die vielleicht – mit viel Glück – richtig sein konnten.

Er hatte mit einer Notiz begonnen, deren Datum ihm verriet, dass sie sich auf ihre Zusammenarbeit bezog. Er las sich laut vor, was er sich zusammengepuzzelt hatte:

Ho[ff] g[e]f[unden]. W[imme]R b[e]za[hlt]: evnn

Was die letzten vier Zeichen bedeuten konnten, war ihm leider völlig unklar.

Nachdem er an dieser Nachricht ein paar Prinzipien entdeckt hatte, versuchte er sich an einer der älteren Notizen und wählte eine der kurzen. Dies hatte weit länger gedauert, und das Ergebnis war noch rätselhafter:

kw ds[???] Mo[ntag] – (bis) Mi[ttwoch] i[m/n(?)] E[???],
Sp[esen] Ü[bernachtung](und) E[ssen] edN/T (???/Tag?)
Ho-B(???) gef[funden/fahren???] Rob Hellburg (Name?),
Saverne/[Straße] aS (??) paf (Pfaffenhofen?)

1970 bis 1975

Die Zeit verging. Franziska wohnte mit Werner weiter in den zwei kleinen Zimmern über dem Tabakgeschäft. Ein paarmal machte Franziska Versuche, wieder einen Mann in ihr Leben einzubinden. Doch das war nicht einfach. Sie war nicht mehr der frischeste Apfel auf dem Markt. Das Alter war dabei nicht einmal das größte Hindernis. Aber eine Frau mit Kind, das schreckte viele Männer doch ab. Die Pille, die es nun, Ende der Sechziger, gab, diktierte neue Regeln. Nun suchten die Männer meist nur mehr ein erotisches Abenteuer. Für eine dauerhafte Bindung waren sie erst zu interessieren, wenn sich die Freundin als patenter Kumpel, seelenverwandtes Wesen und Granate im Bett zugleich erwies.

Franziska aber wollte kein sexuelles Abenteuer. Sie wollte einen Mann. Das eine oder andere Mal hatte es ganz gut ausgesehen. Doch die Leidenschaft des einen schwand schnell, als er erfuhr, dass sie nicht nur ein Kind, sondern auch noch keinerlei eigenes Vermögen besaß. Der andere suchte blass und überstürzt das Weite, als er erkannte, dass sein Rendezvous mit zwei Lesben lebte.

So gab Franziska es auf, nach einem Mann zu suchen.

1970 wurde Werner gefirmt. Nach dem Festgottesdienst saßen sie zu viert im nahe gelegenen Restaurant Elefantengarten und feierten. Sie lachten viel und hatten Spaß, bis ein Klassenkamerad sie entdeckte. Auch er feierte hier seine Firmung, aber im Nebenzimmer mit seiner Familie, die wohl an die dreißig Köpfe zählte. Der junge Mann sagte zwar ordentlich »Grüß Gott«, doch sein verschlagenes Lächeln verhieß nichts Gutes.

Werner musste nur warten, bis er wieder in der Schule war, um zu erfahren, wie Ulrich ihn piesacken wollte. Schon in der ersten Pause gaben die Firmlinge großkotzig an, was sie alles geschenkt bekommen hatten: Fahrrad, Plattenspieler, Mikroskop, Geld, Karl-May-Bände (die gebundenen, nicht die g'lumperten Taschenbücher!) und eine Dampflok für die Märklin-Anlage. Sie häuften Reichtum auf Reichtum im Bestreben, die anderen zu übertrumpfen, und erfanden wohl noch allerlei dazu. Dann ärgerten sie Werner, der nur ein Buch mit mathematischen Rätseln, einen neuen Anzug und eine Uhr vorzuweisen hatte.

»Eine erbärmliche Ausbeute«, meinte Ulrich. »Da hat sich die ganze Lernerei für die Firmung ja gar nicht gelohnt. Mei, ist halt schon blöd, wenn man keine g'scheite Familie hat. Da helfen auch drei Mamas nix!«

»Keine Familie?« – »Drei Mamas?« – »Ja, hat der denn keinen Vater?« – »Wie soll das gehen?« – »Keine Verwandten? Ich hab ja allein schon fünf Tanten!«

Werner sah sich in Erklärungsnot. Jede seiner gestammelten Antworten erzeugte nur neue Fragen, und noch bevor die Pause um war, lief er aus der Schule weg und nach Hause. Er rannte durch den Laden und stürmte nach oben. Franziska rief die Schule an, erklärte, ihrem Sohn sei schlecht geworden und er sei heimgegangen. Dann hängte sie »Komme gleich wieder!« in die Tür, sperrte ab und ging nach oben. Sie fand den Jungen auf seinem Bett und in Tränen aufgelöst. Sie tröstete ihn, so gut sie konnte. Reden konnten sie aber erst am Abend.

Das Gespräch erwies sich im Nachhinein leider als nur wenig hilfreich. Natürlich war die Betrachtungsweise seiner Klassenkameraden dumm, oberflächlich und völlig verfehlt. Das wusste Werner selbst. Und es war nun mal eine Tatsache: Manche Menschen hatten viele Verwandte, andere wenige. Dennoch traf es Werner und tat ihm weh.

»Warum können wir nicht sein wie andere auch?«, rief Werner endlich. »Wieso habe ich keine Verwandten, keinen Vater und gleich drei Mütter? Selbst ein Kind aus dem Waisenhaus ist irgendwie normaler! Ich kann aber mit dem Zirkus mitgehen, in der Varietätenschau. Hier die Dame mit Bart, da der magnetische Mann, und hier sehen sie den Jungen mit den drei Müttern! Ich bin ein Monster!«

»Du bist kein Monster!«

»Wenn sie aber alle so tun, ist es egal.«

»Aber du weißt doch, dass es anders ist.«

»Aber wieso ist das so? Wieso habe ich keinen Vater? Wieso habe ich keine Familie? War da nicht eine Tante Iris? Wieso haben wir keinen Kontakt?«

»Das habe ich so entschieden.«

»Einfach so?«

»Ich hatte gute Gründe.«

»Ach ja? Welche denn? An mich hast du wohl nicht gedacht! Ich muss es jetzt ausbaden!«

Werner geriet in Rage und drängte seine Mutter mit immer neuen Argumenten weiter in die Ecke, so gut er es konnte. Doch nun explodierte Franziska.

»Jetzt hör mir ganz genau zu. Ja! Ich habe mich auf ein Abenteuer eingelassen. Einmal in meinem Leben war ich leichtsinnig. Mit einem Mann. Einem feschen Mann, aber einem, den ich sicher nicht heiraten wollte. Es war toll, und es war eine Dummheit, reiner Leichtsinn. Aber wer ist nicht ab und zu leichtsinnig? Du bist ein Kind der Lebenslust und Freude. Du bist das Beste, was mir je passiert ist. So viel zu deinem Vater. Frag nicht weiter nach. Mehr musst du nicht wissen, und mehr werde ich dir auch nicht sagen.«

Werners Mund klappte auf.

»Und zu unseren lieben Verwandten, da will ich dir auch noch was sagen! Als die bemerkten, dass ich schwanger war, wollten sie dich nicht haben. Gerade du solltest dich nicht für sie einsetzen! Ich sollte dich unbedingt abtreiben. Wegmachen. Umbringen wollten die dich! Und als du dann da warst, noch im Krankenhaus, da haben sie mir eine Stelle für dich gesucht gehabt, bei Bauern in der Wallachei. Die nehmen Kinder auf und lassen sich dafür bezahlen. Das ist Geschäft. Weißt du, wie es den Kindern in solchen Pflegstellen geht? Wie sie schuften müssen? Man hat sie dort nicht lieb! Man verdient Geld mit ihnen. Wie mit Ziegen oder Kühen. Kindervieh wärst du gewesen. Tot oder ein Stück Kindervieh. Ich habe ›Nein!‹ gesagt. Und ich stand ganz allein da, mit dir. Beinahe wären wir obdachlos gewesen. Ohne Zuhause. Ohne Geld und Arbeit. Denn es gab keinen, der auf dich aufpassen konnte. Da kamen wir hierher. Cora und Edda haben uns aufgenommen, auch sie haben sich für dich entschieden. Als wir ankamen, hatten wir nichts. All unser Besitz passte in ein kleines Köfferchen! Was wir haben, habe ich hier für uns erarbeitet. Doch das konnte ich nur, weil mir Edda eine Arbeit gegeben hat! Also reiß dich ja am Riemen, junger Mann. Und sei den Menschen dankbar, die sich für dich eingesetzt haben, und trauere nicht denen nach, die dich nie mochten und dich am liebsten gleich wieder aus der Welt geschafft hätten.«

Kleinlaut entschuldigte sich Werner, doch seine Mutter war noch zu aufgeregt. Sie schickte Werner ins Bett, ging spazieren, setzte sich später an den Küchentisch und brach in Tränen aus. Bald schon kamen Edda und Cora dazu und trösteten erst die Freundin, dann Werner.

Dass seine Verwandten ihn hatten umbringen wollen, war für Werner ein Schock. Hatte er sich zuvor als Monster gefühlt, als Attraktion im Kuriositätenkabinett, so waren nun seine Verwandten die Monster. Das half ihm immerhin ein wenig. Und auch, dass es irgendwo einen Vater gab, auch wenn die Umstände seiner Zeugung geheimnisumwittert waren.

Die Situation in der Schule wurde aber nicht besser. Zwar hörten das Vergleichen der Geschenke zur Firmung und ihre Taxierung nach Mark und Pfennig auf, doch Ulrich und ein paar andere in der Schule wussten nun, dass man Werner mit seinen drei Müttern ebenso treffen konnte wie mit seinem Status als Bankert. Das war schlimm genug, und die Tatsache, dass er seinen drei »Müttern« zu Dank verpflichtet war, machte es ihm nicht leichter.

Als seine Peiniger ein Jahr später aus irgendeiner Quelle herausbrachten, dass seine drei Mütter ein »lesbisches Kleeblatt« waren, Franziska schlug man als Untermieterin einfach über denselben Leisten, bekamen die Gemeinheiten eine neue

Qualität und einen dreckigen sexuellen Beigeschmack. Bis zu diesem Zeitpunkt war das Zusammenleben von Frauen, auch als Liebespaar, für Werner etwas ganz Normales und Alltägliches gewesen. Da war nichts Perverses, nichts Verdrehtes. Es war zwar ein anderes Familienmodell, aber es war getragen von Liebe, Vertrauen und gegenseitiger Unterstützung, wie in anderen Familien auch.

Doch seine Schulkameraden sahen das natürlich anders. Zum Glück fiel diese Entdeckung in das Jahr 1972, dem Olympiajahr. Spätestens seit Mai schien die Luft zu prickeln, es war als hätte ein Flowerpower-Virus eine rasch um sich greifende Harmonie und Entpanntheit ausgelöst. Man freute sich auf die heiteren Spiele, genoss das metropolitane Gefühl, dass einem die neue U-Bahn verlieh und bereitete sich mit Eifer auf Gäste aus aller Welt vor. Noch nie war München so weltoffen gewesen wie in diesen Wochen. Es gab so viel zu erleben, dass oft genug auch die gehässigsten Kameraden besseres zu tun hatten, als Werner zu quälen.

Mehrfach hatte dieser bei seiner Mutter nachgebohrt, um mehr über seinen Vater zu erfahren. Doch Franziska blockte das ab.

»Das ist allein meine Sache. Das geht dich nichts an.«

»Aber es ist doch mein Vater.«

»Ach, Werner! Mit dir hatte das damals gar nichts zu tun. Dass es dich gibt, ist nur ein wunderbarer Zufall.«

Der Stimmbruch kam, die Pubertät, und auch die Schule näherte sich dem Abschlussjahr. Nun wurden im Kameradenkreis andere Themen behandelt. Themen, bei denen Werner nicht glänzen konnte: Geld und Mädchen.

Geld wurde wichtig, um im Kreise der jungen Männer etwas darzustellen. Da brauchte man eine Achtziger oder zumindest ein Moped. Und Geld für die Eisdiele. Oder für Zigaretten. Und für coole Klamotten. Hosen mit absurdem Schlag, Lammfellwesten mit Stickerei oder Lederjacken, wie Motorradfahrer sie trugen. Nichts von alledem fand Franziska für Werner kleidsam. Das meiste war ohnehin zu teuer.

So waren seine Ausflüge in die modische Extravaganz kaum wahrnehmbar. Viel eigenes Geld hatte er nicht. Ein Jahr trug er Zeitungen aus, sparte und musste sich dann entscheiden: Wollte er einen Mopedführerschein machen oder coole Klamotten tragen? Werner entschied sich falsch. Er wählte den Führerschein, nur um festzustellen, dass die Pappe allein, ohne Geld für ein Moped, seinen Status nicht verbesserte.

So war er ziemlich uncool, als er mit sechzehn zur Tanzschule angemeldet wurde. Er erlebte, wie die hübschesten, begehrtesten Mädchen die Jungs wählten, die ihnen etwas bieten konnten. Entweder Ausfahrten mit dem knatternden Zweirad, Besuche in Cafés oder wenigstens einen ansehnlichen optischen Rahmen, wenn sie aussahen wie Schlagerstars.

Ab und zu konnte Werner doch ein Mädchen für sich interessieren. Leider selten für lange. Eine blonde Martina erklärte ihm recht freimütig, er sei ja süß und auch sehr nett, aber mit ihm auszugehen sei gesellschaftlich einfach nicht angemessen. Er müsse einfach was vorzuweisen haben.

Und dann kam Kirsten. Werner konnte sie erobern und fühlte sich wie der erlöste Froschkönig. Sie war nett, freundlich und lachte mit ihm und nicht über ihn. Oh … sie roch so gut, und in ihren Augen konnte der junge Mann ertrinken. Dass Werner nicht so viel hermachte wie manche seiner Klassenkollegen, war ihr einerlei.

Sie gingen ins Kino, zum Eis essen, und auf einer Parkbank im Englischen Garten küssten sie einander. Werner schwebte, und auch sie schien schwer verliebt zu sein.

Als er sie an einem Samstagnachmittag zu sich nach Hause einlud, um sie seiner Mutter vorzustellen, verflog ihre Schwärmerei aber jählings. Dabei hatte alles so nett angefangen. Alle waren liebenswürdig und freundlich. Edda hatte Kuchen gebacken, und Cora brachte aus ihrem Zimmer das gute Meißner. Als Kirsten sich kurz frisch machen musste, kam sie verändert zurück. Plötzlich war Kirsten steif wie ein Ladestock und seltsam kühl. Werner erkannte sie kaum mehr. Das Kaffeetrinken dauerte weniger lang, als es geplant war.

Auch auf dem Heimweg war die junge Frau schweigsam und abweisend. An der Haustür gab es keinen Abschiedskuss.

Werner fragte sich unentwegt, was er nur gesagt oder getan haben konnte, was sie so verstimmte. Er musste nicht lange warten. Schon am nächsten Tag lag ein Brief im Postkasten. Kirstens Vater hatte geschrieben.

»Meine Tochter hat in Ihrer Wohnung etwas entdeckt, was sie niemals erwartet hätte«, lasen die drei Freundinnen und Werner gemeinsam. »Dabei kam sie nicht umhin, festzustellen, dass Ihr Lebenswandel befremdlich erscheint. Natürlich dürfen Sie Ihren Jungen erziehen, wie Sie es für richtig halten. Ich mache Ihnen auch keinen Vorwurf, unser Kind verstört zu haben, doch steht fest, dass Ihr Lebensmodell mit unseren Werten nicht in Einklang zu bringen ist.«

»Was meint der Mann nur? Wie können wir das Mädchen so schockiert haben?«, fragte sich Edda.

»Oh! Die Zeitschriften neben der Toilette!« Cora war bleich geworden.

Cora hatte vor ein paar Jahren angefangen, alte lesbische Frauenzeitschriften aus der Weimarer Republik zu sammeln. Zur allgemeinen Erheiterung lagen einige auf dem Rattanschränkchen neben dem Klo.

»Oh nein!« Cora war ehrlich bestürzt. »Aber wer denkt denn daran, dass jemand an den alten Dingern Anstoß nimmt?«

»Ihr Vater jedenfalls nimmt Anstoß«, sagte Werner und las weiter vor: »Bitte verstehen Sie, wenn ich meiner Tochter jeden Umgang mit Ihnen untersagen muss. Ich möchte Sie auch bitten, uns keinesfalls mehr zu belästigen.«

Es war echter Liebeskummer. Werner litt schwer. Wochenlang schlich er wie ein Phantom durch die Welt. Nun waren es vor allem die Mädchen, die hinter seinem Rücken wisperten. Doch alles ging vorüber, auch der Schmerz über das jähe Ende seiner Romanze. Als nach einem Dreivierteljahr die Stare wieder aus dem Süden kamen, hatte Werner Kirsten überwunden und bereitete seinen Schulabschluss vor.

22

22. Oktober – Dienstag

Die SoKo war im Besprechungszimmer versammelt.

»Gibt es Neues?«, fragte Dr. Müller und drückte so gleich zu Beginn der Sitzung aufs Tempo.

Aschenbrenner und Stimpfle berichteten von ihren Erkenntnissen rund um die Alarmanlagen, die wohl der finanzielle Notnagel des toten Detektivs gewesen waren.

»Auch wenn das erhellend ist, es bringt uns leider nicht weiter.«

»Ich han amal den Faden der französischen Zigarettle weiterg'sponnen und han 'prüft, ob seller Spezi in München, der Herr Hatami, Kontakte hat, die uns vielleicht in der Richtung weiterbringet.«

Fast den ganzen Sonntag hatte Stimpfle am Rechner gesessen und sich verbissen geplagt, irgendwie eine Verbindung von Hatami zu Verbrechern oder kriminellen Organisationen in Südfrankreich oder in den nordafrikanischen Staaten herzustellen. Hatamis gab es zwar etliche und auch einige mit allerlei Vorstrafen. Doch darüber hinaus fand er leider keine Verbindungen nach Bayern, es sei denn, er stellte sie mit viel zu viel Phantasie und spekulativen Mutmaßungen selbst her.

Doch er war Profi genug, um diesen Fehler beizeiten zu erkennen. Von ein paar Hatamis aus Frankreich, die er als Straftäter im System fand, fragte er immerhin die genaueren Personaldaten der französischen Behörden ab. Es waren vier Einträge gewesen. Einer war seit Jahren im Gefängnis, ein anderer vor zwei Jahren gestorben, eine junge Frau war als Prostituierte registriert und seit mehr als einem Jahr verschwunden. Der letzte Eintrag war ein alter Mann, inzwischen fünfundachtzig. Er war Taschendieb und Trick- und Scheckbetrüger und arbeitete seit Jahrzehnten in Avignon. Auch das passte nicht recht zu dem Münchner Händler.

»Leider hat sich dieser Ansatz als falsche Spur erwiesen. Worauf auch immer die französischen Zigarettle hinweisen … auf sellen Windhund in München weiset sie wohl ned hin.«

»Können wir diesem Ganoven sonst wie am Zeug flicken?«, wollte Dr. Müller wissen. »Oder anders gefragt … ist es sinnvoll, wenn wir dem Mann ein wenig Druck machen?«

»Der Mo isch sicher ned ganz der biedere G'schäftsmann, den er darstellt«, meinte Stimpfle. »Aber er isch so ein aalglatter Granatenstrolch und a Erzschlawiner, sodass mer ihn kaum festnagle könnet. Er führt extra für Alibis Tagebuch und hat's g'schafft, dass er seit Jahren sauber bliebe isch. Des hoischt bei seller Biographie scho ebbes. Es wird ned leicht, ihm was am Kittel zum flicke. Und wozu? Er hat zwar den Biss kennt, aber so die dicken Kumpels waret se wohl auch ned. Dass er was zu unserem Fall beitragen kann, halt ich inzwischen für fraglich.«

»Gut, danke. Wenn wir in ein paar Wochen gar nicht mehr weiterkommen, werden wir uns den Mann und seine Geschäfte genauer ansehen. Stellen wir also diesen Hatami erst mal zurück. Wie sieht es aus? Haben wir sonst noch was?« Dr. Müller blickte in die Runde.

Konrad meldete sich. »Zierer und ich haben endlich mit Wollner gesprochen.«

Sie berichteten von seinem vorübergehenden Auszug aus dem ehelichen Haushalt und dass sie den Mann erst gestern in der Ferienwohnung eines Kollegen im Landkreis Miesbach gefunden hatten.

Es war schon recht spät am Montag, als die beiden Polizisten die Autobahn verließen. Noch auf der Autobahn hatte Zierer sich mit dem Laptop via Internet über Wollners Logis, die Rieger-Alm, informiert. Es war laut Computer ein stattliches Anwesen. Die Alm verband Landwirtschaft mit Tourismus.

Hier konnte man nicht nur Urlaub auf dem Bauernhof machen, im Sommer war auch Camping auf dem Bauernhof möglich, und sogar für Schulklassen und Jugendgruppen war man mit Matratzenlagern in zwei ausgebauten Stadeln gerüstet.

Als sie von der Salzburger Autobahn abfuhren, ging es durch bayerische Bilderbuchlandschaften wie aus dem Werbeprospekt bergauf und -ab auf die Alpen zu. Nach knapp zehn Minuten waren sie angekommen. Die Website hatte nicht gelogen. Das Haupthaus mit seinen langen Balkonen voller Geranien stand mit etlichen Nebengebäuden hoch am Hang über dem Seehamer See und bot freien Blick auf das Tal, den See und dahinter das Mangfallgebirge. Betrieben wurde die Alm von Familie Rieger, besonders von Leopold Rieger und seiner Ehefrau Kathi, ihrer Mama Lena und ihrer Schwester, Theres Rammerl. Auch ihr Mann half mit, soweit es sein Dienst in Stadlheim zuließ. Das hatten sie schon beim Gespräch mit diesem in Erfahrung bringen können.

Werner Wollner fanden sie in einer Ferienwohnung im ersten Stock. Das Appartement war nicht ungemütlich, aber ein wenig unpersönlich eingerichtet. Man merkte dem Raum an, dass er immer wieder nur vorübergehend bewohnt wurde.

Wollner ließ die Polizisten ein und bot ihnen Platz auf Sofa und Sesseln an, dann setzte er sich an den kleinen Tisch.

»Ich war grade am Abendessen. Möchten S' auch einen Löffel? Oder wollen Sie was zu trinken? Ich hab auch alkoholfreies Bier.«

Mit einem Blick auf das Menü – Dosenravioli naturell – lehnte Konrad dankend ab.

»Was kann ich für Sie tun?«, fragte Wollner.

»Sie könnten uns verraten, wo Sie am 16. Oktober am Nachmittag so um zwei waren.«

»Oh … Warum wollen S' denn des wissen?«

»Das verrat ich Ihnen gleich. Wissen S' denn, wo Sie waren?«

Wollner zog den Geldbeutel heraus und kramte nach einem

winzigen Kalender. »In Stadlheim bei der Arbeit. Da wird der Ein- und Ausgang registriert, also sollte das für Ihre Zwecke wohl ausreichen.«

»Wenn die Haftanstalt das bestätigt, reicht es sicherlich. Wissen Sie, dass Dirk Biss tot ist?«

»Nein!«

»Doch.«

»Sind Sie sicher?«

»Auf mich müssen Sie sich da nicht verlassen. Unsere Gerichtsmediziner waren da sehr klar. Und bei so etwas irren sie sich nie. Er ist tot.«

»Oh mein Gott! War es ein Anfall?«

»Nein. Wie kommen S' denn da drauf?«

»Er ist doch statistisch gesehen genau in der richtigen Zielgruppe: nimmer ganz jung, Raucher, wenig Sport, viel sitzen, a bisserl Wohlstandsspeck, dann einen Beruf mit am Stress. Ich hab schon a paar Kollegen und Bekannte beerdigt, die auch so gelebt ham.«

»Nein, es war kein Anfall. Es war ein Anschlag. Mit einem Gewehr. Man hat ihn erschossen.«

»Nein!«

»Das dürfen S' mir diesmal glauben, Herr Wollner«, blaffte Konrad.

Noch nie hatte Zierer den sonst eher sanften und freundlichen Konrad in so einer Situation so ruppig erlebt. Offenbar wollte er bei Wollner eine härtere Linie fahren. Um vielleicht seiner Spinnerei durch Verständnis und Mitgefühl nicht zu viel Futter zu geben?

»Nein, nein!« Wollner schüttelte den Kopf. »Ich glaube natürlich Ihren Medizinern und Ihnen auch. Ich mein ja nur, ich kann es kaum glauben.«

»Das sind die Tatsachen, Herr Wollner. Sie haben Biss doch vor ein paar Wochen engagiert. Er sollte ein Bauernhaus für Sie finden.«

»Ja. Ich hab ihm ein Foto gegeben, und er sollte das Haus und die Besitzer ermitteln. Das hat er auch geschafft. Ich war zufrieden und habe ihn bezahlt, und das war's. Wir haben uns friedlich getrennt.«

»Haben Sie eine Ahnung, ob jemand dem Mann nach dem Leben getrachtet hat?«

»Nein! Wir haben kaum Smalltalk gemacht. Es war eine reine Geschäftsbeziehung.«

»Wieso haben Sie Biss ausgesucht?«, fragte nun Zierer, so wie es mit Konrad abgesprochen war.

»Ich hatte erst eine andere Detektei angefragt. Eine der großen. Die meinten, das würde teuer werden und so ein Auftrag läge eher neben ihrer Spur. Ermittlungen und Nachforschungen in Industrie und Handel, das sei eher ihre Kragenweite. Da hab ich eine kleinere Detektei im Telefonbuch herausgesucht. Und siehe da: Der Biss war nicht so wählerisch. Auch seine Preisvorstellung war in Ordnung.«

»Warum haben Sie eigentlich diese Bauernfamilie gesucht?«, wollte nun Konrad wissen.

»Weil es meine Verwandten sind.«

»Die Bichlers sehen das anders.«

»Dann wissen Sie ja schon, dass ich sie besucht hab. Aber es stimmt trotzdem. Ich bin selbst ja auch ein Bichler.«

»Und das ist wichtig für Sie?«, fragte Konrad.

Wollner nickte und kam nun in Schwung. Er erzählte, dass er als Kind einer ledigen Mutter ohne Vater hatte aufwachsen müssen. So hätte er nie dieselben Chancen in der Gesellschaft gehabt wie die anderen. Er redete sich in Rage und holte nach einer Weile einen Notizblock aus einer Schublade, auf dem er lange Briefe immer wieder neu entworfen hatte. Es war ihm wohl sehr wichtig, denn seitenweise war der Text durchgestrichen und neu verfasst worden.

»Dürfen wir den Block bitte haben?«

»Ich brauch ihn doch!«

»Nur vorübergehend. Ich muss Sie morgen ohnehin noch sprechen … in Ingolstadt im Polizeipräsidium. Ist Ihnen elf Uhr recht? Da bekommen Sie auch den Block wieder. Für die Fahrtkosten kommen wir natürlich auf.«

»Aber ich muss doch arbeiten!«

»Wir rufen für Sie an und entschuldigen Sie.«

»Wie ist Ihr Eindruck von dem Mann, Herr Konrad?«, wollte Dr. Müller wissen.

»Was wir gesehen haben, passt ins Bild, das wir von diesem Mann schon hatten. Meine Wahrnehmung deckt sich vor allem mit der Aussage der Ehefrau. Er ist ein Spinner, ziemlich verrückt – zumindest im Moment. Aber ich denk nicht, dass er etwas mit dem Tod von Biss zu schaffen hat. Was er über Biss erzählt hat, passt ebenfalls. Er ist ein zufriedener Kunde. Wieso sollte er den Detektiv umbringen? Logisch wäre das nicht. Und wenn er in seinem wirren Kopf dem Biss die Schuld für die Abfuhr auf dem Hof gegeben hätte, dann hätt er wohl anders über den Mann gesprochen. Da wären die Bichlers eher verdächtig, denn der Biss hat ihnen den spinnerten Uhu ja auf den Hof geschickt. Auch wenn der vermutlich nicht gewusst hat, was der Wollner vorhat und sicher nicht für seinen Klienten verantwortlich ist.«

»Aber die haben ja ein Alibi, und zwar ein gutes«, brummte Dr. Müller.

»Ach ja.« Konrad meldete sich nochmals zu Wort. »Ich hab von Wollner einen Schreibblock mitgenommen. Damit haben wir wenigstens die Entwürfe der Briefe, die Wollner den Bichlers geschrieben hat – wenn auch vielleicht nicht alle. Den Block habe ich gleich weitergegeben an den Thalmayr. Habt ihr bei der SpuSi etwas finden können, was uns weiterhilft? Irgendeine Spur?«

»Natürlich habe ich jetzt Fingerabdrücke von allen Fingern von Herrn Wollner, falls wir die irgendwann mal abgleichen müssen. Zwei Wimpern habe ich auch, mit Follikel! Also haben wir vermutlich Wollners DNS. Und kopiert habe ich die beschriebenen Seiten auch alle. Reichlich Material für graphologische Spielereien. Nur … einen Grund für all diese Maßnahmen haben wir leider nicht.«

»Macht nichts, Herr Thalmayr«, tröstete ihn die Staatsanwältin. »Was wir haben, haben wir, und man kann nie wissen, wie sich der Fall entwickelt.«

In seinem Büro fand Konrad den Schreibblock in einer Papiertüte. Da er nicht in Zusammenhang mit dem Mord stand und Wollner ein stichhaltiges Alibi hatte, das schon gestern bestätigt worden war, war der Briefblock kein Beweismittel. Ein Satz Fotokopien hatte der umsichtige Thalmayr Konrad mitgeschickt.

Konrad begann die Kopien zu studieren und blätterte die Seiten durch. Es waren Notizen zu sieben Briefen in zwölf Tagen. Hinten im Block stellte sich Wollners Handschrift am klarsten dar. Er hatte eine kleine, deutliche und sehr aufrechte Handschrift, die auffällig oft scharfe rechte Winkel verwendete. Sie zeugte von Kontrolle und Ordnung. Sie entsprach dem Klischee einer Architekten- oder Ingenieurshandschrift, nur kleiner und weniger druckvoll. In den ersten Briefen aber war die Handschrift verzerrt und schwer entstellt. Die Briefe schienen wie im Wahn geschrieben zu sein, fahrig und flüchtig. Wollner traf oft die Zeile kaum und drängte seine Zeichen zum Zeilenende, anstatt eine neue Zeile zu beginnen. Worte oder Absätze waren nicht durchgestrichen worden. Wollner hatte sie kreuz und quer überkritzelt und dabei einmal sogar das Papier zerrissen.

Tenor der Briefe war, dass Wollner der verlorene Sohn der Familie Bichler sei. Sie mochten dies vielleicht nicht wahrhaben, aber es sei Fakt. Darum würde er weiterhin die Liebe und Anerkennung einfordern, die er verdiene. Aufgeben würde er sicher nicht und die Bichlers am Ende doch umarmen.

In diesem Ton ging es noch zwei Briefe lang weiter, wobei er betonte, dass er beweisen könne, dass er dazugehöre und die Bichlers sich nicht ewig blind und taub stellen könnten.

Im vierten Brief dann wurde Wollner ruhiger. Hier stellte er erstmals klar, dass er keinerlei materielle Ansprüche stelle. Es gehe ihm nicht um Geld oder Grundstücke. Auch wolle er weder ins Testament aufgenommen werden noch irgendwelchen entgangenen Unterhalt nachfordern. Er wolle nur anerkannt werden als Spross der Familie und wünsche sich so etwas wie Familienanschluss.

Der letzte Brief war der mit den wenigsten Verbesserungen und dem besten Schriftbild. Vom ganzen Duktus war er der am wenigsten drängende. Wollner entschuldigte sich für die Missverständnisse. Dennoch betonte er wieder, dass er ein unehelicher Sohn der Bichlers sei, vermutlich der Halbbruder von Roman Bichler.

Konrad stutzte. Wollner hatte sich offenbar über die Bichlers informiert. Das lag natürlich nahe.

Der Polizist las weiter. Der Buchhalter betonte nochmals, dass er den Bichlers nichts nehmen wolle. Er wolle nur ihre Anerkennung gewinnen. Es folgte ein Ausflug in seine privaten Vorstellungen zum Wert von Familie. Mit erneutem Staunen las Konrad, wie Wollner sich die Familie als Motor und Energiequelle für persönliches Glück und Erfolg vorstellte und das Fehlen von Familie als eine Art elementaren Mangel betrachtete, ähnlich einer ernsten Behinderung, als wäre er ohne Augenlicht geboren oder ohne Beine.

Immerhin war der Ton im Brief ruhig und nirgendwo fordernd. Am Ende entschuldigte er sich bei den Bichlers für den schlechten Start und bat die Familie darum, sich nicht länger einem Treffen entgegenzustellen. Er wolle nur um ein einfaches, kurzes Kennenlernen und ein wenig Unvoreingenommenheit bitten. Dann brach der Entwurf ab.

Als Konrad in der Kantine bei einem sehr frühen Mittagessen war, erreichte ihn der Empfang des Polizeipräsidiums und meldete ihm die Ankunft von Wollner. Der Fisch war dem Koch heute ohnehin nicht recht geraten. Konrad brach das Mahl ab und kehrte wenig später mit dem Buchhalter in sein Büro zurück.

Als Wollner ihm gegenüber saß, schwiegen beide eine Weile.

»Hat der Herr Biss sehr leiden müssen?«, fragte Wollner schließlich.

»Nein, Herr Wollner. Der Schuss war sehr gut gezielt und sofort tödlich.«

Wollner nickte.

»Haben Sie die Familie Bichler noch einmal gesehen?«, fragte nun Konrad.

»Nur aus der Ferne. Ich durfte ja das Anwesen nicht mehr betreten. Drei Tage bin ich dem Hof schräg vis-à-vis im Auto gesessen, dann bin ich wieder heimgefahren und hab es mit den Briefen versucht.«

Konrad gab ihm den Block zurück. »Sind hier alle Entwürfe für Ihre Briefe drin? Oder gibt es noch mehr?«

»Nein. Mehr Briefe gibt es nicht. Ich hoffe, dass ich die Leute endlich überzeugen kann.«

»Das wird Ihnen so schwerfallen. So wie sie sich auf dem Hof aufgeführt haben, wollen die Bichlers nichts mehr mit Ihnen zu tun haben. Auch Post von Ihnen haben sie keine wollen. Sie haben Ihre Briefe nicht gelesen, sagen sie. Und wenn ich mir Ihre ersten Briefe anschau … ist es vielleicht auch besser so. Sie waren wohl recht aufgeregt, als sie die geschrieben haben?«

Wollner nickte.

Konrad seufzte. Er hatte Mitleid mit dem Mann. »Wissen S', Herr Wollner, was unsere Ermittlungen angeht, sind Sie vom Haken. Ihr Alibi ist bestätigt worden. Und was Ihre Sach mit den Bichlers angeht, das geht uns natürlich nix an. Aber ich glaub, Sie haben sich da in eine Idee verrannt mit ihrer Vorstellung von Familie. Ich denk mir halt, so einfach funktioniert das alles nicht. Man kann auch mit Familie im Leben scheitern, und es gibt Waisenkinder, die Karriere machen. Denken S' amal nach. Und ein ganz privater Rat von mir: Schauen S' amal, was Sie alles haben. Eine Frau, die Sie liebt und mit Ihnen durch dick und dünn geht. Ein schönes Zuhause, ein Auskommen ohne Not und drückende Schulden. Das alles hat nicht jeder. Sie arbeiten doch in Stadlheim. Sie sehen da doch tagtäglich gescheiterte Menschen. Wenn Sie die mit sich selbst vergleichen … da haben Sie doch was auf der Habenseite des Lebens vorzuweisen. Machen Sie sich das nicht kaputt. Schaun S' daheim vorbei. Reden S' mit Ihrer

Frau. Überlegen S', ob Sie nicht wieder zurückkommen können.«

»Und die Bichlers?«

»Der letzte Brief war in meinen Augen der beste. Und so, wie ich die Bichlers einschätz, reagieren die a bisserl so, wie der Dackel, den ich amal g'habt hab: Die werden nur kommen, wenn sie freiwillig auf Sie zugehen dürfen. Wenn Sie sie drängen, dann werden s' sich sperren. Ich glaub, mit weniger Engagement werden S' mehr erreichen.«

»Aber wenn sie die Briefe wegwerfen?«

»Ich kann natürlich nix versprechen, aber wenn S' ihnen einen Brief so wie den letzten im Block schreiben, dann werd ich den Bichlers sagen, dass sie so einen Brief durchaus amal lesen können.«

23

Wimmer hatte nach der langen Nacht des Codeknackens länger geschlafen. Er war trotzdem unausgeruht und recht übel gelaunt.

Als er ein paar rote Plastikwannen voller Fleisch- und Wurstwaren an Stammkunden gefahren hatte, ging es ihm etwas besser. Die Puszta-Bratwürste, Sebastians neueste Kreation, die sich an einer ungarischen Kolbaz orientierte, kam gut an, und auch dieses Mal wieder konnte der Alte Komplimente an seinen Schwiegersohn weiterreichen.

Mit einem starken Kaffee saß Wimmer nun auf seinem blauen Kanapee und betrachtete seine spärliche Code-Übersetzung.

Ob die bei der Polizei schon damit angefangen hatten? Waren sie ebenso weit gekommen, oder hatten sie am Ende sogar alles schon knacken können? Wimmer bezweifelte es. Er hielt die Kriminalpolizei nicht für dumm. Aber sie verfolgten viele Spuren, während er nur diese eine gehabt hatte. Ermittlungszeit war kostbar. Er bezweifelte, dass Konrad, Stimpfle oder sonst jemand sich mit den Zeichen die Nacht um die Ohren geschlagen hätte, so wie er es getan hatte. Vielleicht schickten sie es zu den Fachleuten nach München zum Landeskriminalamt. Da gab es sicher eine Spezialabteilung für Geheimschriften. Nach allem, was er über das LKA aufgeschnappt hatte, waren die Beamten dort hervorragende Spezialisten, die fast jedes Problem lösen, jede Probe analysieren und jeden Code knacken konnten. Aber schnell waren sie nicht. Man musste Geduld haben.

Hatte er bei der Geheimschrift einfach Glück gehabt? Oder war er tatsächlich so gut? Wenn er ehrlich war, war es eine Kombination aus beidem gewesen. Wenn er bei der einen Notiz nicht anhand des Datums gewusst hätte, was Biss erlebt hatte, hätte er vermutlich gar nichts herausgebracht.

Den Vorteil hatten die Ingolstädter nicht. Wimmer griff zu seinem Telefon und ließ sich mit Konrad verbinden.

Nach einer kurzen Begrüßung fragte er: »Na, seids schon weiter mit der Geheimschrift? … Ach, die SpuSi ist erst jetzt damit fertig. Und was machts jetzt? Schickts des ans LKA? … Klar. I würd's aa erst amal selber versuchen … Na ja … Also gut, a bisserl hab i damit aa rumprobiert … Mei, wie wir des ang'schaut ham, hat das Handy von der Anna das eine oder andere Buidl g'schossen … Ja, so zufällig. So kannt ma sagen … Mei, alles natürlich ned, aber a bisserl was hab i scho rausg'funden. Soll ich rüberkommen und es dir zeigen? Ich will ja keinesfalls irgendwelche Informationen zurückhalten. Gut. In einer Stunde dann also.«

Zur ausgemachten Zeit stand Wimmer wieder vor der Drahtglastür neben der Empfangsloge des Polizeipräsidiums. Konrad holte ihn ab und brachte ihn in sein Büro.

»Ludwig, Ludwig … Was soll ich nur mit dir machen?« Konrad sah bekümmert aus, aber nicht allzu sehr. Seine Augen verrieten, dass er auch ein wenig Spaß an dem pfiffigen Metzger hatte. Dennoch schalt er ihn. »Du bist unverbesserlich wie a Katz. Die kann's Mausen aa ned lassen.«

Sie warteten auf Daschner. Auch sie hatte bei den Dokumenten aus Biss' Büro solche Geheimschrift-Unterlagen gefunden. Bis sie kam, holte Konrad drei Tassen Kaffee. Als sie dann zu dritt um den Schreibtisch saßen, bat Konrad Wimmer, ihnen zu erklären, wieso er meinte, die Geheimschrift geknackt zu haben.

»Mei … i hab halt a weng Glück g'habt. Vor allem aber hab ich unsere alte Sekretärin g'fragt.«

»Und die ist Geheimschriftexpertin und Kryptologin?«

»Na, des ned. Aber Steno kann s', und zwar g'scheit.«

»Das ist Steno?« Daschner klang überrascht.

»Zumindest teilweise. Aber es ist noch viel mehra. Und vor allem: Steno is aa ned gleich Steno. Und dann gibt es bei Steno aa no so was wie a Handschrift. Wenn Sie Steno kannten und ich auch … Ich mein, wenn wir täglich in so a Kurzschrift

schreiberten, meine Kurzschrift wär wahrscheinlich a ganz
andere als die Ihre. Und ob Sie meine dann lesen kannten oder
ich die Ihre ... des müsst man dann ausprobieren. Selbstverständlich wär das nämlich ned. Unsere Sekretärin hat mir
Bücher gezeigt über Kurzschriften von Profis, da schaut keine
aus wie aus dem Lehrbuch.«

»Aha ...«

»Was ma aa no wissen muss ... Steno ist koa exakte Schrift.«

»Wie meinst du des, Ludwig?«, fragte Konrad.

»Unsre Schrift hält Laut für Laut fest. Andere Schriften
fixieren Silben. So machen s' es, glaub ich, bei den Chinesen.
Wenn man so was liest, kann man genau dieselben Worte
lesen, die geschrieben wurden. Steno ist mehr a Art ... Er-
innerungshilfe. Es wird unheimlich viel abgekürzt. Manche
Abkürzungen san standardisiert. Andere aber san ganz in-
dividuell. Stell dir an Koch vor, der ein Rezept notiert. ›TL‹
für Teelöffel und ›EL‹ für Esslöffel, ›£‹ für Pfund ... Das sind
Abkürzungen, die allgemein gültig sind. Aber ›Z‹ kann für
Zwiebel stehen oder für Zucker, je nachdem, ob das a Rezept
für an Eintopf ist oder für an Pfannakuchen.«

»Sie meinen, man muss wissen, was da steht, dass man's
lesen kann?«, fragte Daschner.

»So in der Art. Das erleichtert es immerhin.«

»Und was haben Sie da nun raus'bracht?«

»Erwarten S' jetzt bitt schön ned zu viel. I hab – glaub
ich zumindest – immerhin a bisserl was. Und wenn man
weiß, wie es geht, und a paar Hintergründe kennt, find ma
so vielleicht noch mehr raus. Und lang sitz ich da ja aa no
ned drüber.«

»Ludwig, mach keine Schneckentänz! Zeig her, was du
hast. A jedes Bisserl spart uns zumindest Zeit und hilft a so.«

»Schauts amal hier: ›Ho gf. WR bzt: evNN‹.«

Anna hatte für Wimmer die Notiz vergrößert ausgedruckt,
und der hatte für die Polizei eine Extrakopie angefertigt.

»Die Notiz hat a Datum: 23.9. Und ich weiß zufällig, was
der Biss an dem Tag gemacht hat. Das war unser letzter Tag.

Da haben wir den Hof gefunden. Und das steht auch da: Hof gefunden. Wimmer bezahlt. »Ho« für Hof, »gf« für gefunden, »WR« für Wimmer und »bzt« für bezahlt.«

Wimmer strahlte, als Daschner und Konrad nickten.

»Und was ist das mit den evNN?« Daschner hatte schon weitergelesen.

»Vielleicht ist der Bauer evangelisch? Des hab ich noch ned raus'bracht.«

»Na ja ... schaun wir weiter. Was ham S' denn noch?«, fragte Konrad.

»Hier hab ich noch a bisserl was.«

Er legte ein neues Blatt auf den Tisch. Darauf stand:

kw ds Mo–Mi i E. Sp ÜE/T *edN hb gef Rob Hellburg, Saverne/ Sz paf.*

»Hat diese Notiz auch ein Datum?«

»Nein.«

»Das ist seltsam«, meinte Daschner. »Solch eine Schlamperei passt irgendwie nicht zu dem Mann. Er war zwar kein guter Ermittler, aber was so banale Formalien anging ... das hat er schon draufg'habt. Sonst hätt er ja nie jemandem Kompetenz vorspielen können. Aber gut. Was haben S' denn hier entziffern können?«

»Es ist wenig genug. ›Mo–Mi‹ ist, denke ich, einfach: Montag bis Mittwoch. Das ›i‹ könnte für ›in‹ oder ›im‹ stehen, wenn er irgendwo gewesen war, was dann mit ›E‹ abgekürzt wär. Also zum Beispiel: Montag bis Mittwoch in Essen – wenn das ›E‹ für das Autokennzeichen steht. Vielleicht steht dann ›SP/T ÜE‹ für ›Spesensatz pro Tag für Übernachtung und Essen‹. Die nächsten Zeichen sind mir völlig unklar. Auch was er mit ›HB‹ gemeint hat, weiß ich nicht. Aber ›gef‹ könnte wieder gefunden heißen. Das nächste scheint ein Name zu sein: Robert Hellburg. Was ›Saverne‹ meint, weiß ich nicht, aber der Schlenzer danach ist eine Standard-Stenoabkürzung für Straße. Dann wär das alles eine Adresse: Saverne-Straßeirgendwas in Pfaffenhofen. Aber in Pfaffenhofen gibt es eine solche Straße ned.«

»Moment mal.« Daschner wies auf die Nachricht: »Wenn das eine Adresse ist, fehlt die Hausnummer.«

»Ziffern san sowieso keine drauf«, stellte Konrad fest.

»Was ist, wenn die Ziffern als Buchstaben verkleidet sind?« Daschner wirkte plötzlich aufgeregt.

Wimmer dachte nach. »Das ist sehr gut möglich. Es muss was sein, was so einfach ist, dass man da nicht groß nachdenken oder in einer Liste spicken muss.«

»Stimmt!«, pflichtete Daschner ihm bei. »Was wäre einfach? Zahlen wie auf der Handytastatur.«

»Naa … des wär was für meine Anna. Aber der Biss war eher wie ich. Ned ganz so altmodisch. Aber er war keiner, der immer nur in sei Handy schaut.«

»Anfangsbuchstaben!«, rief Konrad. »Das muss es sein! Dann ist die Hausnummer 86 oder 87. Und es gibt dann doch ein Datum: ›KW‹ steht für Kalenderwoche und ›ds‹ für drei sechs oder sieben … Irgendwann im September. Ach, Mist. Dass a paar Ziffern mit denselben Buchstaben anfangen müssen, macht die schönste Theorie kaputt.«

Daschners Finger zählten in fliegender Eile bis zehn. »Nein. Es sind nur zwei doppelt: Sechs und Sieben und Neun und Null. Da kommt man mit Klein- und Großbuchstaben aus. Das würd schon gehen. Herr Wimmer …« Sie blickte auf die erste Notiz.

»›WR bzt: evNN‹ Kann es sein, dass Sie bei den Nachforschungen tausendvierhundert Euro verdient haben?«

24

»Essen? Echt jetzt? Sie machet koi Späßle?«

Stimpfle staunte nicht schlecht, als Daschner und Konrad ihn in seinem Büro besuchten und ihm die neuesten Erkenntnisse mitteilten.

»Nun ja … sicher sind wir natürlich nicht«, bremste der alte Kriminaler den eifrigen Kollegen. Sie legten ihm die zum Teil entzifferten Notizen vor.

»Und selles ›E‹, moinet Se, is die Abkürzung für Essen? Des kann ja elles mögliche bedeuten. Essen, Estland, Ebersberg oder Eriwan. Wieso grad Essen?«

»Weil wir auch PAF gefunden haben.«

»Bei einer Adresse, die es aber in Pfaffenhofen gar ned gibt. Also isch auch des unsicher. Aber gut … überprüfen müssen mir des natürlich scho. Ich werd das amal abklopfen. Vielleicht kennet Se in Essen den Herrn Biss. Oder den Herrn Hatami. Oder sellen Herrn Robert Hellburg von der Notiz. Und dann mach ich des noch mal mit Estland, Ebersberg, Eriwan und Eritrea.«

»Langsam, Lukas. Eines nach dem anderen. Fangen wir mal mit Essen an«, meinte Konrad und schmunzelte.

»Und was machet ihr?«

»Wir schaun uns die anderen Geheimnachrichten an. Jetzt, wo wir in etwa wissen, wie man die Nachrichten knacken kann, könnt es ja sein, dass mir doch noch was rausbekommen.«

Die Entschlüsselungsaktion begann mit dem Holen einer großen Kanne Kaffee aus der Kantine (Daschner), Versorgung mit reichlich Notizpapier und Bleistiften, frischen Radierern sowie Kaffeesahne (Konrad). Dann schob das Ermittlerpaar zwei Schreibtische zusammen und nahm sich eine Notiz aus dem Büro vor.

Nun, da sie die Zahlen lesen konnten, konnten sie gleich ein Datum entziffern. Die Notiz stammte von Mitte Juni. Der Rest war zunächst recht rätselhaft, nur eine Kolonne von Buchstaben. Am Ende der Nachricht konnten sie zumindest einen Teil der Buchstaben in eine Telefonnummer übersetzen.

Daschner und Konrad sahen sich an. »Was können wir schon verlieren?«, meinte die Polizistin. Sie zog ihr Handy aus der Tasche, und Konrad nickte.

Sie tippte die Nummer.

»Rute und Pose, Ihr Angelfachmann, hallo?«

»Oh, tut mir leid. Falsch verbunden.«

»Ein Anglershop … Na ja, das macht uns ein wenig schlauer.« Sie fanden in der Notiz tatsächlich ein paarmal »RP«, was sie mit »Rute und Pose« übersetzten.

»›ÜW‹«, las Daschner aus der Notiz. »Ob das für ›Überwachung‹ steht?«

»Vermutlich. Und das hier? ›NSN teu Rlen‹.« Sie deutete auf die zweite Zeile im Text. Zwei Tassen Kaffee leerten sich, ohne zur Klärung des Rätsels beizutragen. Erst als Daschner in der nächsten Zeile ›KRieger Nds‹ fand, fiel der Groschen.

»Das sind wieder Zahlen. Zumindest teilweise: ›060 teu Rlen‹ und ›Krieger 036‹! Ja … das macht Sinn. Der Mann war doch einmal ein Polizist. Das prägt doch. So eine Ausbildung legt man nicht so einfach ab. Der Mann hat einfach die Polizeicodes verwendet: 060 für Diebstahl und …«

»… und 036 für Verdächtiger. Nämlich entweder K. Rieger oder, wenn das ein Schreibfehler ist, jemand mit dem Namen Krieger.«

»Und was ist gestohlen worden?«

»›Teu Rlen‹, was immer das auch sein soll«, brummte Konrad.

»Herr Konrad, angeln Sie?«

Konrad lachte auf. »Naa, ganz g'wieß ned. Das ist mir zu fad.«

»Aber mein Papa angelt. Im Klo bei uns liegen immer diese Anglermagazine. Und wenn man amal Verstopfung hat …

also manchmal, da muss man einfach reinschauen. So Angler-ausrüstungen gibt es schon für wenig Geld, aber wenn man das Hobby mit etwas Anspruch betreibt, kann man leicht dreihundert Euro und mehr nur für eine dumme Angelrolle ausgeben. Ich kann so ein teures Ding nicht von einem Zwanzig-Euro-Billigteil unterscheiden. Aber Angler können das. Da gibt es Bremskraft, Untersetzung, Kugellager und Gott weiß was, worauf die achten. Und die Dinger sind in kleinen Schachterln verpackt. Die sind ned groß. Es wär sicher a interessantes Diebesgut.«

»Du meinst, das hier heißt: Diebstahl (036) von teuren Angelrollen.«

»Und ein K. Rieger ist verdächtig. Entweder ein Kunde oder ein Angestellter. Wäre das nicht ein typischer Schnüffeljob für ein kleines Detektivbüro?«

»Klingt nicht schlecht.«

Mehr als eine Stunde schwitzten sie über den letzten drei Zeilen der Notiz.

Lei z autoC – dx Vis & Inst
Ü Nve R.
Re#dv

Es war zunächst mehr als kryptisch, doch dann konnten sie immer mehr aus dem Zusammenhang erschließen. Ein weiteres Mal war ein dreistelliger Code aus dem Polizeidienst verwendet worden: »Nve« beziehungsweise »041« stand für »Täter«.

Am Ende stand auf einem neuen Stück Papier die vorläufige Lösung dieses Rätsels:

Lei(hweise): 2(z) automatische C(Computer/Cameras???), 3mal(dx) Vis(ite(?) und) Inst(allation), Ü(berführung von) Nve Täter (Polizeicode 041 = Täter) R. (Rieger) – Re(chnungs)#(Nummer) dv(34)

»Was meinen Sie? Wollen wir das Ergebnis überprüfen?«, fragte Konrad und lächelte schelmisch.

»Wie wollen S' denn das machen?«

»Rufen wir noch amal an.«

»Von mir aus. Ich denk ja schon, dass wir ziemlich richtig liegen.«

Konrad wählte.

»Ja, hallo. Hier ist Kommissar Konrad vom Polizeipräsidium Ingolstadt. Sie sind Herr ...? Herr Feldmann? Und Ihnen gehört der Laden Rute und Pose? – Genau. – Nein. Gegen Sie liegt nichts vor. – Nein. Ausweisen kann ich mich am Telefon natürlich nicht. Aber wenn Sie im Polizeipräsidium in Ingolstadt anrufen, wird man Sie gern in mein Büro durchstellen. Mein Name ist Konrad. – Ja. Machen S' das. Keine Ursache. Gegen ein gesundes Misstrauen ist überhaupt nichts einzuwenden. Bis in zwei Minuten also.«

Es dauerte keine Minute, und das Telefon schellte. Feldmann war nun beruhigt und kooperativ.

»Wir haben Ihren Namen in den Unterlagen von Dirk Biss gefunden. – Genau, dem Privatdetektiv. – Ja, der ist im Mittelpunkt unserer Ermittlungen. Biss ist nämlich tot.«

Der Angelbedarfshändler war offenbar betroffen. Nach ein paar Minuten, in denen der Mann hauptsächlich »Das gibt es doch nicht!«, »Unglaublich!« und »Ich pack's nicht!« in verschiedenen Variationen von sich gegeben hatte, wollte Konrad wissen: »Sie haben Herrn Biss als Detektiv beschäftigt?«

Feldmann bestätigte dies und berichtete davon, dass immer wieder hochwertiges Zubehör, besonders Spulen und Rollen, im Laden geklaut wurde. Er hatte einen Angestellten im Verdacht, doch auch ein Stammkunde war verdächtig. Feldmann wusste nicht, wie er seinen Verdacht erhärten sollte. Er beauftragte Biss. Er hatte ihn schon vor Jahren einmal beschäftigt. Biss baute beinahe unsichtbare Überwachungskameras im Laden ein. So konnte er den Angestellten, Kenneth Rieger, überführen. Er war zufrieden und hatte die Rechnung bezahlt.

»Nun ja. Da haben wir ja nicht allzu schlecht gearbeitet.

Aber alle Notizen so durchzuarbeiten? Da werden wir kaum fertig, und das meiste interessiert uns dann eh ned.«

Ein paar Räume weiter saß Stimpfle mit einer Liste vor seinem Rechner. Soweit er die Verschlüsselungsmethode von Biss verstanden hatte, war es recht wahrscheinlich, dass das rätselhafte »E« in der Nachricht tatsächlich auf Essen verwies.

Autokennzeichen waren prägnant griffig. Als gründlicher Mensch wollte er auch Eisenstadt im Burgenland nicht ausschließen, weil dort die Autos ebenfalls mit einem »E« auf dem Nummernschild herumfuhren. Dass es sich auf die Kürzel der Nummernschilder bezog, war aber nicht sicher. Es gab allein in Deutschland Dutzende Städte, die mit »E« begannen und entsprechend abgekürzt werden konnten. Alle diese Ortschaften konnte er nicht sofort überprüfen. Aber bei ein paar größeren waren Stichproben durchaus sinnvoll. So schrieb er noch Emden, Erlangen, Esslingen und Erfurt auf die Liste. Und für ein Amtshilfeersuchen über das Bundeskriminalamt auch noch Estland.

Viel hatte er ja ohnehin nicht, was er überprüfen konnte. Doch was er nachfragen konnte, das wollte er auch tun. Also fütterte er die Polizeidatenbank mit den Namen Biss, Wollner, Bichler, Hatami und Wolnzach. Als weitere Stichworte gab er Zigaretten und Frankreich ein.

Zuletzt bat er den Rechner, ihm zu zeigen, ob bei Polizeiermittlungen in Essen eines dieser Worte auftauchte. Der Computer warf beflissen einen riesigen Haufen Daten aus. Die waren aber noch voller Müll. Französische Touristen, die Opfer von Taschendieben geworden waren, interessierten ihn ebenso wenig wie fliegende Zigarettenhändler. Er musste seine Anfrage also noch etwas präzisieren, um die Spreu vom Weizen zu trennen. Was übrig blieb, war immer noch genug zu lesen und, zumindest was Essen anging, leider gar nichts, was in der Ermittlung weiterhalf.

Als Nächstes wiederholte er den Vorgang für Emden. Es folgten Erlangen und die anderen Städte. Auf die österreichische Datenbank hatte er selbst keinen Zugriff. Offiziell musste er eine Auskunftsbitte im Rahmen der Amtshilfe stellen. Doch es gab da einen Kollegen in Wien, der seinen Computer auf dem Dienstweg mit den Stichworten füttern konnte, um ihm Auskunft zu geben.

Bei den Informationen aus Estland war das Verfahren ähnlich. Hier wurde er gleich bedient und musste nicht ein paar Tage auf die Auskünfte warten. Den Kollegen aus Österreich hatte er auf einer internationalen Fortbildung kennengelernt, den aus Estland im Rahmen einer Ermittlung der baltischen Kollegen, die sie nach Stuttgart geführt hatte. Zu seinem Leidwesen waren die österreichischen und estnischen Daten ebenso wenig hilfreich wie alle anderen bisher.

Als er endlich fertig war, hatten sich Konrad und Daschner schon in den Feierabend verabschiedet. Der Schwabe streckte sich. Dann heftete er seine Unterlagen ab. Er war frustriert. Doch solche Fehlschläge gehörten zum Ermittlungsalltag. Schon morgen konnten weitere Ermittlungen neue Perspektiven eröffnen.

25

23. Oktober – Mittwoch

Bei der morgendlichen Sitzung waren die neuen Beweismittel, die Wimmer gebracht hatte, das wichtigste Thema. Neu in der Runde war nun Johannes Schüssel. Er war gestern noch von Linner verständigt worden, gleich nachdem dieser den Rechner des toten Detektivs auf Fingerabdrücke und andere Körperspuren untersucht hatte.

Schüssel war der EDV-Experte im Polizeipräsidium und ein anerkannter Fachmann in der Wiederherstellung von gelöschten und vernichteten Daten. Er war gut, und einige Kriminelle bedauerten sehr, dass ihre Rechner ausgerechnet in Schüssels fähige Hände gefallen waren. Er war so gut, dass das LKA in München ihn nur zu gern abgeworben hätte. Doch er hatte immer wieder abgelehnt. Es gefiel ihm, der unumstrittene Hecht im Karpfenteich zu sein. Der Teich mochte zwar klein sein, doch hier war er eine anerkannte Kapazität. Im Landeskriminalamt wäre er nur einer von vielen ebenso kompetenten EDV-Spezialisten. So war er in Ingolstadt geblieben, was die Kollegen sehr schätzten. Wenn es für die Kripo keine Computer auszutricksen gab, kümmerte er sich um das Computernetzwerk des Präsidiums und den Digitalfunk.

»Also was den Rechner von Biss angeht, da sehe ich noch nicht recht klar. Es scheint auf den ersten Blick nichts Relevantes drauf zu sein«, erklärte Schüssel und zuckte mit den Achseln.

»Wie meinen Sie das?«, fragte Daschner. »Wir gingen davon aus, dass er den Rechner für seine Arbeit benutzt hat. In seinem Büro fanden wir Dockingstation, Monitor und Drucker. Die Dockingstation würde zu diesem Rechner passen. Dann sollte es doch auch Daten geben.«

»Das will ich gar nicht abstreiten. Aber ich hab keine gefunden. Allerdings hab ich auch grade mal eine Stunde Zeit gehabt für den Laptop. Was mich aber als Erstes gewundert hat: Er war nicht passwortgesichert. Das fand ich sehr seltsam. Ich hab nur eine Festplatte gefunden. Und da ist nichts besonders Wichtiges drauf. Spielstände für etwa ein Dutzend Spiele und ein paar Textdateien, die aber offenbar recht belanglos sind. Grillrezepte sind dabei, und anderer Schmarrn. Entweder ich finde noch eine versteckte Festplattenpartition, oder er hat noch eine andere Festplatte, eine externe zum Beispiel. Oder sonst ein Speichermedium. Das scheint mir nämlich das Wahrscheinlichste, dass er auf dem Rechner gar nichts Nennenswertes gespeichert hat. Vermutlich hat er sie auf einem anderem Datenträger liegen. Vielleicht sogar auf einer Cloud. Ich muss mich heute noch weiter um den Rechner kümmern. Ich werd da schon noch mehr herausbekommen. Nur … ob ich die Daten finde, das weiß ich nicht.«

Die Entschlüsselung der Notizen war ein weiterer Diskussionsgegenstand. Hier hatten Konrad und Daschner tatsächlich einen kleinen Durchbruch erzielt, auch wenn Wimmer tatkräftig mitgeholfen hatte.

Stimpfle hingegen war mit dem kryptischen »E« für Essen/Estland/Eisenhüttenstadt leider nicht weitergekommen.

»Da werre mer wohl noch abwarten müssen, für was selles ›E‹ steht. So komm i jedenfalls ned weiter. Aber die Amtshilfeersuchen laufen.«

»Trotzdem ist die Entschlüsselung der Nachrichten in meinen Augen sehr wichtig. Bitte bleiben Sie da dran und investieren Sie ruhig noch Zeit.« Dr. Müller lächelte. »Aber dass dieser Wimmer da schon wieder dahintersteckt … Ach, zum Teufel noch mal! Es wurmt mich. Herr Linner, wie schaut es aus, wie stark sind die Beweise kontaminiert?«

»Ich will natürlich so einen Dilettantismus keinesfalls schönreden. Aber …«, Linner seufzte, »… der pfuscherte Schwellkopf hat tatsächlich ned viel kaputtg'macht. Zum einen war des Zeug ja eh scho nimmer in sito, die Wirtin hat's ja schon ang'langt. Und der Wimmer hat wenigstens Handschuh getragen. Außerdem geht's bei den Notizen zumindest weniger um so was wie Fingerspuren oder DNA als um die Notizen selber. Und da hat er euch ja wohl ganz gut weitergeholfen.« Der letzte Satz war an Konrad gerichtet.

»Trotzdem. Können wir was gegen den Mann unternehmen?« Dr. Müller war offenbar auf dem Kriegspfad. »Behinderung einer Polizeiermittlung, Beweismittelunterschlagung, Amtsanmaßung?«

Konrad schüttelte den Kopf und lächelte. »Sie wissen genauso gut wie wir: Es reicht für solche Spaßetten ned hinten und vorn aa ned.«

»Ich bin seine ewigen Einmischungen leid! Ich möchte ihm am liebsten einen ordentlichen Schrecken einjagen, dass er sich endlich raushält. Ich glaube, im alten China hatten sie für solche Leute so was wie eine Skorpiongrube. Und wir? Wir haben nichts!«

»Wenn es Sie tröstet, ich hab ihm schon Angst gemacht und ihm sehr deutlich gesagt, dass er haarscharf an echtem Ärger vorbeischrammt«, erklärte Konrad. »Und Herr Thalmayr hat ihm ebenfalls gedroht. Aber ob das viel hilft? Immerhin ist er ja gleich gekommen und hat uns auch bei der Entschlüsselung geholfen.«

»Jajajaja. Trotzdem. Wenn ich den Polizeipräsidenten wieder mal treffe, werde ich ihm die Anschaffung einer Skorpiongrube vorschlagen, trotz allem.«

»Wenn S' das dem Präsidenten aus dem Kreuz leiern«, meldete sich Linner, »dann sagen S' mir bitte, wie Sie das g'macht haben. Seit drei Jahren will ich einen neuen Chromatographen und krieg keinen!«

Nach diesen Worten gingen alle an ihre Arbeit.

Es waren tatsächlich keine Daten auf dem Rechner versteckt. Bis auf eine Rechnung. Die hatte Schüssel finden können, weil sie auf der normalen Festplatte irrtümlich gespeichert und danach wieder gelöscht worden war. Trotz der Löschung hatte

Schüssel aber noch Spuren der Daten finden können und die Rechnung zu weiten Teilen wiederhergestellt. Sie war zwei Jahre alt und trug nicht viel mehr zum Fall bei, außer dem Beleg, dass Biss tatsächlich mit diesem Rechner gearbeitet hatte.

Der Internetbrowser öffnete sich bereitwillig, erschien aber sofort im Privatmodus, in dem er keine Chronik der besuchten Seiten schrieb. Der Mann gab sich sehr geheimnisvoll ... oder er wollte sich nicht in die Karten sehen lassen.

Er hatte auch das Schreibprogramm aufploppen lassen und suchte im Menü das Verzeichnis »zuletzt geöffnete Dateien«. Ein gutes Dutzend Eintragungen erschien, doch keine Datei war auf dem Rechner. Sie waren offenbar an anderer Stelle gespeichert. Das Dateiverzeichnis des Rechners verwies auf ein extern angestecktes Speichermedium. Auf irgendeinen Datenträger. Und der konnte Gott weiß was sein.

Der Polizist sah sich den Rechner genauer an. Er verfügte nicht nur über USB-Schnittstellen, die mit fast jedem Zusatzgerät zusammenarbeiten konnten, er hatte auch Steckplätze für Datenkarten, wie man sie in Fotoapparaten benutzte. Auf die Datenchips passte, wenn man ein wenig Geld ausgab, eine erstaunliche Datenmenge. Dieser Rechner hatte Steckplätze für Karten in drei Größen. Auch für die winzigen – halb so groß wie ein Fingernagel. So einen Chip konnte ein pfiffiger Mensch fast überall verstecken.

Mit zwei Tassen Kaffee besuchte er Daschner.

»Sag mal, Julia, was war denn dieser Biss für ein Mensch? Auf dem Rechner ist nämlich so gut wie nichts drauf.«

»Oh ... Gekannt habe ich das Opfer natürlich nicht. Aber ich kenn sein Büro und ein paar seiner Bekannten. Was war der Biss für ein Mensch? Ein Blender, denke ich. Viel Show, aber letztlich dann doch ein schlampiger Ermittler. Und nach allem, was ich weiß, auch einer mit einem gewissen Draht zu zwielichtigen Ganoven.«

»Hmm. So wie ich es sehe, hat er seinem Rechner nicht vertraut.«

»Nein. Vertraut hat er, glaube ich, gar niemandem. Du hast

ja gehört, seine Notizen hat er in Geheimschrift verfasst, und wie man einen Rechner knackt, das weißt du selbst.«

»Eine externe Festplatte habt ihr nicht gefunden?«

»Nicht dass ich wüsste.«

»Würdest du sie denn erkennen?«

»Na ja, ein kleines, flaches Kästchen, etwas länger als eine Schachtel Zigaretten und halb so hoch. Und mit einem USB-Anschluss.«

»Das wäre es im einfachsten Fall. Es kann auch etwas größer sein, etwas schwerer, mit und ohne Diode oder kleiner Anzeige. Die größeren haben neben dem USB noch einen separaten Anschluss für ein Netzgerät.«

»So was haben wir nicht gefunden, weder das eine noch das andere. Und auch sonst keinen seltsamen Technikkram, den ich nicht kennen würde.«

Wieder in seinem Büro, rief er das Betriebssystem auf und suchte nach Verbindungsprotokollen.

»Tatsächlich ein Blender!«, murmelte er. »Er surft zwar im Privatmodus, sodass sein Internetprogramm nicht anzeigt, wo er hingesurft ist. Doch die Protokolldateien im Betriebssystem löscht das nicht. Mal sehen, vielleicht hat er die Dateien ja über das Netz verschickt und auf einem Server abgespeichert.«

Schüssel fand eine Liste mit IP-Adressen, die ihm verrieten, mit welchen Servern im Internet Biss sich hatte verbinden lassen. Bildschirmseite um Bildschirmseite blätterte Schüssel durch Biss' Surfziele. Die Parade der Eintragungen erschien endlos, doch die IP-Adressen wichtiger Clouds hatte er schon als Liste für den Abgleich ... Ein Kollege im LKA hatte sich diese Mühe gemacht und schickte sogar regelmäßige Updates. Die mühsame Arbeit, die ganzen Daten zu vergleichen, machte nach ein paar Befehlen weitgehend der Computer.

Nach einer halben Stunde stand fest: Eine der üblichen Clouds war offenbar nicht dabei, zumindest keine, die auf der Liste war. Es war aber eine mit Sorgfalt erstellte und recht umfangreiche Liste. Eine Weile überprüfte er stichprobenartig noch die anderen Webseiten. Es war in etwa das, was er erwartet hatte: Videos zu Sicherheitsfragen, Anleitungen für den Bau von Wanzen und anderer Überwachungstechnik, Videos von spektakulären Unfällen und Pornoseiten. Was ihn überraschte, waren die erstaunlich vielen Katzenvideos.

Etwa um halb drei schellte sein Telefon. Linner bat Schüssel, ins Labor der Spurensicherung zu kommen. Dort waren schon Daschner und Konrad versammelt. Stimpfle kam auch gerade um die Ecke.

Schüssel kannte das. Linner machte gern ein wenig Show, wenn er etwas Wichtiges gefunden hatte. Zu oft war die Arbeit der SpuSi, so wichtig sie auch war, das unspektakuläre Stiefkind der Ermittlungen. Hier gab es weder Verfolgungsjagden noch Zusammenbrüche beim Verhör oder andere kinoreife Einlagen. Wer wollte es den Kollegen verdenken, dass sie ihre Entdeckungen, wenn sie außergewöhnlich waren, ein wenig inszenierten?

»Wir, der Thalmayr und ich, haben uns heute amal die Büromöbel von Herrn Biss vorgenommen. Und damit haben wir angefangen …« Linner wies auf den Rollcontainer des Schreibtischs. »Da war gar nix Besonderes. Dann kam der Aktenschrank dran. Der ist wie eine Tafel Ritter-Sport-Schokolade: Quadratisch, praktisch und ebenso hässlich wie unspektakulär. Was haben wir da zu untersuchen? Das Schrankerl selbst und vor allem das, was man drin aufbewahrt. Das Möbel ist aus Stahlblech, da ist man rasch fertig. Abpudern, Abdrücke nehmen, fertig.«

Thalmayr machte weiter. »Jetzt wissen wir aber, dass der Herr Biss ein besonderer Mensch war. Einer, der übervorsichtig war mit seinen Daten. Ein rechter Geheimniskrämer!«

»Wissen Sie, was der Herr Biss gehabt hätt, wenn er vor zweihundert Jahren gelebt hätt?«

Alle staunten und wunderten sich, wohin die Vorführung gehen sollte.

Linner grinste. »Einen Schreibschrank oder Sekretär. Und zwar einen teuren von einem guten Schreiner. Damals haben nämlich die besseren Schreibschränke besondere Verstecke gehabt. Man dreht an einer kleinen Säule und drückt an einer anderen Ecke ein Zierelement und – klick – schon öffnet sich ein Geheimfach, in dem man ein paar belastende Briefe oder Schuldscheine sicher aufbewahren kann. ›Cachette‹ hat man des damals genannt. Eleganter und schöner als ein Panzerschrank und fast so sicher. Denn wer nicht weiß, wonach er suchen soll, muss oft wochenlang forschen und am Möbel herumdrücken. Und wer kann das schon?«

Stimpfle trat von einem Fuß auf den anderen. »Jetzt isch des aber halt a storzg'wöhnlicher Aktenschrank und koi Meischterstück des Schreinerhandwerks.«

»Stimmt!« Linner strahlte nun. »Jetzt denken S' aber mal nach. Wenn der Biss doch ein Geheimfach eingebaut hat? So eine Art Cachette, in einem so ordinären Möbel … das wäre ja fast schon doppelt raffiniert. Weil da vermutet man es ja am wenigsten!«

»Erst haben wir amal das Teil hochgehoben und geschüttelt«, spann Thalmayr den Faden weiter. »Aber nichts hat geklappert. Die Bleche waren auch zu dünn, um darin was zu verstecken. Aber dann haben wir das gemacht!«

Linner und sein Kollege packten den Schrank links und rechts an, dann drehten sie ihn um, sodass er auf dem Kopf stand.

»Und jetzt schauen S' hier!«

Linner zog ein Schubfach auf. Nun waren obenauf links und rechts die Auszugsschienen mit ihren Rollen und gleich darunter das dunkelgraue Blech des Schubfachbodens – seine Unterseite natürlich. Linner schob die Lade zu und öffnete das mittlere Schubfach.

Ein vielstimmiges »Oha!« erklang.

Zwischen die Auszugsschienen war eine Blechdose aus funkelndem Edelstahl eingelassen, ein wenig flacher als die Schienen, sodass das Schubfach sauber schloss.

»Das war wohl amal eine Schale für medizinische Instrumente. Und Biss, der kleine Pfiffikus, hat sie zweckentfremdet und hier eingebaut. Es passt so gut in den Zwischenraum, dass man nichts spürt, wenn man nur flüchtig von unten tastet, ohne zu wissen, was man sucht. Er hat auch eine einfache, aber sichere Arretierung für die Schale gebaut, dass sie nicht herunterfällt. Das kommt einer Cachette doch schon ziemlich nah.«

Konrad schmunzelte. »Auch wenn der Ausflug in die Geschichte des Möbelbaus und die offensichtliche Pfiffigkeit sehr interessant san, noch viel spannender fänd ich es jetzt, wenn wir erfahren würden, was da drin ist.«

»Moment bitte!« Die Spurensicherer drehten den Schrank wieder so, dass er richtig herum stand. Dann öffnete Linner erneut die mittlere Schublade, griff darunter, ruckte einmal kurz und hielt dann die Dose in der Hand. Sie war mit schwarzem Schaumstoff ausgeschlagen. In ausgeschnittenen Vertiefungen lagen ein halbes Dutzend Speichersticks.

»Ich glaube, wir haben die Daten gefunden, die er auf dem Rechner geschrieben, aber nicht dort gespeichert hat!«

26

Schon eine halbe Stunde sah Wimmer schräg über die Straße zu dem Laden hinüber. Er fragte sich, ob das, was er nun vorhatte, klug war und ihn weiterbringen würde. Andererseits wollte er nun endlich mehr über die Bichlers wissen. Und zwar ohne, dass die Polizei ihm vorwerfen konnte, er mische sich in ihre Ermittlungen ein. Darum konnte er nicht einfach auf dem Hof auftauchen. Noch weniger, da er dem toten Detektiv geholfen hatte, den Hof zu finden.

Alles, was er bisher wusste, war, dass die Bichlers Hopfenbauern waren, die auch ein Stück Wald bewirtschafteten und ein wenig Gemüse anbauten. Angeblich bio. Das war nicht sehr viel Information, und vor allem hatte es ihm bisher nicht recht weitergeholfen. Ohne ordentlichen Vorwand wollte er auch Bekannte oder Nachbarn der Bichlers nicht aushorchen. Dass dort die Polizei ermittelte, war ja inzwischen kein Geheimnis mehr, und wenn Wimmer auch dort herumzuschnüffeln begann, würde es doch sehr seltsam aussehen. Einen wasserdicht plausiblen Vorwand brauchte er.

Gestern Abend aber hatte ihm Karola etwas an die Hand gegeben, mit dem er arbeiten konnte. Sie und Sebastian waren von einem Catering zurückgekommen, und während Sebastian das Auto auslud, half Wimmer ihr, das Geschirr in die Spülmaschine zu räumen.

Karola war offensichtlich verärgert, denn Sebastian versuchte seine Frau zu beruhigen. »So schlimm ist es nicht. Ich zumindest hab nix geschmeckt.«

»Natürlich hast du nix geschmeckt. So weit lass ich es natürlich nicht kommen. Aber trotzdem. Unser G'müstandler ist a g'scherter Sauhammel. Der Mangold war bei uns nur einen Tag g'legen und zwar kühl, aber nicht kalt. Und trotzdem hab ich die Hälfte wegschmeißen müssen, so a Dreck ist es g'wesen. Bei einem Bladl sag ich ja nix, aber gleich die

Hälfte! Und die Fenchelknollen neulich warn aa nix G'scheits. Und dann der holzige Kohlrabi ... Immer ist irgendwas. Und jetzt erhöht der schon wieder die Preise. Dabei ist der weder regional noch bio! So geht's doch ned weiter! Ich hab die Schnauze so voll.«

Wimmer mischte sich ein. »Ja, magst du denn das Catering umstellen auf bio und regional?«

»Wieso eigentlich nicht? Des wär scho recht geschickt. Das ist gut für die Region, für die Umwelt, und bei der Kundschaft kommt es auch gut an. Wenn ich dem Depp für a normales Gemüs scho an Haufen Geld zahl, dann lieber noch a bisserl mehr, und dafür dann aber so, dass ich den Leuten a gutes Gewissen mitverkaufen kann.«

»Ja, soll ich mich denn amal umhören, ob uns wer hier in der Gegend mit Biogemüse aus der Region beliefern könnt?«

»Ja, mach ruhig! Des wär scho interessant, so was zu erfahren.«

So saß Wimmer nun in seinem blauen Benz und blickte hinüber zum Bioladen Sonnenblume. Natürlich war es sinnvoll, sich hier zuerst zu erkundigen. Die »Sonnenblume« konnte Karola bestimmt gutes Biogemüse aus der Region liefern. Auch kam hier alles aus einer Hand, was den Einkauf erleichterte. Hier war das Herz von Wolnzachs Biopower, und Frau Rother-Sill war durchaus kommunikativ. Wenn die Bichlers tatsächlich Biogemüse erzeugten, war die Chance groß, dass er so etwas über die Menschen auf dem Hof erfahren konnte. Warum also zögerte er?

Er hatte Angst! Frau Rother-Sill war eine Vegetarierin mit großem Sendungsbewusstsein. Schon seit Jahren war Wimmer als Metzger für sie ein erklärtes Feindbild. Sie hielt ihn nicht nur für einen Tiermörder, sie traute ihm jede Schlechtigkeit zu. Dennoch war die Feindschaft eher einseitig. Wimmer selbst hatte eigentlich nichts gegen die Frau, auch wenn er sie für übereifrig und allzu esoterisch hielt. Doch ständig als Fleischfresser oder Schweinchenkiller bezeichnet zu werden, mochte er auch nicht. Im Zorn hatte Wimmer sich einmal dazu hinreißen lassen, sie als »Spinatwachtel mit Hirnschoaßantrieb« zu bezeichnen. Ihr Verhältnis hatte das nicht verbessert. Es waren also nicht die idealen Voraussetzungen für ein Gespräch. Andererseits war Anna mit Christina, der Tochter von Frau Rother-Sill, eng befreundet.

Er holte tief Luft, dann stieg er aus.

Das Glockenspiel über der Tür läutete harmonisch, als er durch die Tür trat. Aus dem Büro hinter dem Perlenvorhang erklang ein »Komme gleich«. Eine Minute später trat lächelnd Frau Rother-Sill, dünn und in sportlicher Kleidung, in den Laden. Als sie Wimmer erkannte, lächelte ihr Mund weiter. Ihre Augen aber wurden hart.

»Das ist ja eine Überraschung!«, begrüßte sie den Metzger. »Was kann ich denn für Sie tun, Herr Wimmer? Das heißt: Kann ich überhaupt etwas für Sie tun?«

»Grüß Gott, Frau Rother-Sill«, begrüßte Wimmer die Händlerin. »Ich hoff doch sehr, dass Sie mir helfen können. Ich bin sogar fest davon überzeugt.«

Frau Rother-Sill verschränkte die Arme vor der Brust. Dabei sah sie Wimmer provozierend an und zog die Brauen hoch.

»Unser Catering, das die Karola aufzieht, soll noch besser werden. Und zwar vor allem bio und regional. Mit Biofleisch haben wir ja schon gute Erfahrungen gemacht.« Noch bevor Frau Rother-Sill etwas sagen konnte, fuhr er fort.

»Ich weiß natürlich, was Sie vom Fleischessen halten. Aber es ist halt, wie es ist. Würste und Braten haben seit Urzeiten eine Tradition, und die Leut mögen's. Und mir sind nun mal Metzger. Da erwarten die Leut a Fleisch. Und besser a gutes Fleisch, aus einer g'scheiten Haltung, wo wir den Bauern kennen und auch den Betrieb, als den Dreck, den man im Supermarkt kaufen muss.«

»Trotzdem! Es wird viel zu viel Fleisch gegessen. Und Sie propagieren das auch noch! Sie müssen doch …« Frau Rother-Sill begann, sich in Rage zu reden.

Wimmer fiel ihr ins Wort. »Wir bieten aber auch Vegetarisches und Veganes an. Grad im Catering ham mir da ganz andere Möglichkeiten wie in der Metzgerei.«

Frau Rother-Sill schwieg einen Moment. Dieses Argument schien sie zumindest teilweise zu überzeugen.

»Also gut, Herr Wimmer. Und was kann ich für Sie tun?«, fragte sie ruhiger und leicht unterkühlt.

»Wir suchen einen neuen Lieferanten für unser Gemüse. Wir wollen es von nun an regional und bio haben. Und wir wollen auch wissen, wo es herkommt. Wo sollten wir da dann hingehen, wenn nicht zu Ihnen?«

Das klang angenehm in den Ohren der Herrin des Bioladens. Dennoch brauchte sie einen Moment, um sich an den Gedanken zu gewöhnen, einen Metzger zu beliefern.

Andererseits … Wimmer war Kundschaft, und bei ihren Kunden hatte sie es sich zum Prinzip gemacht, nicht zu fragen, was mit ihrem Gemüse geschah. Ob es zu veganen oder wenigstens vegetarischen Gerichten verarbeitet wurde oder am Ende als Beilage neben Scheiben von Braten zu liegen kam, konnte sie nicht beeinflussen. Anfängliche Versuche, hier erzieherisch auf die Käufer einzuwirken, hatten sie einige gute Kunden gekostet. Wimmer war vielleicht bald ein größerer Abnehmer. Sie atmete einmal tief durch und zügelte den Missionar in sich. Dann begann sie zu fragen, was genau er für das Catering brauchte.

Ein paar Minuten später standen sie friedlich vor den Schwammerln. »Hier, die Egerlinge, die werden extra für uns auf speziellem Biosubstrat in Gosseltshausen gezogen! Die sind super im Geschmack und wachsen keine fünf Kilometer von hier.«

Wimmer probierte einen Pilz und nickte.

»Die Karotten kommen jetzt aus Niederbayern. Doch im Sommer bekommen wir sie vom Bachgrundhof.«

»Vom Aigner-Ferdl?«

»Genau.«

»Der Ferdinand, hat der ned drei Töchter g'habt?«

»Genau. Die Älteste ist in Augsburg und studiert Lehrerin.

Die Jüngste macht, glaub ich, bald Abitur. Die Mittlere ist schon mit der Schule fertig und will den Hof weiterführen. Sie macht sich ganz gut. Sie ist die treibende Kraft. Ohne sie würde der Ferdinand immer noch mit Pestiziden rumpfuschen!«

»Der Mangold schaut gut aus!«

»Den hab ich im Sommer von den Thurners. Die haben auch tolle Biozwetschgen. Äpfel und Birnen werd ich von ihnen auch bald haben.«

»Ist die Frau vom Thurner-Mike ned so schlimm krank gewesen?«

»Die Gerda? Ja. Ich glaub an den Nieren hat sie was gehabt. Drei Mal haben sie die Arme operieren müssen. Jetzt ist es wieder besser. Aber sie ist nur mehr ein Schatten ihrer selbst. Hier, der Fenchel ist auch aus Wolnzach. Den haben die Bichlers gezogen. Wollen S' mal kosten?«

Als Anna aus der Schule kam, fand sie ihren Opa auf seinem blauen Kanapee schlummernd.

»Geht's dir gut, Opa?«

Wimmer setzte sich auf und streckte sich.

»Mir geht es hervorragend!«, meinte er nach einem Gähnen. »Ich hab auf dich g'wartet. Ich hab nämlich was rausgebracht. Aber damit wir damit weiterkommen, bräucht ich dich und deinen Rechner.«

Wimmers Eifer musste warten. Anna machte erst ihre Hausaufgabe. Heute waren die Lehrer gnädig gewesen, und es war nicht allzu viel. Auch im Laden musste sie heute nicht helfen.

Staunend erfuhr Anna um drei Uhr dann, dass Wimmer es geschafft hatte, Frau Rother-Sill auszuhorchen. Dass die beiden länger als fünf Minuten im selben Raum geblieben waren, ohne sich zu verletzen, war schon beachtlich gewesen.

»Wie hast denn das zuweg gebracht?«, wollte sie wissen.

»Deine Mama sucht einen neuen G'müshändler. Und die Rother-Sill tät da in Frage kommen. Und mit einem potenziellen G'schäftspartner wird man ned glei schimpfen, hab ich gedacht«, erklärte Wimmer und schmunzelte. »Aber spannend ist es schon g'wesen!«

»Und was hast du rausgebracht?«

»An ganzen Haufen zu Biogemüse hier im Ort, wer da was alles erzeugt, aber vor allem wiss' ma jetzt, wer da auf dem Bichlerhof wohnt.«

»A bisserl was hab ich da auch schon rausgefunden. Ich war in der großen Pause in der Schulbibliothek und hab amal in den alten Schuljahrbüchern gestöbert. Ich hab da a bisserl zurückgehn müssen. Aber dann hab ich einen Sebastian Bichler gefunden. Der könnt doch in Frage kommen, oder? Der hat vor a paar Jahren Abitur g'macht. Für mehr Nachforschung hat meine Zeit aber ned gereicht.«

Wimmer lobte seine Enkelin. »Schau her, das passt zu meinen Infos. Auf dem Hof sitzt zurzeit der Roman Bichler. Er hat die Landwirtschaft auf Bio umgestellt. Er baut sogar Biohopfen an. Erst hat er sich da schwergetan, doch inzwischen scheint es gut zu laufen. Seine Frau, Lena heißt s', ist vor allem fürs G'mias verantwortlich. Ihr Sohn Sebastian hilft überall und ist wohl recht tüchtig. Und dann gibt es noch die Lissi. Die wohnt aber schon nimmer daheim. Die hat aber Biologie studiert, und zwar vor allem Biolandbau. Und da hat sie ihrem Papa sehr geholfen, als er alles auf Bio umg'stellt hat. Weil sie ihn mit den neusten Erkenntnissen versorgt hat. Die Frau Rother-Sill hat g'meint, der Hof is sogar amal für a Uni-Projekt a Versuchsbetrieb g'wesen.«

»Und jetzt?«

»Na ja, jetzt lass uns doch amal schaun, wo wir noch mehr Infos herbekommen über die Bichlers. Und wenn wir die haben, dann sehn wir vielleicht, wie wir weitermachen.«

Anna holte den Rechner, klappte ihn auf und gab erst »Roman Bichler« ein und, weil da nichts kam, »Sebastian Bichler«.

»Schau an, der Sohn ist auf Facebook!«

Das soziale Netzwerk Facebook war schon öfter ein guter Ansatzpunkt für Annas Ermittlungen gewesen. Obwohl man sich auch hier durchaus bedeckt halten konnte, indem man den Kreis der Menschen, die die eigenen Meldungen mitlesen konnten, klein hielt, fand man oft genug Profile, die großzügig mit Informationen waren.

Sebastian Bichlers Eintrag bei Facebook gab zwar nicht viel her, den machte er nur seinen Freunden zugänglich. Doch immerhin ging daraus hervor, dass er bei der Freiwilligen Feuerwehr war.

»Dann probieren wir es anders!«, meinte Anna und rief scheinbar wahllos andere Feuerwehrler auf den Bildschirm. »Weißt du, irgendeinen Deppen findet man immer.«

Nach nur einer Minute schien sie gefunden zu haben, was sie suchte. »Hier ist es der Florian. Von Privatsphäre im Netz hat der nie nix g'hört. Aber ich werd mich nicht beschweren. Für unsere Zwecke ist es ja genau richtig.«

»Ist das wirklich so schlimm?«, fragte Wimmer.

»Mei, tätst du dich in einem Schaufenster umzieh'n und das Licht dabei auch noch anmachen? Für uns ist des natürlich megapraktisch. Aber a bisserl leichtsinnig is des scho aa.«

Inzwischen war ihre Maus in dem Profil von »Florian, dem Offenherzigen« herumgewandert und hatte seine Freundschaftsliste gefunden.

»Schau, da ist der Sebastian Bichler. So schaut er aus.«

»Na ja, viel hilft uns das nicht.«

»Aber das vielleicht: Hier ist noch Lissi Bichler. Das ist die Schwester. Die ist auch mit dem Florian befreundetet.«

Eine blonde junge Frau lächelte vom Monitor. Auch ihr Facebook-Profil war sehr privat und gab nichts preis.

»Schade, dann sind wir also jetzt am Ende?«

»Aber wieso denn? Lass uns erst noch amal zurückschau'n zum Florian.«

Nun fuhr die Maus zu seinen gesammelten Bildern. Viel Feuerwehrfest, ein Ausflug, viele Bilder von einer dunkelhaarigen Schönheit, wohl Florians Freundin. Dann wieder Feuerwehr. Ein Motorradausflug, und dann ...

»Hier, Opa, da ham mir doch was. Schau amal.«

Wimmer sah ein Grillfest. Florian stand am Grill, neben ihm auf der Bierbank saßen Sebastian und Lissi Bichler. Lissi Bichler küsste einen Mann mit markantem Kinnbart.

»Wer ist das?«

»Vermutlich der Freund von der Lissi Bichler?«

Anna suchte nach dem Kinnbart in der Freundesliste von »Florian, dem Offenherzigen«. Ohne Erfolg.

»Es könnte natürlich sein, dass er einen Hund oder irgendeinen Schmarrn als Profilbild hat. Dann finden wir ihn schlecht.«

Anna seufzte und klapperte auf der Tastatur.

»Versuchen wir es anders.«

Die Website der Freiwilligen Feuerwehr erschien. In den Bildern der Einsätze und Veranstaltungen sahen sie auch immer wieder den Kinnbart. Es dauerte eine Weile, bis sie seinen Namen herausfanden. Einem »Jonas« wurde für die musikalische Begleitung gedankt. Und es war in der Bilderstrecke dieses Festes der Jugendfeuerwehr der Kinnbart gewesen, der auf einem Bild eine Gitarre in den Händen hatte.

Zurück bei der Freundesliste fanden sie zweimal den Vornamen Jonas. Einer war sicher nicht der Kinnbart, der andere hatte als Profilbild ein Motorrad.

»Jonas Huttner heißt der Mann! Mit dem Bild kann ich ihn natürlich nicht finden.«

Sie klickten sich auf sein Profil. Das war ähnlich zugeknöpft wie das von den Bichlers.

Wimmer brummte. »So viel Mühe, aber so wenig Ergebnis. Fein, die Lissi hat einen Freund, und wir wissen, wie er heißt. Aber hilft uns das weiter?«

»Eines wissen wir auch noch. Schau hier!« Sie deutete auf einen kleinen Eintrag unter dem Profil von Jonas Huttner. »Hier steht, wo er arbeitet: Flughafenfeuerwehr FJS-München!«

»Hmm. Da hab i doch schon was drüber g'hört. Die sind bei Nebenerwerbslandwirten ganz beliebt. Zahlen gut, und oft ist nicht viel zu tun. Aber was hilft uns das?«

Anna nickte. »Ich versteh schon. Vielleicht wirst du die Bichlers doch fragen müssen.«

»Das sollten wir wirklich nur machen, wenn gar nix mehr hilft. Der Konrad ist da schon sehr eindeutig g'wesen. Die werden echt ungemütlich.«

»Weil sie Spaßbremsen sind!«

»Fällt dir ned vielleicht noch was ein?«

»Na ja. Ein oder zwei Sachen kann ich schon noch versuchen.«

Sie gab »Ö« in die Suchmaschine ein, und es erschien eine Art Internettelefonbuch.

»Na also«, rief sie schon zwei Minuten später. »Die Lissi und der Jonas haben dieselbe Wohnadresse: Linderberg 1. Des gehört schon zu Rudelzhausen.« Sie suchte die Adresse auf einer Karte im Computer. »Da haben wir es ja: Das ist eine Einöde. Da sagen sich ja Fuchs und Has gute Nacht.«

»Das ist doch schon was. Aber die Polizei wird das auch schon wissen.«

»Eins können wir noch probieren.«

Sie ging zurück auf die Facebookseite von Jonas Huttner.

»Viel hat er ja ned öffentlich. Aber die Profilbilder sind öffentlich und manche haben mehr als eines und wechseln die ab und zu aus. Die alten sind dann manchmal auch noch öffentlich, wenn man nicht aufpasst.«

»Meinst, dass uns das was hilft?«

»Schau'n wir halt.«

Es waren tatsächlich einige Bilder. Ein Bild mit einem Hanfblatt und dem Aufruf, das Cannabisverbot aufzuheben.

»Kiffer!«, kommentierte Anna.

Ein Bild von einem alten roten Traktor. Und dann wieder Lissi und Jonas, wie sie sich küssten. Und noch einmal, wie sie Arm in Arm nebeneinander standen.

»Ah ... wart. Was ist das?«

Anna hatte schon weitergeklickt und war wieder beim Motorrad angekommen. Ein paar Momente später hatte sie wieder das Paar auf dem Monitor.

»Was ist denn?«

»Was trägt sie denn da?«

Anna vergrößerte das Bild. »Einen Pulli mit einer Aufschrift. Ich kann's aber nicht lesen. Irgendwas mit … ›H‹ und einer Hopfendolde. Aber drunter steht noch was in klein.«

Sie vergrößerte den Ausschnitt. Das Bild wurde sofort großpixelig. »…enforschung.de«, las Anna.

»Jetzt endlich wird ein Schuh daraus. Ah … ich glaub wirklich, da ham mir was Wichtiges g'funden.« Wimmer wirkte aufgeregt.

Anna sah ihn fragend an.

»Die Lissi ist Biologin. Und die arbeitet irgendwo.«

»Okay.«

»Wo?«

»Was weiß ich denn? In Weihenstephan?«

»In der Hopfenversuchsanstalt Hüll! Gesellschaft für Hopfenforschung! Das steht da auf ihrem Pulli drauf! Und das ist jetzt vielleicht auch die Verbindung zu dem anderen Auftrag vom Biss. Mir warn mal mit der Schul da. Die entwickeln neue Hopfensorten in Hüll. Hopfen, der besser trägt, robuster ist oder resistent gegen die rote Spinn oder was es sonst noch an Hopfenschädlingen gibt. Die Hopfenpflanzen werden vegetativ vermehrt. Männliche Reben müssen sogar ausgerottet werden. Deshalb die Bücher. Da muss dieser zweite Fall liegen. Hängt das jetzt z'samm? Da muss ich jetzt erst mal drüber nachdenken.«

Nach 1975

Werner machte trotz Liebeskummer seine Mittlere Reife, und dies sogar mit recht ordentlichen Noten. Ohne seine Schwäche in Deutsch und Englisch wäre das Zeugnis sogar sehr gut geworden. Es stellte sich nun die Frage: Was sollte er werden?

Immerhin der erste Schritt war vom Schicksal festgelegt. Werner musste zum Bund. Sein Wehrdienst verschlug ihn nach Wilhelmshaven. Zur Überraschung aller entschied er sich danach für eine Laufbahn beim Zoll. »Auch da brauchen sie Leute, die flink rechnen können! Außerdem komm ich so auch mal von zu Hause weg. Und ein bisschen Abenteuer tut mir ganz gut.«

Das Abenteuer war, von der erneuten Schusswaffenausbildung einmal abgesehen, sehr überschaubar. Das Leben in der Viermannstube der Kaserne war immerhin angenehmer als bei der Marine, eher ein bisschen wie Schullandheim. Seine Zimmergenossen waren – abgesehen von gelegentlichen Blödsinnsanwandlungen – eher ruhig und strebsam. Besser als die Schule, fand Werner, aber nicht so gemütlich wie daheim.

Nach drei Jahren kam er als Zollsekretär wieder zurück nach München. Er wurde erst zur Pass- und Personenkontrolle im Flughafen Riem eingesetzt, aber nach einem Jahr erreichte er eine Versetzung ins Hauptzollamt an der Donnersberger Brücke. Seine Begabung für Zahlen empfahl ihn für einen Posten bei der Sammelzollberechnung, und hier endlich konnte er wieder seine alte Liebe zur Buchführung brauchen.

Für ihn privat war aber wichtiger: In dieser Zeit war auch eine neue Liebe zu bejubeln. Sie hieß Herta und war eher unscheinbar. Wie Werner mochte sie Zahlen und hatte das zu ihrem Beruf gemacht: Sie kassierte in einem Edeka-Markt. Sie kam aus kleinen Verhältnissen, war wie Werner ohne Vater aufgewachsen. Auch das verband. Ihr Vater war aber gestorben, als sie sehr klein war. Erleichtert stellte Werner fest, dass sie aber keine Vorbehalte gegen ledige Mütter und uneheliche Kinder hatte. Er spürte, wie seine Aktien stiegen. Ein Beamter im Mittleren Dienst war ihr als Lebenspartner nicht zuwider, und er hatte gute Aussichten auf die Verbeamtung. Als er es endlich wagte, ihr mit einem Blumenstrauß seine Liebe zu erklären, rannte er weitgehend offene Türen ein. Für Herta war schon seit dem dritten Treffen klar, dass sie es mit ihm versuchen wollte.

Doch es dauerte noch, bis Werner sie nach Hause mitbrachte. Ganz vorsichtig bereitete er sie auf diese besondere Wohngemeinschaft vor. Er erzählte es endlich als Anekdote aus seiner Kindheit. Doch seine Sorge war unbegründet. Herta war an Werner interessiert, nicht an Cora oder Edda. Sie fand die beiden nett, doch letztlich war ihr egal, wie sie lebten.

So waren sie sich einig, und schon fünfzehn Monate nach ihrem Kennenlernen war das Aufgebot bestellt. Ihre Hochzeitsreise führte sie für zwei Wochen nach Mallorca, was beide wunderschön, aber entschieden zu heiß fanden. Sie zogen nach Ramersdorf. Fünf Jahre später drückte Werner noch einmal die Schulbank und wurde Bilanzbuchhalter – mit hervorragenden Noten. Als bald darauf in der nahegelegenen JVA Stadlheim die Stelle eines leitenden Buchhalters ausgeschrieben wurde, bewarb er sich und wurde angenommen.

Es war eine Arbeit, die er mochte. Wenn er nicht ganz und gar zufrieden war, dann deshalb, weil er hier schon oben angekommen war und sich schlecht für weitere Beförderungen empfehlen konnte.

So begnügte er sich still mit dieser Stelle, denn er fühlte sich hier wohl. Er machte seine Arbeit auch zur allgemeinen Zufriedenheit, aber sah man in ihm einen unauffälligen, verlässlichen Mitarbeiter. Kollegen in anderen Dienststellen kamen in ihrer Karriere rascher voran. Werner sagte nichts, versuchte, zufrieden zu sein, und doch nagte es an ihm.

1997 starb Cora. Ein paar Jahre später gab Edda ihre Stelle bei der anderen Tabakhandlung auf und kehrte zu Franziska in den kleinen Laden zurück. Mit Franziska zusammen war die Arbeit im Laden auch für die beiden alten Damen gut zu bewältigen.

Leider warf das Geschäft immer weniger ab. Es war zu altmodisch. Das Viertel hatte sich geändert, nicht aber der Laden. Der war ein Relikt aus einer vergangenen Zeit. Schlimmer noch: Er hatte sich als ein Ort herumgesprochen, an dem Lehrlinge, Schüler und Studenten die gutmütigen alten Damen leicht ablenken konnten. Wenn sie im Büro ein Meldeformular oder einen Standard-Mietvertragsvordruck suchten, dauerte es ein paar Momente. Das war die Gelegenheit, sich rasch auf den Ladentisch zu setzen. Streckte man sich nun ein wenig, konnte man so unauffällig ein paar Schachteln Zigaretten aus dem Regal mopsen. Diese Gaunereien schmälerten natürlich den Gewinn.

2001 schloss der Laden seine Pforten. Ein Pizzalieferservice zog ein, und die beiden Damen genossen eine Weile ihren Lebensabend. Dann wurde Edda immer vergesslicher, und die Ärzte stellten Alzheimer fest. Franziska pflegte die Freundin. Doch auch sie wurde immer schwächer. Als Edda 2004 starb, staunte Franziska, denn sie hatte in ihrem Testament vorgesorgt. Franziska erbte zwölftausend Euro und genoss obendrein lebenslanges Wohnrecht in der Wohnung. Das Haus aber sollte verkauft werden. Das Geld aus diesem Verkauf und Eddas restliches Geld wurde zwei Organisationen gespendet: Zwei Drittel gingen an einen Verein zur Förderung selbstbewusster lesbischer Lebensgestaltung, das letzte Drittel an eine Stiftung für ledige Mütter in Not.

Die letzten Jahre verbrachte Franziska beschaulich. Einmal in der Woche besuchte sie Werner. Und dienstags ging sie in die Alte Pinakothek, um stundenlang dort auf einem der Lederbänkchen zu sitzen und sich dabei mit Geduld und wachem Verstand ein Bild anzusehen. Immer nur eines bei jedem Besuch, aber bei jedem Besuch ein anderes.

An einem Freitag im Jahr 2017 wurde sie beim Einkaufen vom Eisregen überrascht und stürzte. Mit einem komplizierten Beinbruch wurde sie ins Klinikum in der Ziemsen-Straße gebracht, wo man sie operierte. Zuerst sah es recht gut aus. Dann aber bekam sie Fieber und Husten. Werner sah förmlich, wie sie schwächer und schwächer wurde. Nach drei Tagen stellte man eine Lungenentzündung fest und wechselte das Antibiotikum. Werner und Herta besuchten sie täglich und konnten nicht übersehen, wie Franziska immer mehr verfiel.

Als Herta dann einen Schnupfen bekam, durfte nur mehr Werner die Kranke besuchen. Es waren innige Begegnungen.

»Ach Junge, ich glaub, jetzt dauert's nimmer lang.«

»Sag doch so was nicht, Mama. Denk an was Schönes.«

»An was Schönes … ja … an Hopfen. An duftenden grünen Hopfen.«

»Hopfen?«

»Hopfen, Werner! Warst du schon amal in einem Hopfengarten? Im August musst dahin. Bevor dass sie ihn ernten. Hopfen! Das ist der schönste Duft der Welt! Ach je … Früher, da bin ich zum Hopfenbrocken gefahren.«

»Ich dachte, das geht maschinell.«

»Heut schon. Aber damals … ich war wohl bei so ziemlich den letzten, die von München in die Holledau g'fahren sind. Danach bin ich nie mehr hingekommen. Oh, wollen hätt ich schon, aber es hat sich nie ergeben. Aber den Duft, den Duft hab ich nie vergessen. Und da, Werner, da bist du gezeugt worden. Beim Hopfenbrocken.«

»Ich bin das Kind eines Wanderarbeiters?«

»Ah geh!« Franziska kicherte, musste dann aber so schwer husten, dass Werner ganz angst und bang wurde.

»Wanderarbeiter! Naa. Der Sohn vom Bauern bist. Ach, war der fesch! Und jung! So jung!«

»Und er hat dich sitzen lassen?«

»Nein.« Sie schüttelte den Kopf. »Er hat nie was von dir erfahren. Im Jahr drauf haben sie auch a Pflückmaschin g'habt, und ich bin nie mehr hin.«

»Hast ihn denn ned mögen?«

»Es hätt doch hint und vorn ned 'passt: eine aus der Stadt auf dem Hof … Für die Ernte war's gut, aber auf Dauer? Da wär ich doch nie neig'wachsen. Und ihn nach München holen? Das hätt aa nix G'scheites gegeben.«

»Ich hab also doch eine Familie?«

»Ach, Werner. Du immer mit der Familie! Familie allein ist gar nix. Mei Werner, ich bin ja so müde.«

»Dann geh ich jetzt heim und komm morgen wieder. Da musst du mir alles von dem Hof erzählen. Vom feschen Bauernsohn und vom Hopfenbrocken!«

In dieser Nacht starb Franziska Wollner. Es war eine schöne Beerdigung. Wenn Werner mit wachen Sinnen hätte schauen können, hätte er erkannt, wie viele Menschen der Tabak-Franziska, wie sie im Viertel hieß, die letzte Ehre erwiesen, auch wenn sie nicht mit ihr verwandt waren. Nach der Beerdigung lud Werner ein paar engere Bekannte noch zu Kaffee und Kuchen in ein nahe gelegenes Café ein. Ein kleines, krummes Hutzelweib war mitgekommen und stellte sich dort vor.

»Du bist also der Werner. Mei, groß bist geworden. Mich kennst wohl nimmer. Du warst ja damals noch a ganz a kleines Wuzerl.«

Werner versuchte, die Frau irgendwo einzusortieren. Es gelang ihm nicht.

»I bin die Nelli. A Freundin von deiner Mama. Mir ham beim Siemens gearbeitet … und aa woanders.«

»Woanders?« Werner wurde hellhörig.

»Ich bin sozusagen schuld, dass es dich gibt. Ich hab die Franziska zum Hopfenbrocken gebracht.«

Werner war nun sehr interessiert und kehrte zurück, sobald seine Gastgeberpflichten es zuließen.

»Sie waren zusammen beim Hopfenbrocken?«

»Ja. Freilich!«

»Wo war denn das?«

»Ach, des is doch schon so lang her. Und mein Denkkasterl is aa nimmer so verlässlich, wie es amal war.«

Werner hätte ihr am liebsten Löcher in den Bauch gefragt. Doch die alte Dame erinnerte sich mehr an Erlebnisse, an Lieder und Anekdoten. Namen wusste sie kaum mehr, und Orte hatte sie komplett vergessen.

Drei Tage später fand Werner einen Brief von Eleonore Fischer.

Er enthielt ein uraltes Foto und einen kurzen Brief.

Lieber Werner,
dieses Bild habe ich gefunden, es zeigt »unseren« Hof. Da waren wir beim Hopfenbrocken. Ich bin das Mädchen rechts. In der Mitte steht deine Mama. Wer da links steht … ich weiß es nicht mehr. Es ist ja alles so lange her. Wie der Hof hieß oder die Bauern, kann ich auch nicht mehr sagen. Doch mit dem Atlas habe ich herausgefunden, wo es gewesen war: Der Ort hieß Wolnzach. Wir waren da aber ein wenig außerhalb.
Mehr kann ich dir leider nicht sagen. Aber wir hatten damals eine großartige Zeit.
Alles Liebe
deine Nelli

27

24. Oktober – Donnerstag

Als Wimmer seine morgendliche Liefertour hinter sich hatte, zupfte er noch einen frechen Löwenzahn aus dem Hochbeet. Dann suchte er sich seine Unterlagen zusammen, setzte sich in seinen hellblauen Benz und fuhr los, um die Hopfenversuchsanstalt zu besuchen. Er fuhr durch Jebertshausen, am Hof der Bichlers vorbei und hinaus, nach Gebrontshausen hinüber. Rechts lag das Dorf Larsbach, doch Wimmer fuhr geradeaus. Die Gegend wurde immer einsamer, und immer mehr Wald säumte die Straße. Und dann lag sein Ziel da, links in einer Senke. Das Institut für Hopfenforschung, die Hopfenversuchsanstalt Hüll.

Wimmer fuhr durch den Ort und hielt noch nicht an. Erst wollte er sehen, wo Biss gestorben war. Im Verhör hatte er genügend an Details gehört, dass er hoffte, den Ort finden zu können. Und als er sich näherte, war er unübersehbar: gelbe und rote auf den Asphalt gesprühte Markierungen zeigten immer noch, wo die Polizei den Tatort untersucht hatte. Wimmer hielt an. Die Stelle, wo der Wagen ins Gehölz und dann an den Baum gefahren war, war nicht schwer zu finden. Wimmer stellte sich den Detektiv in seinem Wagen vor und seufzte. Dann ging er zurück auf die Fahrbahn.

Wo hatte die Kugel den Wagen getroffen? Es musste irgendwo weiter vorne auf der Straße gewesen sein. Wimmer blickte die Straße hinauf und hinab. Hier verlief sie ein gutes Stück geradeaus. Wimmer folgte der Straße weiter in die andere Richtung und fand nach etwa fünfzig Metern auf die Fahrbahn aufgesprayte gelbe Markierungen bei einem Satz Bremsspuren. So wie es aussah, hatte der Mörder hier seinen Wagen mitten auf der Straße angehalten. Wimmer blickt von dieser Position zurück. Er hatte eine fast gerade Strecke von beinahe mehr als zweihundert Metern vor sich. Wenn das Auto auf den Schützen zufuhr, gab es ihm mehr als ausreichend Zeit, sorgfältig zu zielen.

Wimmer blickte noch immer die Straße entlang. Weit hinten kam gerade ein Auto um die Kurve. Er sah es auf sich zufahren und langsam größer werden. Er trat zur Seite. Dann war der Wagen an seinem Benz vorbei, fuhr über die Markierungen, folgte dann der Kurve und verschwand aus dem Blickfeld.

Er schauderte und stellte fest, dass er eine Gänsehaut bekommen hatte. Mit einem Jagdgewehr und einem Zielfernrohr wäre dies ein leichtes Ziel gewesen. Er sortierte seine Gedanken. Dann ließ er den Diesel an und fuhr zur Hopfenversuchsanstalt.

Dieses Institut war in den zwanziger Jahren des 20. Jahrhunderts aus der Not heraus gegründet worden. Hopfen hatte die einst bettelarme Holledau reich gemacht. Doch dann war das Hopfenwunder schlagartig schwer bedroht und wäre beinahe zu Ende gewesen: In den Monokulturen der Stangengärten wütete Peronospora, der Falsche Mehltau, und drohte alles zu vernichten.

Die Holledauer stemmten sich energisch dagegen und gründeten einen Verein, die »Gesellschaft für Hopfenforschung«. Die Mitglieder legten zusammen, und auch die Brauwirtschaft und die Landesregierung unterstützten das Projekt. So erwarb man ein abgelegenes, altes Gut bei Wolnzach und engagierte die besten Gärtner, Biologen, Agraringenieure und Chemiker, die man finden konnte. Bald schon beriet man die Bauern und schulte sie, bekämpfte den Falschen Mehltau und andere Hopfenschädlinge und züchtete neue, resistente Hopfensorten.

Das alte Gutshaus war inzwischen an eine amerikanische Großbrauerei verkauft worden. Auch dort, auf der Bush-Farm, wie das Anwesen nun heißt, forschte man in Abstimmung zur Anstalt. Hier aber züchtete man speziell für die Bedürfnisse der Großbrauerei. Gegenüber, dem riesigen

Maibaum vis-à-vis, standen seit 1962 die neuen Gebäude der Hopfenforschungsanstalt, mit dem Verwaltungsbau, den Gewächshäusern und der Kapelle.

Wimmer parkte seinen Wagen vor dem Verwaltungsbau und trat ein. Es gab keinen Empfang, und niemand war zu sehen.

»Hallo?«, rief er leicht verunsichert in den leeren Korridor. Niemand rührte sich. Aufs Geratewohl öffnete er eine Bürotür und fand niemanden. Hinter der nächsten Tür fand er eine junge Frau, die sich in einen großen Stapel Papier vertieft hatte.

»Grüß Gott, haben Sie sich verlaufen?«, fragte sie Wimmer, nicht eben unhöflich, aber recht geschäftsmäßig.

»Grüß Gott. Ich möcht bitte mit Ihrem Chef reden.«

»Ja, haben S' denn einen Termin?«

»Nein. Aber ich denk, er wird schon mit mir reden mögen.«

Die Stirn der jungen Frau umwölkte sich. »Ach? Und was wollen S' von Herrn Dr. Finkenzeller?«

»Das sag ich ihm schon selbst. Sagen S' einfach, ich komm wegen dem Herrn Biss.«

Die junge Frau griff zum Telefonhörer. Eine Minute später stand sie auf. Sie blickte immer noch einigermaßen ratlos, meinte aber: »Gut, dann bring ich Sie rüber.«

Wimmer freute sich. Dass der Name »Dirk Biss« ihm hier die Türen öffnen würde, war nur eine Annahme gewesen. Aber er hatte richtig geraten.

Drei Türen weiter, gegenüber auf demselben Korridor, war das Büro von Herrn Dr. Finkenzeller. Es war geräumig und dank bis zum Boden reichender Fenster sehr hell. Auf dem großen Schreibtisch stand ein flacher Klapprechner. Dahinter erhoben sich deckenhohe Einbauschränke aus Nussbaum. Finkenzeller war ein großer Mann und wirkte eher hemdsärmelig-praktisch als elegant in seinem beige-grünen Cordanzug. Er war ein paar Jahre jünger als Wimmer und blickte ihn durch eine goldgefasste Brille an.

»Herr Wimmer …«, begrüßte er den Metzger. »Ich bin

schon ein wenig überrascht. Ich habe mit keinem Besuch gerechnet. Frau Grammel, bringen Sie uns zwei Tassen Kaffee, bitte?«

Er bot Wimmer in einer kleinen Sitzgruppe vor dem Fenster Platz an und setzte sich selbst über Eck. Bis der Kaffee kam, stellten sie sich einander vor, maßen sich mit Blicken und beobachteten, wie ein Mähroboter vor dem Fenster den Rasen kurz hielt. Als sie dann vor ihren Tassen saßen, eröffnete Finkenzeller das Gespräch. »Sie kommen wegen Herrn Biss.«

»Das ist richtig.«

»Ich bin recht verwundert. Ich hatte mit Herrn Biss strikte Diskretion vereinbart. Von daher müssen Sie schon entschuldigen, wenn ich …«

»Ist denn die Polizei schon da g'wesen?«

»Nein. Wir haben die Polizei noch nicht verständigt.«

»Die wär sicher schon selber gekommen. Wissen Sie es am End noch gar ned?«

»Was denn?«

»Herr Biss is tot.«

Finkenzeller stand der Mund offen. Er war völlig verblüfft. »Ach!«, sagte er dann. »Das überrascht mich jetzt wirklich.«

»Er ist gar nicht weit von hier erschossen worden.«

»Ach Gott! Das war der Herr Biss? Ich hatte ja keine Ahnung. Natürlich haben wir davon etwas gehört. Sie sind ja alle mit Blaulicht vorbeigefahren, und die ganze Straße soll gesperrt gewesen sein. Doch in der Zeitung stand ja nichts Genaues. Ich dachte, es wäre ein Jagdunfall oder so etwas.«

»Es is wohl eher ein kaltblütiger Hinterhalt g'wesen. Ein Mord.«

»Ja, um Himmels willen! Wer macht denn so was?«

»Das will die Polizei gerade rausbringen. Dirk Biss hat für Sie ermittelt? Es ist um Hopfenvermehrung gegangen? Um neue Hopfensorten, nehme ich an, richtig?«

»Moment bitte. Wie passen Sie denn jetzt in dieses Bild, und woher wissen Sie all das? Sie sind nicht von der Polizei, richtig?«

»Ich hab unlängst mit Biss an am anderen Fall in Wolnzach gearbeitet. Ohne dass er Sie oder Hüll erwähnt hätt, hat er damals von einem anderen Fall gesprochen. Nur ganz allgemein. Es soll a recht großer Fall g'wesen sein. Das hat er gesagt. Nach seinem Tod habe ich seine Sachen von der Pension zur Polizei gebracht. Da waren auch Bücher dabei … komplizierte Bücher über vegetative Vermehrung. Und ein paar verschlüsselte Notizen.«

»Sind Sie auch Privatermittler?«

Wimmer brummte. »Mmm. Sagen wir besser: ein interessierter Unbeteiligter. Aber ich kenn halt recht viele Leute und kann ganz gut zuhören. Und da hört man manchmal mehr als die Polizei.«

»Also so eine Art Hobbydetektiv.«

»Wenn Sie es so nennen wollen – ja.«

Finkenzeller gab sich recht zugeknöpft. »Ich bin mir nicht sicher, wieso ich Ihnen irgendwelche Auskünfte erteilen sollte. Die mache ich doch besser gleich bei der Polizei.«

»Das sollten S' auf alle Fälle machen. Nur, Herr Finkenzeller, san die Kriminalbeamten zuerst einmal am Mörder von Herrn Biss interessiert. Aber ich kann Ihnen vielleicht helfen, das Rätsel zu lösen, auf das Sie den Herrn Biss angesetzt haben. Ich hab nämlich eine Kopie seiner Notizen – und ich weiß, wie man seine Geheimschrift lesen muss.«

Wimmer lächelte gewinnend. Eben hatte er reichlich dick aufgetragen, aber er schien Finkenzeller zu überzeugen. Er zierte sich noch ein wenig, fragte ein paar Einzelheiten nach, wie Biss und Wimmer zusammengearbeitet hatten, dann endlich seufzte er und öffnete eine Tür im Wandschrank. Aus einem separaten Fach nahm er einen Aktenordner heraus, der mit einem »X« beschrieben war.

»Hierum geht es«, begann Finkenzeller. »Wir züchten neue Sorten, ertragreichere Sorten, widerstandsfähigere Sorten und auch Hopfensorten, die gegen bestimmte Schädlinge resistenter sind. Sie können sich vorstellen, dass da auch der drohende Klimawandel eine Herausforderung ist. Die Sommer werden extremer. Trockenheit und Hitze nehmen zu, und die Landwirte wollen dennoch ordentlichen Hopfen ernten. Das ist auch eine Richtung, in die unsere Forschung geht.«

Wimmer nickte.

»Jetzt müssen Sie aber auch wissen, dass wir hier in Hüll weltweit die einzige Einrichtung sind, die diese Sortenentwicklung so systematisch und zielgerichtet betreibt. Hier und da werden auch anderswo einzelne neue Hopfensorten entwickelt, aber nirgendwo geschieht es so planmäßig und erfolgreich wie bei uns in Hüll. Etwa neunzig Prozent aller Hopfensorten weltweit stammen von hier.«

Wimmer war beeindruckt.

»Und wenn wir irgendwo anders Hopfen wachsen sehen, interessieren wir uns natürlich auch für die lokalen Sorten.«

Finkenzeller suchte in der Unterlage eine Reihe Fotos.

»Unser Forschungsleiter, Dr. Graves, machte diesen Sommer ein paar Wochen nach Pfingsten Urlaub in Frankreich. Im Elsass. Auch dort gibt es ein kleines Hopfenanbaugebiet. Er fand dort Pflanzen, die er da nicht vermutet hätte. Hopfen, der aussah wie unsere 21-12er.«

»Wie erkennen Sie das? Ham die a Wapperl dran?«

»Bei uns hat natürlich jede einzelne Pflanze ein Karterl mit einem Digitalcode. Die Pflanzen dort hatten aber nichts. Doch Herr Graves ist ein Fachmann. Der kennt seine Hopfenpflanzen. Ich bin mehr der Chemiker. Aber es gibt mehr als zwei Dutzend Kennzeichen, an denen man Hopfensorten auch mit Fingern und Auge unterscheiden kann.«

»Was hat er gemacht, der Herr Graves?«

»Er hat nachgezählt, wie viele Pflanzen es sind …«

»Und, wie viele waren es?«

»Rund sechshundert Reben. Das ist schon ein kleiner Hopfengarten voll.«

»Was ist das für ein Hopfen gewesen, dieser 21-12er?«

»Das ist eine von unseren Zukunftzüchtungen. Ein Hopfen, dem auch ein Steppensommer nicht viel ausmacht, solange er bis Anfang Juni nur ausreichend Wasser bekommt.«

»Ist der schon auf dem Markt?«

»Nein, eben nicht.«

»Und jetzt wächst der plötzlich in Frankreich? Im Elsass?«

»Genau. In einem Hopfengarten bei Pfaffenhoffen im Elsass. Der Herr Graves hat auch ein paar Blätter gesammelt und uns geschickt. Ich habe sie gleich ins Labor gegeben, und die DNA-Analyse hat gezeigt, dass es tatsächlich unser eigener Hopfen ist.«

»Wo ist das g'wesen?«, fragte Wimmer und zückte ein kleines Notizbuch.

»In Pfaffenhoffen, wie unsere Kreisstadt. Auch im Elsass gibt es einen Ort, der schreibt sich aber mit zwei ›f‹ am Ende. Herr Graves fand es drollig, dass auch dort Hopfen angebaut wird und hat den Ort besucht. Und dann prompt unseren Hopfen entdeckt.«

Wimmer begann allmählich zu verstehen. In den Notizen war es nicht um die Kreisstadt gegangen, sondern um den Namensvetter im Elsass.

»Und wie kommt euer Hopfen nach Frankreich?«

»Das ist eben die Hunderttausend-Euro-Frage. Das war der Auftrag an Biss. Er sollte herausfinden, wer den Hopfen da anbaut. Und wie er dort hinkommt, vor allem in dieser Menge.«

28

25. Oktober – Freitag

In Ingolstadt waren die Speichersticks noch am Mittwoch-
abend von der SpuSi überprüft worden. Fast den ganzen Donnerstag hatten sie dann Johannes Schüssel beschäftigt. Die
Daten auf den Datenträgern waren nicht einfach lesbar zu
machen. Dirk Biss wäre nicht der leicht paranoide Geheimniskrämer gewesen, wenn er die Sticks nicht verschlüsselt hätte.

Biss war gut gewesen – Schüssel aber war besser. Trotzdem
brauchte auch er ein paar Anläufe, bis er wusste, mit welchen
Verschlüsselungsalgorithmen die Daten behandelt worden
waren. Erst als er das wusste, konnten seine Rechner daran-
gehen und die kryptischen Daten lesbar machen. Noch ein
Blick, dass er nun sinnvolle Texte und Tabellen in der Hand
hatte und keine doppelte Verschlüsselung vorlag … dann aber
konnte er im Halbstundenrhythmus Konrad und Stimpfle
mit den entschlüsselten Daten versorgen.

Gegen elf Uhr hatten Konrad und Zierer endlich die Auf-
zeichnungen vor sich, die Biss drei Jahre zuvor gemacht hatte,
Stimpfle und Daschner lasen eine halbe Stunde später die des
Folgejahres.

Um eins trafen sich alle in der Kantine. Zu Tortellini in
Käsesauce tauschten sie ihre Erkenntnisse aus.

»Nichts, was irgendeine Verbindung zu unserem Fall erkennen lässt«, brummte Konrad.

»Ist bei uns ähnlich. Aber es zeigt deutlich, wie mies die
Jobs von Biss waren«, erklärte Daschner.

»Ab und zu hat er in einem Kaufhaus als Detektiv Ladendiebe gejagt«, fügte Stimpfle hinzu. »Im Dezember hat er da
wohl gut zu tun gehabt. Aber viel kommt da nicht rum. Und
dem Geld hat er auch noch nachlaufen müssen.«

»Wir haben noch einen Bericht von einem Fall von Felgendiebstahl auf dem Gelände vor einem Autohaus. Da haben sie die ganzen Räder abmontiert und geklaut. Und Biss sollte ermitteln. Hat aber nicht viel herausgebracht. Immerhin drei Tage konnte er in Rechnung stellen. Und ein paar Spesen.«

»Ich hoffe sehr, ihr wisst jetzt endlich, wie gut ihr es hier habt! Immer neue interessante Fälle ohne mühsame Akquise, festes Gehalt und keinen ärgerlichen Leerlauf«, scherzte Konrad.

Zierer aber war nachdenklich. »Der hat tatsächlich keine großen Sprünge gemacht. Ohne seine Alarmanlagen wär er wohl wirklich verhungert.«

Daschner runzelte die Stirn. »Was sagt eigentlich das Finanzamt zu seinen Abrechnungen? Das scheint alles ein wenig … wirr zu sein und schlecht nachvollziehbar.«

»Willst du einer Leich' die Steuerfahndung schicken?« Zierer stand der Mund offen.

»Nein. Das nicht. Aber vielleicht haben die sich schon mal bei ihm beschwert. Vielleicht kommt da ein Faden heraus. Ich glaub, ich spitz den Aschenbrenner darauf an.«

So war der Donnerstag unspektakulär zu Ende gegangen. Konrad genoss gerade ein Feierabendbier und die Plauderei seiner Roswitha, die ihm ihre Pläne für neue Küchenvorhänge darlegte, als das Telefon schellte. Eine Nummer … aus Wolnzach. Wimmer war am Apparat.

»Ludwig, was willst denn du schon wieder? Mir bei der Polizei ham grad reichlich zu tun. Ich hoff, es ist wichtig.«

»I denk schon.«

»Aha. Dann erzähl amal.«

»I bin draufgekommen, wofür das ›E‹ steht. I bin absolut sicher. Und i denk auch, dass es wichtig is.«

Konrads Brauen krochen nach oben. Dennoch knurrte er nur einen unverständlichen Laut des Missfallens.

»Was hab ich dir gesagt, wie wir das letzte Mal gesprochen haben? Es ist wohl nicht möglich, dass du dich einmal aus unserer Arbeit raushältst, oder?«

»Magst jetzt hören, was i dir zu sagen hab?«

Konrad seufzte.

»Naa. Jetzt hab ich Feierabend. Die Roswitha ist eh die letzte Woche zu kurz gekommen. Wenn's ned um Leben und Tod geht, dann muss des warten bis morgen. Da kannst ja dann nach Ingolstadt kommen. Als Pensionist wirst ja wohl Zeit haben.«

Der alte Polizist überlegte. Wenn es nichts Nennenswertes war, was der Metzger mitteilen wollte, war es besser, wenn er ihn nicht ins Polizeipräsidium einlud. Wenn Stimpfle oder Dr. Müller den alten Metzger erwischten, wie er weiter in ihrem Fall stöberte, würde es ein Donnerwetter geben. Zumindest, wenn er nichts wirklich Sensationelles beizutragen wusste. Es war besser, ihn zuerst einmal aus der Schusslinie zu halten und ihn sozusagen inoffiziell anzuhören.

Konrad verabredete sich für zehn Uhr am nächsten Morgen mit ihm in einem kleinen Café am Südfriedhof.

Das Café war winzig. Eine Kuchen- und Gebäcktheke auf der einen Seite, zwei Tischchen mit Stühlen auf der anderen Seite – das war schon alles. Die Kuchen aber waren großartig. Es war ein gemütliches Ein-Mann-Unternehmen. Der Chef bediente, gab den Kaffee aus, spülte das Geschirr und buk nebenbei auch noch jede Menge leckerster Kuchen. Es war, mehr der Enge wegen, eine offene Produktion, bei der ihm jeder auf die Finger schauen konnte, was aber den Unterhaltungswert erhöhte und das besondere Flair mit ausmachte.

Der Chef füllte gerade Quarkmasse in einen Tortenring – der nächste Kuchen würde ein Käsekuchen sein, mit Rumrosinen! Konrad trank Kaffee, während er auf Wimmer wartete.

Seine Tasse war schon halb geleert, als er die »Maschin« vorfahren sah, auf der Wimmer in schwarzer und eine Sozia in roter Lederkombi saßen. Anna, bei der praktischerweise an diesem Schultag gleich zwei Doppelstunden ausgefallen waren. Die beiden setzten sich zum grauen Beamten und bestellten einen Eisbecher, einen Apfelkuchen und zwei Kaffees.

»Also, was habt ihr für uns?«

»Einen Verdächtigen«, erklärte Wimmer, »die Lösung für das rätselhafte ›E‹ und einen Haufen Infos über den anderen Fall vom Biss. Den großen. Ich denk, dass er dafür umbracht worden ist. Is des was, was euch interessieren kannt?«

»Ihr elenden Malefiz-Schnüffler. Wenn ihr nur nicht andauernd so viel Glück hättet …«

»Wenn mir ned so gut wär'n, meinen S' wohl«, protestierte Anna selbstbewusst.

»… dann hättet ihr längst ein Verfahren am Hacken. Behinderung von Ermittlungen ist da das Mindeste. A bisserl was wissen wir übrigens auch schon. Der Direktor von der Hopfenforschungsanlage in Hüll hat uns angerufen.«

Wimmer grinste. »Aber nur, weil ich vorher da war und es ihm empfohlen hab. Bis gestern Morgen wussten die noch nix vom Tod von Biss.«

Anna und Wimmer begannen zu erzählen, Konrad hörte zu und machte sich sogar einige Notizen. Nach seiner zweiten Tasse Kaffee meinte Konrad schließlich: »So, das reicht mir jetzt. Das sollten alle hören. Ihr kommt's mit und macht a Aussage auf dem Präsidium.«

Der alte Kriminaler zückte sein Mobiltelefon und berief eine Sondersitzung ein.

Eine Stunde später saßen sie im Konferenzraum. Dr. Müller hatte den Vorsitz. Auch hier wurden die Hobbyermittler wieder harsch gerügt und dringend ermahnt, sich nicht mehr in Ermittlungen einzumischen.

»Die Polizei ist mit dem Fall keinesfalls überfordert. Die schafft das alles auch ohne Ihre dilettantischen Glückstreffer, auch wenn es vielleicht etwas länger dauert. Dafür arbeiten wir methodisch, professionell und liefern gerichtsverwertbare Beweise.«

Dr. Müller sah Wimmer mit genau dem Blick an, der schon zahlreiche Kriminalbeamte und junge Staatsanwälte gegrillt hatte.

Daschner löste die Spannung.

»Also, was hat ›Scherlock Pinkerton & Co – Wolnzach‹ ermitteln können?«

»Wir wissen endlich, um was es im anderen Fall vom Biss gegangen ist. Der Direktor von der Hopfenforschungsanstalt in Hüll hat ihn beauftragt. Es ging um Forschungsdiebstahl – Biotechnologiediebstahl, so nennt man das wohl.«

Wimmer berichtete von der Entdeckung des neuen Hopfens im Elsass. »Der Herr Finkenzeller konnte sich daran erinnern, dass vor zwei Jahren ein paar Jungpflanzen verschwunden waren. Damals hatte sich niemand etwas dabei gedacht. Sie haben gemeint, die fehlenden Pflanzen seien damals einfach beim Abräumen eines Treibhauses versehentlich ausgerodet und dann kompostiert worden, denn alles, was beim Züchten die Zuchtziele verfehlt, wird rasch wieder vernichtet.«

»Da sind also Pflanzen verschwunden? Wie viele?«, fragte Herr Zierer.

»Etwa zwanzig Jungpflanzen.«

»Und wie viele Pflanzen waren das im Elsass?«

»Sechshundert.«

»Wieso sollten die Pflanzen im Elsass mit den verschwundenen Jungpflanzen im Zusammenhang stehen?«

»Da gibt es zwei Gründe.« Anna räusperte sich. »Zum einen wird der Hopfen durch Fexse vermehrt, also vegetativ. Darum hatte der Biss diese Bücher. Und dass das Thema ›vegetative Vermehrung‹ mit dem Fall zu tun hat, haben wir ja beizeiten gemeldet.«

Dr. Müller sah aus, als hätte sie in eine Zitrone gebissen, und auch Stimpfle zog eine Grimasse. Daschner aber lächelte.

»Der zweite Grund«, fuhr Wimmer fort, »ist die Nachvollziehbarkeit der Pflanzen. Jede der Pflanzen in Hüll hat an Barcode. Jede einzelne Pflanze dort ist registriert und wird verfolgt. Von den Jungpflanzen abgesehen fehlt nichts. Nichts ist weggekommen. Und diesen Hopfen gibt es nur dort. Und in einem Hopfengarten in Frankreich.«

»Und das ist wirklich sicher? Dass es der Hopfen aus Hüll ist, da im Elsass?« Dr. Müller war immer noch skeptisch.

»Nach dem Besuch von unserem ›Kollegen‹ hier haben die Hüller uns angerufen«, meldete sich Konrad. »Sie sind sicher. Ein Gentest hat es bestätigt.« Zu Wimmer gewandt fuhr er fort: »Und ihr denkts jetzt, dass das ominöse ›E‹ in den Notizen für ›Elsass‹ steht?«

»Genau. Das nehmen wir an. Damit gibt die Adresse einen Sinn: Die bezieht sich auf Pfaffenhoffen im Elsass. Da gibt es nämlich auch einen solchen Ort, und da bauen sie auch an Hopfen an. Nur schreibt man dieses Pfaffenhoffen mit einem ›f‹ mehr. Das ist der Ort, wo sie diese Pflanzen entdeckt ham.«

»Was ist aber der Sinn bei diesem Diebstahl?«, meinte Zierer.

»Der Sinn?«, fragte Anna.

»Worin liegt der Vorteil?«

»Dieser Teil vom Elsass ist im Prinzip die Verlängerung von der Südpfalz«, erklärte die Schülerin selbstbewusst. »Da haben wir Verwandtschaft. Drum kenn ich die Gegend ein wenig. Das ist eine sehr warme Region. Und in Pfaffenhoffen haben sie dasselbe Klima, dieselben superheißen Sommer. Mit der Klimaerwärmung wird das immer schlimmer. Und der Hopfen mag es eigentlich nicht so warm.«

Wimmer fuhr nun fort. »Dieser spezielle Hopfen is a Züchtung, die für diese neuen Steppensommer optimiert worden ist. Der gedeiht auch bei extremen Temperaturen. Und er ist ja noch in der Entwicklung. Man wird ihn erst in ein paar Jahren kaufen können. Wenn a Hopfenbauer a halbes Jahrzehnt Vorsprung hat und trotz Hammerhitzen an g'scheiten Hopfen ernten kann, das ist schon was wert.«

Dr. Müller nickte. »Das leuchtet ein.«

»Wie die Hüller ihren Hopfen durch Zufall im Elsass entdeckt ham, da ham s' sofort gewusst, dass da was oberfaul sein muss.«

»Wieso sind sie nicht zu uns gekommen?«, fragte Dr. Müller.

»Weil ihr, die Polizei … na ja … grad dezent und unauffällig seids ja ned. Uniformen, Streifenwagen … Die Hüller ham gleich g'spannt, dass da auch einer vom Gut mit drinstecken muss. Insiderjob heißt des, ned wahr? Und den Kameraden ham s' natürlich ned warnen wollen.«

Dr. Müller blickte zu Konrad, und er nickte.

»Und wer ist dieser Insider? Was meinen Sie?«

Wimmer räusperte sich. »Ich hab es noch nicht überprüfen können. Weil wir ja gleich zu Ihnen sind, sowie wir was herausgebracht haben. Also, was jetzt kommt, sind nur ganz vage Indizien und Überlegungen.«

»Tun S' ned so übervorsichtig und machet Se koine G'schichten. Also, wer moinet Se, isch es jetzt?«, fragte Stimpfle ungeduldig.

»Ich tät amal die Elisabeth Bichler überprüfen.«

»Wieso? Wieso ausgerechnet die?«, fragte Daschner, und sie war nicht die Einzige, die ein wenig ungläubig guckte.

»Zum einen arbeitet sie auf dem Versuchsgut. Außerdem ham wir, der Herr Biss und ich, uns auf der Suche nach der Familie Bichler vor ein paar Wochen immer wieder um das Anwesen herumgedrückt. Es ist nicht ausgeschlossen, dass sie was mitbekommen hat. Die Bücher über die Vermehrung sind doch offen im Auto herumgelegen. Wenn sie den Hopfen gestohlen hat, könnt es leicht sein, dass sie da meint, man wär ihr auf der Spur. Was wir damals aber gar nicht gewesen waren.«

Das schien noch niemanden zu überzeugen.

»Und sie ist a Biologin. Sie weiß genau, wie man Pflanzen vermehrt. Sie könnt durchaus in der Lage sein, aus den zwanzig Pflanzen rund sechshundert zu machen. Das ist nämlich auch a Leistung.«

»Was braucht man dafür?«, fragte Konrad.

»Man muss halt genau wissen, wie man's macht. Und bei der Menge in recht kurzer Zeit … Ansonsten … A bisserl Zeit, Platz und reichlich Luft, Sonne und Wasser.«

»Und das gibt es alles auf dem Bichler-Hof?«, fragte Daschner.

Wimmer zuckte mit den Schultern. »Da vielleicht ned.

Aber die junge Bichlerin wohnt ja bei ihrem Freund, dem Herrn Huttner, auf einem einsamen Hof. Gar ned weit weg von Hüll.«

»Wer ist dieser Freund?«

»Er heißt Jonas Huttner«, meinte Anna. »Und auf ihn sind wir dank Facebook gekommen.«

»Und dieser Herr Huttner, meinen Sie, ist der Mörder?«, fragte Dr. Müller. »Denn die Elisabeth Bichler hat ja für den Mord ein Alibi.«

Wimmer zog die Achseln hoch. »I werd mich hüten, wen einfach so zu beschuldigen. Aber ich an Ihrer Stelle tät amal nachfragen, ob der Mann a Jagdgewehr besitzt. Nur zur Sicherheit. Und seinen Hof würd ich aa amal genauer anschaun.«

»Wie kommen Sie auf ein Jagdgewehr?« Dr. Müller sah alarmiert aus. »Hat sich da einer verplappert?«

»Naa. Ich hab mir den Tatort ang'schaut. So wie das Auto auf den Täter zugefahren sein muss, wär das wohl das G'schickteste«, erklärte der alte Metzger ruhig. »Und dann war ich heut früh am Morgen noch kurz auf dem Hof von dem Herrn Huttner. Aber der war ned da. Aber einen ersten Eindruck hab ich von ihm jetzt schon.«

»Und was ist dein Eindruck, Ludwig?«, fragte Konrad.

»Na ja ... Er ist wohl Nebenerwerbslandwirt. Sei Geld verdient er am Flughafen. Und er wohnt nur an Katzensprung vom Tatort entfernt. Was seinen Hof angeht ... Viel macht der ned her. Schaut ned so aus, als wär das noch a aktive Landwirtschaft. Hopfen hat er offenbar keinen eigenen. Ich konnt kurz durch a Fenster in seine Maschinenhalle schaun. Alles recht alte Maschinen und schon ziemlich eing'staubt, bis auf den Trecker. Was baut er an? Baut er überhaupt was an? Da hab i koa Ahnung. Aber er is am Werkeln. Des hat man sehn können. Der baut irgendwas. Das muss a größeres Projekt sein. Da stehen Gitterboxen auf dem Hof. Und größere Kabelrollen ... und aa Bewässerungsschläuch. Aber fragen S' mich bitte ned, was er da macht.«

Als Anna und Wimmer mit ihrem Bericht fertig waren, entstand rund um den Tisch eine nachdenkliche Stille. Dann zückte Dr. Müller ihr Handy und wies ihre Sekretärin an, alle Termine für heute abzusagen.

»Okay!« Sie wandte sich an die Gäste aus Wolnzach. »Dann schauen wir mal, was da rauskommt! Sie und Ihre Enkelin bleiben bitte hier für Rückfragen, die eventuell noch auftauchen. Herr Zierer, organisieren Sie, dass Frau Bichler hierhergebracht wird. Ich will sichergehen, dass ein Beamter danebensitzt. Dann wissen wir wenigstens, mit wem sie telefoniert. Sie wird einen Grund genannt haben wollen ... Sagen Sie ihr, wir haben da noch ein paar offene Fragen. Die Kollegen in Geisenfeld werden sicherlich helfen. Wenn wir mit Frau Bichler durch sind, dann schaun wir uns den Herrn Huttner und seine Baustelle an. Wir treffen uns in einer Stunde wieder hier.«

29

Lissi Bichler war nervös. Vor über einer Stunde war sie auf ihrer Arbeitsstelle abgeholt worden, und nun saß sie in einem leeren Büro in Ingolstadt einem jungen Polizisten gegenüber und wartete seit fast vierzig Minuten.

Diese Wartezeit war Teil einer wohlkalkulierten Vernehmungstaktik. Man ging davon aus, dass niemand ein völlig reines Gewissen hatte. Das Warten und der Mangel an Auskünften sorgten dafür, dass man schnell die Staatsmacht als überwältigend stark und sich als hilflos und schwach empfand.

Den Polizisten und auch Dr. Müller war völlig klar, wie beängstigend diese Situation wirken musste, doch niemand unternahm etwas, um diese unterschwellige Bedrohung zu mindern. Man ließ Verdächtige und mutmaßliche Mitwisser gern eine gewisse Weile im eigenen Saft schmoren. Das hatte schon manchem die Zunge gelöst. Man durfte es nur nicht übertreiben.

Doch in diesem Moment ging die Tür auf, und die junge Biologin wurde von Konrad und Daschner erlöst. Zuerst bauten sie eine kleine Kamera auf. Zur Dokumentation, damit sie sicher sein konnte, dass niemand ihr eine Aussage unterschiebe, erklärte Daschner freundlich. Was sie verschwieg, war die Tatsache, dass drei Zimmer weiter Dr. Müller, Stimpfle und Zierer so am Monitor die Vernehmung mitverfolgen konnten. So konnten sie gleich bei Ungereimtheiten die Vernehmung unterbrechen.

Konrad blätterte in einer recht dicken Akte. Dann blickte er Frau Bichler streng an. Er würde den »bösen« Polizisten mimen, der die unangenehmen Fragen stellen würde. Daschner fiel der Part der »guten« Polizistin zu, die Hilfe anbot, gut zureden würde und Auswege aus den Zwickmühlen der Vernehmung anbieten durfte, wo es nötig und möglich war.

Konrads Brauen waren eng über der Nasenwurzel zusammengerückt, als er in die Akte blickte. Dann sah er Frau Bichler an und fragte: »Sie wissen, wieso wir Sie hergebeten haben?«

»Es hat geheißen, wegen diesem Wollner, der meine Eltern belästigt hat.«

»Den haben Sie kennengelernt?«, fragte Konrad.

»Ja. Als er auf unserem Hof aufgetaucht ist, war ich auch da.«

»Das war der da?« Konrad reichte ihr die Vergrößerung eines Passbildes von Wollner. Frau Bichler nickte.

»Gut. Kennen Sie diesen Mann?«

Konrad gab ihr ein Bild, das sie erst vor ein paar Minuten aufgenommen hatten.

»Nein. Wer ist das?«

»Ludwig Wimmer«, erklärte Daschner.

»Nein, den kenne ich nicht.«

»Und den?«

Konrad gab ihr ein Bild von Dirk Biss, wieder ein vergrößertes Ausweisbild.

»Den hab ich gesehen. Der war ein paarmal in Hüll.«

Konrad nickte und brummte etwas, was man vage als einen Ausdruck von Zufriedenheit verstehen konnte.

»Wer sind diese Leute?«, fragte Frau Bichler.

»Die haben für Herrn Wollner ihre Familie ausfindig gemacht«, meinte Daschner und lächelte.

»Ach. Und was wollen Sie jetzt von mir?«

»Das werden S' schon beizeiten erfahren. Wir wissen schon, was wir tun«, meinte Konrad barsch, und seine Brauen wurden noch stacheliger. »Wie lange arbeiten Sie denn schon in Hüll?«

»Seit zweieinhalb Jahren und vorher, im Studium, hab ich auch Praktika dort g'macht. Warum wollen S' denn das wissen?«

»Wir sind gründlich, Frau Bichler. Nur gründlich«, erklärte Konrad kühl und schob gleich eine Frage nach: »Und wie lange wohnen Sie schon bei Herrn Huttner auf dem Hof?«

»Im Juni waren es zwei Jahre. Aber was kümmert Sie das?«

»Das klärt sich schon noch. Der Herr Huttner ist Nebenerwerbslandwirt?«, setzte Konrad weiter nach.

»Ja, schon. Er hat einen Job bei der Feuerwehr auf dem Flughafen.«

»Und woraus besteht die Landwirtschaft?«

»Ein bisserl a Holz, a paar Wiesen. Das Heu verkauft er, und etwas Futtermais hat er. Da macht er Silage draus.«

»Davon kann man aber ned leben.«

»Darum ja der Job bei der Feuerwehr.«

»Und was wird bei euch gebaut?«, fragte Konrad.

»Eine Hochleistungszuchtanlage für Cannabis.«

Konrads Augenbrauen schnellten in die Höhe, und auch Daschner riss es fast vom Sitz.

»Da müssen S' gar ned nervös werden! Wir, der Jonas und ich, wir wollen in das Geschäft mit medizinischem Cannabis einsteigen. Als Biologin habe ich die Qualifikation und die Sachkunde. Auch ein Labor haben wir, und wir können alle Auflagen erfüllen. Der Hof wird grade umgebaut, und alles, was wir da produzieren werden, können wir dokumentieren und sichern. Das alles soll von vorn bis hinten streng legal sein. Wir sind keine Hascher!«

»Wann wollen Sie da loslegen?«

»Mit der halben Anlage könnten wir schon seit über einem Jahr produzieren.«

»Könnten? Was denn jetzt? Produzieren Sie?«, fragte Konrad.

»Sind Sie wahnsinnig?« Frau Bichler lachte schrill. »Im Moment hängen wir total in der Luft. Wer jetzt in Deutschland produziert, steht mit einem Bein im Gefängnis. Das riskieren wir sicher nicht. Wenn wir mit Betäubungsmitteldelikten aktenkundig werden, dann können wir uns den legalen Cannabisanbau verreiben. Da bekommen wir doch nie die Zulassung – wegen mangelnder charakterlicher Eignung. Nein. Die Investition ... siebenhunderttausend Euro haben wir da schon reingesteckt, hat für uns leider noch gar nix erwirtschaftet.«

»Wieso eigentlich nicht?«, wollte Daschner wissen. »Ich dachte, medizinischer Hanf wäre inzwischen zugelassen.«

»In der Theorie ja. Aber es gibt noch keine klaren, eindeutigen Regelungen in Deutschland für den Anbau und Handel. Da hinkt der Gesetzgeber noch hinterher, und die Polizei sieht weiter in jedem Cannabisblatt einen Gesetzesverstoß. Das meiste an medizinischem Hanf kommt aus dem Ausland, aus Holland. Aber die kommen mit der Produktion ned nach.«

»Und wenn man eine klare Rechtslage hätte?«

»Dann geht's auch hier endlich los! Wir könnten binnen drei Monaten liefern: Kontrollierter Anbau, regional und sogar in Bioqualität! Da kommt dann kein Importhasch mit!«

»Bio?« Daschner staunte.

»Natürlich! Das ist uns wichtig! Wissen Sie, was sich ein Otto Normaljunkie für einen Dreck reinknallt? Die Droge, das THC im Cannabis, ist weit weniger schlimm als die Reste von Phosphaten und den Pestiziden. Von Herbiziden brauchen wir gar nicht reden. Der Mist soll ja nur knallen. Qualität? Da schert sich doch keine Sau drum. Und der Apothekenhanf aus Holland ist auch nicht viel besser. Was dem Jonas und mir vorschwebt, ist ein Qualitätsprodukt: regional und ökologisch, nachhaltig, ein medizinisches Spitzenprodukt!«

Auf ein geheimes Stichwort hin klagte Konrad über seine Bandscheibe und unterbrach die Vernehmung. Nebenan besprachen er und Daschner sich mit den anderen. Alle meinten, es sei nun Zeit für den Frontalangriff.

Als sie wieder zurückkehrten, hatte Daschner für Frau Bichler einen Kaffee dabei.

»Also … Sie und der Herr Huttner haben eine interessante und lukrative Geschäftsidee, die vom Gesetzgeber blockiert wird. Haben Sie Schulden?«, fragte sie.

»Noch haben wir Kredit. Aber klar. Natürlich ham wir Schulden. Und noch sind wir mit dem Umbau ned fertig. Und Photovoltaik wollen wir auch noch installieren. Damit uns die Energiekosten bei der Produktion ned auffressen. Doch das haben wir im Moment amal hintangestellt. Wir kommen scho klar. Mehr oder weniger.«

Es war deutlich, dass sie hier nur zum Teil die Wahrheit sagte.

»Wie schlimm ist es?«, fragte Daschner mitfühlend.

»Ach, wenn was kaputtgeht, ist das immer eine riesige Geschichte. Bei uns ist grad alles hart auf Kante genäht. Finanziell kommen wir grade so über die Runden, nur zusetzen können wir nichts mehr.«

Konrad zwinkerte Daschner zu und lehnte sich zurück. Nun überließ er seiner Kollegin den größeren Teil des Spielfelds. Daschner lächelte und lenkte mit freundlichen Worten das Gespräch in eine ganz neue Richtung.

»Und wie ist das denn mit dem Herrn«, sie griff sich die Mappe und blätterte in den Unterlagen, »Robert Hellburg. Genau. Wie war das mit Herrn Hellburg aus der Rue de Saverne in Pfaffenhoffen im Elsass?«

Frau Bichler riss die Augen auf, und der Mund stand ihr offen.

»Ja. Wir wissen davon.« Noch immer klang Daschners Stimme weich und mitfühlend. »Sie können sich das Leben leicht machen oder schwer. Aber wir haben schon so viele von den Mosaiksteinchen zusammengetragen – wir wissen recht genau, was hier läuft. Wenn Sie kooperieren, wird es auch vor Gericht viel besser aussehen.«

»Ich will einen Anwalt sprechen.«

»Das ist Ihr gutes Recht«, meinte Konrad ruhig. »Dann unterbrechen wir hier noch einmal. Möchten Sie noch einen Kaffee?«

Nach einer Dreiviertelstunde war ein Herr Novak eingetroffen und hatte Frau Bichler anwaltlich beraten.

Als sie die Vernehmung fortsetzten, saß er neben Frau Bichler und ergriff auch gleich das Wort.

»Ich habe meiner Mandantin geraten, sich nicht zu äußern. Wir hören aber gern, was Sie vorzubringen haben.«

Konrad sah erst Herrn Novak an, dann fixierte er Frau Bichler.

»Der Herr Biss, der Detektiv, den Sie in Hüll gesehen haben, ist erschossen worden. Zwischen Hüll und Ihrem Wohnort. Biss ermittelte in einem Fall von Biotechnologie-Diebstahl. Hopfenreben einer noch unvermarkteten Sorte tauchten im Elsass auf. Sie stammen aus dem Versuchsgut, in dem Sie arbeiten. Die Pflanzen wurden hundertfach vervielfältigt, wozu Ihr Lebenspartner, Herr Huttner, den Platz und die Ausrüstung und Sie als Biologin die Befähigung haben. Geldnot haben Sie auch, also ein Motiv. Zum Todeszeitpunkt waren Sie in Hüll. Kurz vor seinem Tod war Herr Biss ebenfalls auf dem Gut.«

Konrad machte eine Pause.

»Motiv und Gelegenheit haben wir schon. Und laut Landratsamt ist auf Herrn Huttner ein Gewehr, eine Howa 1500 LA 30-06, für Jagdzwecke eingetragen. Das hat uns nur einen Anruf gekostet. Diese Waffe wäre als Tatwerkzeug in diesem speziellen Fall hervorragend geeignet und hat auch ein passendes Kaliber. Wir hoffen, es dauert nicht mehr lange, dann wissen wir auch sicher, dass Biss mit genau dieser Büchse erschossen wurde.« Hier bluffte der erfahrene Kriminaler. Um die Waffe zu identifizieren, brauchten sie das Projektil, und das im Wald zu finden, war beinahe aussichtslos. Aber er sprach ja nur von Hoffnung. »Und dann haben wir auch das Mittel ganz und gar zweifelsfrei. Tatmittel, Gelegenheit und Motiv hätten wir also. Und nun frage ich Sie, Frau Bichler: Was meinen Sie wohl, wird der Bauer im Elsass sagen, wenn ihn die Polizei fragt, woher er die Pflanzen hat, die er auf legalem Weg unmöglich erworben haben kann? Der Mann hat auch Ärger am Hacken und wird, wenn er schlau ist, versuchen, sich seinen Staatsanwalt durch Kooperation milde zu stimmen. Wessen Namen wird er da wohl nennen? Sie brauchen es mir nicht sagen. Aber überlegen Sie es still für sich.«

Die Ermittler erhoben sich und ließen eine sehr blasse Frau Bichler mit ihrem Anwalt zurück.

Frau Bichler und Herr Novak teilten nach langem Gespräch mit, Frau Bichler wolle ein Geständnis ablegen. Hierzu zog man ins Sitzungszimmer zu Dr. Müller um.

Dr. Müller stand auf.

»Bitte, nehmen Sie Platz«, meinte sie. »Ich freue mich, dass Sie bereit sind, ein Geständnis abzulegen. Wenn sie offen und ehrlich sind, werden wir versuchen, Ihnen entgegenzukommen, soweit es die Umstände zulassen.«

»Und der Jonas?«

»Ihr Freund, der Herr Huttner? Wenn auch er kooperiert, gilt für ihn natürlich dasselbe. Falls Sie etwas zurückhalten, um ihn zu schützen, tun Sie weder ihm noch sich selbst einen Gefallen. Sind Sie eigentlich verlobt?«

»Mei, so weit sind wir noch ned. Also ich hätt nix dagegen, wenn er mich nimmt. Aber … mit so vielen Schulden hat er mich noch ned fragen wollen.«

»Dann haben Sie ihm gegenüber auch kein Zeugnisverweigerungsrecht. Nur wenn es um Sie selbst geht und um Ihre Familie, dürfen Sie in der Vernehmung und vor Gericht schweigen. Also, Frau Bichler, wie war das mit dem Hopfen im Elsass?«

Lissi Bichler rang ihre Hände und presste ihre Lippen zu einem schmalen Strich zusammen. Dann endlich erzählte sie. Eine Kommilitonin sei aus dem Elsass gekommen und als die vor zweieinhalb Jahren Hochzeit gefeiert habe, sei Lissi hingefahren. Dort habe sie den verzweifelten Herrn Hellburg kennengelernt, dessen Hopfen unter den zunehmend trockenen Sommern litt. Lissis Fachkenntnis war ihm hochwillkommen gewesen. Bald stand fest: Er kultivierte die falschen Sorten.

»Ich konnte ihm bessere, robustere Sorten nennen, die auch bei Trockenheit noch tragen. Doch ich sagte auch, es wär besser, noch rund zehn Jahre zu warten. Dann würde eine neue Generation von Hopfen in den Handel kommen. Hopfen, der speziell für Steppensommer entwickelt würde.«

Eine Weile sei es dann per E-Mail hin- und hergegangen. Sie sei bei Huttner eingezogen, und irgendwann sei der Plan da gewesen: ein paar Jungpflanzen klauen, vermehren und dann ins Elsass verkaufen.

»Das Vermehren, das machen Sie über das Teilen vom Wurzelballen?«, fragte Daschner.

»Nicht ganz. Einen Fex von einem großen gesunden Wurzelballen abtrennen und kultivieren, das kann jeder. Und selbst wenn die Tochterpflanze stirbt, hat man noch eine kräftige Mutterpflanze. Aber wir hatten nur Jungpflanzen, und von denen brauchten wir jeweils fünf bis sieben Tochterpflanzen. Da wäre jeder Verlust schlimm gewesen. Nein, das schafft kein Hobbygärtner mehr. Da muss man echt was draufhaben! Ich musste in nur einer Vegetationsperiode jede Pflanze gleich zweimal vermehren, mit jeweils bis zu sechs Tochterpflanzen. Aber ich hab es geschafft, mit nur zwei Komma acht Prozent Verlust. Am Ende hatten wir aus den zweiundzwanzig Pflanzen, die wir gemopst hatten, über sechshundert Töchter. Mit den Jungpflanzen konnte Hellburg im Elsass seinen Betrieb modernisieren, und mit dem Lohn, immerhin hunderttausend Euro, konnten wir die drückende Schuldenlast unserer Anlage mindern.«

Dann tauchte Biss in Hüll auf. Dass sich ihr Chef, Herr Finkenzeller, zugeknöpft zeigte, und nur sehr vage mitteilte, was dieser Gast bei seinen Besuchen wollte, machte sie nervös und misstrauisch. Er sprach von ›spezieller Beratung‹ und hatte dann schnell das Thema gewechselt. Das konnte ja alles Mögliche bedeuten.

»Das Kennzeichen wies auf München, und mit dem Namen ›Biss‹, den ich aufgeschnappt hatte, war es ein Leichtes, festzustellen, dass er ein Detektiv war. Da sind wir dann nervös g'worden. Wochenlang kam er nicht mehr, und alles sah aus, als wären wir davongekommen. Und dann stand der Wagen wieder vor dem Verwaltungsgebäude. Ich hab g'sehn, wie der Detektiv eing'stiegen ist, und dann fährt er ausgerechnet in Richtung von unsrer Cannabisplantage davon.«

Ohne zu wissen, dass er ein ganz anderes Ziel hatte, rief sie Huttner an. Der war ohnehin schon seit dem ersten Auftauchen des Detektivs panisch und legte sofort auf. Er griff sein Gewehr und sprang in sein Auto. Minuten später war Biss tot. Erschossen an einer Straßenbiegung.

»Ein geplanter Mord?«

Frau Bichler schüttelte den Kopf. »Nein. Das war eine ganz dumme, spontane Kurzschlusshandlung. Er hat ja gar keine Zeit gehabt, um nachzudenken. Ich bin sicher, wenn er nur einen Moment gehabt hätte, um sich zu besinnen, er hätt sicher nicht geschossen.«

30

Es war noch früher Nachmittag, als Anna hinter Wimmer auf der Maschin saß und sich von ihrem Opa zurück nach Wolnzach bringen ließ.

»Müssen wir gleich heim?«, rief sie nach vorne.

»Naa. Eigentlich ned.«

»Daheim wartet eh nur die Mama mit der nächsten Vernehmung!«

Wimmer lächelte und schwieg.

»Eis?«, klang es von hinten.

»Eis!«

So machten sie in Wolnzach noch eine Rast in einem Eiscafé. Wimmer genoss einen Coup Danmark, während Anna den großen Himbeerbecher niederrang. In den Pausen, wenn die Löffel kurz ruhten, sprachen sie die Einzelheiten des Falls durch. Beide waren stolz und zufrieden. »Scherlock Pinkerton & Co – Wolnzach« hatte wieder einmal gute Ermittlungsarbeit geleistet.

»Und du warst da, wo der Biss gestorben ist?«

Wimmer nickte.

»Ist es nicht recht gruselig gewesen?«

»Eigentlich ned.«

»Können wir da noch g'schwind vorbeifahren?«

Sie konnten. Als sie eine halbe Stunde später dort das Motorrad abstellten, betrachtete Anna die Markierungen auf dem Asphalt. Mehr gab es nicht zu sehen. Keine Kerze am Straßenrand, kein Holzkreuz.

Anna ging mit Wimmer zu der Stelle, von der aus Herr Huttner vermutlich geschossen hatte und blickte die Straße entlang.

»Ob der Biss ihnen wirklich auf der Spur war? Hat er sie schon im Visier g'habt?«

»Ich glaub, eher ned. Von einem Insider wird er wohl ausgegangen sein. Und vielleicht wollt er den a bisserl provozieren. Aber dass es gleich so a Reaktion gibt …«

»Das heißt, wenn die Frau Bichler und ihr Freund einfach stillgehalten hätten, wär nichts passiert?«

»Schon möglich. Wenn man auf ihre Schulden draufkommen wär, schaut die Sach natürlich anders aus. Aber wie soll der Biss das rausbekommen?«

Anna schlenderte zurück zu dem Loch im Unterholz, das der Wagen von Biss gerissen hatte. Sie nahm den Ort und seine Stimmung ganz bewusst in sich auf. Die Herbstsonne tauchte alles in ein goldenes Licht und ließ die Szenerie strahlen. Und doch war es traurig. Sie hatte Biss nie kennengelernt, und vermutlich hätte sie ihn nicht gemocht. Aber so zu sterben, weil ein Dieb Angst bekommt und plötzlich durchdreht, das war tragisch. Traurig, wie insgesamt das ganze Leben des seltsamen Detektivs.

Am Ende der Straße tauchten drei Autos auf. Einer war ein Streifenwagen, in einem der anderen erkannte Anna Stimpfle, Konrad und Daschner. Sie fuhren an den Hobbydetektiven vorbei. »Jetzt nehmen sie den Herrn Huttner fest«, meinte Anna. »Woll'n wir zuschauen?«

»Anna!«

»Aus der Ferne, von der Straße aus meinetwegen. Aber mir ham den Fall jetzt so weit verfolgt, da will ich auch den Schluss sehen.«

Wimmer seufzte. Bis sie bei seinem Motorrad waren, waren die Polizeibeamten schon außer Sicht. Sie fuhren nur wenige hundert Meter weiter, dann blieben sie stehen.

»Das dort hinten ist der Hof vom Huttner!«

Anna sah ein recht großes Haus, zweigeschossig, und rechtwinklig dazu zwei große Hallen, in denen man wohl irgendwann einmal Rinder oder Schweine gehalten hatte. Der zementierte Platz mit dem kleinen verrosteten Baggerkran, wo sich einst warm und dampfend der Misthaufen erhoben hatte, war leer. Tiere gab es auf diesem Hof keine mehr.

Dem Wohnhaus gegenüber war ein Gebäude mit hohem Scheunentor. Auf dem Hof standen an den Polizeifahrzeugen ein paar uniformierte Beamte.

»Viel gibt's da nicht zu sehen«, meinte Wimmer.

»Wart halt!«

Plötzlich rannte ein bärtiger Mann in blauer Latzhose aus einer der Hallen. Ein Streifenpolizist wollte ihn festhalten, erwischte ihn aber nicht, und sein Kollege kam einen Moment zu spät. Huttner, ein großer Mann, athletisch gebaut und kräftig, hatte sich losgerissen und war durch das hohe Scheunentor verschwunden. Nun tauchten auch die ersten Kriminalpolizisten, Daschner und Stimpfle, auf.

Wortfetzen wehten herüber. »Seien Sie doch vernünftig!« und »Das bringt doch nichts!«.

Dann mussten sich zwei der Polizisten, Stimpfle und ein Uniformierter, mit einem Hechtsprung zur Seite in Sicherheit bringen. Mit großem Krach brach in einem Regen von Kleinholz und Splittern Huttner mit einem Traktor durch das Scheunentor. Eine schwarze Dieselqualmfahne hinter sich herschleppend, fuhr der Trecker über den Hof, wendete scharf und fuhr dann auf Anna und Wimmer zu. Stimpfle und Daschner sprangen in ihr Dienstfahrzeug.

Der Schlepper kam näher und näher.

»Mach fei nix Verrücktes, Opa!«

»Keine Angst. Mit einem Traktor leg ich mich nicht an. Und du auch nicht!«

Wimmer fuhr die Maschin hinter einen Baum in Deckung, und Anna stieg ab.

Der Trecker kam und fuhr an ihnen vorbei, dicht gefolgt von dem Audi mit Stimpfle am Steuer. Der Traktor langte an der Straße an. Doch er fuhr weder rechtsherum Richtung Rudelzhausen noch linksherum nach Hüll. Er fuhr geradeaus auf einem schlammigen Forstweg in den Wald. Stimpfle folgte ihm, doch schon nach fünfzehn Metern war die Verfolgung zu Ende. Die schwere Limousine war bis zu den Achsen im Schlamm eingesunken.

Daschner und Stimpfle stiegen fluchend aus. Dann entdeckten sie Wimmer und Anna.

»Herr Wimmer, kommet Se her! Ich brauch Ihre Hilfe! Ich muss Ihr Motorrad beschlagnahmen.«

Ein Fußtritt erweckte die BMW zum Leben, und Wimmer fuhr zum Schwaben hinüber.

»Steigen S' auf. Aber meine Maschin, die fahr ich selbst.«

»Herr Wimmer!«

»So oder Sie warten auf das nächste Motorradl.«

»Sie …« Stimpfle suchte nach einem Kraftausdruck und stieg hinter dem Metzger auf.

Und dann ging es los. Wimmer fuhr in der rechten Rinne der Karrenspur und stellte fest, dass es hier zwar manchmal rutschig war, aber nicht zu tief. Sie kamen gut voran und waren sogar ein wenig schneller als der Traktor. Nach dreihundert Metern ließen sie das Waldstück hinter sich, und der Schlamm wandelte sich zu einem geschotterten Feldweg. Sie sahen, wie der nun schneller fliehende Traktor ferner rückte.

»Geht es ned mit a bissle mehr Tempo? Des isch a Verfolgung!«

»Des is aber koa Motocrossmaschin! Wir fahren ja schon fast dreißig. Und wenn ich die Maschin zu Klump fahr, ist es ja aa ned besser.«

In die Annalen des Polizeipräsidiums gingen die nächsten dreißig Minuten als »Slow-Motion-Verfolgungsjagd« ein. Wann immer Wimmer dem Traktor näher rückte, fand Huttner einen schlammigen Waldweg, auf dem er rascher fahren konnte als das Motorrad. Einmal musste er auf einen asphaltierten Feldweg ausweichen, bei dem Wimmer mit über hundert Sachen aufschloss. Stimpfle gab über sein Handy die Details ihrer Flucht an die Kollegen weiter. Sie bewegten sich kreuz und quer in allgemeiner Richtung Nord-Westen.

So kamen sie zur Autobahn und zur Straße nach Mainburg. Inzwischen waren auch die Kollegen dort benachrichtigt, denn genau genommen war Stimpfle hier gar nicht mehr zuständig.

Minuten später rief Stimpfle: »Wo isch er hin?«, und sprang herum wie Rumpelstilzchen. Eben war der Traktor noch hundert Meter vor ihnen gewesen, dann bog er um ein Waldeck und war verschwunden.

Vor ihnen erstreckte sich die Einzäunung einer riesigen Photovoltaikanlage. Lange Reihen von tischähnlichen Platten, schräg der Sonne zugeneigt, waren auf verzinkten Stahlrohrgestellen montiert und folgten mit sanftem Schwung der Hügellandschaft. Unter den Rohrgestellen wanden sich in langen Schleifen wie schwarze Schlangen die Kabel, die die Elektrizität sammelten und zu den Schaltkästen führten.

»Aufsteigen! Kommen S', gemma, da geht's lang.«

Wimmer fuhr nur zwanzig Meter weiter, dann sah auch der Schwabe, dass der Zaun an einem Segment niedergefahren war. Die restliche Spannung im Maschengewebe hatte ihn wieder, mehr schlecht als recht, in die Senkrechte gezogen. Die Reifenspuren aber waren eindeutig. Stimpfle stieg ab, trat den Zaun nieder, und Wimmer rollte in das Kraftwerk.

»Wo isch er hin?«

»Da, dort hinunter!«

Vom Motorradsattel aus organisierte der Kommissar per Telefon, dass die Kollegen die Photovoltaikanlage umstellten, so gut es ging. In etwas mehr als Schrittgeschwindigkeit setzten sie nun die Jagd im umzäunten Solargehege fort. Trotzdem bekamen sie immer wieder einen harten Stoß ins Kreuz, wenn die Federung bis zum Anschlag durchschlug.

Dann sahen sie ein Stück weiter den Traktor. Stimpfle zückte seine Pistole.

»Halten Sie an, Herr Wimmer!«

Er erhob sich in den Fußrasten, legte an und zielte sorgfältig. Doch bevor er einen sicheren Warnschuss abgeben konnte, war die Gelegenheit vorüber.

»So a Moschtdepp! Fahret Se weiter! Los! Fahret Se!«

Huttner fuhr jetzt in einer langen, sehr engen Gasse zwischen zwei Reihen von Tischen. Hier konnte er nicht wenden. Wimmer hatte eine Idee. Er steuerte die Maschin durch eine parallel verlaufene Gasse und drehte am Gasgriff. Auch wenn er Angst um die Maschin hatte und einmal meinte, seinen Steiß zu zertrümmern, gelang es ihm, den Schlepper zu überholen.

Dann waren die Verfolger plötzlich am Ende der Gasse angelangt. Stimpfle stieg ab. Der Traktor stand führerlos in der Gasse. Offenbar hatte Huttner doch versucht zu wenden. Mit der Vorderachse hatte er sich in einem der Kabel verheddert. So war der Traktor wie mit einem Lasso gefangen und die Fahrt zu Ende.

»Wo is der verflixte Huttner?«

Mit gezogener Waffe und dem alten Metzgermeister im Kielwasser kam Stimpfle dem Traktor näher.

»Dort!«

Stimpfles Augen folgten Wimmers Arm. Der flüchtige Bauer war noch dreißig Meter weiter geflohen und hatte sich dann unter einen der Tische gesetzt. Er weinte und war kaum ansprechbar. Dreimal verlas Stimpfle im besten Hochdeutsch, zu dem er in der Lage war, Huttner seine Rechte. Kurz darauf waren auch Konrad und Daschner da, und es klickten die Handschellen.

Die Maschin hatte die Verfolgungsjagd ohne größere Schäden
überstanden. Als Dankeschön und um sie vollständig wieder-
herzustellen, spendierte das Polizeipräsidium dem Veteran
einen Satz neuer Stoßdämpfer, die in der Polizeiwerkstatt
eingebaut wurden. Mit welcher Begründung und auf welches Etat das verbucht worden war, blieb Aschenbrenners
Geheimnis.

Wimmer aber musste sich noch wochenlang Karolas Klage
anhören, er sei ein alter Kasperlkopf und solle bitte endlich
aufhören, der Polizei die Arbeit wegzunehmen.

Die hatte noch reichlich zu tun, die Spuren zu sichern, auch
wenn der Fall nun gelöst war. Jonas Huttner war geständig
und in jeder Hinsicht zur Mitarbeit bereit.

Er hatte mehrfach, ohne sich in Widersprüche zu verhed-
dern, berichtet, wie ihm beim Anruf von Lissi die Sicherung
durchgebrannt war.

»Ich hab nur mehr g'wusst, der darf ned auf den Hof kommen! Der darf ned auf den Hof kommen. Ich war richtig
panisch. Ich hab das G'wehr g'nommen und bin losg'fahren. Groß nachdenken hab ich da gar nicht können. Und
dann ist er mir entgegengekommen, auf dem Stückerl, wo
die Straß eben ist. Da hab ich angehalten und bin ausgestie-
gen. Er ist auf mich zugefahren. Im Zielfernrohr hab ich das
Kennzeichen aus München gesehen. Und dann ihn. Er … er
hat gegrinst. Und dann … dann hat es geknallt. Ich hab wohl
abgedrückt – irgendwie unwillkürlich, ohne Absicht. Aus
hundertfünfzig Metern hab ich ihn getroffen. Das Auto ist
dann in die Büsche … und ich hab g'spannt, was ich da für
an Scheißdreck g'macht hab! Da bin ich wieder eing'stiegen
und heimg'fahrn.«

Auch die Spurenlage ergab nichts, was gegen diese Darstellung sprach. Als er acht Monate später all dies ein weiteres Mal

in der Gerichtsverhandlung vorbrachte, lag dem Gericht auch ein psychologisches Gutachten vor. Herr Huttner neigte zu Panikreaktionen und war in der Vergangenheit schon mehrfach wegen Angstattacken in Behandlung gewesen.

Dr. Müller meinte zwar, von verminderter Schuldfähigkeit wollte sie in dieser Situation lieber nicht sprechen, aber dass es eine emotionale Ausnahmesituation war, räumte sie ein. So plädierte sie am Ende nur auf Totschlag.

Auch der Richter erkannte weder Heimtücke noch Planung. »Es kommt hier auf die Details an. Wenn Sie sich nur zwei Schritte nach links hinter einen Baum gestellt hätten, wäre es ein Hinterhalt gewesen und damit Mord. Auch wenn sie nur eine halbe Minute gewartet hätten, hätte ich wohl nicht mehr auf Affekt erachten können. Wie sagte mein Professor: ›Nach sechs Sekunden endet der Affekt, und es beginnt der Ehrgeiz.‹ Doch Sie haben eben nicht gewartet. Sie stiegen aus, standen mitten auf der Straße und haben kein Versteck gesucht. Da die Staatsanwaltschaft sich mit Totschlag im Affekt zufriedengibt, will ich mich ihr anschließen«, erklärte der Richter in der Urteilsbegründung.

Am Ende lautete das Urteil auf acht Jahre Haftstrafe. Das war milde, vernichtete aber dennoch alle Hoffnung auf die Genehmigung für eine Cannabisfarm. Ein einsitzender Totschläger und seine mitschuldige Komplizin würden die Genehmigung zum Betrieb sicher nicht bekommen.

Lissi Bichler musste nicht ins Gefängnis. Doch es hätte nicht viel gefehlt. Bei ihr ließ es der Richter mit zwei Jahren auf Bewährung bewenden. Am Ende trat ihretwegen einer der Vorstände der Deutschen Gesellschaft für Hopfenforschung von seinem Amt zurück. Der Rest ließ sich von Dr. Finkenzeller überzeugen, Frau Bichlers Talent dem Verein zu erhalten. Ihr war mit der Vermehrung nämlich ein kleines Kunststück gelungen: Sie hatte in kürzester Zeit von sehr jungen Pflanzen mehr Tochterpflanzen gewonnen, als man es auch bei hochfliegender Hoffnung erwarten konnte, und dies bei weit geringerem Ausschuss, als es manch anderen

Fachleuten bei besseren Startbedingungen gelungen war. Man bot ihr zusammen mit der Kündigung einen für beide Seiten lukrativen Vertrag zur Hopfenvermehrung im Auftrag des Versuchsgutes an.

Auch der Bauer im Elsass durfte seinen Hopfen behalten, musste sich aber verpflichten, genaue Wetteraufzeichnungen zu führen und genaue Daten nach Ertragsmenge und Qualität an die Forschungsanstalt weiterzuleiten. Daraus entwickelte sich mit den Jahren eine fruchtbare Zusammenarbeit.

Was Wollner anging, so kehrte er traurig zu seiner Frau zurück. Er hatte keine Briefe mehr geschrieben und die Hoffnung auf Familienanschluss aufgegeben.

»Sie wollen mich ja doch ned.«

»Aber ich, ich hab dich lieb. Immer schon. Und das hört auch nie auf. Mehr kann ein Mensch nicht geben. Das muss dir langen.«

Als Wollner im Dezember erfuhr, dass der Verlobte von Lissi Bichler in Stadelheim erst in Untersuchungs- und dann in Strafhaft einsaß, nutzte er ein Angebot, vorzeitig in den Ruhestand zu gehen. Im Januar schrieb er der Familie Bichler einen letzten, langen Brief. Nicht über sich oder über die Familie. Er schrieb, was Gefangene im Gefängnis meist vermissen, worunter sie, besonders die noch haftunerfahrenen, besonders leiden, und mit welchen Aufmerksamkeiten man ihnen helfen kann, hinter Gittern nicht durchzudrehen oder zu zerbrechen. Oft kann schon eine Postkarte mit einem lieben Gruß oder ein Heft voller Kreuzworträtsel helfen. Er riet ihnen, Herrn Huttner so oft wie möglich zu besuchen.

Was alle Bemühungen und aller Eifer bisher nicht vermocht hatten, gelang diesem Brief. Er erhielt eine Einladung zur Eröffnung der Firma »Huttner und Bichler Hopfenvermehrung« am Gründonnerstag. Es hatten alle Bichlers unterschrieben. So kamen sie sich doch noch näher.

In der Folge gab es von Zeit zu Zeit immer wieder Einladungen, zum Kirschkuchenessen im Juli zum Beispiel und zum Ende der Hopfenernte. Man fand sich gegenseitig zwar nicht unsympathisch und war freundlich zueinander, doch viel zu sagen hatte man sich nicht. Man blieb sich doch fremd. Am Ende hatte Werner Wollner zwar seine Familie gefunden, sein großes Ziel aber verfehlt. Doch weil seine Frau Herta nun im Ruhestand die Reiselust entdeckte, wurde das für ihn im Laufe der Zeit immer weniger wichtig, und er gewann seinen inneren Frieden zurück.

Danksagung

Ich bin wieder einmal sehr vielen Menschen und Institutionen zu Dank verpflichtet, ohne deren Hilfe mein Holledauer Krimi sicher nicht so schön geworden wäre.

Zuerst sind da die Holledauern selbst, die mir jeden Tag aufs Neue in ganz alltäglichen Begegnungen Inspiration sind. Auch die Hopfenversuchsanstalt in Hüll ist zu nennen. Ich durfte sie besuchen und konnte viele Impulse mitnehmen. Die waren eigentlich für ein ganz anderes Buchprojekt gedacht, doch nun sind sie hier eingeflossen. Auch das Deutsche Hopfenmuseum in Wolnzach ist mit seinen toll inszenierten Exponaten ein Quell der Anregung gewesen. Konkrete Hilfe in Sachen Jagdgewehr bekam ich von Dominik S. Richter. Michael F. beriet mich geduldig bei der juristischen Unterscheidung von Mord und Totschlag.

Bei der Textarbeit konnte ich wieder auf meine bewährten Betaleser zurückgreifen. Bärbel, Birgit und Hanne, ihr seid toll. Am Ende half mir dann meine Lektorin, Frau Geldmacher, mit viel Einfühlungsvermögen und ihrer Sprachkompetenz, das Buch noch schöner zu machen. Auch Frau Herwartz muss ich danken, die mit ihrem Adlerauge die letzten Fehler und Logikbrüche aufspürte. All ihnen bin ich sehr verbunden.

Die wichtigste Stütze ist natürlich meine Familie. Ohne sie wäre ich gar nichts.

Allen anderen, die mir halfen, mich unterstützten und ermutigten, gilt natürlich ebenso mein Dank, auch wenn ich sie nicht alle aufführen kann.

Alexander Bálly
TOD IM HOPFENGARTEN
Broschur, 288 Seiten
ISBN 978-3-7408-0034-5

Unweit vom idyllischen Wolnzach wird eine skelettierte Leiche gefunden. Der ganze Marktflecken rätselt: Ist es der junge Peter Gerstecker? Denn der wird seit Monaten vermisst. Nur Hobbydetektiv Wimmer, Metzgermeister im Ruhestand, rätselt ausnahmsweise nicht mit. Stattdessen untersucht er Kunstdiebstähle in der Holledau. Doch dann soll er die Unschuld des Bruders des Vermissten beweisen. Gut, dass seine Enkelin Anna Sommerferien hat und mit auf Mördersuche gehen kann.

»Genüsslich lassen sich die sachkundig geschriebenen Szenen beim Segelflug und über den Mühlenbetrieb lesen, bis hin zum realistischen Showdown. Auch mit der Figur des gestandenen Metzgermeisters hat der Krimi die erforderliche Bodenhaftung.«
Bayern im Buch

www.emons-verlag.de